김유정과의 향연

필자

서대석 (徐大錫, Seo, Dae-Seok) 서울대 명예교수
전신재 (全信宰, Jeon, Shin-Jae) 한림대 명예교수
조동길 (趙東吉, Cho, Dong-Keel) 공주대 교수
유인순 (柳仁順, Yoo, In-Soon) 강원대 명예교수
김미영 (金美英, Kim, Mee-Young) 홍익대 조교수
박상준 (朴商準 Park, Sang-Joon) 포스텍 교수
윤홍로 (尹弘老, Yun, Hong-No) 단국대 명예교수
최성윤 (崔城崙, Choi, Sung-Yun) 상지대 교수
최명숙 (崔明淑, Choe, Myeong-Suk) 가천대 강사
송선령 (宋善玲, Song, Sun-Ryoung) 수원대 강사
임정연 (林廷姸, Lim, Jung Youn) 이화여대 조교수
박근예 (朴勤禮 Park, Geun-Ye) 문학박사
우한용 (禹漢鎔, Woo, Han Yong) 서울대 명예교수

김유정과의 향연

초판 인쇄 2015년 3월 20일 **초판 발행** 2015년 3월 25일
엮은이 김유정학회 **펴낸이** 박성모 **펴낸곳** 소명출판 **출판등록** 제13-522호
주소 서울시 서초구 서초중앙로6길 15, 1층
전화 02-585-7840 **팩스** 02-585-7848 **전자우편** somyong@korea.com **홈페이지** www.somyong.co.kr

값 28,000원
ⓒ 김유정학회, 2015
ISBN 979-11-86356-26-5 93810

김유정과의 향연

A Symposium with Kim, Youjeong

김유정학회 편

김미영 박근예 박상준 서대석
송선령 우한용 유인순 윤홍로
임정연 전신재 조동길 최명숙
최성윤

소명출판

마침내 봄이 돌아왔다. 봄날의 햇살이 나뭇가지 위로 쏟아져 지난 겨울동안 버티어 왔던 꽃눈과 잎눈의 눈꺼풀을 열게 하고 있다. 이른 꽃소식이 남풍 따라 전해지고 있다.

김유정학회가 설립된 이래, 그동안 세 권의 전공연구서적(『김유정의 귀환』, 『김유정과의 만남』, 『김유정과의 산책』)이 나왔고 이제 다시 새로운 전공연구서적 『김유정과의 향연』이 나오게 되었다. 이들은 모두 김유정 문학을 사랑하는 학자 여러분의 땀과 정열의 소산이다.

『김유정과의 향연』은 모두 여섯 부분으로, 나뉘어져 있다.

첫째, 김유정 문학과 전통의 측면에서 본 연구논문들이다.

서대석 교수는 「김유정 문학과 구비문학」에서 이 둘(김유정 문학 : 구비문학)의 공통점을 서민대중의 애환과 인간의 원초적 문제를 다루고 있다는 데서 찾는다. 그러나 구비문학이 인간 보편적 삶을 다룬 몇 백 년의 전승기간인데 비해 김유정 문학은 특정한 시기, 개인적 상상력에 의해 구축된 것임을 지적한다. 서교수는 구비문학작품과 김유정 작품을 등장인물의 명칭과 성격, 등장인물의 조력자 여부를 살펴보기도 하고, 개별 작품의 구체적인 비교를 위해 비슷한 소재를 가진 작품들을 비교한다. 그리하여 ① 사랑의 측면에서 김유정은 비관적 결말을, 구비문학은 낙관적 결말을, ② 빈곤의 문제에서 김유정은 암울한 현실고발을, 구비문학은 권선징악적 결말을 보여준다고 했다. ③ 부부관계 측면에서 김유정은 개인적 욕망에 의한 아내 매매를, 구비문학에서는 아내의 지혜로 난관 극복의 과정을 보여주며, ④ 장사 이야기로 나온 「두포전」의 경우 문학적 형상화에 실패한 작품으로 지적한다.

결론적으로 김유정 문학은 현실주의적 성향이 짙다보니 구비문학에서 볼 수 있는 주인공의 전통윤리나 삶에 대한 성찰과 비전이 부족, 이것은 작가의 비판정신에 문제가 있다고 본다.

둘째, 김유정 문학의 토대라는 측면에서 본 것으로 여기에는 전신재, 조동길, 유인순, 김미영 교수의 논문이 해당된다.

전신재 교수는 「김유정의 '위대한 사랑'」에서 김유정이 구상한 '위대한 사랑'의 궁극점이 어딘가를 찾으려 한다. 수필 「병상의 생각」에서 처음 그 모습을 보인 '위대한 사랑'의 탐색은, 남녀 간의 사랑이 지닌 양면성에서 숭고와 우아를 분류해내고 원초적이며 현실적인 사랑을 우아라고 규정한다. 전교수는 인간 구원의 사랑에서 보여주는 종교적 사랑과 모성애야 말로 김유정이 추구하던 원초적이며 위대한 사랑이라고 본다. 그리고 지상적인 사랑의 두 유형에서 '정'과 위대한 사랑을 탐색, 정의 확장이 곧 김유정이 말하는 '위대한 사랑'이라고 주장한다. 결론적으로 김유정이 그의 문학을 통해서 추구하려던 '위대한 사랑'은 ① 공동체에 대한 사랑, ② 원초적인 사랑, ③ 궁박한 민초들에 대한 사랑, ④ 동정(同情)과 시혜(施惠) 수준의 사랑이 아니라, 감정이입(感情移入) 수준의 사랑이었다고 지적한다.

조동길 교수는 「김유정의 창작 동력에 관한 연구」에서 작가로서 김유정의 창작 동인과 그 힘의 원리를 밝히려고 한다. 이를 위해 그는 작가의 유형을 생계형, 지사형, 명예형, 철학형으로 나누고 김유정은 생계형 지사형에 속하면서 동시에 명예형 작가에 속하고 있음을 찾아낸다.

조교수는 다시 김유정 창작동인을 김유정의 수필 「병상의 생각」에서 '염인증의 치료'에 두고 있음을 본다. 또 다른 창작동인을 찾기 위해서는 전기자료와 작품을 통한 추론으로 진행, 전기적 자료에서는 문우 안회남의 직접적인 권유, 그리고 조실부모 후 누님들에 의해 양육되면서 여성 의식에 대한 양면적 체험이 창작동인이 되었을 것으로 추정한다. 마지막으로 작품을 통한 추론에서는 김유정이 고향과 고향 사람들에 대한 애정이 그들을 작품에 재현시키게 했으며, 동시에 동시대 현실을 기록하겠다는 의지, 그가 보아온 사람들에 대한 인간성 탐구의 욕망이 그로 하여금 작가가 될 수 있는 원천적 힘이 되었을 것으로 지적한다.

유인순 교수는 「김유정 문학에 대한 인문지리적 접근」에서 김유정에 관련된 복합적 환경의 문제를 통해 김유정의 작가되기, 작가가 된 이후 그의 작품에 반영된 문학적 특성 등을 살펴보려고 한다. 그는 먼저 고려시대부터 근·현대에 걸쳐 춘천의 역사적 인물 및 춘천지역 배경의 문학작품들을 살펴본다. 그는 특히 조선말 화서학파의 제2종주였던 김평묵과 근대 한국 잡지의 선구자이며 언론인이었던 차상찬이 김유정 가계와 김유정 문학에 끼친 영향력에 주목한다. 그리하여 김유정 문학에 나타난 저항정신과 비판정신은 이들 김평묵과 차상찬 두 분에게 빚진 것이라고 본다. 김유정은 안회남의 격려에 힘입어 개인적인 불행(말더듬, 우울증, 잦은 병치레 등)을 딛고 세상과 소통하기 위해 작가가 되었다고 본다. 또한 김유정은 짝사랑의 여성 박녹주가 추구하던 전통예술을 그의 문학작품 속에 녹여내었으며 친구인 이상이 가졌던 사랑의 추구와 문학적 실험의식을 공유, 그의 작품 속에 접맥시켰다고 지적한다.

김미영 교수는 「병상의 문학, 김유정 소설에서 형상화된 육체적 존재로서의 인간」에서 김유정의 소설을 작가론과 연결시켜 병상문학으로서 김유정의 작품세계를 조망한다.

병상문학으로서 김유정의 작가적 관심은 육체적 존재로서의 인간에 초점을 맞춘다. 육체적 존재로서의 인간을 묘사하는 김유정 작품에서 현저한 것은 후각적 묘사가 많다는 것이다. 한편 김유정이 그린 육체적 존재로서의 인간의 모습에는 병상의 작가였던 김유정의 절대적인 결핍상황이 투영되어 있는데 이는 식민지치하 조선 기층민이 갖고 있던 결핍상황과 결합되기도 하고, 소설의 결말 부분에 반전적 요소를 넣어 허무의식이 투영된 '실소'를 자아내게도 한다. 그런가 하면 김유정의 소설은 활달하고 거침없는 문체, 단순한 서사구조, 직접성의 세계를 제시하여 직관적 이미지성이 강한 한국의 채색풍속화 같은 회화적 감수성을 보여주는데 이는 김유정이 속했던 구인회와 친교가 깊었던 화가그룹 '목일회'의 영향을 받았을 것으로 추정한다. 한편 김유정은 사실주의적 문학에 뿌리를 두고 있다는 것, 병상문학으로서 김유정의 소설들은 육체적 존재로서의 인간의 한계에 생존의 욕구와 열망, 그리고 여기에 현실과 한계라는 주제를 ' 슬프도록 아름다운 한국적 이미지와 문체로 담아낸 것'이라고 지적한다.

셋째, 김유정 문학의 분석적 접근이라는 측면에서 본 논문으로 여기에는 박상준, 윤홍로, 최성윤, 최명숙 교수의 연구논문이 해당된다.

박상준 교수는 「반전과 통찰―김유정 도시 배경 소설의 비의」에서 도시배경의 소설 텍스트 10편을 대상으로 인물서사 구성상의 특징을 분석, 이를 토대로 서술전략을 추론하고 주제 효과까지 검토한다. 그리하여 박교수는 등장인물의 인간관계에서 하층민이나 약자를 시점화자로 인물의 심리에 초점을 맞추고 있고 이들이 현실에서 패배한다 할지라도 심정적 역전으로 반전효과를 증폭시키고 있음을 주목한다. 그리고 텍스트 특징으로는 스토리 선의 단선적 서사구성, 작품 원고 분량의 짧음, 이로 인해 결여로 읽힐 수 있는 배경의 추상화들을 지적한다. 그리고 이들의 총체적 작용이 반전형식이 주는 즐거움을 산출하게 되는데 이것이 김유정 도시소설의 한 특징이라고 지적한다. 한편 주제 차원에서 하층민, 약자가 보여주는 심정적 역전이야말로 하층민의 질긴 생존방법임을 보여주는데 이는 식민시대 민중이 지녔던 본성 중 하나를 포착한 것이라고 주장한다.

윤홍로 교수는 「김유정의 은유에서 길을 묻다」에서 은유의 개념을 통합적 은유로 확장, 김유정소설에서 이농민의 삶을 식물은유로, 이농현상으로 빚어지는 약육강식적 삶을 동물 은유로, 극한적인 절망 속에서 우연성에 기대는 삶을 도박은유로 분류한다. 그리고 김유정 소설에서 이들 은유의 이행과 융합의 고리를 관찰, 은유의 변동과 동시대의 시대정신과의 관련성을 추적한다. 윤교수는 김유정의 문학에 나타난 은유를 개략적으로 다음과 같이 분류한다. 식물은유계열 : 「동백꽃」 「봄・봄」 / 동물은유계열 : 「산ㅅ골나그네」 「산골」 「소낙비」 / 식물↔동물은유계열 : 「가을」 「솥」 / 도박은유계열 : 「노다지」 「금」 「만무방」 「금따는 콩밭」 등이다. 그러나 이들은 다시 보면 식물은유를 넘어 동물은유에서 도박은유로 이행하는 과정이 뚜렷하게 보이며, 한 작품에는 두세 가지의 은유가 혼재 혹은 융합하고 있음을 보게 된다. 이에 윤교수는 김유정소설에서 이들 세 단계의 은유가 구어적인 판소리계열 소설의 수사법과 조화를 이루면서 특히 도박은유가 두드러지게 작동하면서 동시대의 암울한 시대상을 보여주고 있다고 지적한다.

최성윤 교수는 「김유정의 현실인식과 아이러니의 한 양상」에서 김유정소설 속 인물연구사를 조망하고, 이제는 어린이가 등장하는 작품을 대상으로 어린 아이들이 어떻게 형상화되고 있고 그들에 대한 부모의 자세는 어떤지, 작가 김유정이 어린아이를 통해 그려 놓은 것이 무엇인지에 초점을 맞추려고 한다. 아이가 등장하는 작품으로 「만무방」과 「야앵」에서 어미들은 지극한 모성애의 화신으로 나오지만 「애기」의 경우는 모성상실의 어미가 나온다. 따라서 최교수는 「떡」과 「만무방」을 중심으로 어린아이들이 어떻게 처리되고 있는가를 살펴본다. 특히 「떡」에 나온 옥이에 대한 형상화에 많은 주의를 기다린다. 그리고 만일 옥이가 남자로 태어나 성장했으면 보여주었을 인물로 「만무방」의 응칠에게도 공을 들인다. 결국 냉혹한 현실 속에서 생존을 위한 어린 만무방이 「떡」의 옥이이고, 어른인 만무방이 응칠이며, 이들을 통해 김유정은 '내일이 없는 식민지 조선과 백성에게 주어진 오늘의 냉혹한 현실을 핍진하게 기록'했다고 주장한다.

최명숙 교수는 「김유정 소설의 명명법과 인물성격에 관한 연구」에서 김유정소설의 공간배경과 명명법의 관련성, 공간배경에 따른 변별점, 그리고 명명에 따른 인물성격의 형상화를 추적한다. 최교수는 공간배경 중 비도시의 경우 '복'과 '덕'자가 들어가는 명명이 많고, 도시의 경우 남녀 모두에게 구체적 이름이 주어졌음을 본다. 한편 인물의 성격과 명명법과의 대조를 통해 인물의 성격이 아이러니적으로 형상화된 것으로 「가을」의 '복만'과 「총각과 맹꽁이」의 '덕만'을 들어 복이 많은데도 가난하고 덕이 많은 데도 속임을 당하는 주인공의 상황을 본다. 그런가 하면 별명을 이용한 명명의 방법이 인물의 성격을 드러낸 「봄·봄」의 욕필이 영감과 뭉태, 「따라지」의 톨스토이와 '뼈쓰껄' 김마까, '변덕쟁이', '구렁이' 들을 본다. 관습에 의한 명명법은 「소낙비」의 이주사와 「생의 반려」 기생 나명주가 있다. 관습적으로 기혼여성은 이름을 갖지 못한 대신 춘호처, 영득어머니, 쇠돌어멈과 같은 호칭을 갖는다. 예외적으로 「생의 반려」에서 기생 '나명주'에게 고유명사로의 명명 부여는 그 인물을 주체적이고 개성적인 인물로 부각시켰다고 지적한다.

넷째, 김유정 자전소설 속 슬픔의 양상과 기능을 살핀 연구가로는 송선령 임정연 교수가 있다.

송선령 교수는 「김유정 자전소설에 나타난 슬픔의 기능연구」에서 「형」, 「따라지」, 「생의 반려」를 중심으로 이들에 나타난 슬픔의 정서에 주목, 이러한 감정이 어떻게 김유정 문학의 비극성에 기여하는지 밝혀 보려고 한다. 「형」에서는 슬픔을 통한 극심한 고통에 빠져 있는 모습을, 「따라지」에서는 변덕스런 누님에게 시달리는 톨스토이를 바라보는 아끼꼬의 시선을 통해 톨스토이에게 바치는 연모와 연민, 아끼꼬 자신에 대한 성찰의 모습이 보인다. 그리고 「생의 반려」에서는 눈물이 많이 나오는데, 이때 슬픔의 눈물은 삶을 돌아보고 자기 자신을 한 단계 성장시키는 것이라고 한다.

송교수의 지적들을 정리하면 김유정 자전소설 속에서의 슬픔은 슬픔의 정서에 매몰되지 않고 오히려 극복되는 결말구조를 갖고 있다는 것이다. 다시 말하면 김유정은 그의 자전소설 속에서 슬픔의 고통, 그 고통에서 벗어나 자아를 성찰, 마침내는 타인과의 연대감으로 성숙함을 보여준다고 한다.

임정연 교수는 「김유정 자기 서사의 말하기 방식과 슬픔의 윤리」에서 자기(self) 말하기 방식과 슬픔이라는 정서를 통해 김유정 소설의 윤리적 가능성을 타진하고자 한다. 임교수는 김유정의 자기 말하기 방식이 '믿을 수 없는 화자들의 진술이 뒤섞이는 복화술(複話術)의 구조 지향'에 있음을 주목하고 김유정이 자신에 대한 무지를 인정, 자기 동일성을 주장하지 않는 자기 서사의 윤리를 실천한다고 본다. 이때 윤리의 지향성은 타자와의 관계를 통해 복원된다. 결국 김유정이 느끼는 '슬픔'의 정서는 자신의 불완전성에 대한 인식과 타자에 대한 상호 의존성을 인정하는 것이다. 김유정은 '인간 모두가 슬픔을 매개로 상호 의존할 수밖에 없는 존재'이기에 슬픔을 '극복'하기보다 '수용'하려는, '슬픔의 보편성과 편재성, 지속성의 문제를 제기' 하는데 바로 이와 같은 태도가 김유정 소설의 윤리성을 형성하는 정서적 기원이라는 것이다. 김유정 소설 속의 인물들은 폭력 앞에 무력한 우리와 비슷한 열등한 인물들이고, 이들 열등한 인물이 지닌 슬픔은 '타자와 공존하고 타자와 관계를 맺는다.' 바로 이점에서 김유정의 자기 서사가 갖고 있는 슬픔은 사적이거나 소모적인 것이 아니라 타자에 대한 윤리가 될 수 있는 가능성을 보여준다는 것이 임교수의 주장이다.

다섯째, 김유정과 문학비평에는 박근예 교수의 「김유정 문학의 비평사적 수용양상 연구」가 있다. 박교수는 이 논문에서 한 시대를 풍미하는 위대한 작가의 탄생에는 다양한 비평담론의 대화적 생산과 논의의 확대가 필수적이라고 전제한다. 그리고 이에 따라 김유정이 문단에 공식 등단하던 1930년대부터 1970년대까지 김유정 문학의 비평사적 수용양상을 고찰하여 김유정 문학이 각 시대 문학담론의 장에서 어떻게 배치되었는지를 파악하려 한다.

김유정에 관련된 1930년대 초기 비평은 인상비평수준과 전기적 비평형식, 내용적으로 소설기법에 따른 것과 리얼리즘적 창작 방법, 작가에 대한 전기적 파악 등이, 50년대 김유정 관련 비평은 풍자문학과 인생파문학 측면에서 기법의 문제와 전통성의 문제 등이, 60년대에는 현실인식의 문제와 풍자와 토속성과 해학에 대한 것이, 70년대에는 형식

미학적 접근의 강화와 평민문학 농민문학론 등으로 그 비평적 담론이 확대되었다고 정리한다.

마지막으로 김유정 문학의 스토리텔링, 창작소설로 우한용 교수의 「나리도꽃―'동백꽃에 부쳐'」가 있다. '나리도꽃'은 실제의 꽃이 아니라 작가가 만든 소설적인 꽃 이름이다. 「나리도꽃」은 한국문학에서 가장 귀엽고도 사랑스러운, 사랑 앞에 솔직하고 당돌하고 적극적인 처녀, 김유정이 창조한 점순이를 꼭 닮은 처녀의 이야기다. 다시 말하면, 「동백꽃」의 점순이와 1인칭 화자 '나'가 2천 년대에 태어났다면 방불했을 꼭 그런 처녀 총각을 주인공으로 내세운 이야기다. 백문이 불여일견(百聞不如一見), 우한용 교수의 야심작 「나리도꽃」을 직접 체험해 보시기 바란다.

김유정학회 학술연구발표회에서 논문을 발표해주시고, 또 김유정 문학에 많은 관심과 애정을 보여주신 김유정학회원 여러분께 감사드린다. 그리고 우리들의 연구성과물을 한 권의 책자로 엮어주신 소명출판 편집부 여러분께도 감사드린다.

이제 '김유정의 귀환', '김유정과의 만남', '김유정과의 산책', '김유정과의 향연'을 통해 김유정의 문학세계를 탐사하고 음미, 재창조해온 우리들은 좀 더 넓고 확 트인 '김유정의 문학광장'으로 나가려고 한다. 김유정 문학과 김유정학회에 대한 여러분들의 더욱 많은 관심과 따뜻한 협조를 부탁드린다.

2015. 2. 18
김유정학회장　유 인 순

차례

제3부 **김유정 문학의 분석적 접근** ························

제4부 김유정 자전소설 속 슬픔의 양상과 기능

제 1 부

/

김유정 문학과 전통

김유정 문학과 구비문학

서대석

1. 들어가며

김유정의 소설은 이미 잘 알려진 바와 같이 1933년에서 1937년까지 불과 4~5년의 짧은 기간에 쓰여진 단편소설들로서 일제강점기에 한국 서민들의 삶의 모습을 생생하게 그려낸 작품들이다. 작품세계는 농촌의 머슴, 노동자, 도시의 서민들과 같은 사회의 하층인들을 주인공으로 내세워 먹고 사는 생존문제를 다룬 것이 대부분이다.

김유정 작품에 대해서는 전반적 작가의 특징에서부터 작품의 개별적 분석에 이르기까지 많은 연구가 축적되어 1930년대의 암울한 한국인의 고통스런 삶을 조명하면서 순박한 인간성과 식욕과 성욕의 문제와 같은 인간의 원초적 본능을 다루고 있음이 여러 학자들에 의하여 잘

지적되었다.[1]

이 글에서 김유정의 문학세계를 한국의 구비문학 세계와 대비하면서 재조명하려는 의도는 구비문학이 대체로 전통사회 한자문화에서 소외된 대중문학이라는 점과 인간의 기본적 생존문제를 중심으로 인류의 공통관심사를 다룬 원초적 문학이라는 점에서 김유정의 소설과 공통된 성격을 가지기 때문이다. 특히 한반도의 구비문학 자료들 중 민담은 전승의 기반이 농촌공동체이고 생존에 필요한 재화(財貨)의 획득과 후손을 남기기 위한 결혼과정을 다루고 있다는 점에서 한반도 공간에서 형성된 인간의 보편적 삶의 지향을 반영하고 있다. 또한 판소리는 공연서사시로서 몇 백 년의 전승기간을 거치면서 한국인의 흥미와 정서를 반영하여 이루어진 문학이고 서민대중의 삶과 희로애락이 담겨 있다는 점에서 김유정의 작품들과 상동성을 가지고 있다. 그러나 김유정의 작품은 한 천재적 작가가 특정한 시기에 자신의 삶의 경험을 바탕으로 개인의 상상력으로 구축한 소설작품이라는 점에서 오랜 기간 한반도라는 공간에서 많은 사람들이 참여하여 자연적으로 형성된 구비문학과는 다른 측면이 있다고 본다.

김유정은 소설이라는 문예장르, 특히 단편소설에 대하여 근대문예학의 이론을 깊이 이해하고 자신의 독특한 심미안으로 세상을 바라본 바를 소설이라는 서사 형식에 담아 기술하였다. 따라서 서술방식 특히 서술시점의 측면에서 대체로 일인칭 주인공 시점을 취하면서 때로는 조소적으로 주인공의 내면을 파헤치거나 주변적 인물의 시점에서 주인공의 행위를 희화적으로 그리고 있다. 이에 비하여 구비서사문학의

---

1 신동욱, 「연구편」, 『김유정작품집』, 형설출판사, 1977 참조.

대종인 설화의 경우, 화자에 따라서 다양한 서술을 하고 있어 일률적으로 단정하여 말하기는 어려우나 전문 이야기꾼의 구연본이 아니라면 서술기교는 소설과는 비교할 수 없을 정도로 소박하고 단순하다. 대체로 설화의 작중시간은 자연적 시간의 순서를 따르고 작중공간은 인간이 살 수 있는 보편적 어느 한 곳으로 설정되어 있다. 이는 역사적으로 지정된 특정한 시대에서 구체적으로 한정된 구체적 공간을 배경으로 사연이 전개되는 현대소설과는 다른 점이다. 또한 이야기는 즉석에서 구연하기에 사건중심의 서사진행과 청중의 이해를 돕기 위한 화자의 보충설명이 개입될 뿐 소설과 같이 특정한 시점에서 등장인물의 내면을 깊이 있게 묘사하지는 못한다. 이런 점에서 김유정 작품과 설화는 서사 기법이나 서술기교에서는 많은 차이를 보인다. 그러나 주제면에서는 인간의 삶의 가장 기본적 조건인 먹는 문제와 남녀의 사랑이나 성적 욕구를 다루고 있다는 점에서 공통성을 가진다.

이 글에서는 설화, 판소리, 서사무가 등 한국의 구비서사문학 갈래들 가운데 김유정의 작품과 대비될만한 작품들을 가려내어 등장인물의 성격, 빈곤의 대처 문제, 남녀의 사랑이나 부부관계 등을 중심으로 작품세계를 대비하면서 공통점의 바탕 위에서 차이점을 찾아보고자 한다. 이러한 작업은 시대배경과 연결지어 작품을 해부하거나 동시대 다른 작가와의 비교를 중심으로 평가한 현대소설 연구자와는 다른 시각에서 김유정 문학의 특성을 조명하는 작업이 되리라고 본다. 김유정 작품은 신동욱이 1977년에 형성출판사에서 펴낸 『김유정작품집』과 전신재가 2012년에 (주)도서출판 강에서 펴낸 개정증보판 『원본김유정전집』을 참고하였다. 구비문학자료들은 수많은 자료들 중에서 김유정 작품과 대비할만한 것들을 임의로 선정하였음을 말해둔다.

2. 작품세계의 전반적 대비

1) 등장인물의 명칭 비교

　김유정 작품의 등장인물은 성씨가 드러나지 않고 이름만 나온다. 그리고 교양이 없는 무식한 인물로서 노동으로 생계를 유지하거나 일정한 직업이 없는 사람이 대부분이다. 그들은 노름, 술, 여자에 관심이 많고 목전에 이익이나 찰나적 쾌락에 몰두한다. 「노다지」의 주인공 꽁보는 금점판을 떠도는 광산노동자로서 성씨도 등장하지 않는다. '꽁보'라는 이름은 구비문학에 흔히 등장하는 떡보, 울보, 잠보, 흥보, 놀보 등의 명칭과 상통하는 별명과 같은 이름이다. 「금 따는 콩밭」의 '영식'도 초등학교 교과서에서 흔히 만나는 한국 남자의 대표적 이름이고 성씨도 드러나지 않는다. 영식의 안해는 그냥 '안해'로만 지칭될 뿐 이름조차 나타나지 않는다. 「떡」에 등장하는 '옥이'나 '개똥어미'도 시골 마을에서 흔히 부르는 아이의 이름이나 아줌마의 호칭이다. 비교적 문학적 형상화에 성과를 거두어 널리 알려진 「동백꽃」의 주인공은 이름도 없이 '나'로 되어 있고 상대역 '점순'이도 역시 매우 흔한 농촌 소녀의 이름이다. 이처럼 김유정 작품에 등장하는 인물의 명칭에서는 성씨가 나타나지 않는다. 이름도 항렬자를 쓰는 한자식 이름이 아니고 촌민이 쉽게 지어 부르는 한국인에게 매우 친숙한 이름이며 그런 이름도 없이 직업이나 인간관계에서 부르는 지칭으로 등장인명을 대신하는 경우가 많다.

　구비문학 갈래 중에서 성씨가 강조되는 갈래는 신화이다. 신화에서는 부모의 혈통이 중시되는데 신화 중에서도 '단군신화', '주몽신화' 등

북방의 건국신화에서는 국조의 조부부터 국조에 이르기까지 삼대가 소개되어 부계혈통이 강조된다. 이는 건국의 주체가 부계혈연집단인 특정 씨족임을 드러낸 것이고 건국시조의 부계 신성혈통을 강조하기 위한 의도로 생각한다.

국가적 공동체의 영웅으로 부상하는 인물을 주인공으로 하는 서사에서는 성씨가 중시되고 가문의 내력이 서술된다. 고소설 중 영웅소설에서는 성씨와 이름과 명신(名臣) 누구의 후예라는 점이 작품 서두에서 밝혀진다. 전설에서도 주인공의 성명은 중요한데 이는 전설에 담긴 사연은 언제 어디에서 인간 누구나 겪는 일상사가 아니고 특정한 시대에 특정한 공간에서 특수한 인물에 의하여 보통사람과 다른 움직임을 보여주는 이야기를 담기 때문이다. 그러나 평범한 인물의 일상을 다룬 이야기에서는 주인공의 성씨가 나타나지 않는다. 인물을 변별하기 위한 이름만 있으면 그만이기 때문이다. 민담의 주인공은 성씨가 드러나지 않고 별명식 이름으로 지칭되거나 아예 이름도 없이 아버지, 아들, 남편, 아내 등 가족이나 친족관계를 나타내는 지칭이나 장군, 학자, 원님, 대감, 부자영감 등 직무와 관련해서 부르는 사회적 지칭으로 대체된다. 이처럼 김유정 작품의 주인공은 이름만 보아도 민담의 주인공과 유사한 특징을 가지고 있음을 알 수 있다.

2) 등장인물의 성격 비교

김유정 작품의 등장인물은 명예나 권력 또는 국가나 사회에 기여하는 문제에 집착하지 않는다. 작품을 쓸 당시가 일제 강점기인데 일본인

순사나 헌병, 또는 공무원에게 시달린다는 내용은 거의 없다. 일본인은 거의 등장하지 않는다. 또한 인간 존재에 대한 철학적 탐구나 사회정의를 실현하기 위해 투쟁하는 움직임도 없다. 한마디로 집단적 가치를 도외시하면서 오직 자기 개인의 이익과 생존에만 관심을 가진다. 김유정 작품에는 금광과 관련된 이야기가 3편이 있다. 「노다지」, 「금따는 콩밭」, 「금」 등이다. 이 중에서 「금따는 콩밭」은 밭에서 금이 나온다는 친구의 말을 믿고 빌어서 경작하는 콩밭을 파헤쳐 망쳐 놓는다. 이러한 이야기는 사리 분별력이 없는 한 인간이 어떻게든 많은 재화를 벌어보려는 욕심에서 무모한 행위를 하는 모습을 보여준다. 그러나 「금」과 「노다지」는 모두 금광에서 노다지 금광석을 차지하려고 동료를 배신하거나 속이는 행위를 한다는 내용을 담고 있다. 재화에 대한 강렬한 욕망이 친구간의 우정이나 신세를 진 은인을 배신하는 데까지 이른다. 이러한 행위는 인간으로서 지켜야 할 도리나 염치보다는 당장에 보이는 재화에 대한 욕심이 우선함을 보여준다.

「소낙비」, 「산ㅅ골 나그내」, 「가을」은 아내의 정조나 부부간의 윤리보다는 돈이 우선한다는 내용을 담고 있다. 「소낙비」에서는 춘호가 노름판에 가서 한 밑천 장만하여 서울로 가서 살려고 아내에게 돈 2원을 구해오라고 몽둥이질을 한다. 아내는 춘호의 성화를 못 이겨 쇠돌엄마와 불륜관계를 가진 리주사에게 접근하여 2원을 받기로 약속하고 몸을 맡긴다. 춘호는 아내가 2원을 가져다준다는 말을 듣고 아내의 머리를 빗겨주고 머리에 물칠을 해주며 모양을 내어 보낸다. 춘호에게는 노름 밑천 2원을 주선해주는 아내가 고맙기만 할 뿐 부부간의 윤리나 아내의 정조는 문제되지 않는다.

「산ㅅ골 나그내」에 등장하는 덕돌이 어미는 혼자 술막을 하여 먹고 사는 사람인데 한 젊은 아낙네가 찾아와 자고 가기를 청하자 스물아홉이 되도록 성취를 못한 아들의 색싯감으로 생각하고 온갖 정성을 들여 며느리로 맞아들인다. 그러나 며칠 뒤 새댁은 새신랑 덕돌의 새 옷 등을 훔쳐가지고 도주하여 물레방앗간에 숨어있던 병든 본 남편을 찾아가 데리고 도망을 친다. 이 작품에는 한 여성이 젊은 몸을 무기로 생존에 필요한 식품과 옷 등을 결혼을 통하여 비정상적으로 확보하는 모습이 그려져 있다. 그러나 병든 남편을 버리지 않는 아내의 정과 의리 역시 강조되어 있기도 하다.

「가을」에서는 복만이라는 인물이 '나'에게 자기 안해를 황거풍이라는 소장사에게 팔기로 했다며 기약서를 써달라고 졸라서 '나'는 술 한 잔을 얻어먹고 일금 오십 원을 받고 아내를 팔았다는 기약서를 써준다. 그런데 소장사를 따라간 복만이 안해가 며칠 뒤에 사라졌고 복만이도 사라지자 소장사는 사라진 복만이 안해를 찾아 헤맨다. 돈 오십 원에 안해를 팔고 여인을 산 소장사는 며칠을 함께한 복만이 처를 못 잊어한다는 돈보다 남녀의 정이 더욱 중하다는 의미를 담아낸 작품이다.

이처럼 김유정 소설에 등장하는 인물들은 친구간의 의리나 부부간의 윤리에 얽매이지 않고 목전에 작은 이익이나 욕망을 달성하기 위하여 심각한 고민 없이 행동하는 인물들이다. 이들은 윤리적 속박에서 벗어나 자연스럽게 유발되는 본능적 정감에 충실한 인물들이다. 이러한 인물은 성현들이 만든 덕목을 알지 못했고 알려고도 하지 않았기에 자신의 행위에 대하여 무엇이 잘못된 것인지 인식하지 못한다. 그리고 윤리적 일탈행동이 있을 뿐 그에 대한 양심적 가책도 없고 징벌도 받지 않는다. 가난한 부부의 투박한 정과 정조보다도 돈이 생존을 위해서 더욱 절실함을 보여주고 부부 사이의 신의보다 생존에 필요한 금전이 우선이고 아내의 성(性)은 쉽게 돈을 버는 수단이 되기도 한다. 결국 이러한 인물들의 삶의 목표는 생존을 위해 밥벌이를 하는 것과 성적 욕구를 충족시키는 것이다. 이는 민담의 주인공이 여러 가지 우여곡절을 겪은 다음 부자가 되고 결혼도 잘하여 행복하게 살게 된다는 내용과 상통하는 점이 있으나 적지 않은 차이를 가진다.

민담의 주인공은 국가나 사회를 위하여 헌신하는 존재가 아니고 개인적 생존을 위하여 노력한다는 점에서는 김유정 작품의 주인공들과 다를 바 없으나 문제를 해결하는 방법에서는 차이를 보인다. 민담의 주인공은 위기에 봉착하였을 때 지혜와 용기로 행운을 얻고 행복한 삶을 확보한다. 또한 민담의 주인공은 낙천적이고 도덕적으로도 건전하다. 게으름을 피우다가 아버지에게 꾸중을 듣고 집에서 쫓겨나는 「게으른 아들의 새끼 서발」의 주인공은 새끼 서 발을 깨어진 동이와 바꾸고 깨어진 동이를 온전한 동이와 바꾸고 온전한 동이를 죽은 말과 바꾸고 죽은 말을 산 말과 바꾸고 산 말을 죽은 색시와 바꾸고 죽은 색시를 산 색시와 바꾸어 결혼에 성공한다. 그리고 색시를 탐내는 돈 많은 사람과 색시를 걸고 수수께끼를 푸는 내기를 하여 이겨서 큰돈을 얻는다. 여기서 주인공은 여러 차례 바꿈질하는 거래를 하는데 처음에는 다소 손해를 보는 거래를 하고 다음은 엄청난 이익을 취하는 거래를 한다. 죽은 존재를 산 존재와 바꾸는 과정에서는 교묘한 책략을 세우고 이를 실행하여 성공하는데 지혜와 과감한 행동이 수반된다. 이러한 인물은 곤경에 처하더라도 고민이나 좌절은 없으며 낙천적이면서도 주저함이 없이 도전하여 성공한다.

사나운 맹호를 처치하여 포수와 의형제를 맺고 행운을 얻는다는 「밥 포수」에서는 밥을 많이 먹는 인물이 호언장담을 하고 그러한 장담이 운

좋게 성공을 거둔다. 맹호와 격투를 벌이는 용맹무쌍한 포수와 의형제를 맺고 호랑이를 잡는데 도와주겠다고 약속을 정한다. 술과 밥을 많이 먹고 호랑이에게 쫓겨서 나무로 올라간 그는 호랑이가 쫓아와서 나무로 기어오르자 너무나 놀란 나머지 대량 방분(放糞)을 하게 되고 호랑이는 똥벼락을 맞고 죽는다. 이처럼 요행으로 호랑이를 잡고 호랑이와 맞서 싸우던 그는 용감한 포수에게 존경을 받는 인물이 되었다는 것이다. 그러나 요행만으로 성공을 거둔 것이 아니다. 자기가 대식가인 점을 충분히 활용하였고 용맹무쌍한 포수나 흉포한 맹호를 만나서도 도주하거나 숨지 않고 당당히 맞서는 호기를 부렸기에 행운을 잡을 수 있었던 것이다.

모방담의 주인공들도 의외에 행운을 얻는 인물이다. 그런데 행운은 그냥 따라오는 것이 아니고 정직한 모습을 보여주거나 목숨을 건 과감한 행동의 결과로 획득된 것이다. 「미륵님과 장기를 둔 총각」에서 정직하게 장기 말을 쓴 총각은 금붙이를 가지고 도주한 아름다운 궁녀를 아내로 맞아 행복한 가정을 이루지만 미륵을 속여서 장기내기에서 승리를 하고 미륵에게 도와주기를 강요한 총각은 참혹한 징벌을 당한다. 「산신령과 호피」에서도 정직하게 산신령의 요구를 수행한 인물은 호피를 얻어 부자가 되고 궁핍하지도 않으면서 산신령을 찾아가 호피를 얻으려고 한 사람은 호랑이의 밥이 된다. 이처럼 민담의 주인공은 정직함이나 진실함의 대가로 행운을 얻고 부정직하거나 신을 경시한 대가로 엄청난 징벌을 당한다.[2]

이처럼 민담의 주인공이 성공하는 것은 나름대로 지혜가 있고 의심하거나 주저하지 않고 목표를 향하여 돌진하는 과감성이 있기 때문이

---

2   서대석, 「모방담」, 『이야기의 의미와 해석』, 세창출판사, 2011, 322~346쪽 참조.

다. 이에 비하여 김유정 작품의 등장인물들이 문제를 해결하는 방식은 본능적으로 느끼는 욕망을 다스리지 않고 충동적으로 표현한다는 점이다. 노름이 하고 싶으면 형편을 고려하지 않고 노름을 하고 마음에 드는 이성을 대하면 자기가 가진 모든 것을 주면서 접근한다. 거의 인격이 전혀 없는 짐승 수준의 본능적 욕망의 발현이라고 본다. 김유정 작품에서 요행으로 성공을 하는 경우는 별로 나타나지 않는다. 노름을 좋아하는 인물도 자주 등장하는데 노름판에서 딴 돈으로 행복해진 경우는 거의 없다. 주인공이 요행을 바라고 행동한다는 점은 같지만 결말에서는 행운이 나타나지 않고 비참한 결과만 초래한다. 김유정 작품의 주인공은 정직하거나 부정직한 사람이 따로 없다. 본래 타고난 성품으로 인물의 선악은 정해진 것이 아니라 삶의 상황에 따라 본성을 발현하는 모습을 보인다. 김유정 작품에 등장하는 거의 대부분의 인물들은 자기 나름의 욕망을 실현하는데 충실하고 이기적인 사람들이 대부분이다.

이런 점에서 김유정 작품의 주인공과 민담의 주인공은 무식하고 본능적 욕구가 강하며 개인적 가치를 추구하고 목표를 달성하는데 과감하다는 공통점이 있다. 반면 김유정 작품의 주인공은 친구나 부부의 신의를 지키지 않는데 비하여 민담의 주인공은 신의를 중시한다. 또한 김유정 작품의 주인공은 눈앞에 이익에 집착하며 작은 성취를 위하여 돌진하는 성향이 있는데 비하여 민담의 주인공은 정직하고 때로는 지혜로우며 초월자의 도움을 받거나 의외에 행운으로 성공을 거두고 행복하게 된다는 점에서 차이를 보인다.

3. 작품세계의 개별적 대비

1) 사랑이야기 - 〈춘향가〉와 「산ㅅ골」

　김유정 작품에는 때 묻지 않은 순박한 인간성이나 소년소녀의 풋풋한 사랑의 감정이 생생하게 묘사되어 있다. 「동백꽃」, 「봄·봄」, 「산ㅅ골」에 등장하는 청춘 남녀는 이성에 대해 눈을 뜨기 시작하는 사춘기의 처녀 총각들이다. 「동백꽃」에서는 남성인 내가 점순이의 마음을 헤아리지 못하고 있고 「봄·봄」에서는 머슴인 내가 교활한 장인에게 무지막지하게 저항하는 모습을 담고 있으며 「산ㅅ골」에서는 종의 신분인 이뿐이가 주인집 도련님을 연모하는 모습을 보여준다. 다른 작품에서도 남녀 사이에 연정을 많이 다루고 있다.

　이성에 대한 연모의 정을 그린 다른 작품들을 보아도 대체로 어느 한쪽에서 거의 일방적으로 짝사랑을 하는 경우가 대부분이다. 「두꺼비」에서는 학생신분인 내가 기녀 옥화를 연모하며 옥화와의 사랑을 이루게 하여달라고 두꺼비라는 사람에서 금품을 제공하는 등 온갖 정성을 드려 도움을 청한다. 그러나 옥화와는 제대로 된 만남이 이루어지지도 않았고 옥화의 감정은 드러나지 않는다. 「옥토끼」에서도 나는 숙이를 사랑하여 옥토끼를 선물하고 토끼를 본다는 핑계로 숙이를 자주 만나지만 숙이의 나에 대한 감정은 잘 드러나지 않는다. 병으로 쇠약해진 숙이가 토끼를 잡아먹은 것을 알고 스스로 '자기가 준 토끼를 먹었으니 숙이는 나에게 시집오지 않을 수 없다'고 혼자 생각한다. 이는 자기에 대한 옥이의 사랑을 믿지 못하고 오직 채권자가 채무자에게 빚 갚는 것을 기대하는 것처럼 내가 준 토끼를 먹은 대가로 옥이는 나의 사람이 되어야 마땅하다고 여긴다는 것이다. 「슬픈 이야기」에서도 옆방에 사는 남편에게 매 맞는 부인을 혼자 동정하면서 연모한다. 동정과 연민 속에서 연초공장 감독이라는 사회적 위치를 이용하여 아내를 구박하고 여학생과 외도를 하는 남의 남편을 미워하는 심정을 토로한다. 그리고 은근히 속마음으로 매 맞는 남의 아내가 남편을 버리고 자기에게 오기를 기대한다. 이처럼 김유정 작품에 등장하는 남성주인공은 자기 혼자서 일방적 짝사랑의 심정을 서술하고 있다. 이는 사춘기 소년 소녀의 공상 속에서의 사랑과 같은 모습이다. 상상 속에서 상대의 호감을 기대하는 달콤한 짝사랑은 영혼과 육체가 결합하는 성숙한 성인의 사랑 이야기와는 차이가 있다. 실제로 김유정은 박녹주를 일방적으로 짝사랑하였다고 한다. 상대방의 감정을 확인하지 않거나 확인하는 것을 두려워하면서 혼자만의 상상을 현실적 사실로 생각하는 사랑을 실제 하였고 상상의 작품세계에서도 즐겨 다루고 있다.

구비문학에서도 짝사랑에 얽힌 이야기가 적지 않게 있는데 이들 설화는 대체로 비극적 결말유형과 행복한 결말유형으로 나눌 수 있다. 비극적 유형은 황진이 일화에서처럼 아름다운 여성을 연모하던 한 총각이 상사병으로 죽는다는 내용이다. 춘성군 청평사 전설로 전승되는 '상사뱀' 설화는 짝사랑 이야기의 대표적인 예인데 한 여성을 연모하던 남성이 죽어 상사뱀이 되어 여성을 괴롭힌다는 내용이다. 행복한 결말유형은 박문수의 일화와 같은 야담으로 전승되는데 한 남성을 사모하던 여성이 남성에게 접근하였으나 남성은 여인의 무례를 점잖게 꾸짖고 달래어 보냈고 그로 인하여 죽음을 모면하고 과거에 합격하는 행운을 얻어 잘 살게 되었다는 것이다. 이처럼 설화에서의 짝사랑은 짝사랑하는 인물의 심리묘사에 초점이 있는 것이 아니고 결말에 흥미의 초점을 맞추고 있다. 이러한 성격은 결말을 제시하지 않는 김유정 작품과는 차이나는 점이라고 볼 수 있다.

남녀의 사랑을 다룬 이야기는 부부간의 의리를 다룬 것이 많은데 이러한 이야기는 열녀이야기와 탕녀(음녀)이야기로 나눌 수 있다. 열녀설화라는 범주에는 대체로 죽은 남편을 위하여 수절하는 이야기나 정절을 지키려고 목숨을 버리는 여인의 이야기가 많고 탕녀설화는 대체로 간통설화들이 많은데 이러한 이야기는 김유정 작품과는 다르다고 보아 대비할 명분을 찾기 어렵다.

이처럼 대부분의 사랑이야기는 김유정 작품과 구비문학 작품이 차이를 보인다. 그런데 구비문학의 한 갈래인 판소리의 대표적 작품인 〈춘향가〉와 유사한 서사구도로 짜여진 작품이 있어 이를 보다 세부적으로 대비하여 보기로 하겠다. 춘향이야기와 김유정의 「산골」은 등장인물의 신분 설정과 인물의 움직임에서 공통점을 가진다. 사랑이야기의 기본적 공식은 삼각관계이다. 사랑하는 남녀와 이들 사랑을 방해하는 방해자 그리고 삼각관계로 갈등을 유발시키는 제3의 인물이 등장하여야 사랑과 시련, 시련의 극복이나 비련의 종말과 같은 감동을 주는 이야기를 펼쳐낼 수 있다. 이런 점에서 춘향이야기는 사랑이야기의 기본공식에 부합하는 전형이다. 그런데 「산골」 또한 이러한 사랑이야기의 공식이 어느 정도 갖추어진 작품으로서 춘향 이야기와 비교된다. 사또 자제와 퇴기의 딸과의 사랑이야기와 부잣집 도령과 종의 딸과의 사랑이야기는 남성이 여성보다 우월한 신분에 있다는 점에서 공통점이 있다. 특히 남주인공이 서울로 떠나면서 남녀가 이별하고 남주인공이 벼슬길에 올라서 암행어사가 되어 시골로 내려와서 재회한다는 설정도 서울에서 유학하는 도련님이 방학 때 하향하여 이뿐이와 정을 나누고 다시 서울로 가버린다는 것과 상통점이 있다. 또한 주인공들의 사랑에 개입하는 남성이 있다는 점도 공통된다.

그러나 춘향이야기와 「산골」은 등장인물의 성격과 역할 등에서 차이를 보인다. 〈춘향가〉의 변학도는 이몽룡이 없는 틈에 남원부사라는 우월한 신분으로 춘향을 탄압한다. 그러나 「산골」에서 이뿐이를 연모하는 석숭이는 이뿐이와 같은 신분의 선량한 평민으로서 순정을 바치지만 오히려 이뿐이에게 냉대를 당한다. 이뿐이를 괴롭히는 인물은 석숭이가 아니고 도련님의 모친인 주인마님이다. 석숭이와 도련님은 이뿐이를 차지하려고 대립하는 연적관계인데 실제는 서로가 라이벌 의식이 전혀 없다. 도련님은 석숭에게 이뿐이를 빼앗길까 우려하는 일이 전혀 없고 석숭이도 어떻게 도련님을 제거하고 이뿐이를 자기 사람으로 만들까 하는 문제를 두고 고민하지 않는다. 이뿐이 역시 도련님과 석숭이를 놓고 저울질하지도 않는다. 이런 점에서 석숭이와 변학도는 인물의 서사적 기능면에서 큰 차이를 보이고 캐릭터면에서도 다르다. 〈춘향가〉에서 변학도는 권력으로 춘향을 탄압하고 수청을 요구한다. 변학도의 춘향에 대한 감정은 남녀 간의 사랑이라기보다는 정욕을 충족하려는 생리적 욕구이다. 그러나 「산골」에서는 위권으로 이뿐이를 탄압하는 존재는 바로 도련님의 모친이면서 상전인 주인마님이다. 주인마님이 변학도와 같은 인물의 기능을 담당하고 있다.

두 이야기의 가장 두드러진 차이는 〈춘향가〉에서는 남녀의 사랑이 진실하지만 「산골」에서는 도련님의 진심이 드러나지 않는다는 점이다. 종의 자식이기에 잠간 재미로 놀아본 것인지 진정으로 사랑하는지 알기 어렵다. 또한 「산골」에서는 결말이 도련님을 그리워하는 이뿐이의 모습을 남겨놓는 것으로 종결된다. 두 남녀가 결합에 성공하였는지는 알 수 없다. 이런 차이에도 불구하고 오랫동안 국민정서를 대변해온 〈춘향가〉와 1930년대 한 작가가 지어낸 「산골」은 신분의 격차가 큰 청춘 남녀의 사랑을 이야기하고 있다는 점에서 비교 검토할만한 작품이라고 본다.

2) 빈곤의 타개 - 〈흥보가〉, 「북두칠성의 도움」과 「금 따는 콩밭」, 「만무방」

가난을 타개하는 모습에서 구비문학에 등장하는 인물들은 대체로 착한 본성을 잃지 않고 낙천적으로 대처하다가 의외의 행운을 얻어 고난을 타개한다. 자신의 능력을 발휘하여 곤경에서 벗어나고 행운을 얻는 것이 아니라 가난 속에서도 착한 본성을 잃지 않아 천우신조로 우연히 행운을 획득한다.

가난 문제를 심도 있게 다룬 구비문학작품으로는 판소리 〈흥보가〉를 들 수 있다. 흥보는 놀보에게 쫓겨나서 몸이 부서져라 품을 팔지만 먹는 문제를 해결하지 못하고 굶주림에 허덕인다. 그러다가 제비를 구해주고 제비가 물어다가 던져 준 박씨를 심어서 박에서 삶에 필요한 재화를 얻어 부자가 된다. 흥보가 취한 가난에 대한 대처방법은 부지런히 일하는 것이고 환곡을 얻어서 먹거나 매품이라도 팔아서 생존을 위하여 할 수 있는 모든 노력을 기울인다는 것이다. 그런데 그처럼 노력해도 가족의 생계를 해결하지 못한다. 현실에서 인간사회는 흥부의 노력에 상응하는 보상을 제공하지 못한다. 결국 비현실적인 방법으로 초인적 존재의 도움으로 행운을 얻어 하루아침에 부자로 변신한다. 이러한 비현실적 타개는 〈흥보가〉의 서사적 바탕을 이루고 있는 모방담류 민담에서 두루 발견되는 양상이다. 「혹부리영감과 도깨비」, 「도깨비 방망이」, 「미륵과의 장기내기」, 「산신령과 호피」 등의 민담은 가난하면서도 정직한 인물이 우연하게 초인적 존재를 만나 재화를 획득하거나 결혼에 성공한다는 이야기들이다. 반면 행운을 얻으려고 의도적으로 초인적 존재에게 접근한 부정직한 인물들은 가혹한 징벌을 받아 파멸하게 된다.[3]

이밖에도 정직한 사람이 신의 도움으로 가난을 타개한 민담으로 「북두칠성의 도움」이 있다. 강원도 춘성군 북산면에서 필자가 채록한 이야기를 소개한다.

한 가난한 농부가 밤중에 이웃 부자의 벼를 훔치려고 북두칠성에게 물어본 뒤 훔치려는 행위를 그만둔다. 이때 마침 벼 주인인 이웃집 부자 영감이 이러한 광경을 목격하고 그 사람에게 벼 여러 섬을 준다. 그 사람은 북두칠성이 자기를 돕는다고 생각하고 돈을 벌려고 집을 나와서 풍수행세를 하였는데 북두칠성 중에 한 별이 지상으로 내려와서 동자로 변신하여 그 사람을 도와주어 한 부자의 장지를 명당으로 잡아주어 큰 재물을 얻게 하고 다시 큰 마을의 물길을 찾아 주고 그 대가로 많은 전지를 받도록 하여 큰 부자가 되게 한다는 것이다.[4]

이 이야기에서도 주인공은 오직 정직하다는 이유로 북두칠성의 도움을 받는다. 북두칠성 중 한 별이 동자로 변신하여 이 사람에게 접근하여 묘지 명당도 잡아주고 수맥(水脈)을 찾아내어 동민의 고통을 해결해 주기

---

3 위의 책.
4 서대석, 「가난한 사람 도와준 북두칠성」, 『한국구비문학대계』 2-2(강원도 춘천시 춘성군편), 한국정신문화연구원, 1981, 752~759쪽 참조.

도 한다. 이러한 초인적 존재의 도움은 현실성이 없다고 하겠으나 현실계에서 재화를 획득하는 방법은 실제성이 있다. 단기간에 큰 재화를 획득하려면 사람 누구나 할 수 있는 평범한 노동으로는 목표를 달성할 수 없다. 그래서 등장한 방식이 풍수(風水)를 활용한 것이다. 장지를 고르는 음택풍수(陰宅風水)는 가문의 번창을 염원하던 조선조 후기에 특히 권귀자들의 관심을 끌었다. 그래서 북두칠성이 동자로 변신하여 풍수 노릇을 하면서 가난한 주인공을 벼락부자가 되게 도울 수 있었던 것이다.

이처럼 민담에서와 같이 비현실적으로 가난을 해결하는 인물은 김유정 작품에서는 찾기 어렵다. 그런데 김유정 작품 중에는 놀부의 행위와 비교되는 미련하게 재화를 추구하는 등장인물이 있다. 놀부는 흥부가 부자된 사연을 듣고 제비를 몰아들여 자기 집에 집을 짓게 하고 제비 새끼의 다리를 분지르고 다시 고쳐준 뒤 제비가 물어다 준 박씨를 심고 박에서 보화가 쏟아지기를 기대한다. 그러나 박에서는 놀부의 재산을 갈취하는 온갖 군상들이 나와서 놀부를 괴롭히고 결국에는 패가망신하게 한다. 이러한 놀부의 富에 대한 집념과 유사한 인물이 「금따는 콩밭」에 등장하는 영식이라고 할 수 있다. 「금따는 콩밭」에 등장하는 영식이는 수재의 꼬임에 넘어가 부쳐먹는 남의 콩밭에서 금을 캐겠다고 구덩이를 판다. 영식이가 콩밭만 다 버려 놓자 마름은 남의 밭을 망쳐놓았다고 야단을 친다. 수재는 금맥이 나왔다고 영식을 속이고 도망갈 궁리를 한다. 여기서 일확천금에 눈이 어두워 사리분별을 못하고 멀쩡한 콩밭을 망쳐놓은 영식의 행위는 놀부의 행위와 상통하는 성격을 가진다. 영식은 수재라는 친구의 말을 듣고 콩밭을 판 것으로 되어 있는데 이는 흥부가 부자가 된 사연을 듣고 제비를 모아드리는 놀부의 행위와 비견된다. 그러나 놀부는 흥부가 부자가 된 것을 직접 확인하고 실행하였으나 영식은 수재의 금광에 대한 지식을 확인하지도 않고 콩밭을 파냈고 수재는 무엇 때문에 영식에게 콩밭을 파내라고 꾀었는지 의도가 분명히 드러나지 않는다. 수재는 영식이 콩밭을 파는 동안 잠간이나마 밥을 얻어먹으려고 거짓말을 했다고 볼 수 있는데 이는 흥부를 믿는 놀부의 마음과는 차이가 나는 점이라고 할 수 있다. 금이 나오기를 기대하면서 부쳐먹는 남의 콩밭을 파 뒤집어 망쳐놓는 행위는 금광에 대한 지식이 없는 사람이 친구의 말에 속아서 저지른 흔히 있을법한 일이다. 그러나 제비에게 보물박씨를 얻어 부자가 되려는 놀부의 생각은 현실성이 거의 없는 비현실적 사고방식이다. 그런데 놀부는 박 속에서 자기에게 손해를 끼치고 괴롭히는 군상들이 나오는데도 끝까지 박들을 다 탄다. 이는 놀부가 흥부의 말을 신뢰하였다는 증좌이다. 또한 놀부가 富에 대한 집념이 그만큼 강하고 어떤 일에 대한 끈질긴 집착을 보여주는 점이다. 이에 비하여 콩밭을 파는 영식에게서는 어떤 신념이나 강렬한 집착을 찾기 어렵다. 이는 영식이 금광에 대한 확실한 지식도 없었고 친구에 대한 신뢰도 강하지 못했기 때문이라고 본다.

김유정 작품의 등장인물은 빈곤의 문제를 현실에서 비정상적으로 해결하려고 한다. 최선의 노력을 하면 잘 된다는 희망을 가지고 끈질긴 노력으로 문제를 해결하는 이야기는 거의 없다. 「금」의 주인공 덕순이는 금광에서 작업을 하다가 노다지 돌조각을 발견하고 발을 찧어 상처를 내고 노다지 금조각을 상처에 묶어가지고 나온다. 동무의 부축을 받고 집에 온 덕순은 동무에게 금을 팔아오라고 부탁하자 동무는 자기가 노다지를 가져오지 못한 것을 후회한다. 으깨진 살과 피가 범벅이 된 상처에서 떼어낸 금이 섞인 광석 조각을 대견하게 여기는 가난한 광부의 모습을 통해 자기 살보다도 금이 더 가치가 있음을 나타내준다.

「만무방」에 등장하는 응칠이는 도적질, 노름질 등으로 삶을 꾸려가는 인물이다. 송이를 몇 개 따서 밥 대신 먹고 남의 닭을 잡아먹고 남의 밭에서 무를 뽑아 먹는다. 그리고 동생 응오가 부치는 논에 벼를 도둑맞았다는 소문을 듣고 동생 집을 찾아간다. 응오는 병들어 죽어가는 아내의 병 수발을 하며 추수를 하지 않고 형을 반기지도 않는다. 응칠은 산 속 바위굴에서 노름판을 만나 돈 몇 푼을 따고 동생의 벼를 훔쳐간 도둑을 잡으려고 동생의 논으로 간다. 그러나 벼를 훔치는 도둑을 잡고 보니 동생이었다. 응칠은 동생과 함께 남의 소를 훔쳐보려고 하였으나 동생이 말을 듣지 않자 동생에게 몽둥이질을 한다. 그리고 동생을 들쳐업고 산길을 내려온다.

이러한 이야기는 살길이 막막한 상황에서 발악하는 인간의 절규를 보여주는 것이다. 자기가 경작한 논의 벼를 자기가 훔치고 도둑을 맞았다고 소문을 퍼뜨리는 인물이나 눈에 띄는 것은 닥치는 대로 자기의 것으로 취하고 본다는 응칠이의 머리에는 생존을 위한 동물적 몸부림 이상의 다른 의식은 찾기 어렵다.

구비문학에 등장인물은 대체로 착한 행동을 하여 복을 받는 인물로서 권선징악적 교훈을 주는 인물이다. 반면 김유정 문학의 등장인물은 빈곤에 허덕이면서 희망이 없이 당장의 생존을 위하여 몸부림치는 존재들이다. 김유정은 이런 인물을 통하여 당시 고통 받는 한국인의 현실을 드러내면서 무식하고 무모한 대중들을 비판하려 한 것으로 보인다.

3) 부부관계 - 「가을」, 「정분」과 〈예성강〉, 〈일월노리푸념〉

김유정 작품에서 인간관계의 중심은 부부관계이다. 그런데 작품에 등장하는 부부는 정상적인 부부관계라기 보다 비정상적 관계로서 가난 때문에 아내의 성(性)을 상품화하거나 아내를 돈 많은 남자에게 팔아넘기거나 아내를 배신하고 다른 여인에게 정을 쏟거나 하는 인물들이다. 「가을」에서 복만이는 아내를 황거풍이라는 소장수에게 오십 원을 받고 팔아넘긴다. 그런데 팔려간 복만이의 아내가 사라지고 복만이도 자취를 감추자 술 한 잔 얻어먹고 매매계약서를 써 준 뒤 1원을 받은 '나'에게 소장수는 주재소로 가서 따지자고 항의를 하였고 덕냉이 큰집에 복만이의 아내가 있을 것이라고 내가 말하자 황거풍은 그 곳으로 사 들인 아내를 찾아간다는 것이다. 결말이 어떻게 되었는지 제시되어 있지 않으나 '나'의 생각에 복만이 아내는 큰집에 있지 않을 것 같다고 한 점으로 미루어 복만이는 아내와 짜고 소장수를 속여서 아내의 값으로 50원을 챙기고 아내와 몰래 만나서 도주하였을 가능성이 있다. 이와 비교할만한 구비문학 자료에 문헌설화인 「예성강(禮成江)」과 서사무가 〈일월노리푸념〉이 있다.[5]

『고려사』「악지」에 수록된 곡명전설(曲名傳說) 〈예성강〉에서는 중국 상인 하두강(賀頭綱)이 예성강에 갔다가 한 아름다운 부인을 보고 그녀의 남편이 바둑을 좋아함을 알고 내기바둑을 두어 부인을 빼앗았으나 부인이 절행이 있어 중국으로 데려가지 못하고 남편에게 돌려보냈다는 이야기가 있다. 이 설화는 '예성강'이란 악곡이 지어진 유래를 설명하는

---

5 서대석, 「일월노리푸념과 유사설」, 앞의 책, 2011, 90~109쪽 참조.

데 초점이 있는데 하두강이 아내를 배에 싣고 떠나버리자 아내를 잃은 남편이 한(恨)에 차서 노래를 지은 것이 〈예성강〉이라는 것이다. 부인은 하두강이 범하지 못하도록 몸단속을 철저하게 하였고 두강의 배가 바다에서 뱅뱅 돌기만 하고 전진하지 못하자 하두강이 점을 쳐보고 절부(節婦)를 돌려보내지 않으면 파선하리라는 점괘를 얻고 부인을 돌려보냈다는 것이다. 부인이 돌아와서 〈예성강〉의 후편을 지었다고 한다.

이 설화는 아내를 걸고 내기 바둑을 둔 인물의 명칭이 전하지 않는다. 바둑을 잘 두어 남의 아내를 빼앗은 중국상인의 이름만 전한다. 그런데 이 이야기와 김유정 소설 「가을」은 모두 남편이 내기에 져서 부인을 잃었거나 돈을 받고 팔았거나 아내를 금전이나 물건과 같이 취급하고 있고 남편이 무능하여 아내를 잃었으나 결국은 아내가 남편에게 되돌아온다는 점에서 전체적 서사의 전개가 상통한다고 볼 수 있다. 그런데 〈예성강〉에서는 절부(節婦)에 열행(烈行)에 감동되어 배가 전진하지 않아 아내가 되돌아온다고 하여 인간의 지혜가 아닌 신(神)의 도움으로 헤어졌던 부부가 재결합하고 신의(神意)를 움직인 것은 부인의 열절(烈節) 때문인 것으로 되어 있다. 이는 고려조 사회에서 자리 잡았던 삼강오륜(三綱五倫)을 내세운 유교적 가족 윤리가 반영된 것이라고 본다.

한편 「가을」에서는 궁핍을 못참고 아내까지 팔아야 하는 일제강점기의 서민의 참상이 나타나는데 이를 해결하는 방법은 지혜도 아니고 극기(克己)도 아닌 미련한 속임수로 되어 있다. 그렇다고 해도 아내를 내기로 걸거나 돈을 받고 파는 행위는 아내가 남편의 소유물인 종속적 존재이고 남편은 자기가 소유하여 자유롭게 처분할 수 있는 재화(財貨)와 같이 아내를 인식하고 있었다는 점에서 공통된다. 아내로서 권리는 물론 기본적 인권마저 무시되고 있는데 두 자료 모두가 남편에 대한 아내의 저항이나 화자의 비판은 나타나지 않는다.

〈일월놀이푸념〉은 손진태가 1933년 평북 강계에서 전명수의 보유자료를 채록하여 청구학총 28호에 수록한 서사무가이다. 김유정 작품이 쓰여진 연대가 1934년에서 1937년이라는 점에서 「가을」의 집필시기와 서사무가의 채록연대는 같은 시기라고 본다. 물론 서사무가는 구전되는 구비자료이기에 형성 연대를 1930년대로 보기는 어렵지만 그 당시 굿판에서 구연되고 있었다는 점에서 한반도라는 공간에서 민중들이 향유한 이야기문학이라는 점에서는 김유정 작품과 공통점이 있다.

〈일월노리푸념〉에서는 궁산이라는 인물이 천하절색 명월부인과 결혼하였는데 아름다운 부인 곁을 떠나지 못하여 굶을 지경에 이르렀다. 명월부인은 궁산이에게 자기의 초상화를 그려주고 나무를 해오라고 하였는데 궁산이가 산으로 나무를 하러가서 초상화를 나무에 걸어 놓고 쳐다보면서 나무를 하였는데 초상화가 바람에 날려 배선비네 집에 떨어졌다. 배선비는 명월부인이 천하절색임을 알고 순금 한 되를 가지고 궁산이를 찾아가 내기장기를 청한다. 궁산이는 명월부인을 걸고 배선비는 순금 한 되를 걸고 내기장기를 두어 배선비가 이긴다. 부인을 빼앗기게 된 궁산이가 식음을 전폐하자 명월부인은 종으로 변장하여 배선비를 속이려다가 실패하고 닷새 말미를 얻어 궁산이의 저고리 속에 소고기 육포를 만들어 넣고 바늘과 실을 옷깃에 넣어둔다. 명월부인은 궁산이를 데려다가 어느 한 섬에 내려놓고 배선비를 따라간다. 궁산이는 육포를 먹으며 바늘을 휘어 낚시를 만들어 낚시질로 연명하다가 학의 도움으로 섬에서 탈출한다. 명월부인이 배선비와 살면서 웃지를 않자 배선비는 소원을 묻는데 거지잔치를 하여달라고 한다. 거지잔치 자리에서 궁산이를 발견한 명월부인은 구슬옷을 내어 놓고 이 옷을 고들을 추어 깃을 잡아 바로 입으면 내 낭군이라고 한다. 궁산이가 구슬옷을 바로 입고 백운중천(白雲中天)에 높이 떴다가 내려오자 배선비도 덩달아 구슬옷을 입고 백운중천에 올라갔으나 벗는 재주를 배우지 못하여 내려오지 못하고 솔개가 되고 만다. 궁산이와 명월각씨는 재회하여 살다가 죽어 일월신이 된다.[6]

이 이야기도 내기장기로 미인인 아내를 내걸고 장기에 져서 부인을 빼앗겼다가 부인의 지혜로 부부가 재결합한다는 점에서 〈예성강〉이나 「가을」과 유사점이 있다. 그런데 〈일월노리푸념〉에서는 난관을 타개하는 명월부인의 지혜가 돋보인다. 내기에 지고 고민하는 남편을 위로하고 자기는 종으로 변장하고 계집종을 자기로 꾸며 배선비를 속이려고 하고 자기가 없으면 궁산이가 삶을 꾸려가지 못할 줄 알고 떠날 때 소고기 육포를 옷 속에 넣어두고 낚시질 할 실과 바늘을 준비해주는 섬세한 배려를 잊지 않는다. 이는 이 자료가 신화라는 점에서 유목이나 어업으로 생계를 유지하던 고대사회에서 여성이 생업을 주도하던 모습이 반영된 것으로 해석할 수도 있다. 그리고 명월부인이 구슬옷에 감추어진 비밀로 배선비를 제거하고 궁산이와 재결합한다는 점에서 배선비로 상징되는 이민족 집단의 간계와 침탈로부터 자기 집단을 지켜내는 여성 지도자의 지혜와 능력이 함축되었다고도 생각할 수 있다.

아내를 남에게 빼앗겼다가 다시 찾는 민담으로는 「우렁각시」, 「새신랑」 등이 있다. 「우렁각시」는 아내를 임금이나 원님에게 빼앗긴 인물이 죽어서 청조가 된다는 비극적 결말 유형과 새털옷을 사용하여 아내를 빼앗아간 인물을 징치하고 재결합한다는 행복한 결말 유형이 있다.

---

6 서대석·박경신 역주, 「일월노리푸념」, 『서사무가』 1, 고려대 민족문화연구소, 1996, 421~428쪽 참조.

권력을 가진 자가 백성의 아내를 강탈하는 이른바 관탈민부(官奪民婦)형 설화는 「도미처(都彌妻) 설화」를 필두로 「우렁각시」, 「새신랑」 등의 민담과 〈일월노리푸념〉의 서사무가, 그리고 판소리 〈춘향가〉에 스며있는 한반도 구비문학의 주요한 서사소이다.

김유정소설에서는 권력을 가진 자가 백성의 아내를 빼앗는 것이 아니고 가난한 남편이 아내를 돈 있는 자에게 스스로 팔아넘기는 것으로 되어 있다. 아내를 파는 경우도 작품에 따라서 부부관계를 파탄내고 정식으로 문건을 작성하는 경우와 일시적인 성매매의 성격을 띄우는 것으로 나누어진다. 「소낙비」에서 춘호가 노름할 돈 2원을 얻으려고 아내를 리주사에게 보내 은근히 성매매를 강요하는 것은 일시적인 것이다. 「가을」에서 황거풍에게 아내를 오십 원에 파는 것은 기존의 부부관계를 청산하고 새로운 부부관계를 맺는 것이다. 어떤 경우에도 여성의 권리는 주장되지 않는다. 여성의 지혜로 곤경을 타개하는 구비문학의 세계와는 확연히 다르다고 본다.

아내를 직접 팔지는 않으나 살림도구를 받고 아내를 다른 남성과 함께하도록 용인하는 작품으로 「정분」이 있다. 「정분」에서는 은식이가 아내 몰래 들병이에게 아내의 속곳, 맷돌짝을 갖다 주고 다시 함지박까지 가져다준다. 그리고 들병이와 함께 도망가기로 약속하고 새벽에 집으로 가서 아내 몰래 솥과 숟가락을 가져다가 들병에게 준다. 그런데 은식이가 잠간 잠들었다 깨보니 들병이의 본남편이 와서 이사를 가려고 짐을 챙겨 싸고 있었다. 들병이와 그의 남편은 은식이가 준 이남박과 솥 등을 모두 자기들 이삿짐에 넣어 지고 떠나는데 없어진 살림도구를 찾으려고 은식이 아내가 달려와서 악담을 퍼부으며 싸움을 건다. 은식이는 들병이를 따라가지도 못하고 왜 남의 솥을 빼어 가느냐고 악을 쓰는 아내에게 '그것은 우리 것이 아니라'고 힘없이 말한다. 아내는 눈 위에 쓰러져 악담만 퍼붓는다. 이 작품에 등장하는 은식이라는 인물은 아내 모르게 살림살이를 모두 훔쳐내어 들병이에게 주는 모자라는 인물이다. 아내와 함께 사는 가정을 버리고 들병이와 새로운 가정을 꾸려 보려고 한 행위지만 아내와 헤어지자는 말도 없이 들병이와 도망가기로 마음을 먹는다. 남편 혼자서 일방적으로 가정을 파기한 것이다. 그러다가 들병이의 본남편이 와서 들병이를 데리고 가재도구를 모두 싸가지고 떠나자 들병이도 잃고 살림도구도 잃는다. 이처럼 남편은 무지하고 경우도 없고 힘도 없는 인물로 나타난다. 은식의 아내도 남편의 잘못을 제대로 응징하지 못하고 자기 물건을 빼앗기고 찾지도 못하고 넋두리만 하는 인물이다. 부부 모두 문제해결 능력이 모자라는 인물이라고 할 수 있다.

「정분」을 들병이의 남편의 관점에서 재구성하여 보면 자기 아내를 가재도구 등을 받고 은식이와 같은 다른 남성에게 성을 제공하게 하고 다른 남성에게 빼앗길 지경까지 이르렀다가 다시 찾은 이야기가 된다. 또한 「정분」을 은식이 아내의 관점에서 본다면 들병이에게 남편과 가산을 모두 빼앗기게 된 처지에서 가산만 잃고 남편은 되찾게 되는 이야기라고 할 수 있다. 이런 점에서 「가을」과 「정분」은 부부관계의 파탄을 다룬 이야기이면서 파탄의 원인이 남편의 무능이나 배신에 있다는 점에서 문헌설화 「예성강」이나 서사무가 〈일월놀이푸념〉과 상통되는 성격을 가진다고 볼 수 있다.

그런데 김유정 작품에 등장하는 아내는 피해자일 뿐 파탄이 난 가정을 재건하는 지혜를 발휘하지 못한다. 부당한 남편의 행위를 응징하거나 질타도 하지도 않고 체념하거나 한탄하는 것으로 끝난다.

아내인 여성의 의식이나 행위가 비교적 자세히 드러난 작품으로 「안해」를 들 수 있다. 「안해」에서는 못생겼지만 부부싸움을 하면서 수시로 얻어맞기만 하던 아내가 아들 똘똘이를 낳고부터는 점차 자아를 찾아 남편과 맞서는 모습을 보인다. 나무짐장사로 먹고 사는 나는 아내를 들병이질을 시켜보려고 아리랑 노래부터 연습을 시킨다. 아내는 야학에 가서 창가를 배우기도 하고 남자 비위맞추는 것을 배우다가 뭉태와 술판을 벌인다. 나무를 팔고 돌아오다가 뭉태와 술판을 벌리는 아내를 보고 뭉태를 메다 꽂지고 아내의 쪽을 끌고 나와서 주먹으로 때리다가 축 늘어진 아내를 엎고 집으로 오다가 배는 고프고 언덕에서 엎어져 무릎을 깐다. 집에는 똘똘이가 울고 법석이다. 남편은 아무래도 아내를 들병이질 시켜서는 안 되겠고 자식이나 연이어 낳아 한 열 다섯 명만 되면 한 놈이 일 년에 벼 열 섬씩 벌어오면 백오십 섬, 돈으로 따지면 일천오백 원이 생기겠다고 혼자서 상상한다. 여기서 남편은 아내를 새끼를 잘 낳는 짐승의 암컷과 같이 인식하고 있음을 본다. 아내가 남편의 속박으로부터 차츰 벗어나서 자아를 찾는 변화를 보이는 것처럼 되어 있으나 남편의 의식은 전혀 변화가 없다. 남편은 아내에게 들병이질을 시켜 좀 더 편하게 살아보려고 생각하다가 아들을 낳아 그 아들의 노동력으로 편히 살 수 있다고 생각을 바꾼다. 어떻게 생각을 하던 남편은 아내를 삶의 동반자로 생각하는 것이 아니라 편히 살 수 있는 도구로 여기거나 새끼를 많이 낳아 이득을 보게 하는 짐승의 암컷과 같은 존재로 여긴다는 것이다.

이러한 아내에 대한 인식은 구비문학에서 정립된 현명하고 유능한 부인상과는 다른 점이다. 민담 「우렁각시」나 악곡전설 〈예성강〉이나 서사무가 〈일월놀이푸념〉 등에서 형상화 된 부부관계는 무능한 남편의 잘못을 현명한 아내가 지혜로 수습한다는 것이다. 이는 구비문학자료들이 서사무가나 전래동화 등 여성들이 향유한 문학이기에 여성의 의식이 반영되어 유능한 여인상을 설정한 반면 김유정이 작품활동을 하던 1930년대 일제강점기는 대부분의 여성이 文盲을 면하지 못한 무지한 상태였고 전통사회의 윤리관과 서구로부터 유입된 근대 자유주의 신여성의 윤리가 충돌하면서 사회윤리가 정착되지 못한 혼란기였기 때문이라고 생각한다. 일제강점기의 대부분의 한반도 여성들은 자립하여 삶을 꾸려나갈 능력이 없었다. 집안일 밖에 모르는 여성들은 결혼을 해서 媤家의 집안일을 하면서 자녀를 산육하면서 삶을 영위하였다. 여성 혼자서는 농사를 지을 전답도 없었고 장사할 자본도 역량도 없었으며 광산이나 산판 등에서 품을 팔 용기도 힘도 없었기에 남편에게 의지하여 살 수밖에 없었다. 여성이 할 수 있는 일이라고는 남의 집에서 안잠을 자는 것이 고작이었다. 이처럼 여성은 자신의 삶을 스스로 해결할 능력이 없었기에 남편의 부당한 대우를 참고 견딜 수밖에 없었다. 이 시기에 여성들의 비참한 삶의 모습이 김유정 작품에는 투영되어 있다. 그러나 작가는 비참한 삶의 상황만 제시하고 있을 뿐 새로운 삶을 개척하는 여성상을 제시하거나 무지하고 무능한 남편에 대한 비판적 언설은 드러내지 않고 있다. 논설이 아닌 소설이기에 비판은 실상의 제시 속에 내포되어 있고 독자들의 몫으로 남겨두었다고 하더라도 최소한 인간으로서 부당한 행위에 대한 저항마저도 제시하지 않았다는 것은 작가의식의 문제라고 생각한다.

　개화주의자인 이해조를 비롯한 신소설 작가들은 부모에게 무조건 저항하여 가출하는 여성들 주인공으로 내세웠다. 또한 이광수는 「어린 벗에게」 등의 초기 단편에서 전통윤리나 전통습속을 직설적으로 신랄

하게 비판하고 중매혼을 부정하고 자유연애를 주창하였다. 그런데 김유정은 보다 뒤에 작품을 쓰면서 이렇다 할 저항 없이 무지한 남편 때문에 고통 받는 여성을 그리고 있었던 것이다.

4) 장사이야기

힘이 센 장사의 이야기를 다룬 「두포전」은 김유정의 미완성 작품으로서 후반부는 현덕이 완성한 것이라고 한다. 김유정 사후 1939년에 『소년』에 5회에 걸쳐 연재된 것이다. 이 작품은 장사들의 힘 대결을 소재로 한 것으로서 「오뉘힘내기」, 「아기장수」 등의 전설과 인물설정이나 주제면에서 상통점이 있다. 이 작품은 '산중기담(山中奇談)'이라는 표지가 붙어있고 야담에 등장하는 검객의 이야기나 고전영웅소설과도 상통점이 있어 1930년대 시대적 배경과는 무관한 구비문학이나 고전소설에서 소재를 따다가 흥미 본위로 써 본 작품이라고 생각된다. 구비문학의 장사이야기와 비교해 보기로 한다.

「두포전」의 서두는 태몽으로 시작된다. 주인공 두포가 탄생하기 전에 강원도 장수골에 사는 노부부는 청용이 천정을 뚫고 날아오르다가 화롯불 열기에 꽁지를 빼지 못하고 애를 쓰며 꿈틀대는 꿈을 꾸고 태몽임을 지감한다. 그 때 마침 한 중이 시주를 와서 좁쌀을 시주하였더니 그 중은 삼 일을 계속하여 같은 시각에 나타났고 삼 일 째 되는 날 노부부의 관상을 보아준다고 하면서 바랑에서 갓난 애기를 꺼내 당신의 아들이라고 하면서 주고 간다.

이렇게 천하장사 두포는 이 세상에 나타나게 되었다. 그런데 두포의 탄생과정은 영웅소설이나 장사설화에 나타나는 영웅이나 장사의 탄생과는 차이가 많다. 흔히 영웅서사에서 영웅의 출현을 알리는 태몽은 천상의 星官이나 용이 품속으로 달려드는 꿈을 꾸고 잉태한 후 십 삭이 지나서 출산하는 것으로 되어 있다. 청룡 꿈을 꾸고 태어나는 인물은 고전소설에 흔히 등장한다. 홍길동은 부친이 낮잠을 자다가 청룡이 달려드는 꿈을 꾸고 춘섬의 복중에 잉태하였고 소대성도 청룡의 꿈을 꾼 소승상 부부에게 잉태되어 출산된다. 춘향전의 이몽룡도 용꿈을 구고 잉태되었다고 하여 몽룡이라는 이름을 지었다고 되어 있다. 흔히 용꿈은 상서로운 꿈이며 태몽의 경우, 태어나는 인물이 비범함을 예징하는 서사적 기능을 가진다. 그런데 「두포전」에서 용꿈을 꾼 노부부는 잉태도 하지 않고 스님으로부터 갓난아기를 받아서 기르는 것으로 되어 있다. 이는 신이함을 돋보이게 하려는 수법인 듯 하지만 한국의 전통적 영웅서사의 관습에서 벗어난 것이다. 일단 아기가 태어난 뒤 천문(天文)을 보고 고승이 찾아와서 영웅이 태어날 것임을 알려주는 것은 그럴듯하지만 용꿈을 꾸자마자 시주 온 스님이 아기를 바랑에서 꺼내어 당신들의 아들이라고 맡긴다는 것은 서사적 합리성이 없는 발상이다. 아기장수전설에는 태몽이 등장하지 않으나 고승을 대접하고 고승이 잡아준 장사가 나온다는 명당에 부친의 묘를 쓴 뒤 아기장수를 낳았다는 각편은 있다. 「구렁덩덩신선비」에서도 태몽은 없으나 스님이 베 매는 할머니를 작지로 찌른 후 잉태하였다는 각편이 있다. 구렁이의 놀이 든 꿩을 먹고 임신을 하였다는 「네모진 구슬」의 경우에도 잉태 후 십 삭이 지난 뒤의 아이를 낳는다는 정상적인 출산과정을 거친다. 그러나 「두포전」에서는 두포의 출현과정이 괴이하게 서술되어 있다. 용꿈은 노부부가 꾸었는데 아기는 어떻게 되어 스님의 바랑에 담겨있게 되었는지 아무런 해명이 없기 때문이다.

두포의 장사행적을 서술한 부분에서도 전통 영웅서사의 관습과는 다른 면을 찾을 수 있다. 두포는 주로 칠태와의 대결을 통하여 신비한 힘을 발휘한다. 한마을에 사는 심보가 고약한 칠태가 두포를 시기하여 도둑이라고 소문을 내고 죽이려고 도끼로 공격하다가 눈도 멀고 다리도 다친다. 두포는 산 속으로 가서 큰 바위 속으로 들어갔다가 말을 타고 나와 흰 날개를 달고 공중을 날아올라 사라진다. 칠태는 두포를 모함하여 두포집에 불도 지르고 물을 막아 공격도 하였으나 모두 실패한다. 마지막으로 두포가 들어가는 바위를 정으로 뚫고 그 구멍에 납을 끓여 붓다가 산이 무너져 바위에 깔리어 죽는다. 이같은 두포의 행적은 신이한 힘을 발휘하는데 흥미의 초점을 두고 있으나 서사적 진실성이 결여되어 있다. 칠태는 절실한 이유 없이 두포를 해하려 하고 두포는 바위굴에서 무술을 연마하는데 무술의 내용이나 무술을 연마하는 목적 등은 선명하게 제시되어 있지 않다. 이러한 신이한 힘의 발휘는 장사설화와 비교할 때 진실성이 더욱 떨어짐을 알 수 있다. 「아기장수」 설화에서 어린 아기는 날개를 달고 날아다니는 신이한 행적을 보여주고 「오누이 힘내기 전설」에서는 누이와 남동생의 힘자랑과 힘내기의 구체적 내용이 제시된다. 고전 영웅소설에서 신이한 도술을 구사하여 국난을 타개하고 왕실을 보호하는 주인공의 행위와 비교하면 두포의 행위는 더욱 허황하고 내용도 빈약하다.

마무리는 김유정이 지은 것이 아니고 현덕이라는 작가가 뒤처리를 하였다고 하는데 두포가 황태자이고 노승은 정승이며 역난을 피하여 어린 태자를 보호하고 신이한 무예를 가르쳐 왕권을 회복하고 왕위에 오른다는 것이다. 이러한 결말은 「조웅전」과도 유사한데 그 서사적 형상화는 허황하고 빈약하여 고소설과도 비교하기 어렵다.

장사전설은 대부분 비극적으로 형상화되어 있다. 아기장수의 죽음이나 장사 남매의 죽음은 모두 세계의 횡포에 의하여 영웅이 패배하는 것을 보여준다. 두포전은 서사적 플롯이나 주제면에서도 뚜렷한 작가의 의도를 찾을 수 없는 희작에 불과한 작품으로 생각된다.

4. 나오며

김유정 소설과 구비서사문학의 전반적인 공통점은 주인공이 대체로 일차산업에 종사하면서 먹고 사는 생존문제를 다루고 있다는 것이다. 김유정 작품은 대체로 1930년대 전반기의 한반도 근로생활자층의 궁핍한 생활상과 무지하고 무능한 인물들의 본능적 정감을 가감 없이 그리고 있다. 한편 구비문학 중에서도 일반대중이 향유하는 민담은 평범하거나 모자라는 인물이 의외의 행운으로 부를 획득하고 결혼에 성공한다는 내용이 많다. 이 글에서는 먼저 김유정 소설의 작품세계와 공통점이 드러나는 구비서사문학 작품을 전반적으로 대비하여 등장인물의 성격과 주제면의 성향을 검토하였다.

김유정 작품의 등장인물은 명칭만 보아도 민담의 주인공과 유사함을 알 수 있다. 인물들은 점순이, 뭉태 등 대체로 성씨가 드러나지 않는 대중들에게 친숙한 이름이나 고유한 이름 없이 가족관계나 사회에서 부르는 지칭으로 명명(命名)되고 있다. 이는 민담에서 인물의 특징으로 이름을 대신하는 것과 같은 성격이다. 구비문학 중에서 신화는 성씨가 중시된다. 부계혈통이 신성시되기 때문이다. 전설에서도 특정한 주인공의 고유명칭이 중시된다. 특히 인물전설에서는 역사적으로 실재한 인물이 등장하기에 성명은 고유성이 있다. 그런데 민담은 잠보, 먹보울보 등 성격적 특징이나 부자, 스님, 대감, 공주 등 사회적 지칭으로 인명을 대신하는 성향이 있다.

작품세계를 대비하여 보아도 김유정의 작품은 구비문학 중에서 민담이나 판소리 등과 유사점을 가지고 있다. 김유정 작품의 주인공들은 농촌이나 광산에서 일하는 가난한 노동자들이다. 도시생활자들도 등장하지만 번듯한 직장을 가지고 정상적으로 생활하는 인물은 주인공으로 등장하지 않는다. 이들은 생존을 위한 처절한 몸부림과 본능적 욕구를 해결하기위한 충동적 행위를 과감하게 실행한다. 그리하여 돈 몇 푼에 아내를 팔기도 하고 다른 남성에게 아내를 제공하기도 하며 광산에서는 금팡석 소삭을 몰래 가지고 나오려고 친구를 배신하거나 다리에 상처를 내기도 한다. 목전의 이익을 위해서는 과감하게 행동하면서 부부간의 윤리나 친구간의 신의마저도 도외시하고 있다. 그저 아무런 희망도 없이 하루하루를 살고보자는 절박함이 있을 뿐이다. 이에 비하여 민담에서는 궁핍한 가운데에서도 선량한 마음을 잃지 않고 잘 될 것이라는 희망을 가지고 낙천적으로 삶을 영위하고 초월적 존재의 도움을 기대하는 모습을 보여준다. 부부관계에서도 부인은 남편의 배신과 무능을 감싸주고 지혜로 난관을 극복하여 재결합에 성공한다. 이런 점에서 김유정 작품의 주인공과 민담의 주인공은 무식하고 본능적 욕구가 강하며 개인적 가치를 추구하고 목표를 달성하는데 과감하다는 공통점이 있는 반면 김유정 작품의 주인공은 윤리나 도덕을 의식하지 않는데 비하여 민담의 주인공은 윤리나 신의를 중시한다는 차이점이 있다.

다음으로 김유정 소설과 구비문학을 좀 더 구체적으로 개별 작품을 대비하여 검토하였다. 먼저 사랑이야기를 다룬 〈춘향가〉와 「산골」을 비교하여 보았다. 두 작품은 사또 자제와 퇴기의 딸과의 사랑과 부잣집 도령과 종의 딸과의 사랑을 다룬 이야기인데 남성이 여성보다 우월한 신분에 있다는 공통점이 있다. 특히 남녀가 헤어지고 만나는 과정이 상통한다. 「산골」에서 서울에서 유학하는 도련님이 방학 때 하향하여 이뿐이와 정을 나누고 다시 서울로 가버린다는 설정도 〈춘향가〉에서 이몽룡이 서울로 가면서 춘향과 이별을 하고 암행어사가 되어 시골로 내려와서 재회한다는 것과 상통점이 있다. 그런데 등장인물의 기능면에서는 차이를 보인다. 〈춘향가〉에서 춘향을 괴롭히는 존재는 변학도인데 「산골」에서 위권으로 이뿐이를 탄압하는 존재는 바로 도련님의 모친이면서 상전인 주인마님이다. 또한 춘향은 이몽룡과 변학도 사이에서 갈등하지만 이뿐이는 도련님과 석숭이 사이에서 갈등하지 않는다. 석숭은 삼각관계의 한 축을 담당한다는 점에서는 변학도와 일치하지만 여주인공을 괴롭히는 존재가 아니라는 점에서 차이를 보인다. 두 작품의 가장 두드러진 차이는 〈춘향가〉에서는 남녀의 사랑이 진실하고 행복한 결말을 맺지만 「산골」에서는 도련님의 진심이 드러나지 않고 결말이 나타나지 않는다는 점이다.

다음으로 빈곤을 다룬 작품들을 검토하였다. 빈곤의 문제는 주로 먹고 살기위한 재화의 획득으로 귀결된다. 〈홍보가〉나 민담 「북두칠성이 도와준 사람」에서처럼 구비문학에 등장인물은 대체로 착한 행동을 하여 복을 받는 인물로서 권선징악적 교훈을 주는 인물이다. 반면 김유정 문학의 등장인물은 빈곤에 허덕이면서 희망이 없이 당장의 생존을 위하여 몸부림치는 존재들이다. 「만무방」, 「노다지」, 「금」, 「금 따는 콩밭」 등 김유정 작품의 등장인물은 굶주린 들짐승처럼 재화를 향하여 돌진하는 무지한 인물들이다. 김유정은 이런 인물을 통하여 당대에 암울한 생존현실을 드러내면서 한편으로는 무식하고 무모한 당시의 조선의 대중들을 비판하려 한 것으로 생각한다.

다음으로 부부관계를 다룬 작품으로 「가을」, 「소낙비」, 「정분」과 구비문학작품들을 대비하여 보았다. 「가을」에서는 굶주림을 못견디어 아내를 소장수에게 팔고 「소낙비」에서는 춘호가 노름밑천을 장만하려고 아내를 단장시켜 리주사에게 보내 성매매를 강요하며, 「정분」에서는 남편이 아내 몰래 집안의 살림도구를 빼내어 들병이에게 가져다준다. 이처럼 김유정 작품에서는 가난이나 자신의 개인적 욕망을 위하여 아내를 파는 것으로 나타난다. 이와 대비할만한 구비문학 작품으로 아내를 내기에 걸어 남에게 빼앗겼다가 다시 찾는 이야기가 있다. 문헌설화 「예성강」, 서사무가 〈일월노리푸념〉 그리고 구비설화로 「우렁각시」, 「새신랑」 등을 찾을 수 있다. 이들 작품에서는 돈이나 권력을 가진 자가 궤계로 백성의 아내를 빼앗는 것으로 되어 있다. 그러나 구비문학에서는 아내의 지혜로 난관을 극복하고 부부 재결합하는데 비하여 김유정 작품에서는 아내의 지혜나 역할이 거의 드러나지 않는다는 차이가 있다.

「두포전」은 구비문학 장사이야기에서 직접 소재와 주제를 빌려온 작품으로 보이는데 그 문학적 형상화에는 실패한 작품으로 보인다. 아마도 김유정이 사망하기 직전 병석에서 전반부를 지은 것으로서 추정하는데 수정과 퇴고를 거치지 않은 미완의 작품인 것으로 보인다.

김유정의 소설은 전체적으로 현실주의적 성향을 띠우고 있다. 실제세계와 허구세계가 밀착되어 사실성을 획득하고 있다. 또한 일제 강점기에 고통 받는 대중들의 삶의 절규를 담아내고 있다는 점과 인간의 가식 없는 본성을 드러내보였다는 점에서 높은 평가를 받았다고 본다. 그러나 한반도의 구비서사문학에 비하여 주인공이 전통윤리를 무시하고 삶에 대한 성찰과 비전이 없다는 점에서 작가의 비판정신은 문제가 있었다고 생각한다.

참고문헌

1. 논문

서대석, 「가난한 사람 도와준 북두칠성」, 『한국구비문학대계』 2-2(강원도 춘천시 춘성군편),
　　　　한국정신문화연구원, 1981.

＿＿＿, 「모방담」, 『이야기의 의미와 해석』, 세창출판사, 2011.

＿＿＿, 「일월노리푸념과 유사설」, 『이야기의 의미와 해석』, 세창출판사, 2011.

＿＿＿ · 박경신 역주, 「일월노리푸념」, 『서사무가』 1, 고려대 민족문화연구소, 1996.

신동욱, 「연구편」, 『김유정작품집』, 형설출판사, 1977.

제2부 / 김유정 문학의 토대

김유정의 '위대한 사랑'

1. 들어가며

'위대한 사랑'은 김유정(金裕貞, 1908~1937)이 자기의 문학사상을 해명하기 위하여 사용한 용어이다. 그러나 이 '위대한 사랑'의 개념이 김유정 특유의 사상으로 명료하게 체계화되어 있지는 않은 것이 지금의 실정이다. 이 용어는 「병상(病床)의 생각」이라는 서간문에만 잠깐 나오는데 이 서간문은 그가 그의 인간관과 문학관을 밝힌 유일한 글이다. 유일한데다가 그 개념을 설명하는 논리가 상당히 거칠다. 우리는 다만 그 거친 논리를 통하여 김유정의 의도를 유추해볼 수 있을 뿐이다.

이 글에서 필자는 김유정이 구상하고 있던 '위대한 사랑'이 과연 무엇이었을까, 그가 생각하고 있으면서 미처 글로 남기지 못한 것이 있다면 그것은 과연 무엇일까를 탐색해보기로 한다. 이러한 작업은 김유정의 문학을 체계화하고 그 작품들을 좀 더 분명하게 이해하는 데에 도움을 줄 수 있을 것이다.

'위대한 사랑'에 처음으로 주목한 학자는 아마도 유종호일 것이다. 그의 김유정론은 다음과 같이 끝난다.

> 속을 드러내기를 수줍어한 그(김유정 – 발표자 주)는 자연 인생관이나 문학관의 직접적 토로를 피하였다. 유일한 예외라고 할 에세이 「병상에서」(「病床의 생각」의 잘못 – 필자 주)에는 그의 성실성이 웅변으로 나타나 있다. 그가 거기에서 결론적으로 말하고 있는 '(위대한) 사랑'은 그의 사색이 심각하면서 절실하였다는 것을 증언하고 있다. 그가 제시한 것이 당대의 우리 문학에서 가장 성실하고 지혜로운 인생관, 문학관이었음을 우리는 단언해도 좋다.[1]

유종호는 김유정이 제안한 '위대한 사랑'을 한껏 강조한다. 그러나 그것을 분석해가며 논의하지는 않았다. '위대한 사랑'에 대한 구체적 논의는 이선영, 최원식, 이덕화 등에 의하여 이루어졌다. 이들의 논의는 본론 부분에서 검토하겠다.

이제 이들 기존 연구들을 발판으로 삼아 이 논의를 심화 · 확장시켜 나가기로 한다. 좁은 범위의 사랑에서 넓은 범위의 사랑으로 점차적으로 확장해가며 논의를 진행하겠다. 곧 이 논의는 개인에 대한 사랑에서 시작하여 인류에 대한 사랑으로 끝난다. 그리고 매 단계마다 거기에 해당하는 김유정의 작품들을 검토해보고 나서 다음 단계로 나아가겠다.

1 　유종호, 「흙에서 솟은 눈물과 웃음」, 전광용 외, 『현대의 문학가 9인』, 신구문화사, 1976, 125쪽.

2. 남녀 간의 사랑의 양면성 – 숭고와 우아

김유정의 「病床의 생각」은 사랑의 편지이다. 『조광』 1937년 3월호는 '사랑의 서간집'을 '제5특집'으로 꾸몄는데 이 특집에 이헌구, 임화, 김유정, 모윤숙의 사랑의 편지들이 실려 있다. 김유정이 이 편지를 쓴 날짜는 1937년 1월 10일이다. 세상 떠나기 2개월 19일 전이다. 이 편지의 수신자가 누구인지는 밝혀져 있지 않다. 이 편지에 "당신은 학교에서 수학을 배웠고, 물리학을 배웠고, 화학을 배웠고, 생리학을 배웠고, 법학을 배웠고, 그리고 공학, 철학 등 모든 것을 충분히 배운 사람의 하나입니다. 다시 말하면 놀라울만치 발달된 근대과학(近代科學)의 모든 혜택(惠澤)을 골고루 즐겨오는 그 사람들의 하나입니다"라는 구절이 있다. 그러나 '당신'이 누구인지는 밝혀져 있지 않다.

이 편지에 다음과 같은 대목이 있다.

> 연애는 예술이라든 당신의 그 말씀, 연애로 하야금 인류(人類) 상호결합(相互結合)의 근본윤리(根本倫理)로 내보인 나의 고백을 불순하다 하였고 더 나아가 연애는 연애를 위한 연애로 하되 항여나 다른 부조건(副條件)이 많아서는 안되리라 그 말씀이 더 큰 이유가 될는지도 모릅니다.[2]

김유정이 연애는 '인류 상호결합의 근본윤리'라고 주장하자 이 편지의 수신자인 여인이 그것은 불순한 생각이다, 연애에 다른 부조건(副條

---

2   김유정, 「病床의 생각」, 전신재 편, 『원본 김유정 전집』(개정증보판), 강, 2012, 466쪽(이하 이 책은 『전집』으로 표기함).

伴)이 따라서는 안 된다, 연애는 단지 연애를 위한 연애여야 한다, 연애는 예술이다, 라고 항변을 한 것이다. 그러니까 그 여인과 김유정은 서로 다른 연애관(사랑관)을 가지고 있는 것이다.

그 여인에게 사랑의 미적 범주는 숭고이다. 연인 앞에 서면 나 자신이 숭고한 사람이 되고 싶은 충동을 느끼는 것, 연인과 함께 숭고한 경지로 오르려는 결심이 확고해지는 것, 그것이 사랑이다.

숭고란 무엇인가. 그것은 현실을 초월해서 존재하는 아름다움이다. 우아한 아름다움이 현실세계에서 감촉할 수 있는 아름다움이라면 숭고한 아름다움은 이상세계에 존재하기에 감각기관으로는 감촉할 수 없는 아름다움이다. 꽃은 우아하고, 그 꽃을 피워내는 자연의 섭리는 숭고하다. 그 숭고한 세계를 지향하는 것이 사랑이다. 이러한 사랑은 인간의 마음을 깨끗하게 해주고, 인간을 드높은 경지로 이끌어올려준다. 그래서 우리의 삶에서 사랑은 소중한 체험이다. 그러나 그 체험은 아무에게나 허여되는 것이 아니다. 그것은 현실적인 조건들을 초월할 수 있는 용기가 있는 사람에게만 허여된다.

그 여인은 에드거 앨런 포의 「애너빌 리」(1849), 에밀리 브론테의 『폭풍의 언덕』(1847), 앙드레 지드의 『좁은 문』(1908), 박계주의 『순애보』(1939), 이광수의 『사랑』(1939) 등에 나타난 사랑을 염두에 두고 있는 것이다.

그러나 김유정에게 사랑은 그러한 것이 아니다. 김유정에게 남녀 간의 사랑은 숭고한 아름다움이 아니라 '인류 상호결합의 근본윤리'이다. 사랑은 두 사람의 결합으로 그치는 것이 아니다. 남녀 간의 사랑은 (출산을 함으로써) 인류를 번성하게 하고, 세상 사람들이 서로 배척하지 아니하고 서로 결속하여 친밀하게 지내게 하는 근본 윤리이다. 사랑은 인류가 하나로 단합하는 근본이다.

김유정은 이러한 논리를 예술과 문학에도 적용시킨다. 그의 논리에 의하면 연애를 위한 연애는 연애가 아니듯이 예술을 위한 예술은 예술이 아니다. 예술은 '우리 인류사회에 적극적으로 역할을 가져오는 데에 그 의미를 두어야 한다.' 그의 판단에 의하면 뛰어난 예술적 가치를 가진 작품은 제임스 조이스의 『율리시스』가 아니라, 허균의 『홍길동전』이다.[3]

이제까지 살펴본 대로 남녀 간의 사랑에는 양면이 있다. 현실세계를 초월해서 이상적 경지로 올라가는 숭고한 사랑과 현실세계 안에서 아기 낳고 보람 있는 삶을 꾸려나가는 우아한 사랑이 그것이다. 김유정이 생각하고 있었던 것은 후자이다. 후자는 전자보다 원초적이고 현실적이다.

그렇다면 김유정의 소설에서는 결혼의 의미가 어떻게 나타나는가. 「산ㅅ골나그내」에서 29세의 덕돌이 19세의 나그네 여인에게 청혼하는 장면은 다음과 같다.

> "그럼와 그러는게유? 우리집이 굶을까바 그리시유?"
>
> "……"
>
> "어머 이도사람은 조하유 …… 올에 잘만 하면 내년에는 소 한바리 사 놀게 구 농사만 해두 한 해에 쌀 넉 섬 조 엿섬 그만하면 고만이지유…… 내가 실은 게유?"
>
> "……"[4]

여자 쪽에서는 좋고 싫은 것이 문제가 될 수 있지만 남자 쪽에서는

---

3 위의 글, 470쪽.
4 『전집』, 24쪽.

굶지 않고 살면서 소 한 마리를 사놓을 수 있는 능력이면 결혼 조건으로 충분한 것이다. 「총각과 맹꽁이」에서 34세의 노총각 김덕만은 22세의 들병이를 아내로 맞이하려 하는데 그 속마음은 다음과 같다.

이런 걸 데리고 술장사를 한다면 그박게 더 큰 수는 업다. 뒤 해만 잘하면 소 한바리 쯤은 락자업시 떨어진다. 그리고 아들도 곳 나야할 텐데 이게 무엇보다 큰 걱정 이엇다.[5]

아내에게 술장사를 시켜서 소 한 마리를 사는 것, 아들을 낳는 것이 곧 결혼의 목적이다. 「안해」에서 남편이 아내에게 바라는 바는 다음과 같다.

너는 들병이로 돈 벌 생각도 말고 그저 집안에 가만히 앉었는 것이 옳겟다. 구구루 주는 밥이나 언어먹고 몸 성히 있다가 연해 자식이나 쏟아라. 뭐 많이도 말고 굴 때같은 아들로만 한 열다섯이면 속하지. 가만있자, 한놈이 일년에 벼 열 섬씩만 번다면 열다썸이니까 일백오십 섬. 한 섬에 더도 말고 십 원 한 장식만 받는다면 죄다 일천 오백 원이지.[6]

남편은 계산도 할 줄 모르지만 자식을 많이 두고 풍족하게 사는 것을 갈망하고 있다. 김유정 소설의 주인공들에게 숭고한 사랑은 그것이 무엇인지도 모르는 개념이다.

---

5 『전집』, 33쪽.
6 『전집』, 179쪽.

3. 인간 구원의 사랑의 두 유형 — 종교적 사랑과 모성애

김유정의 「病床의 생각」에 다음과 같은 대목이 있다.

> 사랑, 하면 우리는 부질없이 예수를 연상하고, 또는 석가여래(釋迦如來)를 곧잘 들추어냅니다. 허나 그것은 사랑의 일부발현(一部發現)은 될지언정 사랑 거기에 대한 설명은 되지 못할 겝니다.[7]

요컨대 종교적 사랑은 그가 추구하는 사랑이 아니라는 것이다. 종교적 사랑은 어떠한 사랑인가? 세상의 모든 사람들과 신에 대한, 혹은 생명이 있는 모든 것에 대한 무조건적이고 의무적인 사랑, 이것이 종교적 사랑의 요체가 아니겠는가. 종교적 사랑은 때로는 자기희생을 수반하기도 한다. 종교적 사랑의 미적 범주는 숭고이다. 종교는 내세를 전제로 한다는 점에서도 그러하다.

그러나 김유정이 추구한 사랑은 이러한 사랑이 아니었다. 종교적 사랑은 사랑의 일부 발현일 뿐이라고 했으니, 그가 추구하는 사랑은 종교적 사랑보다 더 큰 사랑이다. 그렇다면 김유정이 추구한 사랑은 어떠한 사랑인가?

판소리 명창 박녹주(朴綠珠)에 대한 김유정의 일방적 사랑은 당시 장안의 화제였는데, 박녹주가 김유정을 회고하며 쓴 수필에 다음과 같은 부분이 있다.

---

7 『전집』, 471쪽.

겨울이었다. 유정이 별안간 우리집을 찾아왔다. 내가 방에 앉아 있는데 유정이 성큼 방안으로 들어섰다. 나는 놀라 얼른 자리에 앉았다. 유정은 나를 보자마치 어머니 품에 안기려는 아이처럼 내게 다가왔다. 나는 얼른 소리를 쳤다.

"이게 무슨 짓이요? 거기 앉아 계시오."

그는 눈물을 잔뜩 머금은 얼굴로 어쩔 줄을 모르고 방석 위로 옮겨 앉았다. 그러더니 엉엉 울음을 터뜨리는 것이었다. 그는 한참 동안이나 서럽게서럽게 울었다.

나는 그가 측은해서 눈물이 솟았지만 모르는 척하고 할멈을 불렀다.

"할머니 목욕 가게 목욕 준비해요."

한창 추울 때라서 목욕하고 싶은 마음은 조금도 없었다. 그러나 별 도리가 없었다. 유정은 그렇게 한참이나 앉아서 엉엉 울더니 벌떡 일어나 밖으로 나가 버렸다.[8] (강조-필자)

김유정 사신이 쓴 자서전소설 『생(生)의 반려(伴侶)』에서 유명렬(김유정)이 나명주(박녹주)에게 보낸 긴 편지는 다음과 같이 끝난다.

선생이시어

저에게 지금 단 하나의 원이 있다면 그것은 제가 어려서 잃어버린 그 어머님이 보고싶사외다. 그리고 그 품에 안기어 저의 기운이 다할 때까지 한껏 울어보고 싶사외다. 그러나 그는 이 땅에 이미 없노니 어찌하오리까.

선생이시어

당신은 슬픔을 아시나이까. 그렇다면 그 한쪽을 저에게 나누어 주소서. 그

---

8 박녹주, 「綠珠, 나 너를 사랑한다」, 『문학사상』, 1973. 4, 219쪽.

리고 거기 따르는 길을 지시하야 주소서.[9]

우리가 지금 검토하고 있는 서간문 「病床의 생각」에도 어머니에 대한 언급이 나온다.

나는 몸이 아플 때, 저 황천으로 가신 어머님이 참으로 그리워집니다.[10]

박녹주(1905~1979)는 김유정(1908~1937)보다 삼 년 연상이다. 김유정에게 박녹주는 그 품에 안겨 울고 싶은 어머니였다.

김유정은, 그의 짧은 일생을 사는 동안, 늘 어머니를 그리워하였다. 일곱 살에 어머니를 여의고, 이어서 아홉 살에 아버지를 여의고, 김유정은 평생 어머니의 따뜻한 품을 그리워하며 살았다. 그 그리움은 조실부모한 처지에서만 오는 것이 아니었다. 명문거족이 급격하게 몰락한 충격, 형제자매 사이의 끊임없는 갈등, 이 집 저 집을 전전하며 얹혀살아야 하는 경제적 궁핍, 늑막염과 치질과 폐결핵을 함께 앓는 육체적 고통, 구애하는 여성에게마다 거절당한 수모. 이러한 여러 가지 곤경들이 김유정을 옥죄어올 때, 그는 돌아가신 어머니의 자애로운 사랑을 갈망했다. 김유정에게 어머니는 어둠 속의 한 줄기 빛이었다.

김유정은 어머니의 사진을 몸에 지니고 다녔다. 중학생 시절에 그는 어머니의 사진을 친구 안회남에게 보여주며 "우리 어머니 미인이지?" 하고 물었다고 한다. 책을 읽을 때에는 책상 위에 어머니 사진을 모셔 놓고 그 사진 앞에서 책을 읽었다고 한다.

---

9 김유정, 『生의 伴侶』, 『전집』, 270~271쪽.
10 김유정, 「病床의 생각」, 『전집』, 465쪽.

김유정은 병세가 악화될수록 어머니를 더욱 그리워하였다. 그는 자신의 죽음이 예견될 정도로 병세가 악화되자 어머니를 더욱 간절히 찾았다. 자기의 생명이 다하는 것을 몸으로 느끼게 되면서 김유정은 자기의 생명을 준 어머니를 간절하게 찾은 것이다.

한편 김유정은 자기의 추한 모습을 어머니에게 보이고 싶지 않은 심정을 가지고 있었다. 어머니가 일찍 돌아가셨기에 병마에 시달리는 아들의 모습을 보시지 못하여 오히려 다행이라고 김유정은 생각하고 있었다.

① 한때는 나도 어머니가 없음을 슬퍼도 하였으나 이 情景을 目睹하고 보니, 지금 나에게 어머니가 계셨더라면 슬퍼하는 그 꼴을 어떻게 보았으랴, 싶어 일즉이 父母를 여윈 것이 차라리 幸福이라고 없는 幸福을 있는 듯이 느끼고는 후— 하고 가벼이 숨을 돌리어본다.[11]

② 몸이 아프면 아플수록 나느니 어머니의 생각. 하나 업기를 多幸이다. 그는 당신이 낳아놓은 자식이 이토록 못생기게스리 될 줄은 꿈에도 생각지 못하고 便히 잠드셨나. 만일에 나의 이 꼴을 보신다면 應當 그는 슬프려니. 하면 없기를 不幸 中 多幸이다. 한숨을 휘, 돌리고 눈에 고였든 눈물을 씻을 때에는 기침에 痰을 볼 대로 다 본 뒤였다.[12]

①은 김유정이 서울 정릉 인근에 있는 약수암(藥水庵)에서 요양하고 있을 때에 쓴 수필이다. "이 情景을 目睹하고"에서 '이 情景'은 치질 중에

---

11 김유정, 「밤이 조금만 짤럿드면」, 『전집』, 442쪽.
12 김유정, 「病床迎春記」, 『전집』, 455쪽.

서도 악성인 치루를 앓고 있어 수술을 해야 하는데 돈이 없어 수술을 못하고 있는 형편에 더하여 폐결핵까지 겹쳐 있어 기침을 하면 가슴이 결리고 힘이 빠지는 정경이다. 이것은 세상 떠나기 4개월 전의 정황이다.

②는 서울 충신동에서 셋방살이하는 형수댁에 얹혀 있을 때 쓴 수필이다. 한밤중에 일어나 원고를 쓰려고 펜을 들었는데 기침이 터져나오고 가슴이 아파 다시 누워버리는 정황이다. 이것은 세상 떠나기 2개월 전이다.

그를 죽음으로 몰고가는 병마 앞에서 김유정은 어머니에 대한 절박한 그리움과 흉한 자기의 몰골을 어머니에게 보이고 싶지 않은 마음을 동시에 가진다. 여기에서 우리는 김유정이 그의 어머니를 신성한 어머니로 여기고 있었음을 읽어낼 수 있다.

안회남이 김유정을 모델로 해서 쓴 소설의 마지막 장면은 김유정 어머니의 사진 이야기이다. 김유정 사후에 그의 모든 유품들을 안회남이 정리하여 보관하고 있는데 그의 어머니 사진은 아무리 찾아도 없었다고 한다. 이 실명소설은 이렇게 끝난다.

그 사진을 유정이 가슴 속에다 꼭 안고 그리운 어머님 품을 저 나라로 찾아간 것이 아닌가. '겸허' 그러한 태도로 세상의 모든 것과 인연을 끊으면서 온갖 것을 내어던졌으나, 그 어머님 사진 한 장만은 가슴에 품고 눈을 감은 것 같다. 그래서 그 사진은 유정의 몸과 함께 타버리고 영원히 없는 것이 아닌가. 나는 그의 유품 속에서 그것을 찾아내려고 애썼으나, 인제는 고만두련다. 유정을 위하여. 나의 추측과 같이 꼭 그렇게 그와 함께 사라졌다고 믿는다.[13]

---

13 안회남, 「겸허－김유정전」, 『문장』, 1939. 10, 68쪽.

김유정은 죽는 날까지 어머니의 사랑을 갈망했다. 그는 일곱 살에 어머니를 잃고, 평생을 두고, 세상을 떠난 어머니의 사랑을 갈망했다. 김유정의 어머니의 사랑에 대한 갈망은 두 가지 의미를 가진다.

하나는 사랑의 원초성이다. 어머니의 사랑은 모든 종류의 사랑 중에서 가장 원초적인 사랑이다. 따뜻하게 감싸주는 것, 마음을 편안하게 해주는 것, 자식을 위하여 자기를 희생하는 것, 그러면서 오히려 기쁨을 느끼는 것. 이러한 절대적 사랑이 가능한 것은 어머니는 생명의 원천이고, 자식은 어머니로부터 생명을 받은 어머니의 분신이기 때문이다. 생명을 태어나게 해주는 존재이니 어머니는 신성한 존재이다. 종교적 사랑의 근원도 결국 신성한 어머니의 사랑이 아니겠는가.

둘은 사랑의 위대성이다. 평생을 두고 어머니의 사랑을 갈망하면서 김유정은 어머니를 신성한 존재로 부각해갔고, 받는 사랑을 주는 사랑으로 바꾸어나갔다. 이 세상에 안 계신 어머니의 사랑을 받는 것은 불가능한 것이고, 어머니가 자식을 사랑하듯 작가가 세상 사람들을, 특히 곤경에 처해 있는 가련한 사람들을 사랑하는 것은 가능한 것이다. 여기에서 우리는 '위대한 사랑'의 싹을 발견할 수 있다.

이제까지의 논의를 요약해보자. 인간 구원의 사랑에는 두 유형이 있다. 종교적 사랑과 모성애가 그것이다. 종교적 사랑과 어머니의 사랑은 절대적이라는 점에서 공통된다. 그러나 종교적 사랑은 이상세계 지향적이고 어머니의 사랑은 현실세계 지향적이라는 점에서 서로 대조가 된다. 김유정이 중히 여긴 것은 후자이다. 김유정은 어머니의 사랑을 종교적 사랑보다 더 큰 사랑으로 인식하였다. 종교적 사랑에 비해 어머니의 사랑은 원초적이고, 현실지향적이다.

김유정의 소설들 중에서 모성애가 나타나는 소설은 그의 자서전소설인 『생(生)의 반려(伴侶)』가 유일하다. 그런데 이 소설은 미완성이어서 작품정신이 온전히 나타나 있지 않다.

4. 지상적인 사랑의 두 유형 – 정과 '위대한 사랑'

정(情)은 한국 특유의 인간친화적 문화이다. 정은 사람을 좋아하는 사람들의, 사람 냄새 충만한 문화이다. 정의 숙성 조건은 협소한 공간과 장구한 시간이다. 이러한 정은 다음 몇 가지의 특징을 가진다. 첫째, 정은 따뜻하다. 둘째, 정은 복합감정이다. 셋째, 정은 무의식중에 저절로 형성된다. 넷째, 정은 규칙을 초월해서 존재한다. 다섯째, 정은 위생도 초월해서 존재한다. 여섯째, 정은 때로는 부담이 되기도 한다. 그러니까 정은 인간의 감정이 분화되기 이전의, 규칙이 강화되기 이전의, 위생 의식이 강화되기 이전의 원초적인 감정이다.[14]

정은 사랑과 다르다. 사랑은 인간을 현실을 초월한 이상적인 경지로 이끌어 올리려는 의지이고, 정은 현실 속의 인간 자체를 좋아하는 자연스러운 감정이다. 구태여 미적 범주로 나누면 사랑은 숭고한 아름다움

---

[14] 정의 개념과 특성에 대한 깊이 있고 상세한 논의는 아직 이루어지지 않은 듯하다. 다만 다음 글들에 개괄적이고 단편적인 견해들이 언급되어 있다.
　　김열규, 「정」, http://encykorea.aks.ac.kr, 2013.7.20 검색.
　　김영룡, 「잔잔한 정의 나라, 한국」, 임태섭 편저, 『정, 체면, 연줄, 그리고 한국인의 인간관계』, 한나래, 1995, 15~34쪽.
　　최상진, 「정(情)」, 『한국인의 심리학』, 중앙대 출판부, 2000, 42~75쪽.
　　Le Clezio, 최미경 역, 「폭력의 유산」, 『창작과비평』 138, 창비, 2007년 겨울, 134~139쪽.

에 속하고, 정은 우아한 아름다움에 속한다. 사랑은 이원론적(二元論的) 세계관의 소산이고, 정은 일원론적(一元論的) 세계관의 소산이다.

이러한 정의 세계는 김홍도의 풍속화, 엮음아리랑,[15] 김유정의 소설 등에 집중적으로 나타나 있다. 엮음아리랑은 김유정의 애창곡이었고,[16] 김유정의 소설들 중에서는 「산골」, 「안해」, 「땡볕」, 「야앵(夜櫻)」, 『生의 伴侶』, 「따라지」, 「형(兄)」 등에 정이 집중적으로 나타나 있다.

김유정은 그의 삶에서 인간과 인간 사이의 끈끈한 정을 갈망했다. 김유정은 여러 글에서 그의 우울증(憂鬱症)·염인증(厭人症)을 고백한다. ②와 ③은 김유정의 자서전소설인데 서술자인 '나'의 친구인 명렬이 김유정에 해당하는 인물이다. 그러니 간접 고백이다. ①과 ④는 김유정의 수필이다. 그러니 직접 고백이다.

① 나는 宿命的으로 사람을 싫여합니다. 다시 말하면 사람을 두려워한다는 것이 좀 더 適切할는지 모릅니다. 늘 周圍의 人物을 警戒하는 버릇이 있읍니다. 그버릇이 結局에는 말없는 憂鬱을 낳읍니다.[17]

② 요즘에와서 명렬군은 생의 절망, 따라 우울의 절정을 걷고 있었다. (…중략…) 내가 어쩌다 찾아 가 들여다보면 그는 헐없이 광인이었다. 햇빛 보기를 싫여하는 그건 말고라도 거츠러진 그 얼골이며 안개 낀 그 눈매- 누가 보든지 정신병 환자이었다.[18]

---

15 엮음아리랑의 노랫말들이 궁극적으로 표현하고자 하는 것은 '인간과 인간 사이의 끈끈한 정'이다(전신재, 「엮음아리랑의 갈등구조」, 『강원문화연구』 9, 강원대 강원문화연구소, 1989, 5~16쪽).
16 김유정의 애창곡이 엮음아리랑이었다는 사실은 이상이 김유정을 모델로 하여 쓴 단편소설 「김유정」에 나타나 있다(이상, 「김유정」, 권영민 편, 『이상 전집』 2, 뿔, 2009, 180·374~375쪽).
17 김유정, 「어떠한 부인을 마지할까」, 『여성』, 1936.5(『전집』, 428쪽에서 재인용).

③ 그의 우울증을 타진한다면 병의 원인은 여러갈래가 있으리라. 마는 그 근번이 되어있는 원병은, 그는 애정에 주리었다. 다시 말하면 그는 사람에 주리었다.[19]

④ 나의 머리에는 천품으로 뿌리깊은 고질(痼疾)이 백여 있읍니다. 그것은 사람을 대할적마다 우울하야지는 그래 사람을 피할려는 염인증(厭人症)입니다. 그 고질을 손수 고처보고저 판을 걸고 나슨것이 곧 현재의 나의 생활이요, 또는 허황된 금점에서 문학으로 길을 바꾼것도 그 이유가 여기에 있을것입니다. 내가 문학을 함은 내가 밥을 먹고, 산뽀를 하고, 하는 그 일용생활과 같은 동기요, 같은 행동입니다. 말을 바꾸어보면 나에게 있어 문학이란 나의 생활의 한 과정입니다.[20]

인용문들은 발표순으로 배열한 것이다. 발표순으로 배열해놓고 보니 자연스럽게 증세, 진단, 처방, 치료의 순서가 되었다. ①과 ②는 증세이다. ①의 증세가 ②에 와서 더 중해진다. ③은 진단이다. 우울증의 원인은 애정결핍이다. ④는 처방과 치료이다. 우울증·염인증을 치료하는 방법은 작품쓰기이다.[21] 작품을 쓰면 고질적인 염인증에서 벗어나 인간 대열에 당당하게 합류할 수 있다. 작품은 작가와 세상 사람들을 연결해주는 끈이다. 그래서 김유정에게 문학은 생활의 한 과정인 것이

---

18 김유정, 『生의 伴侶』, 『중앙』, 1936.8(『전집』, 253쪽에서 재인용).
19 위의 글, 263쪽.
20 김유정, 「病床의 생각」, 『조광』, 1937.3(『전집』, 471~472쪽에서 재인용).
21 김유정이 작품 쓰기를 통해서 우울증을 스스로 치료하였다는 것은 유인순도 지적한 바 있다. "김유정은 주어진 우울증에서 벗어나기 위해 작품을 쓰고 작품을 쓰면서 우울증에서 치유되어 간다." "그는 드물게 작품 창작을 통해서 우울을 치료해 나간 사람이었다."(유인순, 「김유정과 우울증」, 『김유정과의 동행』, 소명출판, 2014, 112·114~115쪽)

다. 그가 금점(金店)을 포기하고 문학의 길로 들어선 것도 사람들 속에서 사람 냄새 나는 삶을 살고 싶어서였다.

이 모든 절차는, 다른 사람에게 의지하지 않고, 김유정 자신의 의지로써 행해지고 있다. 스스로 진단하고, 스스로 처방하고, 스스로 치료한다. 이른바 문학치료이다. 김유정은 이처럼 자기 관리를 철저히 했다. 또한 죽음이 가까이 다가올수록 더욱 치열해지는 생명 의지를 읽을 수도 있다.

③에서 '그는 사람에 주리었다.'고 했다. 이것은 무슨 말인가. 이것은 사람의 정(情)에 주리었다는 말이다. 사람과 사람이 정을 주고받으면서 인간 유대(紐帶)를 이루고 있는 세상을 그는 갈망했다.

살펴본 대로 김유정은 우울증·염인증을 앓고 있으면서 인간 대열에 당당하게 합류하여 사람 냄새 나는 삶을 살기를 갈망했다. 사람 냄새 나는 삶은 곧 정이 충만한 삶이다. 정은 한국 특유의 인간친화적 문화이다. 그런데 정의 문화가 뿌리를 내릴 수 있는 공간적 범위가 한정되어 있는 것은 사실이다. 그것은 가정과 마을 정도이고 고을과 나라로 확장되면 정의 영향력이 약해지는 것도 사실이다.

김유정은 정의 문화를 확장해보려는 생각을 가지고 있었던 듯하다. '세계 역사상 어느 시대, 어느 민족의 문화가 훌륭하다 보십니까'라는 설문에 김유정은 "아즉은 없었는듯합니다. 허나 앞으로 장차 露西亞에 우리 人類를 爲하야 크게 貢獻될바 훌륭한 文化가 建設되리라 생각합니다"라고 답한 바 있다.[22] 그는 또한 「病床의 생각」에서 당시의 현실을 '순전히 어지러운 난장판'으로 진단하고 이를 타개할 방책으로 '위대한 사랑'을 내세운다.

---

22 『조광』, 1937.2, 190~193쪽.

오늘 우리의 최고이상(最高理想)은 그 위대한 사랑에 있는것을 압니다. 한 동안 그렇게도 소란히 판을 잡았든 개인주의(個人主義)는 니체의 초인설(超人說) 마르사스의 인구론(人口論)과 더부러 머지 않어 암장(暗葬)될 날이 올겝니다. 그보다는 크로보토킨의 상호부조론(相互扶助論)이나 맑스의 자본론(資本論)이 훨씬 새로운 운명(運命)을 띠이고 있는것입니다.[23]

김유정이 니체(F. Nietzsche, 1844~1900)와 맬서스(T. Malthus, 1766~1834)를 배척하고, 크로포트킨(P. A. Kropotkin, 1842~1921)과 마르크스(K. Marx, 1813~1883)를 편역든 것은 곧 개인주의를 배격하고 집단주의를 수용한 것이다. '위대한 사랑'의 기본은 공동체에 대한 사랑이다. 개인에 대한 사랑이 아니라 공동체에 대한 사랑이다. 우리는 앞에서 김유정이 제임스 조이스의 『율리시스』를 낮추 평가하고 허균의 「홍길동전」을 높이 평가하였음을 확인한 바 있다. 『율리시스』는 개인의 내면을 파고든 소설이다. 이와 대조적으로 「홍길동전」은 작품의 배경 공간이 가정에서 사회로, 다시 사회에서 국가로, 또 다시 국내에서 국외로 확장되어간 소설이다.

김유정이 크로포트킨의 「상호부조 진화론(Mutual Aid : A Factor of Evolution)」에 희망을 건 근거는 무엇일까? 동물들이 척박한 자연환경에서 살아남는 방법은 서로 도와주는 것이다. 시베리아에서는 조류와 포유류가 상호 협동하여 자연의 폭압을 견뎌낸다. 북만주에서는 조류들이 종의 경계를 넘어서서 상호 부조한다. 자연의 일부인 인류도 상호 부조하는 부류들만 살아남는다. 동물이나 인간이나 상호 부조하는 부류만 살

---

23 김유정, 「病床의 생각」, 『전집』, 471쪽.

아남고 그러지 못하는 부류는 도태된다. 이것이 진화의 원리이다. 이것이 「상호부조 진화론」의 골자라고 한다. 이것은 생존경쟁에서 이기는 부류는 살아남아 진화하고, 생존경쟁에서 지는 부류는 자연도태된다는 다윈(C. R. Darwin, 1809~1882)의 진화론과 반대가 되는 이론이다.

아마도 김유정은 혹독한 현실에서 서로 돕고 의지하면서 사는 부류만 살아남는다는 주장에 마음이 끌렸던 것 같다. 우리는 그의 소설 속의 부부의 결집력이 대단히 강력하다는 것에서 이를 암시받을 수 있다. 「산ㅅ골나그내」에서의 위장결혼, 「가을」에서의 아내 팔기, 「솟」에서의 결혼의 거짓 약속 등이 계획대로 성공할 수 있었던 것은 부부의 결집력이 그만큼 강력하기 때문이다. 이 결집력은 현실의 중압에서 살아남기 위한 치열한 의지에서 온다. 가정이 파괴되고 부부마저 분열되면 혹독한 현실에서 살아남을 길이 없다. 강력한 파괴력을 가진 현실의 혹독한 바람 앞에 부부 중심의 가정은 최후의 보루다. 외부의 바람이 거세면 거셀수록 부부의 응집력은 내부로 더욱 강해진다.[24]

그렇다면 김유정은 마르크스에 대해서는 그 방대한 사상체계의 어떤 면에 마음이 끌렸던 것일까? 이 물음에 대해서는 안회남이 김유정을 모델로 해서 쓴 소설을 참고할 만하다.

- 인류(人類)의 역사(歷史)는 투쟁(鬪爭)의 기록이다.

한참 좌익사상이 범람할 임시 누가 이런 말을 하자, 옆에 있던 유정은

- 그러나 그것은 사랑의 투쟁의 기록이다.

하고 이렇게 대답한 일이 있다.[25]

---

24 전신재, 「농민의 몰락과 천진성의 발견」, 전신재 편, 『김유정 문학의 전통성과 근대성』, 한림대 아시아문화연구소, 1997, 329쪽.

김유정은 인류의 역사에서 거대한 사랑을 읽어낸 것이다. 이로 미루어 보면 그는 마르크시스트는 아니었던 듯하다.

이선영은 '위대한 사랑'은 곧 '민중 사랑'이라고 판단한다. 그리고 김유정이 "마르크스주의에 막연한 호의를 가지고는 있었지만 마르크스주의자는 아니듯이, 그의 '민중 사랑'이 반드시 마르크스주의에 바탕을 두고 있는 것"은 아니라고 한다. 이어서 그는 김유정의 "그 민중 의식은 민중의 약점을 숨기지 않으면서 그들에 대한 작가의 깊은 이해와 애정을 지니고 있다는 데 그 특징이 있다는 것"을 지적한다.[26]

최원식은 김유정의 '위대한 사랑'을 크로포트킨과 마르크스의 결합일지도 모른다고 한다. 즉 조심스러운 추정이기는 하지만 "인간을 근원적으로 부패시키는 자본주의를 넘어서는 맑스의 기획을 만물은 서로 돕는다는 끄로뽀뜨낀의 방법으로 실현한다는 그의 꿈"이 곧 '위대한 사랑'이라는 것이다. 그는 또한 다음 자료에 주목한다. 이것은 김유정의 조카의 회고이다.

이때 그(김유정)가 시골(김유정의 고향인 실레마을)에서 눈에 띄게 달라진 것이 있다면 민주적이었다는 점입니다. 몰락도정에 있을망정 그의 집안사람들이 다 班常을 가리어 家奴를 대하기 짐승처럼 했으나 유독 그는 꼭 존경하는 말로 그들을 대했읍니다.[27] (괄호-필자 주)

그는 김유정이 가노(家奴)를 존경하는 말로 대한 것이 '위대한 사랑'의

25 안회남, 「겸허-김유정전」, 『문장』, 1939.10, 56쪽.
26 이선영, 「민중문학과 자기 인식」, 전신재 편, 앞의 책, 1997, 88쪽.
27 김영수, 「김유정의 생애」, 금유정전집편집위 편, 『김유정 전집』, 현대문학사, 1968, 408쪽.

토대라고 한다.[28]

이덕화는 김유정이 지식인이라는 정체성에서 도피하여 자신을 민중과 동일시하는 것이 곧 '위대한 사랑'이라고 한다. 김유정 소설의 주인공은 약자나 피해자인데 김유정 자신도 형이나 누나로부터 박해를 받고 있는 처지임을 지적하고, 『生의 伴侶』에서 김유정에 해당하는 인물인 명렬이 박해받는 하녀 선이를 자기와 동일시하는 장면을 예로 든다.[29]

세 학자의 공통점은 김유정의 민초(民草)에 대한 이해와 사랑을 간취했다는 것이다. 민중의 약점에 대한 깊은 이해와 애정, 가노에 대한 존경, 약자·피해자에 대한 배려 등이 그것이다. 척박하고 궁핍한 환경에 처해 있는 민초들에 대한 김유정의 사랑은 높은 자리에서 그들을 내려다보는 동정(同情)과 시혜(施惠)의 사랑이 아니다. 김유정은 그들의 삶 속으로 파고들어갔다. 그의 조카 김영수의 증언에 의하면 김유정은 "언동이 겸손하고 소박한지라 남녀노소 누구 할것없이 쉽게 친근할 수 있었고 의식적으로 그는 그들 속으로 들어가 모든 것을 샅샅이 체험하고 관찰"했다.[30]

동정(同情, sympathy)과 감정이입(感情移入, empathy)은 다른 것이다. 동정은 맞장구를 치는 것이다. 상대방이 슬퍼하면 나도 슬퍼하는 것이 동정이다. 감정이입은 남의 감정을 내것처럼 느끼는 것이다. 내가 상대방의 마음속으로 들어가 상대방처럼 느끼고 생각하는 것이다. 나아가서 상대방을 객관적으로 파악하는 경지에까지 이르는 것이다. 상주가 울 때 함께 우는 것은 동정이고, 상주를 위로하고 앞으로의 대처 방법을 생각

---

28 최원식, 「이야기꾼 이후의 이야기꾼」, 김유정기념사업회 편, 『한국의 이야기판 문화』, 소명출판, 2012, 400~401쪽.
29 이덕화, 「김유정 문학의 타자윤리학과 서사구조」, 김유정학회 편, 『김유정과의 산책』, 소명출판, 2014, 247~270쪽.
30 김영수, 앞의 글, 408쪽.

해주는 것은 감정이입이다.[31] 김유정은 후자이다.

김유정이 '위대한 사랑'에 대하여 직접적으로 언급한 부분은 다음과 같다. 이 편지의 끝 부분이다.

> 그새로운 방법이란 무엇인지 나역 분명히 모릅니다. 다만 사랑에서 출발한 그 무엇이라는 막연한 개념이 있을뿐입니다. (…중략…) 그 사랑이 무엇인지 우리는 전혀 알길이 없습니다. (…중략…) 다만 한가지 믿어지는것은 사랑이란 어느 시대, 어느 사회에있어, 좀더 많은 대중(大衆)을 우의적으로 한끈에 꿸수있으면 있을스록 거기에 좀더위대한 생명을 갖게되는것입니다. 오늘 우리의 최고이상(最高理想)은 그 위대한 사랑에 있는것을 압니다. (…중략…) 그럼 그 위대한 사랑이란 무엇일가. 이것을 바루 찾고 못찾고에 우리 전 인류의 여망(餘望)이 달려있음을 우리가 잘 보았읍니다.[32]

'순전히 어지러운 난장판'인 현 상황에서 인류에게 마지막 남은 희망은 '위대한 사랑'이다. 그 '위대한 사랑'은 '좀 더 많은 대중을 우의적(友誼的)으로 한 끈에 꿸 수' 있는 것이라고 했다. 세상의 대중이 모두 친구가 되어 유대를 돈독히 한다는 뜻이다. 여기서 대중은, 김유정의 작품세계로 미루어보면, 민초(民草)에 해당하겠다. 김유정의 '위대한 사랑'은 궁박(窮迫)한 민초들의 생활 현장 속으로 파고들어가서 그들의 내면을 이해하고 그들을 친구처럼 하나로 단합하게 하는 사랑이다. 자기만 혼자 살려고 애쓰면 오히려 도태된다. 서로 돕고 의지하며 공동으로 대응하는 것이 혹독한 현실에서 살아남는 방법이다. '위대한 사랑'은 결국 인

---

31 정범모, 『그래, 이름은 뭔고?』, 나남출판, 2007, 84쪽.
32 김유정, 「病床의 생각」, 『전집』, 471~472쪽.

류에 대한 사랑이다. (그러니까 김유정은 어느 여인에게 사랑의 편지를 쓰면서 그 여인에게 자기의 사랑을 고백하지 않고, 그 여인에게 엉뚱하게도 인류에 대한 사랑을 고백한 것이다.)

「病床의 생각」에서 하늘의 천체들과 지상의 인간들을 대비한 대목은 참 아름답다. 하늘의 천체들이 상호간의 인력(引力)으로 운행(運行)하면서 우주의 질서를 유지하고 있듯이 지상의 인간들도 상호간의 긴장관계로써 하나로 단합하여 인류사회의 질서를 만들어 나가야 한다는 것이 김유정의 생각이다. 그는 말한다. '마치 우리 머리 위에 널려 있는 복잡한 천체, 그것이 제각기 그 인력에 견연(牽連)되어 원만히 운용되어 갈수 있는 것'처럼 지상의 인간들도 '서로서로 가까이 밀접(密接)하'게 지내려고 애쓰는 것이 참다운 인생이라고. 그리고 이것이 '궁박(窮迫)한 우리 생활을 위하여 이제 남은 단 한 길'이라고.[33]

이제 '위대한 사랑'의 개념을 요약해보자. 첫째, '위대한 사랑'은 개인에 대한 사랑이 아니라 공동체에 대한 사랑이다. 둘째, 김유정의 논리와 관계없이, 공동체에 대한 사랑은 개인에 대한 사랑보다 원초적이다. 공동체에 대한 사랑은 개인주의가 발달한 시대의 개인적인 사랑에 선행한다. 셋째, '위대한 사랑'은 궁박(窮迫)한 민초(民草)들에 대한 사랑이다. 넷째, '위대한 사랑'은 동정(同情)과 시혜(施惠) 수준의 사랑이 아니라, 감정이입(感情移入) 수준의 사랑이다. 결국 '위대한 사랑'은 정을 확장한 것이다.

유종호에 의하면, 김유정이 '위대한 사랑'을 구상하고 그것을 실현한 것은 그가 그의 고향 실레마을에서 계몽활동을 할 때이다.

---

33 위의 글, 465~466쪽.

연필과 공책까지 나누어 주면서 야학을 가르치고 농우회로 새로운 농촌 기풍을 진작시키려고 한 그의 활동을 '선조의 죄악'을 씻으려는 일종의 속죄 행위로만 보는 것은 피상적이리라. 그는 무엇인가 창조적이고 생산적인 일을 하고 싶었고 그 의욕은 그가 작품 속에서 무한한 애착과 미소로 그린 고향 사람들에의 봉사로 귀결된 것이리라. 그의 유일한 인생론적인 에세이인 「병상의 생각」에서 적고 있는 '(위대한) 사랑'을 터득한 것이 이 시기가 아닌가 생각된다.[34]

필자도 위의 지적에 동의한다. 김유정이 '위대한 사랑'을 발견한 곳은, 유종호의 지적대로, 그의 고향 실레마을이다. 이곳은 집단으로 일하는 모습이 '퍽 友誼的이요 따라 愉快한 勞働'으로 보이는 곳이고, 음식을 이웃과 나누는 모습이 '웅게중게 모이어 한家族같이 주고받는 그 氣分만도 깨끗하다.'고 묘사되는 곳이다. 이곳은 또한 '금쟁이의 禍를 아즉 입지않은 곳'이고 '純潔한 情緖'가 살아 있는 곳이다. 이곳은 '딴 世上 사람을 보는듯' 한 곳이다.[35]

김유정은 그의 고향에서 발견한 '위대한 사랑'을 작품으로 온전하게 형상화하려는 계획을 가지고 있었다. 그러나 그는 그것을 실현하지 못했다. 그 형수님이 셋방살이하는 서울 충신동에 얹혀 지내고 있을 때 (1936) '세상이 깜짝 놀랄만한 굉장히 크고 좋은 장편소설'『숯밭』(숯밭?)을 구상하기 시작하였다. 그의 조카 김영수의 증언에 의하면, 이 소설의 내용은 '실레(그의 고향인 강원도 춘천시 신동면 증리−필자 주)를 무대로 청년운동 전후를 줄거리로 마을사람들을 총동원시켜 이루어지는 것이 아니었겠나 추측이' 된다. 벽에 메모를 붙이고 긴긴 겨울밤을 상념에

---

34 유종호, 앞의 글, 116~117쪽.
35 김유정, 「五月의 산골작이」, 『전집』, 423~427쪽.

잠기곤 했는데 내년 늦여름에는 집필을 시작할 계획이었다.[36] 그러나 김유정은 그 여름이 오기 전 1937년 3월 29일에 세상을 떠났다.

5. 나오며

　남녀 간의 사랑에는 양면이 있다. 현실세계를 초월해서 이상적 경지로 올라가는 숭고한 사랑과 현실세계 안에서 아기 낳고 보람 있는 삶을 꾸려나가는 우아한 사랑이 그것이다. 김유정이 생각하고 있었던 사랑은 후자이다. 후자는 전자보다 원초적이고 현실적이다.

　인간 구원의 사랑에는 두 유형이 있다. 종교적 사랑과 모성애가 그것이다. 종교적 사랑과 어머니의 사랑은 절대적이라는 점에서 공통된다. 그러나 내세를 전제로 하는 종교적 사랑은 이상세계 지향적이고 어머니의 사랑은 현실세계 지향적이라는 점에서 서로 대조가 된다. 김유정이 중히 여긴 것은 후자이다. 김유정은 어머니의 사랑을 종교적 사랑보다 더 큰 사랑으로 인식하였다. 종교적 사랑에 비해 어머니의 사랑은 원초적이고, 현실지향적이다.

　김유정식 사고에 의하면, 지상적인 사랑에는 두 유형이 있다. 정(情)과 김유정이 제기한 '위대한 사랑'이 그것이다. 김유정은 우울증·염인증을 앓고 있으면서 인간 대열에 당당하게 합류하여 사람 냄새 나는 삶을

36　김영수, 앞의 글, 417쪽.

살기를 갈망했다. 사람 냄새 나는 삶은 곧 정이 충만한 삶이다. 정은 한국 특유의 인간친화적 문화이다. 그런데 정의 문화가 통용될 수 있는 공간적 범위는 협소한 것이 사실이다. 그것이 전 인류로 확산되기는 어렵다.

'순전히 어지러운 난장판'인 현 상황에서 인류에게 마지막 남은 희망은 '위대한 사랑'이다. 그 '위대한 사랑'은 요컨대 '좀 더 많은 대중을 우의적(友誼的)으로 한 끈에 꿸 수' 있는 기제(機制)인데, 그 개념은 다음과 같이 요약할 수 있다.

첫째, '위대한 사랑'은 개인에 대한 사랑이 아니라 공동체에 대한 사랑이다. 둘째, 김유정의 논리와 관계없이, 공동체에 대한 사랑은 개인에 대한 사랑보다 원초적이다. 공동체에 대한 사랑은 개인주의가 발달한 시대의 개인적인 사랑에 선행한다. 셋째, '위대한 사랑'은 궁박(窮迫)한 민초(民草)들에 대한 사랑이다. 넷째, '위대한 사랑'은 동정(同情)과 시혜(施惠) 수준의 사랑이 아니라, 감정이입(感情移入) 수준의 사랑이다. 결국 '위대한 사랑'은 정을 확장한 것이다.

'위대한 사랑'이 원초적인 사랑이라고 해서 김유정의 문학을 회고 취미에 젖은 문학으로 평가할 것은 아니다. 그것은 과거로의 회귀가 아니라 새로운 발견이다.

앞에서 확인한 대로 김유정은 인류의 마지막 희망이 '위대한 사랑'에 달려 있다고 보았다. 또한 하늘에서는 천체들이 상호간의 인력으로 운행하면서 우주의 질서를 유지하고 있듯이, 땅에서는 인간들이 상호간의 긴장관계로 유대를 맺고 살아가면서 지상의 아름다운 질서를 유지하고 있어야 한다고 그는 생각했다. 그는 우리나라의 마을공동체를 살아움직이게 하는 정의 문화를 전 인류로 확산해보려는 꿈을 가지고 있었지만 그것을 실현하지는 못했다. 이것은 누군가가 대작(大作)으로 실현해볼 만한 주제이다.

참고문헌

1. 기본 자료

전신재 편, 『원본 김유정 전집』(개정증보판), 강, 2012.

2. 논문

김열규, 「정」, http://encykorea.aks.ac.kr, 2013.7.20 검색.

김영룡, 「잔잔한 정의 나라, 한국」, 임태섭 편, 『정, 체면, 연줄, 그리고 한국인의 인간관계』, 한나래, 1995.

김영수, 「김유정의 생애」, 김유정전집편집위 편, 『김유정 전집』, 현대문학사, 1968.

박녹주, 「綠珠, 나 너를 사랑한다」, 『문학사상』, 1973.4.

안회남, 「겸허-김유정전」, 『문장』, 1939.10.

유인순, 「김유정과 우울증」, 『김유정과의 동행』, 소명출판, 2014.

유종호, 「흙에서 솟은 눈물과 웃음」, 전광용 외, 『현대의 문학가 9인』, 신구문화사, 1976.

이덕화, 「김유정 문학의 타자윤리학과 서사구조」, 김유정학회 편, 『김유정과의 산책』, 소명출판, 2014.

이 상, 「김유정」, 권영민 편, 『이상전집』 2, 뿔, 2009.

이선영, 「민중문학과 자기 인식」, 전신재 편, 『김유정 문학의 전통성과 근대성』, 한림대 아시아문화연구소, 1997.

전신재, 「엮음아리랑의 갈등구조」, 『강원문화연구』 9, 강원대 강원문화연구소, 1989.

_____, 「농민의 몰락과 천진성의 발견」, 전신재 편, 『김유정 문학의 전통성과 근대성』, 한림대 아시아문화연구소, 1997.

최상진, 「정(情)」, 『한국인의 심리학』, 중앙대 출판부, 2000.

최원식, 「이야기꾼 이후의 이야기꾼」, 김유정기념사업회 편, 『한국의 이야기판 문화』, 소명출판, 2012.

Le Clezio, 최미경 역, 「폭력의 유산」, 『창작과비평』 138, 창비, 2007년 겨울.

김유정의 창작 동력에 관한 연구

조동길

1. 들어가며

김유정은 생전의 활동 당시부터 현재까지 우리 문학사에서 꾸준히 그 문학적 비중을 인정받고 있는 작가다. 이런 사실은 실제 활동한 기간이 짧은데다 남긴 작품도 30여 편이 거의 전부임에도 그 작품의 가치와 수준이 매우 높은 작가라는 증좌라고 할 수 있다. 이에 따라 그에 관한 연구도 매우 활발하여 지속적인 연구 성과가 산출되고 있음은 물론, 그 내용 중에 비판적이거나 부정적인 것이 거의 없는 점도 그의 작가로서의 위상을 특징짓는 주요한 현상이라고 할 수 있다.

그 동안 김유정에 관한 연구는 의성어나 의태어 등 언어적 측면에서 접근한 것에서부터 식민지 시대 농촌 현실을 잘 수용하고 있다는 연구,

해학적이고 토속적인 소재와 기법에 관한 연구, 여성주의적 입장에서
소설에 드러난 들병이 등의 여성 인물의 사회 경제적 차원의 연구, 주제
와 구조에 관한 연구, 하층민으로 설정된 인물에 대한 연구, 고향과 서울
에서의 생활 중 만난 실존인물과의 관련성 연구, 황금광 시대의 시대적
현실 반영에 관한 연구, 개별 작품에 관한 연구 등 작가론, 작품론, 문학
사 등에서 다양하고도 다각적인 연구가 이루어졌다.[1] 특히 김유정학회
가 결성되어 활동하기 시작하면서 더욱 집중적이고 심화된 연구 결과물
들이 산출되고 있다. 거기에 더하여 그의 작품이 중등학교 교과서에 수
록되기 시작하면서 소설 교육적 차원의 연구도 적잖게 수행되었다.[2]

　교과서에 작품이 수록되면 당연히 광고 효과가 크게 발생한다. 특히
그 교과서가 국정교과서일 경우 더욱 그러하다.[3] 교과서의 작품 수록
은 많은 학생들을 그 작가의 잠재적 독자층으로 형성시키는 동시에 소
설사의 핵심 작가로서의 위상 정립으로 연결되는 현상을 형성하게 되
기 때문이다. 따라서 해당 작가나 작품에 관한 정보는 크게 늘어날 수
밖에 없고, 실제로 현재 김유정에 관한 자료는 가히 폭발적인 증가세를
보여 주고 있다.[4] 이런 사실을 증폭시킨 또 다른 이유로는 대중적 영향

1 　이 부분의 서술에는 김유정 관련 최근 논문에 서술된 연구사 검토 부분과 김유정학회에서 간
　행한 몇 권의 책 및 유인순의 『김유정을 찾아 가는 길』(솔과학, 2003) 「김유정 문학 개관」,(63~
　77쪽)을 참조하여 정리했으며, 특히 유인순의 책은 이 글의 여러 부분에서 가장 핵심적인 자료
　로 활용되었기에 특별히 감사의 말씀을 드린다.
2 　김유정 작품의 교육적 연구로는 유인순, 김지혜, 왕문용, 최성윤 등의 논문을 주목할 성과로
　꼽을 수 있다. 해당 성과들은 유인순의 위의 책을 비롯하여, 김유정학회 편, 『김유정과의 만
　남』(소명출판, 2013), 유인순 외 『김유정과 동시대 문학 연구』(소명출판, 2013) 등에서 확인
　할 수 있다.
3 　조동길, 「교육과정과 교과서에 관한 반성적 성찰」, 『한어문교육』 25, 한국언어문학교육학
　회, 2011, 17쪽.
4 　가령 자료 검색에 많이 활용되고 있는 포털인 구글의 '김유정' 항목에서는 약 4만 건이 넘는
　자료가 축적되어 제공되고 있다. 물론 이 숫자 속에는 동명이인의 정치인이나 연예인의 자
　료도 포함되어 있겠지만 그 중 상당 부분은 작가 김유정에 관한 것으로 볼 수 있다. 참고로 학

력이 큰 매체 변환을 들 수 있다. 그의 몇몇 작품이 방송 매체에서 드라마로 각색되어 방송되고, 또 영화로 재창조되어 국내외 영화제에서 수상하는 등 화제가 되면서 이런 현상을 더욱 상승시켰다고 볼 수 있다.[5]

김유정에 관해 이처럼 다양한 연구가 이루어졌음에도 불구하고, 그가 왜 소설 창작을 했고, 또 신체적, 경제적 어려움에도 불구하고 소설 창작을 이어갈 수 있었던 근원적 동력은 무엇이었는지, 나아가 소설 작가로서 그는 어떤 특성을 갖고 있는 작가인지에 대한 논의는 찾아보기 어렵다. 물론 왜 소설을 쓰는가에 대한 그의 단편적인 견해 표명 자료나 기존 연구자들의 몇몇 추정이 있기는 하지만, 그가 왜 생의 마지막 순간까지 소설을 놓지 않고 있었는지에 관한 의문을 충족시키기에는 미흡한 수준에 머물고 있다고 판단된다.

이 글에서는 이런 의문을 풀기 위해, 먼저 소설가들이 작품을 창작하는 이유를 중심으로 작가를 몇 가지 유형으로 나누어 보는 시도를 해 본 다음, 이에 따라 김유정이 어떤 유형의 작가인지, 그리고 왜 창작을 시작하게 되었으며 또 지속할 수 있었는지에 관해 작가 자신의 견해를 포함한 연구자들의 추정을 종합하여 그의 창작 동력에 관해 살펴보고자 한다. 두말할 필요 없이 이런 작업은 논증보다 추론에 가까운 성격의 글이 될 수밖에 없음을 미리 밝혀둔다.

술논문 색인(RISS)에서는 김유정에 관한 학위논문이 612편, 학술지 논문이 860편, 단행본에 부분적으로 언급된 것이 약 2,200여 건으로 나온다.

5 드라마나 영화로 만들어진 김유정의 작품에는 「봄·봄」, 「동백꽃」, 「소낙비」, 「땡볕」 등이 있다.

2. 소설 작가의 유형화 시론

동서양을 막론하고 오랜 세월 동안 소설은 푸대접의 대상이었다. 소설의 상위 개념인 서사가 개인이나 집단에서 중요한 교육의 제재가 되고, 일상생활에서 이야기가 즐겨 활용되면서도 소설이 부정적 대상이 되었던 가장 큰 이유는 당대 통치자들의 지배이데올로기와 배치되기 때문이었을 것이다. 하지만 민중들은 예나 지금이나 재미있는 서사를 즐기고, 그 속에서 삶의 이치나 교훈을 발견하면서 애호하고 있다. 특히 근대에 접어들어 소설의 양식이 정립되면서 소설은 중세와 다른 형식과 내용으로 근대문학을 대표하는 장르로 자리매김 되고 있다. 이에 따라 현재 전 세계 어느 나라를 막론하고 소설을 국민 교육의 중심 제재로 활용하지 않는 나라가 없고, 소설 읽기는 학생은 물론 국민들에게도 적극 권장되고 있는 실정이다. 우리나라 대다수 국민들의 독서활동에서 소설이 가장 높은 비중을 차지하고 있음은 여러 설문 조사 자료에서 확인되는 주지의 사실이다.

이런 정황에도 불구하고 소설은 오래 서민들의 오락물이나 여가 활용의 재료 수준에 머물렀다. 동시에 주류 지배층에게는 소설이 공식적으로 기피의 대상이었다.[6] 때문에 소설 작가들은 떳떳하게 자신의 이름을 걸고 작품을 창작하여 발표하는 데 상당히 조심스럽지 않을 수 없었을 것이다.[7] 이런 상황에서도 작가들은 열심히 작품을 써서 발표했

---

6 『정조실록』 36권(16년 11월 3일 기사)에는 김조순과 심상규가 근무 중에 패관소설을 보았다는 이유로 공초를 받아 올리라 했다는 내용이 나온다. 이밖에 소설에 대한 부정적인 기사는 다른 왕의 실록에서도 적잖게 발견된다.

7 조선 후기 대다수의 우리 소설이 작자 미상으로 남아 있거나 개화기 때까지도 작가의 이름을

고, 독자들은 공개적으로 또는 은밀하게 소설 읽기를 즐겼다. 그렇다면 작가들은 왜 소설을 창작하고, 독자들은 무슨 이유로 소설을 즐겨 읽었을까. 우선적으로 생각해 볼 수 있는 답변은 수요와 공급의 원리다. 그러나 작가들이 독자의 수요에 대한 대응으로만 작품을 창작했다고 보는 논리는 일반화시키기에는 무리가 있을 수 있다. 수요와 상관없이 작품을 창작한 작가들도 적지 않게 존재하기 때문이다.

수요와 공급의 원리로 작가들의 작품 창작 이유를 설명할 수 없다면 또 다른 원인을 어디에서 찾을 수 있을까. 오래 전부터 문학 이론에서는 작품 창작 행위를 신의 창조에 빗대어 설명하는 견해들이 있어 왔다. 요즘의 표현론과 연관된 이런 관점은 문학 작품 창작하는 사람을 신비화하여 일반인과 다른 특별한 존재로 취급하는 현상을 만들어내기도 했다.[8] 하지만 이런 생각은 시대를 초월하여 작가의 작품 창작 원인을 근본적으로 해명하기에는 충분하지 못하다고 볼 수 있다.

잘 알려져 있듯이 근대소설은 과거의 소설과는 판이하게 다른 모습으로 재탄생한 새로운 장르다.[9] 즉 중세의 견고한 기득권과 가치관에 대항하여 온갖 난관을 극복하고 쟁취한 근대사회는 사람들의 삶과 세계관을 현격하게 바꾸어 놓았고, 그러한 사회를 반영하기 위한 서사 장르로 새롭게 탄생한 장르가 근대소설인 것이다. 이렇게 근대에는 소설의 양식이나 기법이 완연히 달라지고, 또 소설의 유통 구조나 독자들과의 관계에도 엄청난 변화가 일어났다. 여기에다 소설이 공식적으로 국

밝히지 않은 소설이 많이 나온 것은 이런 사실과 무관하지 않을 것이다.

8 가령 Rainer Maria Rilke 같은 시인은 '쓰지 않으면 죽을 것 같은 절실함이 있을 때 작품을 써야한다'고 했으며, 스스로 작품 한 줄을 쓰더라도 매우 엄숙하고 경건한 분위기에서 촛불을 밝히고 기도하는 자세로 창작했다는 사실은 널리 알려져 있다.

9 우리는 소설이라는 용어 하나로 그 시대와 양식을 뛰어넘는 통칭으로 사용하고 있으나 영어권에서는 과거의 소설을 가리키는 '로망스'와 근대소설을 지칭하는 '노벨'을 엄격하게 구분한다.

가 수준의 교육과정에서 주요 교육 제재로 다루어지게 되는 획기적 변화도 일어났다. 이런 상황에서 소설에 대한 인식에 과거와 큰 차이가 생기는 건 지극히 당연한 일일 것이다.

이런 인식의 변화는 소설 창작에 임하는 작가들에게도 영향을 미칠 수밖에 없다. 근대소설 작가들은 더 이상 신적인 신비한 존재도 아니고, 그렇다고 소비자의 수요 욕구에 대응하는 단순한 상품 공급자에 머물지도 않는다.[10] 그렇다면 그들은 왜 소설을 창작하는 것일까. 필자는 완벽하지는 않지만 이에 대해 다음과 같이 정리한 바 있다. 그들은 일차적으로 정확하고 아름다운 모국어 교육 교사이며, 시대의 핵심 문제를 파악하고 그 해결점을 제기하는 당대의 지사이면서, 동시에 완성도 높은 미적 구조물을 창조해 내는 예술가이기도 하다.[11] 어떤 학자는 근대소설이 철학의 대체물 역할을 한다고 말한 바 있는데,[12] 이는 필자의 두 번째 생각과 같은 궤도에 있다고 생각한다. 이렇게 본다면 근대소설 작가들의 창작 이유를 어느 한 가지 시각만으로 해명할 수 없다는 지점에 도달하게 된다. 다시 말하면 근대소설 작가들은 매우 복합적이고 다양한 이유로 소설을 창작하고 있는 것이다.[13] 이를 좀 더 구체적으로 설명하기 위해 필자 나름으로 작가들을 몇 가지 유형으로 나누어 보고자 한다. 이

---

10 예술사회학에서는 아예 저자의 존재를 인정하지 않는 다음과 같은 시각도 있다. "저자가 어떤 텍스트에 나타나는 진정한 의미의 유일한 근원이자 원천이어서 지배적이라고 보는 생각은 역사적으로 특정한 것이며, 더군다나 잘못된 생각이라는 것이다."(Janet Wharf, 「저자의 죽음」, 박인기 편역 『작가란 무엇인가』, 지식산업사, 1997, 225쪽).

11 조동길, 「소설 작가에 대한 논고」, 『한어문교육』 6, 한국언어문학교육학회, 1998, 162~162쪽.

12 김윤식 외, 『한국문학사』, 민음사, 1979, 25~26쪽, "근대문학 특히 대표적 존재인 소설은 인간 문화에 있어 종래의 철학이 지녔던 것과 거의 동등한 위치와 몫을 행하고 있다".

13 조남현, 『소설신론』, 서울대 출판부, 2005, 332쪽. 여기에서 저자는 개화기 이후 우리 소설사의 여러 작가의 얼굴이라 하여 다음과 같이 다섯 가지로 분류하였다. ① 글을 써서 생업을 도모하는 직업인 ② 특정 이데올로기를 지니거나 널리 알리는 데 힘쓰는 이데올로그 ③ 사상가를 지향하는 지식인 ④ 의미와 재미를 지닌 이야기를 만들어낼 줄 아는 이야기꾼 ⑤ 사회상이나 삶의 모습을 충실하게 그려내는 기록자

런 시도는 자칫 분류를 위한 분류에 떨어질 위험성이 없지 않으나 작가들이 산출해내는 작품의 다양성을 고려하면 불가피한 일이기도 하다.

1) 생계형 작가

요즘 우리 사회에는 소설만 써서 생계를 이어가고 있는 전업 작가들이 꽤 있다. 즉 다른 직업을 갖지 않고 오로지 소설만 써서 그 원고료나 인세로 생계를 유지하는 그들은 대중적 인기와 함께 막대한 수입을 올리기도 한다.[14] 반면 문단에 화려하게 등단하고도 연간 수입이 최저 생계비에도 미치지 못하는 작가들도 허다하다. 작가들의 이런 극단적 편차는 개인적 능력의 차이에도 있겠으나 근본적으로는 소설 유통 구조나 문학과 연관된 사회의 구조적인 문제점에도 그 원인이 있을 것이다.

소설 창작이 경제적인 것과 연관된다는 생각은 예전에도 있었다.[15] 우리나라에도 조선 후기 소설이 성행할 때 그것을 전문적으로 짓는 사람, 필사하여 유통하는 사람, 막대한 비용이 소용되는 판각 작업을 하는 물주, 판각된 소설을 거래하는 상인, 문자를 읽을 수 없는 사람을 위해 소설을 낭독해 주는 전기수(傳奇叟) 등 소설과 관련하여 생계를 이어가는 사람들이 상당수 존재했었다. 여기에서 필사자나 물주, 상인, 전

---

14 김홍신, 이문열, 조정래, 공지영, 신경숙, 황석영 등 몇몇 작가들은 그 인세 수입이 웬만한 기업체의 수익을 넘어서는 수준으로 종종 매스컴에서 화제가 되기도 한다.

15 이덕무,『국역청장관전서』2, 민족문화추진회, 1984, 23쪽. '일찍이 듣건대 중국 시골 學究들이 한가히 모여 담화하다가 그 자리에서 술과 고기가 생각나면 한 사람은 대사를 입으로 부르고 한 사람은 받아쓰고 몇 사람은 목판으로 새기고 하여 손쉽게 두서너 편을 만든 다음 書肆에다 내다 팔아 술과 고기를 사서 논다고 하니 한심스럽다.' 이덕무는 철저한 소설 부정론자였기 때문에 이 내용은 당연히 소설에 대한 부정적 인식의 차원에서 기록된 것이겠으나 달리 생각해 보면 소설이 그만큼 경제적 소득과 관련됨을 알 수 있게 해주는 자료가 된다고도 볼 수 있다.

기수 등은 당연히 소설과 관련된 2차 생계 유지자들이고, 소설 작가는 1차적인 생산자로서 일정한 소득을 얻어 그것이 생계유지에 도움을 주었을 것임은 쉽게 짐작할 수 있는 일이다.

생계형 작가들이라고 해서 그들을 모두 동일한 부류로 볼 수는 없다. 개중에는 형편없는 창작 실력으로 인해 소설의 본질과는 거리가 먼 치졸한 작품을 써서 단지 돈 벌기에만 급급한 작가도 있을 것이고, 실제 소설 창작의 원인과 이유는 다른 데 있으면서 현실의 필요에서 어쩔 수 없이 본인의 의사와 거리가 있는 작품을 쓰는 작가도 있을 수 있다. 전자는 그야말로 영혼 없는 매문가의 전형일 것이고, 후자는 부득이한 이유로 자신의 신념과 배치되는 현실 타협의 창작자 모습이라고 볼 수 있을 것이다.[16]

소설의 유통 내지 소비 과정은 자본주의 시대에 와서 큰 변화를 맞는다. 그 변화는 크게 두 가지다. 하나는 시대 변화에 따라 대중들이 원하는 재미의 내용이 바뀐 것이고, 나머지 하나는 소설의 생산, 유통, 소비 구조에 나타난 변화다. 이 두 가지 변화를 고스란히 담고 있는 것이 바로 근대소설이다. 시장 원리에 따라 작동되는 자본주의 사회에서 이런 대량 생산과 유통, 홍보, 소비의 구조 변화는 소설을 주요 인기 상품의 반열에 올려놓게 된다.

자본주의 사회에서는 소설 창작 행위도 일종의 노동이 된다. 이 노동에 일정한 대가가 주어지는 것은 자연스러우면서 동시에 당위성이 있

---

16 우리 소설사에서 이런 유형의 대표적인 작가로 김동인과 채만식을 들 수 있다. 자존심 강한 김동인은 방탕과 재산 탕진으로 가정이 파탄된 상태에서 선 인세를 받아 간신히 재혼을 했고 본인의 문학적 소신과는 거리가 있는 대중적 역사소설을 여러 편 창작하여 그 수입으로 생계를 이어갔다. 채만식 또한 진보적 문학관을 보유한 작가였으나 가문의 몰락으로 인해 수십 명의 가족을 부양해야 하는 상황으로 친일적 작품을 포함한 다양한 장르의 글을 끊임없이 써서 발표해야 했다.

는 일이라고 할 수 있다. 곧 자본주의 시대에 맞게 소설 창작의 방법과 내용에서 새롭게 무장한 작가들은 동시대 독자들을 매혹시키는 새로운 상품으로서의 소설을 창작하여 커다란 시장을 형성시키는 1차 생산자들이 되는 것이다. 이를 통해 작가들은 일정한 수입을 얻어 생계를 유지할 수 있으니[17] 이런 부류의 작가들을 생계형 작가라고 부르는 데는 큰 이의가 없으리라 생각한다.

2) 명예형 작가

인간 성품의 본질에 대한 탐구는 인류의 매우 오래된 관심사라고 할 수 있다. 동양의 성리학이나 서양의 심리학, 윤리학을 비롯하여 철학, 종교학 등에서 이 문제는 끊임없이 논란의 대상이 되어 왔다. 그러나 아직도 이에 관한 완벽한 해명은 이루어지 못했다. 비근한 예로 성선설과 성악설에 관한 양론은 그 대표적인 사례에 해당한다고 볼 수 있다.

이런 상식적인 내용을 제기하는 이유는 소설 작가의 창작 행위와 명예 획득이라는 문제를 따져 보기 위해서다. 명예란 무엇인가.[18] 그리고

---

17 이를테면 황석영은 모 방송 프로그램 인터뷰에서 자신의 『삼국지』 번역본 출간 작업에 대해 농담조로 '노후 대책'이라고 말한 바 있다. 10권 한 질로 된 이 책은 시대가 바뀌어도 꾸준히 그 수요가 이어져 많이 판매되는 책으로 알려져 있으며, 결과적으로 이 책 한 질의 판매는 단행본 한 권으로 된 소설의 열 배에 이르는 수입을 올릴 수 있으니 노후 대책이라는 말이 농담이 아니라 실제 현실이 되기도 할 것이다.

18 명예의 사전적 의미는 '세상에 널리 인정받아 얻은 좋은 평판이나 이름'이다. 인간의 생명은 유한하기 때문에 이 한계를 뛰어넘기 위해서는 생물학적으로 그 자식을 낳아 유전인자 (DNA)를 존속시키거나 사회학적으로 좋은 평판이나 이름을 얻어 오래 남겨야 한다. Richard Dawkins 같은 학자는 인간 존재를 유전인자를 매개하는 도구에 불과하다고 보았으며, 동양에서는 '호랑이가 죽어 가죽을 남기는 것처럼 사람은 죽어서도 이름을 남겨야 한다.'는 말이 널리 통용되어 왔다. 여기에는 인간의 유한성 극복과 사회적 생명이라 할 명예의 가치를 강

사람들은 왜 명예를 얻기 위해 그토록 고심하는가. 또한 유사 이래 수많은 사람들이 명예를 얻기 위해 노력했지만 성공한 사람들이 드문 이유는 무엇인가. 이는 명예를 얻는 것이 그만큼 어렵다는 사실을 반증하기도 한다.

그러면 명예를 얻기 위해 어떤 노력과 실천이 필요할까. 근본적으로 이를 얻기 위한 사람들의 노력은 각기 처한 위치와 능력에 따라 십인십색일 수밖에 없다. 문제는 진정성과 성실성일 것이다. 명예는 억지로 노력하여 얻어지는 게 아니라 자기가 맡은 일을 성실하게 수행하는 결과로 인정되는 것이기 때문이다. 따라서 높은 사회적 지위나 막강한 권력을 명예로 보는 것은 올바른 생각이라고 할 수 없다. 전문적 연구, 타인을 위한 봉사, 눈에 잘 안 띄는 사소한 일 등도 얼마든지 명예로운 일이 될 수 있다.

소설을 쓰는 일은 다른 예술과 마찬가지로 자기 이름을 걸고 하는 창작 행위다. 이름을 건다는 것은 그만큼 책임성 있는 일이라는 뜻이기도 하다. 우리 소설사에는 소설을 쓰지 않아도 생계 걱정이 없던 작가들이 꽤 있었다.[19] 이들은 왜 소설 쓰기를 시작했을까. 감성이 풍부한 젊은 시절, 문학에 대한 일시적 열정 때문이었다면 철이 들면서 포기하는 게 자연스러운 일일 것이다. 실제로 우리 주변에서 이런 분들을 많이 목격할 수 있다.

생계와 관계없이 소설 쓰기를 시작하고 이어갔던 상당수의 작가들은 대부분 그 창작 요인이 명예와 관련 있을 것이다. 특히 우리 소설사

조하는 지혜가 담겨 있다고 할 수 있다.

19 예컨대 김동인은 평양의 갑부 집안 출신이며, 뒤에 몰락하기는 했지만 김유정이나 채만식 등도 원래는 부유한 가문 출신이었다. 현진건이나 나도향도 의식 걱정 없던 명문가 집안 출신이고, 박종화나 염상섭도 중인 집안 출신으로 빈곤과는 거리가 있었던 사람들이다.

초창기의 사회 구조와 현실을 감안해 보면, 자신의 이름이 신문이나 잡지를 통해 널리 알려지는 소설 창작 행위는 대단한 명예일 수도 있었을 것이다.

3) 지사형 작가

우리의 20세기는 식민 지배와 동족상잔의 전쟁, 그리고 독재 정치에 대한 투쟁으로 점철되어 왔다. 이런 비극적 역사는 역설적으로 수많은 지사들을 탄생시키는 배경이 되었다. 민족이나 국가의 안위를 걱정하며 개인적 희생을 감수한 이 분들의 존재는 현재의 우리를 있게 한 힘이자 큰 긍지이기도 하다. 이런 사정 때문에 지사라는 말은 원래의 의미보다 훨씬 큰 사회적 의미와 함께 범접하기 어려운 경외감을 내포하게 되었다고 볼 수 있다. 따라서 근대소설 작가를 지사와 연관시켜 파악하는 관점은 자칫 과장이라는 오해를 불러올 수도 있다.

그러나 우리 문학사를 보면 잘못된 현실에 저항하다가 감옥에 가거나 목숨까지 버린 시인이나 작가가 적지 않게 존재한다.[20] 식민지 시기와 민주화 투쟁 과정의 선배 문인들의 이런 활동은 문학인이 아니라 하더라도 충분히 지사로 대접받을 만한 행적이라고 할 수 있다. 식민지시기에 친일적 활동으로 빈축을 받는 문인들이나 독재 정권에 아부하여

---

20 한용운, 이육사, 심훈, 윤동주 같은 저항 시인들은 말할 것도 없고, 식민지 시대에 시국이나 이념에 관한 일로 재판을 받고 투옥된 문인들은 카프 계열 작가를 비롯하여 수십 명에 달한다. 또 군사 정권 시절에 민주 회복 투쟁 과정에서 작품과 관련하여 옥고를 치르거나 고초를 당한 문인들도 김지하, 양성우, 조태일, 남정현, 김우종, 이호철, 임헌영, 박노해 등 일일이 거론하기 어려울 정도로 많다.

세속적 영달을 누린 분들과 비교하여 볼 때 더욱 그러하다. 이 분들 중에는 문학 외적인 일로 고초를 당한 문인들도 있지만 대부분은 문학의 사회적 기능에 대한 신념으로 작품을 창작한 게 그 원인으로 작용하였다.

근대소설은 다른 문학 장르와 달리 현실을 가장 직접적으로 반영하면서 그 모순과 해결책을 고민하는 특성이 있다. 당대 현실의 구조적 모순과 감춰진 비리, 부정, 제도적인 비합리 등을 찾아내 폭로하고, 고발하고, 규탄하는 작업은 소설 장르에서 가장 효율적으로 구현될 수 있기 때문이다. 비판적 리얼리즘이라고 일컬어지는 일련의 작품들이 이 성향을 대표한다고 볼 수 있는데, 서구에서는 이런 까닭으로 이 용어를 아예 근대소설과 같은 의미로 사용하기도 한다. 이런 생각을 수용한다면 근대소설 작가들의 사회적 책무는 다른 시대에 비해 더 커진다고 볼 수 있다.

우리 근대소설의 전개 과정은 다른 민족의 경우와는 달리 고난과 시련의 연속이었다. 시급히 전근대를 청산하고 근대적인 문학을 건설해야 한다는 대명제에는 모든 문인들이 동의했지만, 구체적인 방법에 있어서는 서로 다른 주장들이 충돌했다. 이런 대립과 충돌은 식민 지배 탈피와 민주 회복 투쟁으로 요약될 수 있는 20세기 내내 지속되었다. 이에 따라 문학인들이 뚜렷하게 노선을 달리하는 분파를 짓는 것은 필연적이었다고 할 수 있다.[21]

---

21 문학의 기능에 대한 생각 차이는 우리 근대사의 질곡과 관련하여 문인들이 편을 갈라 첨예하게 대립하는 형태를 노정시켰다. 광복 이전 프로문학과 민족문학의 대립은 물론 광복 이후 민족 분단이라는 비극은 문인들의 이념적 대립을 더욱 강화했는데, 소위 순수문학과 참여문학이라는 대립은 수십 년 동안 이어졌고, 결과적으로 논쟁의 정도를 넘어 한국문인협회와 한국작가회의라는 두 개의 문인 단체로 분리되는 현상을 만들어내기도 했다. 이런 대립은 단순히 문학의 기능에 대한 생각 차이 차원을 떠나 보수와 진보라는 정치적 성향을 대변하기도 한다. 분단 상황이 종식되기 전까지 이런 현상이 지속되리라는 전망은 상상이 아니라 우리의 실제 현실이기도 하다.

모순된 현실을 개선하여 새로운 미래를 모색하며 꿈꾸는 신념과, 그런 사명감을 갖고 소설 창작에 임하는 작가를 지사형 작가라고 칭할 수 있다고 본다. 여기에는 국권 상실이라는 특수한 사정의 우리 근대소설사 초창기 몇몇 작가들도 마땅히 포함되어야 할 것이다.[22]

4) 철인형 작가

인간은 여러 면에서 모순된 특징을 보여주는 존재라고 할 수 있다. 똑 같은 인간이면서 성자(聖者)로 추앙되는 분이 있는가 하면 짐승 같은 악독함으로 치욕적인 이름을 전하는 사람들도 있다. 이와 같은 인간 존재의 모순된 특징은 그 원인과 이유를 규명하기 위한 인간성 본질 탐구와 아울러 부단한 노력으로도 해명되지 않는, 우리 삶에 현현되나 그 실체를 알 수 없는 미지의 영역에 대한 고뇌로 연장되고 확장된다.

오랫동안 이런 고뇌는 주로 철학과 종교에서 수행되었다. 그러나 과거는 물론 지금까지도 이 문제에 대한 완벽한 해명은 이루어지 못했다. 제도화된 종교가 전성기를 구가하는 현재도 이 문제가 여전히 고심 중인 현실은 이를 여실히 증명한다고 볼 수 있다. 그러고 보면 원시적인 신앙을 포함하여 현대적인 종교까지도 이 문제를 풀지 못한 인간들이

---

[22] 잘 알려져 있듯 춘원을 비롯한 개화 계몽기 시대 작가들은 자신을 민족 지도자로 자처하고 어리석은 민중들을 깨우치기 위한 목적으로 문학 창작을 했다. 이들에게 문학은 계몽을 위한 가장 효과적인 도구요 수단이었다. 이들이 진정한 지사였는가는 더 따져 보아야 하겠지만 그들이 스스로 지사의 위치에서 문학을 하고 있다고 생각한 것만은 확실하다. 한편 같은 시기에 신채호, 박은식 등 몇몇 분들이 역사상 위기를 극복한 위인들을 발굴하여 전기 형태로 지어낸 작품들이나 창작 소설 등도 잘못된 현실 타개를 위한 지사적 입장에서 저술된 것이므로 이분들 또한 지사적인 그분들의 삶과 함께 지사형 작가에 포함된다고 볼 수 있다.

발명해낸 하나의 도피처인지도 모른다.[23]

특정 종교를 갖지 않은 사람들의 관점으로 볼 때, 인간은 왜 태어났으며, 두렵기만 한 죽음의 실체는 무엇인지, 삶의 현장에 납득할 수 없는 현상들은 왜 나타나는지, 상식과 과학으로 설명할 수 없는 일들은 왜 일어나는지, 운명이라는 게 과연 존재하는 것인지 등의 고민은 도저히 풀리지 않는 의문들이다. 비종교인의 입장에서 볼 때 생명, 죽음, 사랑, 운명 등의 문제는 세상을 살아가는 데 큰 문제가 되지 않을 수도 있고, 반대로 아주 심각한 고뇌의 대상이 되기도 할 것이다. 앞에서 인용한 것처럼[24] 근대소설은 철학의 대체물로서 이런 문제에 대한 끝없는 질문과 그에 대한 탐구로 채워진 것들이 많다.[25] 이런 소설들은 정답이 아니라 그 탐구 과정을 보여준다는 점에서 인간의 존재 양상을 성찰하고 새롭게 재정립하는 데 매우 유효하게 작용한다고 있다고 볼 수 있다.

어느 학자는 흔히 소설에서 배격해야 할 것으로 여겨지는 관념을 긍정적으로 보아야 한다면서 우리 소설사에서 가장 취약한 부분이 바로 관념소설이라고 말한 바 있다.[26] 관념소설이야말로 이 문제를 가장 직접으로 다루는 양식이다. 이런 소설은 당연히 난해하고[27] 따라서 독자

---

23 종교학에는 인간들이 필요에 의해 신을 발명해낸 것으로 보는 견해들도 있다. 최근 Richard Dawkins 같은 과학자도 『만들어진 신』(김영사, 2007)이라는 표제의 책을 내어 우리나라에서도 그 번역본이 출간된 바 있다.

24 각주 12) 참조.

25 셰익스피어를 비롯하여, 톨스토이, 도스토예프스키, 괴테의 소설, 경우는 약간 다르지만 프랑스 계몽기에 발표된 철학소설 등 고전이라 일컬어지는 대부분의 작품들은 시종여일 이런 문제들을 심각하게 다루고 있다. 그런 점이 이들 작품을 시공을 초월하여 생명력 있게 만드는 힘이라고 할 수 있을 것이다.

26 김현은 최인훈의 소설을 분석하면서 그를 '한국 문학에서 괴테적 가능성을 보여준 작가'로 규정했다. 또한 이런 관념을 정면으로 다루는 작가의 작업을 줄리앙 방다의 말을 빌려 '지적 성직자'로 비유하기도 했다(조동길, 「최인훈론 (상)」, 『國文學』 8(공주사대 국어국문학회, 1975)과 「최인훈론 (하)」, 『國語國文學』 9(공주사대 국어국문학회, 1982) 참조).

27 가령 박상륭 같은 작가는 『죽음의 한 연구』 등 이런 성향의 작품을 여러 편 썼는데, 그 문제의

들도 많지 않기 때문에 작가들이 이를 회피하는지도 모른다. 그렇다고 해서 작가들이 이런 문제를 도외시할 수는 없다. 우리 소설 문학의 체질 강화를 위해서도 필요하고, 인생의 본질적 의문에 막막해 하는 독자를 위해서도 그렇다.

소설 작가들은 거의 모두가 정도의 차이는 있지만 이런 문제를 본질적으로 자신의 작품 속에 담기 마련이다. 그게 소설 양식의 본질과도 연결되기 때문이다. 그러나 이 문제를 중심에 놓고 소설을 창작한다는 것은 경우가 다르다. 드물기는 하지만 이런 작가에게 철인형 작가라는 호칭을 부여할 수 있을 것이다.

이상으로 소설 작가를 네 유형으로 나누어 살피는 작업을 해 보았다. 앞에서 말한 것처럼 이런 유형화 시도는 시각에 따라 얼마든지 달라질 수 있다. 따라서 이는 하나의 시론(試論)에 불과하다는 점을 덧붙여 두고자 한다.

3. 김유정의 창작 동인 및 특성

김유정은 왜 소설을 썼을까. 이 글은 이런 의문에서 시작되었다. 그런데 이런 질문은 하기는 쉬우나 답을 얻기에는 지난한 점이 있다. 이 문제에 관한 가장 확실한 답은 작가 자신만이 할 수 있을 것이다. 그러

독특함 외에 내용의 난해함 때문에 특정한 독자를 제외하고는 읽는 사람이 많지 않다고 알려져 있다.

나 어떤 작가도 완벽하게 자신의 창작 이유를 설명하는 데는 한계가 있을 수 있다. 모든 작가에게 문학을 시작하게 된 계기는 분명 존재하겠지만, 그 계기를 넘어 평생 동안 고통스러운 창작 행위를 이어갈 수 있는 원천적 힘은 작가 자신조차도 명확하지 않을 수 있기 때문이다. 그럼에도 작가의 창작 이유와 동력은 그 작가 자신의 생각이 다른 어떤 것보다 우선할 수밖에 없다. 생존 작가라면 직접 물어보면 되겠지만 작고한 작가라면 이도 불가능하다. 김유정은 이 세상에 없다. 따라서 남아 있는 자료를 통해 추정해 보는 도리밖에 없다. 대체로 다음 세 가지 방향에서 접근이 가능하다고 본다.

1) 작가 자신의 견해

김유정은 「병상(病床)의 생각」이라는 수필을 통해 자신이 문학을 시작하게 된 동기와 문학에 대한 자신의 생각을 밝힌 바 있다. 이 수필은 미지의 연인에게 보내는 편지 형식으로 된 장문의 작품인데,[28] 군데군데 약간의 치기 어린 표현이 있기는 하나 여성에 대한 생각이나 자신의 현재 사정, 문학이나 예술에 대한 견해가 잘 드러나 있는 글이다. 여기에서 그는 자신에게 '뿌리 깊은 고질인 염인증(厭人症)'이 있으며 '이를 고쳐 보기 위해 팔을 걷고 나선 것이 현재의 생활'이고 '허황된 금점에서 문학으로 길을 바꾼 것'도 바로 이 이유 때문이라고 했다. 따라서 자신의 문학은 '밥 먹고, 산보하는 일용생활'이며, '생활의 한 과정'이라고 밝

---

28 『조광』, 1937.3, 185~193쪽. 통단 편집의 책자 9페이지에 이르는 분량의 글이다.

히고 있다.[29]

이를 통해 볼 때 김유정은 사람을 싫어하는 자신의 고질을 치유하기 위해 문학을 시작했다고 볼 수 있다. 그의 사람을 싫어하는 증세가 타고난 천품인지, 아니면 생후 성장 과정에서 생긴 것인지는 더 따져보아야 하겠지만, 그것이 사회생활에 지장을 주고 있다는 사실만은 심각하게 인식하고 있었다고 보인다. 이를 고치기 위한 방안은 여러 가지가 있겠으나 김유정은 그 가운데 문학을 선택했다. 아마도 그게 자신이 가장 잘할 수 있는 일이고, 또 그만큼 효과도 크리라고 판단했기 때문일 것이다. 문학은 다른 사람과 접촉하지 않고 혼자 할 수 있는 일인데다 작품 속에서 얼마든지 상상의 세계를 통해 자유롭게 사람들과 어울릴 수 있는 이야기를 펼칠 수 있다. 창작을 통한 이런 대리 만족감은 현실 속 자신의 부족한 점을 메우는 데 매우 효과적인 기능을 수행했을 것이다.

문학을 시작하게 된 계기는 이로써 충분히 해명된다고 볼 수 있으나 그 이후의 창작 지속 행위에 대해서는 명시적으로 그 이유가 밝혀져 있지 않다. 위의 글에서 '일용생활', '생활의 한 과정'이라는 말이 있지만 이는 매우 추상적이다. 문학이 일용생활이라는 말은 그만큼 문학이 자신의 생명 유지와 같은 큰 비중을 갖고 있다는 해석도 가능하지만, 반대로 관성에 따른 무심한 반복이라고 해석할 수도 있다. 그러므로 이말은 김유정의 창작 동력을 일관되게 설명하는 데는 일정한 한계가 있을 수밖에 없다.

---

29 인용부호 안의 글은 위의 책, 192쪽에서 발췌한 것임.

2) 전기 자료의 창작 동인 추론

(1) 친구인 안회남의 권유

안회남은 임화와 함께 김유정의 휘문고보 동급생일 뿐 아니라 생전에 가장 가깝게 지냈던 친구로 그의 마지막 순간을 지켰던 인물이기도 하다. 재학 시절 이들은 함께 문학 활동을 했으며, 일찍이 그의 재능을 알아보았던 안회남은 먼저 문단에 등단한 이후 친구에게도 소설 쓰기를 권유했다. 그가 친구의 권유를 수용한 일차적 이유는 형의 방탕으로 가산이 탕진되어 누님에게 얹혀살면서 병원 치료비조차 마련하기 어려운 극심한 생활고 때문이었다고 한다. 그의 창작 활동은 고향으로 내려와 야학을 운영하면서 본격적으로 진행되었는데, 이 때 그의 등단작을 비롯한 빼어난 작품들이 여러 편 창작되었다. 당연히 이 과정에서 문단으로는 선배였던 안회남의 검토와 조언이 있었을 것이고, 실제로 1935년 신춘문예 당선작도 안회남의 대리 투고에 의해 이루어졌다고 한다.[30]

물론 한 작가의 창작 활동이 누군가의 권유로만 이루어진다는 것은 흔한 일이 아니다. 그러나 김유정의 경우는 좀 다르다. 안회남은 단순한 친구가 아니라 함께 문학 수련을 한 동지이자 사사로운 일까지 서로 주고받는 가족 이상의 관계였다.[31] 이런 친구의 권유는 김유정에게 창작에 대한 자신감과 더불어 큰 힘이 되었을 것이다. 따라서 그의 창작 동인으로 안회남의 권유와 도움을 드는 것은 꽤 타당성이 있다고 볼 수 있다.

---

30 유인순, 앞의 책, 68 · 257쪽 등 참조.
31 전상국 김유정문학촌장의 말에 따르면 김유정의 유품은 모두 안회남이 보관하고 있었으며, 그의 월북으로 인해 현재로서는 김유정 관련 유품을 거의 하나도 찾을 수 없다고 한다. 이런 까닭으로 기념관이란 이름을 붙이기 어려운 사정이 있다고 한다. 또한 김유정이 세상을 떠나기 직전에 쓴 마지막 글도 안회남에게 보내는 편지였다. 두 사람은 이처럼 가족을 대신할 정도의 깊은 관계를 맺고 있었다.

(2) 음성 언어 결핍(말더듬) 충족을 위한 문자 언어 행위

김유정은 딸 다섯 이후 태어난 아들로서 부모의 사랑과 기대를 많이 받았다. 총명했던 그는 엄격한 부모 밑에서 성장하면서 어른들의 기대에 부응해야 한다는 초조감과, 언어 습득에 결정적 영향을 미치는 시기에 어머니의 임신과 출산으로 말을 더듬는 증세를 갖게 되었다고 한다.[32] 나중에 눌언 교정소에서 치료를 받아 나아졌다고는 하나 이 언어 장애는 그에게 대단한 콤플렉스로 작용하였을 것이다. 치료를 통해 언어활동에 거의 지장이 없는 상태가 된다 해도 언어 장애의 경험과 기억은 지워지기 어려워 '내면화된 말더듬이'가 되기 십상이다. 김유정이 바로 여기에 해당한다.

이 결핍을 채우기 위한 보상 행위는 사람에 따라 다를 수 있다. 김유정은 소설 쓰기를 선택했다. 음성언어와 문자언어는 형식만 다를 뿐 동일한 언어 행위이고, 소설 창작은 문자 언어를 유창하게 구사해야 하는 특수한 언어활동이다. 음성언어에서 결핍된 욕구를 문자언어를 통해 해소하는 것은 그 효율성이 매우 크다고 할 수 있다. 김유정은 이를 충분히 간파하고 있었고, 소설 창작을 통해 자신의 내재화된 언어 장애를 극복했다고 볼 수 있다. 이렇게 본다면 이 언어 형식 교체로 인한 대리 만족 내지 내면적 불만 해소는 김유정의 창작 동력 가운데 상당한 비중을 차지한다고 판단할 수 있다.

(3) 양면성의 여성의식 반영

남성 작가들 가운데는 여성을 향한 애정 표현 목적으로 문학 수련을 한 경우가 꽤 많다. 연인에게 선택 받고 인정받기 위해 더 아름다운 글

---

32 유인순, 앞의 책, 96~97쪽.

을 쓰려는 노력은 많은 독서와 표현 능력의 상승으로 이어져 수준 높은 작품 창작으로 귀결되기 마련이다.

김유정은 일곱 살의 어린 나이에 어머니를 여의고 누이들에 의해 양육되었는데, 이런 전기적 사실은 여성에 대한 그의 양면성을 형성하는 계기가 된다. 즉 어머니를 독점하고 싶으나 현실적으로는 가능하지 않거나, 겉으로 무한한 애정을 보이면서도 실제로는 출가한 가정에 더 충실해야 하는 누이의 모습 등이 그에게 여성에 대한 배신감을 형성하게 했을 것이고, 이는 여성에 대한 전도된 의식을 현재화하는 결과로 귀착되었을 가능성이 높다. 이런 까닭에 그는 연상의 유부녀였던 국악인 박녹주에게 자살 소동을 일으키며 집착하거나, 생면부지의 여성에게 청혼을 하는 등 비정상적 애정 행위를 연출하게 된다.[33]

김유정의 작품에는 이례적으로 많은 여성 인물이 등장한다. 남성 작가로서 여성 인물의 설정과 묘사에 일정한 한계가 있었을 것임에도 이렇게 된 것은 어려서부터 그를 둘러싸고 있던 가족을 비롯한 많은 여성들과의 체험 때문이었을 것이다. 그런데 그 여성들에 대한 인식은 앞서본 것처럼 양면적이었다. 그 양면성은 작품 속에서 상반된 여성인물의 형상화로 대치되었고, 실현 불가능한 애정의 대상 인물에 대한 감정이 전도된 방식을 통해 간접적으로 표출되기도 했다. 이렇게 볼 때 그의 창작 활동은 상당 부분 직접적이든 전도된 방식이든 여성에 대한 욕구의 상상 속 성취, 혹은 마음에 둔 여성에게 자신의 존재를 부각시키려는 의도와 상관성이 있다고 볼 수 있다.

---

33 위의 책, 113~116쪽 참조.

3) 작품을 통한 추정

(1) 고향과 그 사람들을 위한 애정

김유정의 작품 가운데 고향 농촌 마을을 공간적 배경으로 하고 있는 것은 12편이다. 이들 작품에 나오는 인물들은 대부분 실제 마을에 살던 사람들이었다고 한다.[34] 작가들이 처음 습작할 때 가장 손쉬운 방법은 자기 자신의 이야기나 주변 사람들의 이야기를 쓰는 것이다. 김유정도 이런 이유로 고향 사람들의 이야기를 소설화했을 가능성이 크다.

그러나 좋은 소설은 실제 이야기를 사실적으로 서술만 한다고 해서 되는 것이 아니다. 그런 일이야 유능하지 않은 작가도 얼마든지 할 수 있다. 수준 높은 작품은 개별성, 구체성을 넘어 일반성과 보편성을 획득했을 때만 가능하다. 김유정은 자신이 태어나 성장했고, 또 어른이 되어 귀향하여 고향 사람들을 위해 야학을 열어 가르쳤던 사람이다. 이런 과정에서 그는 고향에 대한 남다른 감정을 가졌을 것이고, 아울러 고향 사람들에 대한 애정 또한 평범하지 않았을 것이다. 이런 애정을 바탕으로 구체적이고 개별적인 고향의 인물들을 택해 보편적이고 일반적인 인물로 승화시킨 것은 전적으로 그의 작가적 능력이라고 할 수 있다.

그는 소설을 창작하면서 고향과 거기 사는 사람들을 작품 속에 수용함으로써 자신의 애정을 담아냈다. 그 작품들에 나오는 공간과 인물들은 시대를 넘어 지금까지도 생생하게 살아 있게 되었으니 결과적으로 그는 고향에 영원한 생명력을 부여한 작가라고 할 수 있다. 그가 창작 과정에서 이런 사실을 의식했든 안 했든 그건 별로 중요하지 않다. 현재 남

---

34 김유정문학촌은 이곳을 배경으로 한 작품 속의 공간은 물론 작중인물들이 살았던 여러 흔적들을 쉽게 만날 수 있도록 잘 꾸며 놓았다.

아 있는 작품으로 볼 때 이는 부인할 수 없는 사실이고, 따라서 이를 그의 창작 이유의 하나로 보는 것은 크게 무리한 일이 아니리라 생각한다.

(2) 동시대 현실을 기록하기 위한 집념

김유정이 창작 활동을 했던 시기는 일제 강점기 중에서도 가장 어려웠던 때다. 토지 수탈과 전쟁 물자 동원으로 인해 도시와 농촌을 막론하고 빈민이 속출하고, 대대로 살아왔던 고향을 떠나 먼 타국으로 강제 이주를 해야 했던 비참한 현실이 이를 증명한다.[35] 이런 시기 작가들의 창작 행위는 시국에 협조하거나 저항하는 것 외에 당대 현실을 사실적으로 담아내면서 그 속에 자신의 의도를 잠복 시키는 세 방식으로 나누어 볼 수 있다. 김유정은 작품은 대체로 셋째 유형에 속한다고 볼 수 있다.

그 시기 민족이 당면한 최대 문제는 빈곤이라고 할 수 있다. 그 원인에 대해 민족모순이냐 계급모순이냐의 시각차는 있을 수 있지만 극도의 궁핍은 생존을 위협하는 눈앞의 현실이었다. 이런 현실을 외면한 작품들이 과연 어떤 평가를 받아야 하는가는 기존 문학사 서술에서 충분히 입증되고 있다.

김유정 작품의 배경은 도시(14편)와 농촌(12편), 광산(2편)으로 대별되는데, 그 공간의 차이에도 불구하고 작품의 제재는 거의 대부분 가난한 사람들의 이야기로 되어 있다. 자신이 빈곤하게 살았기 때문에 그런 내용을 자신 있게 쓸 수 있다는 이유도 있겠지만, 그보다는 동시대 현실을 작품 속에 사실적으로 수용함으로써 시대를 관찰하고 증언하는 작가의 책무를 수행했다고 보는 것이 더 타당할 것이다.[36] 물론 작가 자신

---

35 조동길, 「1930년대 소설의 특성」, 『한국근대문학의 지실』, 푸른사상사, 2014, 253~254쪽.
36 염상섭, 「문학상의 집단의식과 개인의식」, 『문예공론』, 1929.5, 8쪽.

은 이런 사실을 의식하지 않고 창작했을 수 있다. 그러나 남아 있는 작품들이 그런 기능과 역할을 잘 수행하고 있으므로 여기에 이런 의미를 부여하는 것은 크게 문제될 것이 없다고 본다.

(3) 인간성과 인간관계에 대한 탐구 의지

김유정의 작품은 급박한 사건 전개로 긴장감을 자아내기보다는 일상 속의 상황 설정과 그 안에서 사람들 사이에 벌어지는 일을 제재로 한 것이 대부분이다. 이런 사소하고 평범한 이야기를 서민들 사이에 내재한 유머와 특유의 맛깔스러운 판소리 문체로 묘사하여[37] 그만의 독특한 문학 세계를 구축했다는 평가에 많은 선학들의 공감대가 형성되어 있다.

김유정의 거의 모든 작품에는 '따라지'와 '만무방'으로 대표되는 못 배우고 가난한 사람들이 주요인물로 등장하는데, 이 인물들 사이의 갈등은 매우 사소한 일상적인 것들이 많다. 따라서 속도감 있는 심각한 사건 전개 대신 그 인물들의 세밀한 심리 묘사와 우스꽝스러운 상황 설정이 독자들의 흥미와 호기심을 충족시킨다.

이런 작품 세계는 김유정이 인간 존재의 본질적 품성 탐구와 아울러 세상을 살면서 맺게 되는 부부, 형제, 친구 등의 인간관계에 지대한 관심을 갖고 있었다는 사실과 맞닿아 있다고 볼 수 있다. 그는 소설을 처음 쓰기 시작하면서부터 지속적으로 이런 문제의식을 유지하고 있었으며, 이는 문학이 지향하는 근본적 사명을 적극적으로 인식하고 실천

계급문학에 대한 비판적 입장으로 쓴 이 글에서 그는 문예가의 직분에 대해 '관찰자, 도덕 교사, 민중 계몽가, 비판가'의 자리를 지켜야 한다고 했다. 여기의 문예가를 소설가로 대치해도 무방할 것이다. 이런 지적을 떠나서 본다 하더라도 근대소설의 현실 반영적 특성을 고려할 때 시대 현실에 대한 관찰자적 시각은 작가의 기본적 소양에 해당한다고 할 수 있을 것이다.

37 유인순의 특강 자료에 따르면, 그는 박녹주가 일본에서 취입한 판소리 레코드를 수없이 반복하여 들었으며 그 결과 판소리 사설의 문체를 체득하게 되었을 것이라고 한다.

한 결과라고도 할 수 있다.

이렇게 본다면, 그의 창작 행위는 주변의 평범한 인물을 통해 인간성의 본질을 탐구하고, 인간관계의 바탕과 속성에 대한 본질 탐색 의지와 상관성이 깊다고 할 수 있을 것이다. 이것이 그가 힘든 상황에서도 소설을 계속하여 창작한 주요 요인의 하나라고 생각한다.

끝으로 덧붙일 것은, 이 부분의 서술에 실제 작품을 인용하여 증빙을 수행하는 작업이 필요하나 분량 문제와 함께 널리 알려진 작품들이기에 핵심적인 견해만 제시하는 것으로 대신한 점이다. 이 문제는 추후 기회 닿는 대로 보완하고자 한다.

4. 나오며

이 글은 김유정이 왜 소설을 창작하기 시작했는가, 또 힘든 역경 속에서도 생의 마지막 순간까지 그 고통스러운 작업을 이어갈 수 있었던 힘의 원천은 무엇이었는가에 관한 의문에서 출발하였다. 그런데 이런 의문은, 제기하는 것은 어렵지 않지만 그에 대한 확실한 답을 얻기는 매우 어렵다. 특히 해당 작가가 작고했거나 생전에 이에 대한 자신의 견해를 밝힌 자료를 남기지 않은 작가의 경우는 더욱 그렇다. 김유정은 작가로서 짧은 기간 동안 활동하다가 작고했고, 자신의 문학에 대한 견해를 자세히 밝힌 자료도 거의 없다. 따라서 그의 창작 동인이나 동력에 관한 연구는 영세한 자료를 바탕으로 추정하거나 추론에 그칠 수밖에 없는 사정이 있다.

이런 사정 때문에 필자는 먼저 작가들이 창작하는 이유와 목적을 바탕으로 하여 네 가지 로 유형화하는 작업을 시도한 다음, 김유정의 창작 동인과 동력에 관해 작가 자신의 견해와 전기적 사실 및 작품을 통해 추론하는 방법을 선택하였다.

시론(試論)으로 분류해 본 작가의 유형은 생계형, 명예형, 지사형, 철인형의 넷이다. 생계형 작가는 작품을 써서 그 수입으로 생계를 이어가는 작가이고, 명예형 작가는 좋은 이름을 오래 남기기 위한 목적으로 창작하는 작가를 가리킨다. 지사형 작가는 잘못된 현실에 고뇌하며 그 대안 모색의 수단으로 창작하는 작가이고, 철인형 작가는 유한한 인간 존재의 본질 탐구에 치중하는 철학과 종교의 대체물로서 창작하는 작가를 말한다. 물론 이 네 유형의 작가가 확연히 구획되는 것은 아니다. 실제 작가들은 이 네 유형을 넘나들며 창작하는 것이 일반적이지만 주된 특성이 어디에 있느냐에 따라 이런 구분이 가능할 수 있지 않을까 하는 생각이다.

김유정의 창작 동인은, 작가 자신의 견해에 따를 때 염인증의 치유를 목적으로 시작되었으며, 전기 자료를 분석해 보았을 때는 절친한 친구인 안회남의 권유, 음성언어 결핍 충족을 위한 대체 수단, 그리고 성장 과정에서 형성된 여성에 대한 양면적인 의식의 반영 등 셋으로 나누어 볼 수 있다. 그의 창작 동력을 작품을 통해서 추정해 보면, 고향과 그 사람들에 대한 애정, 동시대 현실을 기록하고 증언하고자 하는 의지, 그리고 인간성의 본질과 인간관계 탐구 등 세 가지를 들 수 있는데, 이는 대체로 근대소설, 나아가 문학이 지향하는 근본적 역할 및 사명과 깊은 상관성이 있다. 즉 김유정은 사사로운 이유로 창작을 시작했지만 단기간 내에 근대소설과 문학이 지향하는 근본적 사명을 성공적으로 수행해낸 탁월한 작가라고 할 수 있다.

김유정의 창작 동인과 동력을 이렇게 몇 가지 유형으로 나누어 추론하는 데는 분명 한계가 있다. 한 작가의 창작 동력은 동시대 작가들과의 경쟁 심리나 거절하기 어려운 원고 청탁, 개인적인 욕망의 해소 책 등 여러 요인이 복합적으로 작용한다고 보아야 하기 때문이다. 김유정의 경우에도 위에서 살핀 요인들 외에 다른 창작 동력이 더 있었을 가능성이 있다. 이 글에 결락된 그런 요인들은 추후 다른 논의에서 보완되기를 기대한다. 다만 지금껏 한 번도 본격적으로 거론되지 않았던 이 주제에 관해 처음으로 논의했다는 것을 미흡하기는 하나 이 글의 의의로 삼고자 한다.

끝으로 이런 사실을 종합해 볼 때, 김유정은 일부 생계형 작가와 지사형 작가의 모습을 가지고 있는 것은 사실이나, 큰 시각으로 보면 대체로 명예형에 속하는 작가로 규정할 수 있다는 말로 마무리하고자 한다.

참고문헌

1. 기본 자료

김유정, 「병상(病床)의 생각」, 『朝光』, 1937년 3월호

염상섭, 「문학상의 집단의식과 개인의식」, 『문예공론』, 1929년 5월 창간호

2. 논문

조동길, 「소설 작가에 대한 논고」, 『한어문교육』 6, 한국언어문학교육학회, 1998.

_____, 「1930년대 소설의 특성」, 『한국근대문학의 지실』, 푸른사상사, 2014.

Wharf, Janet, 「저자의 죽음」, 박인기 편역, 『작가란 무엇인가』, 지식산업사, 1997.

3. 단행본

김유정학회 편, 『김유정과의 만남』, 소명출판, 2013.

_____, 『김유정과의 산책』, 소명출판, 2014.

김윤식 외, 『한국문학사』, 민음사, 1979.

유인순, 『김유정을 찾아 가는 길』, 솔과학, 2003.

_____, 『김유정과의 동행』, 소명출판, 2014.

유인순 외, 『김유정과 동시대 문학 연구』, 소명출판, 2013.

조남현, 『소설신론』, 서울대 출판부, 2005.

이덕무, 『국역청장관전서』2, 민족문화추진회, 1984.

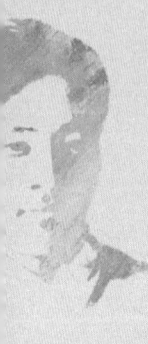

김유정 문학에 대한 인문지리적 접근*

유인순

1. 들어가며

한 작가의 문학적 특성을 연구하기 위한 접근 방법은 다양하게 전개
되어 왔다. 그 가운데에서도 김유정의 경우 그의 생애와 성장환경이 그
의 문학에 끼친 영향연구는 단편적이되 지속적으로 다루어져 왔음이
사실이다.[1] 그러나 이 경우 김유정의 생애는 김유정 당대 가정사에, 성

---

* 이 글은 2014년 11월 29일, 상명대 천안캠퍼스(한누리관)에서 열린 '한민족어문학회 창립 40
돌 기념 전국학술대회'(제319차)에서 발표한 것을 수정한 것임.
1 김유정 문학의 전기적 연구를 통한 접근은 졸고, 「김유정문학연구사」, 전신재 편, 『김유정
문학의 전통성과 근대성』, 한림대 아시아문화연구소, 1997, 28~30쪽을 참고하기 바람. 한
편, 사회주의적, 윤리 사회주의적 또는 문학사회학적 연구는 같은 책, 38~40쪽을 참고하기
바람. 이들 외에도 1997년 이후 김유정의 생애 및 문학에 대한 연구는 지속적으로 이루어져
왔으나 이 글에서는 이후 생략함.

장환경의 경우는 식민지 체제라는 조금 엉성한 측면에서의 접근만이 이루어져 왔을 뿐이다.

이에 이 글에서는 김유정 문학이 지닌 특성을 인문지리적 이해라는 입장에서 접근하여 무엇이 김유정으로 하여금 작가가 되게 하였으며, 김유정 문학의 특성이 어디에서 기인한 것인가 등에 대해 살펴보려고 한다.

일반적으로 지리학은 자연지리학과 인문지리학으로 나뉘고, 자연지리학은 '지구, 즉 인간-자연관계에 관한 서술'로 인문지리학은 '세계, 즉 사회-공간관계에 관한 서술'[2]로 정의된다.

Paul Vidal de la blache는 인문지리학이란 '모든 자연조건과 결합되어 있고, 지구 각 부분의 환경과 연관되어 있다'[3]고 본다. 그는 인문지리학이란 '이질적인 생물들이 공생 또는 상호관계를 유지하면서 군락을 이루거나 함께 살아 갈 수 있는 힘을 주는 복합적 환경(Milieu composite)을 연구하는 것'[4]이라고 주장한다.

여기에서 주목하게 되는 것이 '복합적 환경'이다. 모든 생명체는 복합적 환경의 지배를 받는다. 작가의 경우도 예외는 아니다. 인정받는 한 사람의 작가가 되기까지에는 그를 포함한 지역의 자연환경 및 사회환경(역사 사회 정치 문화 등)의 영향을 무시할 수 없다. 이에 이 글은 작가 김유정과 관련된, 다소 제한적이기는 하지만 복합적 환경의 문제를 살

---

2 최병두, 「지리학의 개념과 연구주제의 구성」, 최병두 외 『인문지리학 개론』, 한울, 2008, 16쪽.
   한편 인문지리의 범주는 같은 책 29쪽에서 다음과 같이 제시된다.
   경제지리학(공업지리, 농업지리, 상업지리, 교통지리), 사회지리학(문화지리, 인구지리, 도시리, 촌락지리 등), 정치지리학, 역사지리학…….
3 Paul Vidal de la blache, 최운식 역, 『인문지리학의 원리』, 교학연구사, 2002, 16쪽.
4 식물지리학은 동일한 장소에서 생활하는 모든 생물체 간의 상호 관계와 그들을 둘러싼 환경에 대한 적응현상을 연구하는 과학이다.
   한편 동물지리학은 인간을 포함 동물들의 구성, 서식처의 지형, 위치 및 기후의 특징, 이동, 공동생활과 환경에 대한 적응현상을 연구하는 과학이다(위의 책, 17쪽에서 정리).

펴 김유정의 작가되기, 작가가 된 이후 그의 작품에 반영된 문학적 특성 등을 살펴보려고 한다.

2. 춘천의 인문지리

1) 춘천의 역사와 인물

춘천지역은 영서 내륙, 북한강 유역의 중류, 북한강과 소양강이 만나는 지점에 위치해 있다. 춘천은 북쪽에 오봉산, 서쪽에 삼악산, 서남쪽에 봉화산, 동남쪽으로 대룡산이 둘러싸고 있는 분지이다. 춘천에는 신석기·청동기·철기 시대의 유적이 다양하게 분포되어 있다.

춘천의 역사를 보면, 백제가 기원전 18년경에 한강 하류에 국가를 세운 이후, 백제는 동쪽으로, 고구려는 한강 유역과 남한강 유역의 평야지대로, 신라는 죽령과 조령을 지나 한강 유역으로의 진출을 위해 북한강 수계를 따라 춘천지역을 엿보고 있었다. 이로 보아 춘천지역은 삼국의 영토 확장으로 인한 교차지배를 받았을 가능성이 있다. 또는 토착의 정치세력이 집권했을 수도 있다. 춘천을 맥국이라고 부르는 것이 바로 그 예가 될 것이다. 맥국(춘천지역)은 선덕왕 6년(637년)에 신라에 편입된 것으로 『삼국사기』는 기록하고 있다.[5]

---

5 춘천 문화원 홈페이지 '춘천의 역사' 자료를 정리한 것이다(http://www.ccmunhwa.or.kr/fac 01.html, 2014.11.11).

춘천의 명칭은 다양하다.[6] 춘천은 조선조 고종 33년(1896) 7월, 원주에 있던 감영이 춘천으로 옮겨오면서 강원도의 수부(首府)가 된 이래 강원도의 도청 소재지로 되고, 현재에 이른다.

다음은 춘천지역의 인물[7]들을 보기로 한다.

먼저 고려시대와 조선시대까지 춘천지역 관련 인물들을 보기로 한다.

고려 초에는 춘천지역의 호족 박유(朴儒), 고종·충렬왕 때에는 정치외교가 박항(朴恒)이 있었다. 박유의 딸은 왕건의 부인 중 한 사람이었다. 신숭겸은 고려 건국 공신으로 팔공산 전투에서 왕건 대신 희생되었다. 이에 왕건이 신숭겸을 위해 춘천시 방동리 소재 현재의 묘역을 제공한 이래 신씨가는 춘천지역에 세거하게 되었다.

조선조에 이르면 춘천지역은 유배지와 은둔지로서의 역할을 하게 된다.

성재(醒齋) 정이주(鄭以周, 1530~1583)는 명종~선조 때 사람으로 명종실록 편찬에 참여했다. 정이주는 만년에 춘천과 인연을 맺고 춘천 금산리 와빈(우양리)에 거주 했다.[8]

---

6 춘천의 명칭은 선덕왕 6년(637) 우수주(牛首州)로, 진덕왕 원년(647)에 우두주(牛頭州)로, 문무왕 13년(673)에 수약주(首若州)로, 경덕왕 16년(757)에 삭주(朔州)로 다시 신라 말에 광해주(光海州)로 바뀌어 고려 초까지 불린다. 그리고 고려 태조 23년(940)에는 춘주(春州)로 고쳐지고 조선조 태종 13년에 춘천(春川)으로 고쳐져 오늘에 이른다(춘천시·춘성군,『春州誌』, 1984, 71~72쪽).

7 춘천의 문화인물들에서 박유, 박항, 신숭겸은 춘천문화원 홈페이지 '춘천의 역사' 자료를 정리했다. 이후 성재 정이주, 출옹 이주, 이정형, 상촌 신흠, 우정 김경직, 김도수, 등은 강원한문고전연구소 홈페이지 '권혁진이 만난 춘천 사람들'의 자료를 간략히 정리한 것이다(http://cafe.daum.net/ganghanyeon, 2014.11.15).

8 정이주는 당대에 이름난 청백리였다. 성재봉은 정이주와 관련된 산봉우리다. 성재봉은 우양리에 있는 나지막한 산언덕으로, 정이주는 이 산언덕을 걷기 좋아했다고 한다. 그런 까닭에 이 산언덕은 정이주의 호를 따서 성재봉이라 불리게 되었다. 정이주가 청백리에 강직한 성품을 갖고 있었다는 사실은 선조 재위중에 군적(軍籍)을 정리할 때의 일화에서 보인다. 그는 군적문제에 따른 외부의 어떤 위협에도 굴하지 않았다. 정주목사를 끝으로, 그는 춘천으로 와서 근검한 생활을 하다가 54세에 사망했다.

출옹(兀翁) 이주(李冑)의 생몰연대는 알 수 없다. 그가 삼악산성, 소양 정, 청평산, 고산대, 사탄 등의 풍광을 노래한 수많은 시작품들이 오늘 날까지도 전해진다.[9] 이정형(李廷馨, 1549~1607)은 임란 전후사를 『수춘 잡지(壽春雜誌)』에, 을사사화 전후사를 역시 기록으로 남겼다.[10] 한편 조 선 중기 한문 4대가의 한 사람인 신흠(申欽, 1566~1628)은 계축옥사(1617) 에 연관되어 춘천에 유배, 지금의 삼천동 부근과 중도에서 5년 가까이 유배생활을 하며 춘천관련의 시문과 기록들을 남겼다. 같은 무렵 우정 (憂亭) 김경직(金敬直, 1569~1634)은 낙향하여 춘천시 우두동에 자리 잡고 우두사(牛頭寺)와 우두정(牛頭亭)을 오르내리며 많은 시문을 남겼다. 특히 당시 춘천으로 유배 온 신흠과 우두정에서 만나 도의(道義)를 논하고 시 편들을 나눈 것으로 유명하다. 춘천을 배경으로 한 시작품을 남긴 또 한 사람으로 김도수(金道洙, 1699~1733)를 들 수 있다. 그는 김유정의 선 조였던 김우명의 손주로 『춘주유고(春州遺稿)』를 남겼다.

고려시대를 제외하고 춘천에 은거하여 말년을 보냈던 정이주(鄭以周), 이주(李冑), 이정형(李廷馨), 김경직(金敬直) 들은 모두 대쪽 같은 성품의 청 백리들이었다. 춘천에서 유배생활을 했던 신흠(申欽) 역시 청백리이며 학덕 높은 선비요 문인이었다. 이들이 춘천에 살면서 뿌린 학덕과 청백 리로서의 품성은 이후 춘천지역의 인물들에게 커다란 영향을 끼친 것 으로 본다.

다음은 근·현대 시대의 춘천지역 인물들을 보기로 한다.

---

9 출옹은 춘천 인근에 있는 고탄에 은거하기를 50년, 83세에 사망했다. 그의 생전에 이이첨 (1560~1623)이 관작을 미끼로 출옹을 부르기 세 번, 그러나 출옹은 그때마다 사양했다고 한다.
10 이정형은 임란 때 의병을 모집, 왜군과 싸웠고 1597년에 춘천 인근 천전리로 왔다. 이 정형은 자신의 체험을 기록으로 남겨두는 습벽이 있었다. 임란 후 『실록』의 수정과 편찬시에 전쟁 중 유실된 자료로 인한 불편을 겪을 때 이정형의 기록물들이 중요한 자료가 되었다.

김평묵(金平默, 1819~1891)은 포천출신으로 '존중화양이적(尊中華攘夷狄)'을 강조한 화서학파의 태두 이항로(李恒老, 1792~1868)의 수제자였다. 화서학파는 경기도 양평에서 화서 이항로를 중심으로 형성된 학파였다. 이항로의 수제자였던 김평묵은 유교적 가치 질서와 소중화인 조선을 지키기 위해 위정척사 운동을 벌이고 있었다.

1853년 음력 10월, 김평묵은 가솔을 이끌고 춘천시 신동면 실레마을에 자리 잡았다.[11] 같은 청풍 김씨로 실레마을의 토호 김병선(金秉善, 1818~1878)이 그의 아들 김익찬(金益贊, 1845~1908)의 교육을 위해 같은 청풍김씨 문중의 대유학자인 김평묵을 초청했던 것이다. 실레마을에서 김평묵은 3년여 김익찬과 마을 학동들의 훈학을 맡았다. 그리고 1855년, 김평묵은 춘천시 삼천동 소재 용담서사(龍潭書社)에서 훈학을 하기 위해 이사하고 다시 1859년에 경기도 가평으로 이사한다. 김평묵을 춘천으로 초청한 김병선은 소설가 김유정의 증조부이고 김익찬은 김유정의 조부였다.

김평묵이 춘천에서 6년간 훈학을 하는 동안 김평묵의 학덕을 존경하는 선비들이 모여들어 김평묵의 학풍은 자연스레 춘천지역에 뿌리를 내리게 된다. 김평묵의 위정척사 정신은 그를 춘천지역으로 초대한 김병선은 물론 그의 아들 김익찬과 가족들에게, 그리고 김평묵에게 수학한 춘천지역 선비들과 춘천지역에 세거하던 청풍 김씨 문중에게 절대적인 영향을 끼치게 된 것이다.

1895년 8월 명성황후가 시해되고, 같은 해 11월 단발령이 공포되자 춘천지역에서 김평묵의 화서학통을 이은 선비들이 중심이 되어 의병 4천 명이 봉기하는 을미의병이 일어났다. 이들 의병들의 중심에 선 선비들

---

11 김영기, 「김유정의 가문」, 전신재 편, 『김유정 문학의 전통성과 근대성』, 한림대 아시아문화연구소, 1997, 21쪽.

이 모두 김평묵의 문하생들이었다. 이들은 춘천의 진산 봉의산(鳳儀山)에서 거의서천재(擧義誓天齋)을 올리고 경기도 가평까지 진격했다.

춘천지역에서의 두 번째의 의병봉기는 1907년 7월, 고종 퇴위 사건과 순종 즉위 직후 한·일 신협약(정미 7조약)체결, 그리고 군대 해산 사태가 일어난 직후였다. 춘천지역의 의병들은 주길리·의암소·금산리·진병산 등지에서 왜군과 전투를 벌인다. 진병산은 김유정 가문이 살고 있던 실레마을을 품고 있는 산이다. 정미의병전쟁이 본격화 된 것은 1908년이었다. 바로 그해인 1908년 2월 12일(양력)에 김유정이 태어났다.

김유정에게 영향을 미친 다른 한 사람으로 청오(青吾) 차상찬(車相瓉, 1887~1946)을 들게 된다. 차상찬은 한국 잡지의 선구자이며 언론인으로 춘천시 신동면 송암리 자라우 마을 출신이다. 그리고 자라우 마을은 연안 차씨 집성촌이다.[12] 이 마을은 김유정이 태어난 신동면 증리와는 작은 산 두 개만 넘으면 되는 인접한 곳에 위치해 있다. 자라우 마을이 있는 송암리 아래는 송현리로 이인직이 쓴『귀(鬼)의 성(聲)』의 공간 배경지이다.

차상찬은 두 형 차상학 차상준과 함께 진보회에 가입하여 갑진개화운동의 일선에 투신하고 천도교에 입교, 일생을 천도교에 몸담았다. 그는 보성중학을 거쳐 보성전문학교를 졸업, 모교에서 강사로 있다가 천도교 기관지『개벽』의 창간동인으로 참여, 폐간 때까지 주도적 역할을 했다.

차상찬은『개벽』지의 편집자면서 잡지 발행인 외에도 민속학자, 언어학자, 역사학자, 야담가, 시인, 소설가, 민중계몽가, 성씨(姓氏)연구가, 여성사학자, 지역사 연구자, 민요 연구가로 불린 사상가이자 민족운동가였다.[13] 차상찬은 정론직필(正論直筆)을 생명으로 하는 언론인으로 '청

12 박길수,『차상찬 평전』, 모시는사람들, 2012, 32쪽.
13 위의 책, 136쪽.

오(차상찬의 호)의 목이 달아났으면 달아났지 그에게서 바른 말을 없앨 수 없다'[14]는 평을 받기도 했다.

『개벽』은 1920년 6월 창간되고 1926년 8월 72호로 폐간되기까지 천도교의 기관지라기보다는 오히려 우리 문학의 보고(寶庫)로서의 역할이 더 컸다.[15] 뿐만 아니라 차상찬은 『개벽』지가 폐간된 1931년부터 종합지인 『혜성』, 『별건곤』, 『신여성』, 『제일선』, 『어린이』를 주관하고, 잡지편집과 다양한 장르의 원고를 손수 쓰는데 주력했다.

김유정이 문단에 공식 등단하기 전 작품인 「산ㅅ골 나그내」가 1933년 『제일선』 3월호에, 「총각과 맹꽁이」가 같은 해 『신여성』 9월호에 발표되었다는 것은 주목할 만한 일이다.

근·현대시대의 인물로 김평묵과 차상찬은 모두 높은 학식과 인품을 갖춘 사상가에 민족주의자로 항일정신이 투철한 사람들이었다. 김평묵은 의병봉기 이전에 사망했지만 그의 위정척사 사상은 문하생들에게 이어져 춘천을 의병봉기의 진원지가 되게 했다. 특히 김평묵을 춘천으로 초청한 사람이 김유정의 증조부였고 김평묵의 직계제자가 김유정의 조부 김익찬이었다. 김유정가는 모두 김평묵의 문하생이 되는 셈이다.

차상찬은 그가 창간하고 주간한 잡지들을 통해서 민족정신과 저항정신을 독자들에게 전달하였으며, 김유정의 처녀작을 두 작품씩이나 그가 주관하던 두 개의 잡지에 발표시켜 주었다. 이렇게 보면 김유정은 동향인이며, 자신의 작품을 발표시켜준 차상찬에게 큰 빚을 지게 된 것이다.[16]

---

14 위의 책, 137쪽.
15 『개벽』에 수록된 문학작품의 수는 시 부분 380여 편, 소설(번역 18편 포함) 111편, 희곡(번역 7편 포함) 50여 편, 수필 40여 편, 평론 50여 편, 기행문 20여 편, 동화·동시·전기 50편에 달한다. 뿐만 아니라 이 잡지에 투고한 시인은 김석송, 김안서, 김소월, 주요한, 이상화 등이 있고 작가로는 염상섭, 김동인, 현진건, 나도향, 이익상, 주요섭, 박영희, 이기영 등이 있다(위의 책, 142쪽).

2) 춘천지역 배경의 문학작품들

춘천지역에 은거하면서 춘천을 배경으로 문학작품을 남긴 사람들은 이주(李胄), 김경직(金敬直), 그리고 김유정의 7대조 방계가 되는 김도수 (金道洙)를 들 수 있다. 그러나 이들은 말 그대로 지역문인의 수준에서 벗어나기 어렵다. 춘천에서 잠시 머물거나 스쳐지나간 인물로 중앙은 물론 전국적으로 알려질 정도의 문인이라면 매월당(梅月堂) 김시습(金時習, 1435~1493), 청음(淸陰) 김상헌(金尙憲, 1570~1652), 상촌(象村) 신흠(申欽, 1566~ 1628), 다산(茶山) 정약용(丁若鏞, 1762~1836) 을 들 수 있다.

방랑생활을 하던 매월당은 한때 청평산의 암자와 사탄(곡운구곡으로 알려지기 전의 계곡)의 암자에서 은거한 적이 있었다. 그는 소양강의 소양정에 올라 춘천의 풍광을 시로 읊었다. 다음은『등소양정(登昭陽亭)』이라는 제목의 3수 가운데 제 1수를 소개한다.

새 나는 저 밖에 하늘은 다하려 하고	鳥外天將盡
시 읊은 끝에도 한은 그치지 않아라	吟邊恨不休
산들은 북쪽에서 꺾어들고	山多從北轉
강물은 저절로 서쪽으로 흐르는데	江自向西流

---

16 김유정과 차상찬 씨는 직접 만나본 것으로 나타난다. 차상찬씨의 아들 차웅렬씨는 다음과 같은 일화를 전해준다. 다음 기사는『강원도민일보』(2012. 3. 28)의 것을 인용한다.

개벽의 편집위원이자 김유정의 오랜 벗인 소설가 안회남 씨와 이석훈 씨가 평소 글재주가 남다른 김유정을 이끌고 차상찬 선생을 찾아가 소설 '산골 나그네'의 원고를 청탁하며 알토란 같은 인연을 맺었다고 했다.
차씨(차상찬 씨의 아들 차웅렬 씨)는 "아버지(차상찬 선생)가 개벽의 주간으로 있을 때 어린 청년 김유정이 찾아와 소설을 보여줬는데 문장력이 뛰어나고 제법 글재주가 있는데다 알고 보니 동향이어서 흔쾌히『개벽』의 제1서지 3월호에 「산골 나그네」를 실어주게 됐다"며 "그 인연으로 인해 김유정의 소설이 비로소 세상에 처음으로 빛을 보게 했다"고 밝혔다.

기러기 내려앉은 모래톱은 아득하고	雁下沙汀遠
배 돌아가는 옛기슭은 그윽도 하다	舟回古岸幽
어느 때에야 세상 그물 벗어던지고	何時抛世網
태평세월 틈타서 여기에 거듭 놀까	乘與此重遊[17]

　청음 김상헌은 병자·정묘 호란 때 척화대신으로 1636년 병자호란 때 최명길이 쓴 항복문서를 찢으며 통곡했던 이로 유명하다. 그는 강력한 척화론자로 1641년 심양으로 끌려가 청인들의 굴복요구에 끝까지 저항했으며 1645년 소현세자 귀국시에 함께 귀국했지만 척화주장을 결코 포기하지 않았다. 청음 김상헌이 읊은 소양정은 인기가 좋아서 후인들이 가장 많이 차운을 했다고 한다.[18]

　신흠은 계축옥사에 연루되어 1617～1621년까지 춘천에서 5년간 유배생활을 했다. 신흠의 시조 31수가 전하는데 그 가운데 춘천 유배지에서 지은 것으로 추측되는 시조 몇 편이 있다.[19]

　김창협(金昌協, 1651～1708)과 김창흡(金昌翕, 1653～1722)도 소양정을 방문

17　심경호, 『茶山과 春川』, 강원대 출판부, 1995, 169～170쪽.
18　청음 김상헌의 시 소양정은 다음과 같다.

三月昭陽江上樓	춘삼월 소양강 누대에 오르니
樓前形勝最愖遊	누대 앞 경승은 노닐기에 좋구나.
地廻天高議縢閣	땅 돌고 하늘 높기는 등왕각 같고
渚淸沙白似冀州	물가 맑고 사장 희어 기주 같아라.
杏花已落桃花老	살구꽃 이미 지고 복사꽃도 시들한데
王孫未歸芳草愁	왕손이 돌아오지 않아 방초만 시름겹다.
酒醒倚柱發長嘯	술 깨어 기둥에 기대 휘파람 길게 부니
西山落日射牛頭	서산에 지는 해가 우두벌을 비추누나(위의 책, 171쪽).

19　신흠의 시조 가운데 다음의 시조는 춘천 유배지에서 적은 것으로 보인다.
　　냇가에 해오랍아 무슨 일 서 있는다
　　무심한 저 고기를 여어 무삼 하려난다
　　아마도 한 물에 있거니 잊으신들 어떠리

하고 시를 쓴 바 있다. 다산은 1820년 3월과 1823년 4월 두 차례에 걸쳐 춘천을 방문한다. 첫 방문길에서 다산은 절구(絶句) 25수, 화두시(和杜詩) 12수, 잡체(雜體) 10수를 짓고 이들을 『천우기행권』[20]으로 묶는데 그 가운데 몇 편의 춘천관련 시를 지었다. 다산은 춘천을 두 번째 방문할 때에는 여행기록을 『산행일기』로 엮고 여기에 북한강 수로를 따라 춘천으로 들어오기까지 또 청평사와 곡운구곡에 이르는 여정, 문암서원과 곡운서원 참관기를, 그리고 여기에 간간히 시 작품들을 삽입한다.

근대로 와서 춘천지역이 소설의 공간으로 등장하기 시작한 것은 이인직 (李人稙, 1862~1916)의 『귀의 성』과 이해조의 『소양정(昭陽亭)』에서부터이다.

이인직[21]은 경기도 이천 태생으로 그가 발표한 7편의 신소설 가운데 강원도 배경이 『귀의 성』(1906), 『치악산』(1908), 『은세계』(1908), 그 가운데 춘천을 배경으로 한 것이 『귀의 성』이다.

여기서 주목할 것은 이인직이 일본유학시절 「도신문(都新聞)」의 견습기자였다는 것, 그가 「만세보」 주필 시절 춘천출신 차상학이 「만세보」에 같이 근무하고 있었다는 것이다. 이인직이 기자 출신이었다는 것은 그의 소설 소재가 실화에 의존하고 있음에 타당성을 준다.[22] 춘천 출신 차상학과 동료관계였다는 것은 『귀의 성』역시 춘천지역에서 일어난 실화에 의존하고 있음을 짐작하게 된다.

『귀의 성』은 1906년 10월 14일부터 1907년 6월 초까지 「만세보」에서

---

20 심경호, 앞의 책, 85쪽.
21 이인직은 1900년 2월 관비유학생으로 일본 동경 정치학교 청강생으로 수학하고 일로전쟁 (1904~1905) 당시 통역관으로 종군, 1905년 『국민일보』주필을 거쳐 『만세보』주필, 다시 『대한신문』사장을 역임했다. 이후 그는 이완용의 비서를 거쳐 선릉참봉(宣陵參奉), 중추원 부참의(中樞院副參議) 이후 경학원(經學院) 사성(司成)에 취임, 1916년 사망시까지 현직에 있었다.
22 이인직의 「은세계」는 강릉 경금리출신 최병도 가족의 실화를 창극으로 그리고 소설로 다룬 것이다.
    경금리는 본래 강릉군 성산면 지역으로 오늘날의 금산(金山) 행정구역상 명주군 금산리이다.

연재되었다. 이 작품은 주인공인 강동지 일가가 살고 있는 춘천의 송현 (현재 송암동)마을에서 시작된다.

깊은 밤 달이 춘천(春川) 삼학산(三鶴山)[23] 그림자를 끌어다가 남내면(南內面) 솔개동네(松峴) 강동지집 건너방 서창에 들더라[24]

이 작품의 주인공 강동지는 오랫동안 춘천수령들의 수탈에 고통 받아왔다. 새로 부임한 춘천부사는 감언이설로 강동지의 딸을 첩으로 삼게 된다. 그러나 이 사실을 알게 된 춘천부사의 본처가 길순과 그녀의 아들을 죽이게 된다. 그제야 자신의 실책을 알게 된 강동지는 살해된 딸의 복수를 해준다. 후일 이런 사실을 알게 된 춘천부사는 자신의 죄를 뉘우치며 삼악산 기슭에 길순 모자의 무덤을 만들어주었다는 것이 이 작품의 골자다.

이해조(李海朝, 1869~1927)는 경기도 포천 출신이다. 춘천의 우두산과 소양강이 나오는 『소양정』은 1911년 9월 30일부터 12월 16일까지 「매일신보」에 연재되었다. 그러나 소설 『소양정』의 주무대는 낭천(화천)이다. 억울하게 살해당한 회양군수, 그의 아들 오봉조와 낭천군수의 딸 정채란의 혼사장애와 혼인, 그리고 복수담이 이야기의 골자다. 소양정과 우두산은 여주인공 정채란이 소양강에 투신하려고 나올 때 그 배경으로 잠시 나온다.

지금까지 춘천지역을 소재나 배경으로 한 작품들을 살펴보았다. 조선조의 문인들은 춘천지역의 특정 장면들을 시적 소재로 삼아서 그들

---

23 삼학산은 현재 삼악산(三岳山)으로 불리고 있다.
24 이인직, 『귀의 성』, 『한국 개화기 문학총서』 1, 아세아문화연구사, 1978, 111쪽.

의 문학세계를 한시로 펼쳐보였다. 다산 정약용만이 두 번째 춘천을 찾았을 때, 북한강 수로를 따라 춘천에 이르는 과정과, 특히 춘천과 청평산, 춘천과 곡운구곡에 이르는 과정을 『산행일기』로 엮었다.

이에 비해 구한말에 나온 이인직의 『귀의 성』은 춘천에서 얻은 실화를 소설화한 것으로 송현마을과 삼학산(삼악산)에서 시작하여 서울을 거쳐 삼학산 자락에서 끝나게 된다.

다음에는 김유정의 생애와 문학에 대한 인문지리적 접근을 해보리고 한다.

3. 김유정 문학, 그 인문지리적 접근

김유정이 작가가 되고 그의 작품이 타작품과 다른 독특한 문학세계를 갖게 된 데에는 어떤 영향관계가 수수되고 있는 가를 알아보기 위해 먼저 김유정의 문학적 생애를 살펴보기로 한다.

1) 김유정의 가계(家系)

김유정의 조상은 대동법을 시행한 김육(金堉, 1580~1658), 그의 두 아들 김좌명(金左明, 1616~1671)과 김우명(金佑明, 1619~1675)의 형제 가운데 김우명 계열에 속한다. 김우명의 딸은 현종의 비(妃)로 김우명은 청풍부원군(淸風府院君)으로 봉해졌다. 김유정의 집안이 춘천 실레마을에 자리를 잡게 된 것은 김유정의 고조부(高祖父)인 5대조 김기순(金基恂, 1799∼1835) 때였다. 청풍부원군과 춘천이 인연을 맺게 된 것은 그의 묘소가 지금의 춘천시 서면 안보리에 있기 때문이다.[25]

김유정의 고조부 김기순은 실레마을에 터를 잡으면서 김병선(金秉善, 1818∼1878)과 김정선(金鼎善)을 두었는데 김병선이 김유정의 증조부(曾祖父)이다. 김병선은 남매를 두었는데 아들이 김익찬(金益贊, 1845.7.19∼ 1908.11.26(음력))으로 김유정의 조부(祖父)이다. 김익찬은 사마좌임금부도사(司馬萃任禁府都事)를 지냈고 향리에서는 김도사로 불렸다. 이무렵 김유정집안은 6천 석의 부자로 알려졌다.[26] 김익찬은 김춘식(金春植, 1873. 11.22∼1917.5.23(음력))과 김정식(金正植) 두 아들과 딸 하나를 두었다. 김익찬의 묘소는 실레마을(甁里)에 모셨다.

김춘식은 김유정의 아버지로, 사마좌임금부주사(司馬萃任禁府參奉)를 지냈고 향리에서 참봉으로 불리었다. 김유정의 어머니 청송 심씨(靑松 沈氏, 1870∼1915.3.18(음력))와 김유정 부친의 묘소는 평구(현재 경기도 양주)에 모셨다. 김춘식과 청송 심씨 사이에서 장남 김유근(金裕近, 1893.8.21∼ 1950.?)을 낳고 딸을 다섯 둔 뒤에 아들 김유정(金裕貞)을, 그 아래 딸 하나를 더 두었다.[27]

이쯤에서 주목할 일이 있다.

첫째 증조부 김병선에 관련된 것이다. 그는 아들 김익찬을 위해서 화

---

25 청풍부원군의 묘소는 애초에 지금의 춘천시 신동면 김유정역 좌봉으로 정해져 있었다. 그러나 부원군의 상여를 배에 싣고 북한강을 거슬러 오르던 중 돌풍을 맞아 명정(銘旌)의 대가 부러지고 기폭이 찢기어 날아갔다. 기폭이 날아간 곳을 찾아가보니 명당자리였다. 이에 묘소를 쓰게 되니 여기가 춘천시 서면 안보리이다.
26 김영기, 앞의 글, 15쪽.
27 김유정 형제들은 다음과 같다. 金裕近, 유달, 유형, 유경, 유관, 유홍, 金裕貞, 부홍.

서학파의 종주 이항로의 수제자이며 청풍김씨 문중의 대유학자인 김평묵을 춘천 실레마을로 초청, 아들 김익찬과 동리 아동을 위한 서당을 열어준 것이다. 김평묵이 실레마을에서 또 삼청동에서 훈학에 임했던 6년 동안 김평묵의 영향을 받았던 춘천지역 선비들이 의미의병과 정미의병에서 중심 역할을 했음은 앞에서 언급한 바 있다. 김평묵의 직계 제자였던 김익찬은 이들 의병들의 거사 자금에 관계했고 그 일로 인해 김유정 가계가 서울 종로구 운니동으로 이사하지 않을 수 없었다.

두 번째는 김유정의 어머니 청송 심씨에 대한 것이다. 청송 심씨는 실레마을에서 산고개 하나를 넘으면 있는 학곡리 태생이다. 그는 심화택(沈華澤)과 선산 김씨 사이에서 심상묵(沈相黙), 심상연(沈相然) 다음으로 태어났다. 심상묵은 종가댁의 양자로 들어갔다. 심상연은 학문이 깊었다. 심씨는 오빠 심상연과 우애가 돈독했다. 심씨는 총명했고 오빠들의 글공부를 어깨 너머로 배워 문자를 해독했다고 한다. 김유정의 문화적 재능은 어머니의 재질에서 비롯되었다는 것이 이 지역 옛노인들의 말씀이라고 한다.

세 번째는 김유정의 출생지가 어디냐에 대한 것이다.

김유정은 스스로 자신의 고향이 강원도 춘천이라고 밝힌 바 있다.

> 나의 고향은 저 강원도 산골이다. 춘천읍에서 한 이십여 리를 산을 끼고 꼬불꼬불 돌아 들어가면 내닫는 조그마한 마을이다. 앞 뒤 좌우에 굵직굵직한 산들이 빽 둘러섰고 그 속에 묻힌 아늑한 마을이다. 그 산에 묻힌 모양이 마치 옴푹한 떡시루 같다하여 동명을 실레라 부른다. 집이라야 대개 쓰러질 듯한 헌 초가요 그나마도 오십호 밖에 못되는 말하자면 아주 빈약한 촌락이다.[28]

김유정은 언어선택에 남다른 눈썰미를 갖고 있는 사람이었다. 그는 「동백꽃」 말미에서 점순이는 산 아래로 '살금살금' 기어서 내려가고 총각인 '나'는 '엉금엉금' 기어서 산 우리로 치빼지 않을 수 없다고 기록한다. 「산ㅅ골 나그내」에서는 '메주 뜨는 냄새와 같이 쾨쾨한 냄새로 방안은 괴괴하다'고 '쾨쾨한'의 후각이미지와 '괴괴한'의 청각이미지를 정확하게 구분하고 있다.

김유정이 그의 고향을 춘천이라고 증언한 바를 김유정의 조카 김영수(1914.2.29~2002.9.5) 씨가 확인해준다. 김영수씨는 김유정의 형님 김유근의 아들이다. 그는 1968년 4월 「김유정의 생애」에서 다음과 같이 증언한다.

> 그는 1908년 1월 11일 오전 11시 춘천군 신남면 증리(실레)에서 부친 김춘식씨와 모친 심씨 사이의 팔남매 중 일곱 번 째로 태어났습니다.[29]

이어서 이 글의 말미에서 '이 글은 삼촌과 한 방에서 지냈던 저의 어머니(글 속에는 형수)와 누이동생 진수, 세 사람이 몇 달을 두고 기억을 더듬은 끝에 모아진 것'[30]이라고 증언한다. 김유근의 아내이며, 김영수의 어머니인 대구 서씨(1892.6.2~1974.3.12(음력))는 김유근이 15세 무렵 결혼(1907~1908년경으로 추정)했다. 이 무렵에 김유정이 태어났다. 아기에는 유모가 붙여졌지만 갓 시집온 새댁은 몸이 약한 시모 대신 젖먹이 시동생의 양육에 일조했을 것으로 추정된다. 젖먹이 시동생의 양육에 관

---

28 김유정, 「오월의 산골짜기」, 『조광』, 1936.5.3(전신재 편, 『원본 김유정 전집』, 강, 2007, 423쪽에서 재인용).
29 김영수, 「김유정의 생애」, 김유정기념사업회 편, 『김유정 전집』, 강원일보 출판국, 1994, 309쪽.
30 위의 글, 346쪽.

여했기로 대구 서씨의 기억에 더 무게중심을 두지 않을 수 없다.

현재 김유정의 생가는 1950년 한국동란 중 폭격으로 파괴된 집을 증언에 의해 복원하면서 지붕을 기와가 아닌 초가로 얹었다. 그것은 생가가 구한말, 난세에 지어진 까닭에, 의병을 빙자한, 불순한 의도를 지닌 사람의 과녁에서 벗어나기 위한 고육지책에서 나온 것이다. 그리고 그와 같은 고육지책은 김익찬으로부터 나온 것으로 보인다. 김유정은 1908년 2월 12일(양력) 태어났다. 김유정의 조부 김익찬은 1908년 11월 29일(음력) 사망했다. 죽음을 눈앞에 둔 노인들은 조상의 뼈를 묻은 고향을 지키려고 한다. 김익찬은 여생을 자신이 지은 집에서 마쳤고 그의 묘소는 실레마을의 선산에 모셔졌다. 김익찬 사후에야 김유정가는 서울로 이사할 수 있었다.[31]

2) 김유정의 문학환경과 문인친구들

김유정의 생애에서 그의 조실부모한 일과 병력(病歷)을 무시할 수 없다. 김유정은 7세에 모친을 9세에 부친을 여의었다. 어려서는 횟배로 창백한 모습이었고, 철들면서부터는 말더듬이었다. 청소년 시절부터 우울증을 앓았다.[32] 김유정 본인은 이를 염인증(혐인증)으로 부르기도

---

31 김유정의 출생지가 서울이라는 증언은 김용성 교수의 『한국현대문학사탐방』(현암사, 1984, 374쪽)에서 비롯된다. 1973년 김교수는 김유정의 생존한 셋째 누나 김유경(72세)의 증언으로 김유정이 서울 진골(현 종로구 운니동)에서 태어났다고 주장했다는 것이다. 1973년 현재 72세라면 김유경과 김유정의 나이 차이는 6~7세에 불과하다. 김유경의 증언보다는 김유정의 출생을 즈음해서 시집와 병약한 시어머니 대신 아기를 기른 며느리 대구 서씨의 기억에 더 신빙성이 있다고 보아야 한다.

32 김유정의 우울증에 대한 것은 졸저, 『김유정과의 동행』(소명출판, 2014)에서 「김유정과 우울증」(88~116쪽)을 참고하기 바람.

했고 1929년경에 치질수술을, 1930년에는 늑막염 진단을, 1933년에는 결핵진단을 받았다. 그리고 1936년에는 결핵성 치루로 극심한 고통 속에 빠진다.[33]

말더듬이였기로 음성언어 보다는 문자 언어에 매달리는 것이 오히려 마음 편했을 김유정, 염인증과 잦은 병치레로 활동적인 생활보다는 칩거하기를 좋아한 김유정의 성격은 자연스럽게 문학적 환경에 동화되어 간 것으로 보인다.

다음에는 김유정의 문학적 환경과 문인 친구들을 살펴보기로 한다.

김유정은 1923년 휘문고보에 입학했다. 당시 휘문고보에는 한성사범을 졸업한 가람 이병기선생이 재직(1922년부터 1942년까지)하고 있었다. 또 휘문고보 출신으로 일본에서 서양화를 공부하고 훗날 화가, 영화감독, 미술평론가, 만화·시·소설·희곡·시나리오 작가 등 다방면에서 폭넓게 활동하게 될 안석주(安碩柱, 아호는 夕影)가 1923년부터 휘문고보 미술교사로 재직하고 있었다.

가람선생과 김유정 사이에는 어떤 영향 관계도 보이지 않는다. 당시 30대 초반이던 이병기 선생이 휘문 문예반에서 이태준에게 영향을 준 것과는 달리 김유정은 이 무렵 너무 어렸던 것이 아닌가 한다. 안석주의 경우도 학창시절 김유정에게는 특별한 인상을 준 것 같지는 않다. 그러나 훗날 안석주는 유정을 미남이라 치켜세우기도 하고 김유정의 「만무방」(『조선일보』, 1935.1.17~30)과 「야앵」(『조광』, 1936.7)의 삽화를 그린 바 있다.

휘문고보 출신의 문인들은 홍사용, 박종화, 권환, 정지용, 김영랑, 이태준, 안회남, 김유정, 박노갑 등이 보인다.

---

33 김유정의 병력에 대한 것은 졸저, 『김유정을 찾아가는 길』, 솔과학, 2003, 119~166쪽을 참고하기 바람.

상허 이태준은 1921년 휘문에 입학 1924년 6월 동맹휴학 주동자로 퇴학하기까지 김유정의 재학년 시절과 겹치는 부분이 있다. 김유정이 휘문고보에 입학하던 1923년 휘문고보 입학생 가운데는 훗날 소설가가 될 안회남과 박노갑이 있었다. 박노갑은 1904년 생으로 나이 차이가 있어서 어울리기 힘들었을 것이고 안회남과는 죽마지우였다.[34]

김유정의 문학적 친구인 안회남(1910~?)은 신소설작가 안국선의 아들로 김유정이 작가가 되도록 직접적인 영향력을 끼친 인물이다. 그는 휘문고보 3학년에서 4학년으로 진급하지 못하고 김유정과 함께 낙제했다. 안회남은 곧바로 자퇴하고 1931년 조선일보 신춘문예에 「발(髮)」로 가작 당선했다. 안회남은 박녹주에게 실연당한 김유정이 춘천에서 농촌계몽활동을 하고 있을 때 글을 쓰도록 충고하고, 김유정의 작품을 이석훈과 함께 당시 『개벽』 주간인 차상찬에게 추천, 1933년 3월 『제일선』에 「산ㅅ골 나그내」를, 같은 해 9월 『신여성』에 「총각과 맹꽁이」를 싣도록 주선한다. 그리고 미처 발표되지 못했던 작품 「흙을 등지고」를 개작하게 해서 직접 조선일보 신춘문예에 투고, 1935년 『조선일보』 신춘문예 1등 당선작 「소낙비」가 나오게 한다.

이석훈의 김유정에 대한 우정도 이에 뒤지지 않는다. 이석훈은 1908년 평북 정주출신으로 평양고보 졸업, 일본 와세다대학 노문과(露文科)에서 수학했다. 1929년 대판매일신보 통신원, 경성일보 특파원으로 춘천에서 3년간 거주했다. 1930년에는 동아일보 신춘문예에 희곡 〈궐녀는 왜 자살했는가〉로 등단했다. 1932년에는 개벽사에서 기자로 근무했

---

34 김유정이 휘문고보에 입학하던 당시 1학년 학생재적수는 161명, 2학년에서는 173명, 3학년에서는 138명, 4학년에서는 103명, 5학년에서는 95명의 재적생 수를 보인다. 학년당 저급 학년에서는 3학급 정도, 고급 학년에서는 2학급 정도가 있었을 것이다.

다. 이석훈이 김유정을 알게 된 것은 안회남의 소개를 통해서였고, 김유정이 사직동에서 누님 집에 살 때 이석훈과는 바로 이웃에 살았다고 한다.[35] 1933년 김유정이 안회남과 함께 『개벽』지의 차상찬을 찾아갔을 때 이석훈도 동행했다. 이석훈은 1933년 경성 방송국 제2방송 아나운서로 근무하는 한편 '극예술연구회' 회원으로 신극운동에 가담, 소설 「이주민 열차」를 발표했는데 김유정이 이 작품을 칭찬했다고 한다.[36]

김유정이 좋아하던 또 한 친구는 김해경이란 본명을 가진 이상(李箱, 1910~1937)이다. 두 사람은 1935년 신춘문예 당선축하회에서 만난 이후 급속히 가까워졌다는 것, 구인회 가입에서도 이상이 우격다짐으로 이태준을 설복시켜 가입시켰다는 것이 조용만의 증언이다.[37] 두 사람 모두 결핵 3기에 해당하는 사람들이었다. 이상은 살아생전에 김유정의 이름을 실명(實名)으로 하는 두 편의 소설을 썼다. 「김유정─소설체로 쓴 김유정론」과 이상이 죽기 4달 전에 동경에서 쓴 것으로 「실화(失花)」가 그것이다. 전자가 김유정의 투사적(鬪士的) 성격을 희극적으로 그렸다면 후자는 폐결핵이 심해진 유정이 동경으로 떠나는 이상 앞에서 눈물 흘리는 장면을 그렸다.

김유정이 문단활동을 하면서 경쟁의 대상으로 생각하지 않을 수 없었던 사람들도 있었다. 김유정이 최고의 경쟁상대로 삼았던 이는 같은 강원도 사람, 철원 출신으로 휘문고보를 중퇴한 이태준이 있다. 이석훈

---

35 이석훈, 「유정의 면모편편」, 김유정기념사업회 편, 『김유정 전집』 하, 강원일보 출판국, 1994, 402쪽.
36 이석훈은 실업자인 김유정을 취직시키기 위해서 여러 사립학교에 청탁을 넣어보기도 했으나 되지 않자 방송국 어린이 시간에 하모니카 연주를 시키기 위해 같이 연습도 해보고, 유정이 폐질환으로 숨이 차서 제대로 하지 못하자 어린이 시간에 옛날이야기를 하도록 시간을 만들어 주기도 했다고 한다(위의 글, 403~404쪽).
37 조용만, 「이상과 김유정의 문학과 우정」, 『신동아』, 1987. 5, 92~94쪽.

은 김유정이 문단에서 제일 관심을 갖고 있었던 작가로 이태준[38]을 기록한다. 김유정이 「노다지」를 이태준이 문화부기자로 근무하던 『조선중앙일보』 신춘문예에 투고한 것만 보아도 이태준에 대한 김유정의 관심 정도를 알 수 있다.

같은 무렵 전기 구인회원으로 역시 강원도 사람, 봉평 출신의 이효석(1907~1942)에게도 관심을 갖지 않을 수 없었을 것이다. 이효석이 「돈」, 「수탉」, 「산」, 「들」, 「메밀꽃 필 무렵」 같은 향토색 짙은 글을 발표하면서 김유정도 그에게 자극 받아 향토성 짙은 작품을 지속적으로 썼을 가능성이 없지 않다.

또 한 사람 최인준(1912~?)은 평양출신으로 평양광성고보를 거쳐 경성의 보성고보를 중퇴했다. 그는 1928년 『조선일보』 신춘문예에 『춘보』가 가작 당선되고 이후 『폭풍우전』, 『양돼지』를 발표했다. 이후 그는 강원도 철원에서 4~5년 살다가 문학창작을 재개, 1934년 『동아일보』 신춘문예에 『황소』가 당선, 『암류』가 신동아 현상문예에 가작으로 당선되었다.[39] 이후 그는 꾸준히 좋은 작품을 썼다. 이들 젊은 작가군은 모두 김유정의 문학창작에 알게 모르게 좋은 자극제가 되었을 것으로 보인다.

여기에서 간과할 수 없는 것은 판소리꾼 박녹주(1905~1979)[40]와 무명의 들병이가 있다. 갓 스물 나이에 우연히 박녹주를 보고, 이후 3년 가까이 이룰 수 없는 짝사랑에 고통스러워하던 김유정, 그러나 그는 레코드에서, 라디오에서 흘러나오는 박녹주의 노래에 흠뻑 빠져들면서 박녹주가 보여준 전통 소리의 세계를 자신의 것으로 육화(肉化)시킨다. 김

---

38 이석훈, 「유정의 영전에 바치는 최후의 고백」, 김유정기념사업회 편, 앞의 책, 409쪽.
39 최인준, 『최인준작품집』, 지식을만드는지식, 2010, 19쪽.
40 박녹주의 출생년도는 1904, 1905, 1906 등 다양하게 나타난다. 이 글에서는 『구비문학』 10(2000년 6월 30일 발간), 김석배 교수의 논문 「판소리 명창 박록주의 예술세계」에 나온 자료를 참고했다.

유정의 작품 속에 나오는 판소리 문체의 특징과 작품속의 해학과 풍자, 아리랑 가사의 인용들은 박녹주의 소리로부터 영향 받은 것임은 누구도 부정할 수 없는 것이다.

한편 실연의 상처에서 벗어나고자 고향 실레마을을 찾았던 김유정은 젖먹이 딸린 들병이와 한 달여 동거생활을 한다. 이 들병이와의 만남과 그에 대한 관심은 그의 소설 과 수필작품으로 형상화된다.

다음은 김유정 작품을 실제로 보면서 그들에 스며들어간 인문지리적 특성을 살펴보기로 한다.

3) 김유정의 문학환경과 작품들

박녹주를 향한 짝사랑을 청산하고 김유정은 1931년 봄 춘천으로 낙향, 처음에는 마음을 잡지 못해서 들병이를 따라다니며 1개월 정도 동거생활을 한다. 이때의 경험은 「솥」에 나오며, 후일 소설에서 「총각과 맹꽁이」, 「안해」에 들병이를 등장인물로 등장시키고, 수필 「조선의 집시」에서는 들병이 철학을 개진한다. 춘천지역에서 농촌계몽활동을 벌이면서 김유정은 실레마을(김유정 본가에 있는 마을이름) 사람들의 생활상을 눈여겨 보고 이후 그들의 삶을 12편의 소설 속에 용해 시켜 놓았다.[41]

김유정은 박녹주와의 이루지 못한 사랑을 「두꺼비」, 「생의 미련」에 기생을 등장인물로 출현시키고, 박녹주가 갖고 있던 전통소리를 그의

41　이들 작품 중 춘천지역의 지명이 그대로 작품 속에 사용된 작품은 「총각과 맹꽁이」에서 "강원도 춘천군 신남면 증리", 「산ㅅ골 나그네」에서 "거문관"이, 「봄·봄」에서 "삼포, 새고개", 「안해」에서 "봉의산 신연강", 「만무방」에서 "응고개, 수허리골" 등이 있다.

문학적 특성에 결합시킨다.

박녹주를 만나기 전 김유정은 하모니카와 바이올린을 좋아하던 서양음악 지향적이었다. 그러나 박녹주를 만난 이후 그는 우리 소리에 관심을 가짐은 물론, 본인 자신도 우리 소리를 잘 불렀다고 한다. 김유정의 소설 문체의 특징이 판소체 문체라는 점에 주목하게 된다.

김유정의 소설속의 아리랑 인용은 「만무방」과 「안해」에서 나온다.

> 아리랑 아리랑 아리리요 / 아리랑 띄여라 노다가세
>
> 증기차는 가자고 왼고동 트는데 / 정든님 품안고 낙누낙누
>
> 아리랑 아리랑 아라리오 / 아리랑 띄여라 노다가세
>
> 낼갈지 모래갈지 내 모르는데 / 옥씨기 강낭이는 심어 뭐하리
>
> 아리랑 아리랑 아라리오 / 아리랑 띄여라 ……[42]

「만무방」의 주인공 응칠은 빚 때문에 야반도주하고, 이산가족이 된 후에 전과 4범까지 된다. 그는 혈육이 그리워 아우를 찾아왔다가 아우네 논의 벼를 훔쳐간 도둑을 잡으려고 궁리를 한다. 그때 응칠이 부른 노래가 아리랑이다. 빚에 쫓겨 정든 님을 두고 떠나야 하는 아픔, 농사를 포기하고 떠나야 하는 농민의 비애가 응축된 것이 인용된 아리랑이다. 「만무방」은 제 논의 벼를 제가 훔쳐 먹지 않으면 안 되는 당시의 참상을 아리랑을 통해서 고발한다.

김유정의 또 다른 소설 「안해」의 한 부분을 보기로 한다.

---

42 김유정, 「만무방」, 유인순 편, 『동백꽃』, 문학과지성사, 105쪽(이하 『동백꽃』으로 표기).

내가 밤에 집에 돌아오면 년을 앞에 앉히고 소리를 가르치겠다. 우선 내가 무릎장단을 치며 아리랑 타령을 한 번 부르는구나. **아리랑 아리랑 아리리요, 춘천아 봉의산아 잘 있거라 신연강 배타면 하직이라**, 산골의 계집이면 강원도 아리랑쯤은 곧잘 하련만 년은 그것도 못 배웠다. 그러니 쉬운 아리랑부터 시작할 밖에[43] (강조-필자)

인용문은, 농사는 지어도 빚만 지자 차라리 들병이로 나가겠다는 아내, 그 아내를 들병이로 만들고자 아내에게 노래를 가르치는 장면이다. 여기서 인용된 아리랑은 춘천 아리랑이다. 〈춘천 아리랑〉은 흔히 〈춘천 의병 아리랑〉으로 불린다. 그 가운데 〈성익현의 춘천 아리랑〉을 보면 다음과 같다.

아리랑 아리랑 아라리로구나 / 아리랑 고개너머로 날 냉겨주게 //

춘천아 봉의산아 너 잘 있거라 / 신연강 배터가 하직일세 //

우리나 부모가 날 기르실제 / 성대장 주려고 날 기르셨나 //

귀약통 납날개 양총을 메고 / 벌업산 대전에 승전을 했네 //[44] (강조-필자)

성익현은 관군출신으로 춘천의병에 가담, 의병 선봉장이 되어 경춘 도계인 서면 주길리 뒷산인 벌업산을 점거하고 일본군 토벌대와 일대 접전을 벌였는데 이것이 '벌업산 전투'(1896)다. 춘천아리랑은 이 무렵부터 불리어지기 시작했다.[45]

---

43 김유정, 「안해」, 『동백꽃』, 222쪽.
44 박민일, 『강원도 아리랑』, 춘천문화원, 1993, 162쪽.
45 위의 책, 122~123쪽.

김유정은 수필도 다수 남겼는데 그 가운데 다양한 종류의 아리랑을 작품에 인용하고 있다. 수필 「닙히 푸르러 가시든 님이」[46]에서는 아리랑을 작품 전체에 한 소절씩 배치하여 그 노랫말로부터 이야기를 풀어 나간다. 인용된 아리랑은 다음과 같다.

① 잎히 푸르러 가시든 님이 / 백설이 흩날려도 아니 오시네[47]
② 잘 살고 못살긴 내 분복이요 / 하이칼라 서방님만 얻어주게유[48]
③ 잎히 푸르러 가시든 님 / 백설이 흩날려도 안 오시네[49]

이들은 모두 농촌 부녀자, 떠난 님을 기다리면서 서울 사는 밥술께나 먹을 수 있는, 돈 있고 집 있는 유복한 남자에게 시집갈 수 있기를 희망하는 사연을 담고 있다.

수필 「강원도 여성」[50]에서는 다음과 같은 아리랑 사설을 소개하고 있다.

① 아리랑 아리랑 아라리요 / 아리랑 띠어라 노다가게 //

강원도 금강산 일만이천봉 / 팔만구암자, 재재봉봉에 /

아들 딸 날라고 백일기도두 말게우 / 타관객리 나슨 손님을 괄세두마라.//[51]

② 논밭 전토 쓸만 한 건 기름방울이 두둥실 / 계집애 쓸만한 건 직조간만 간다[52]

---

46 김유정, 「닙히 푸르러 가시든 님이」, 전신재 편, 『원본 김유정 전집』, 강, 2007, 411~413쪽.
47 위의 글, 411쪽.
48 위의 글, 412쪽.
49 위의 글, 413쪽.
50 김유정, 「강원도 여성—13도 여성 순례중 강원도편」, 전신재 편, 앞의 책.
51 위의 글, 444쪽.

③ 아주까리 동백아 흐내지 마라 / 산골의 큰 애기 떼 난봉난다.[53]

④ 네가두 날만치나 생각을 한다면 / 거리거리 로중에 열녀비 슨다.[54]

⑤ 네 팔짜나 내 팔짜나 잘 먹구 잘 입구 소라반자 미닫이 각장장판 샛별같은 놋요강

　　온앙금침 잔모벼개에 깔구덮구 잠자기는 삶은 개다리 뒤틀리듯 뒤틀렸으니, 웅틀붕틀

　　멍석자리에 깊은 정이나 드리세.[55]

　인용된 사설 ①과 ⑤는 각각 「강원도 여성」 맨 앞과 맨 뒤에 배치되어 있다. 사설 ②, ③, ④는 작품 가운데 적당한 간격을 두고 배열시키면서 강원도의 산천, 강원도에서의 삶, 강원도 여성의 삶과 그들의 심성과 태도 등에 대한 것을 그려나간다. 사설 ①과 ⑤는 전형적인 강원도 아리랑이다. 여기서 주목하게 되는 것은 사설 ②다. 개화바람에 밀려 논밭 전토를 강제로 빼앗기고 산골 큰 애기들은 값싼 노동력에 동원되어 농촌을 떠나게 된다. 사설 ③은 그렇게 해서 공장으로 도회지로 큰 애기들이 떠나게 되면 농촌에 초래된 노총각 문제가 심각해짐을 암시해준다.

　김유정 작품 속에 삽입된 아리랑은 작품의 단순 소재로 삽입된 것으로 보이지 않는다. 작품에서 직접적으로 주장할 수 없는 현실비판을 김유정은 아리랑을 통해서 우회적으로 보여주고 있는 것이다. 「안해」에서 부른 춘천아리랑은 춘천 의병장 아리랑에서 나온 것이다. 여기에서 화서학파의 제2종주 김평묵의 영향을 받은 김유정 집안이 의병거사에

52　위의 글, 445쪽.
53　위의 글, 446쪽.
54　위의 글, 447쪽.
55　위의 글, 447쪽.

큰 힘이 되어주었고 그로 인해 서울로 집을 옮기지 않을 수 없었다는 사실을 상기한다면 수긍이 가는 것이다. 농민들이 빚에 몰려 만주로 아라사로 떠날 수밖에 없는 상황이 「만무방」에 삽입된 아리랑의 핵심이라면, 또 수필에 인용된 아리랑에서는 개화를 빌미로 농부들의 전답을 공장터로 강제 귀속시키고, 농촌부녀자의 노동력을 값싼 임금으로 대치하고 있다는 사실을 고발한다. 이는 펜으로 독립운동을 지향하던 『개벽』과 그 이후 수많은 잡지를 주간하던 차상찬과의 만남에서 영향 받지 않았다고 말할 수 없을 것이다.

다음은 서울을 배경으로 한 소설을 보기로 하자.

「심청」에서는 '종로 거리를 배회하는 룸펜 인텔리의의 시선을 통해 서울의 도시화가 내재한 파행적 국면'[56]을 고발한다. 도시의 전면은 웅장한 신식건물이 들어서면서 낡은 집은 수리조차 하지 못하게 하는 것이 그것이다. 소설 「야앵」에서는 벚꽃놀이 인파를 통해 당시의 화려한 봄밤을 보여주는 것으로 되어 있지만 실은 조선의 임금이 살던 창덕궁을 놀이공원과 동물원으로 격하시킨 일제의 악랄함이 보인다. 소설 「따라지」에서는 사직원이 내려다보이는 곳에 사는 사람들의 생활을 통해서 그들의 고단하지만 그래도 활기찬 모습을 그려간다. 중요한 것은 사직원이 본래 임금이 백성을 위해 토지신과 곡물신에게 제사를 지내던 제단을 모신 신성한 곳이라는 것이다. 그런데 일제는 이 신성한 공간을 공원을 만들어버린 것이다. 당시 일제의 횡포가 어떠한가를 김유정은 은유적으로 그려나가고 있는 것이다. 이와 같은 비판정신과 저항정신의 근저에 위정척사 정신으로 무장하고 있던 조상의 피, 가까이

---

56 정현숙, 「김유정소설과 서울」, 김유정학회 편, 『김유정과의 산책』, 소명출판, 2014, 273쪽.

는 자신의 문학작품을 인정하고 격려해준 차상찬 같은 이가 있었기에 가능한 것이었다.

한편 김유정의 구인회 입회 이후에 나온 「따라지」에 대해서도 생각해 볼만한 일이 있다.

김유정의 「두꺼비」는 구인회 동인지인 『시와 소설』에 실린, 박녹주에게 실연당한 이야기를 그린 소설이다. 뒷부분에 보면 다음과 같은 구절이 나온다

> 기생이 늙으면 갈데가 없을 것이다. 지금은 본 체도 안 하나 옥화도 늙는다면 내게밖에는 갈 데가 없으려니, 하고 안심하고 늙어라 늙어라 하다가 (…중략…) 퀭한 광화문통 큰 거리를 한복판을 내려오며 늙어라 늙어라, 고 만물이 늙기만 마음껏 기다린다.[57]

기생 옥화 남매에게 농락당하고 돌아오면서 일인칭 화자 이경호는 그럼에도 불구하고 세월을 뛰어넘어 언제까지나 옥화를 기다린다고 다짐한다.

2014년 7월 23일 한국의 일간지들은 일제히 소설가 이상이 역시 소설가였던 최정희씨에게 보낸 연서를 보도하고 있었다. 그 가운데 다음과 같은 단락이 보인다.

> 하지만 정희야, 이건 언제라도 조타. 네가 **백발일 때도 좋고 내일이래도 좋**다. 만일 네 '마음'이- 흐리고 어리석은 마음이 아니라 네 별 보다도 더 또렷하

---

57 김유정, 「두꺼비」, 『동백꽃』, 261쪽.

고 하늘보다도 더 높은 네 아름다운 마음이 행여 날 찾거든 혹시 그러한 날이 오거든 너는 부디 내게로 와다고-. 나는 진정 네가 좋다.[58] (강조-필자)

이 편지는 1935년 12월에 작성되었으리라는 것이 권영민 교수의 해설이다. 이상 혼자서만 최정희씨를 좋아한 것이 아니었다. 당시 김유정도 최정희씨를 좋아했다.[59] 김유정은 최정희씨가 순박하고 거짓이 없고 침착해서 좋아한다고 했다. 당시 25세의 이상은 29세의 이혼녀 최정희씨에게 '네가 백발일 때도 좋고 내일이래도 좋다 (…중략…) 네 아름다운 마음이 행여 날 찾거든 혹시 그러한 날이 오거든 너는 부디 내게로 와다고-'라고 애소한다. 역시 연상의 기생 박녹주를 좋아했던 김유정은 「두꺼비」에서 '옥화도 늙는다면 내게밖에는 갈 데가 없으려니, 하고 안심하고 늙어라 늙어라' 한다. 모두 세월을 뛰어넘어 상대가 늙더라도 자신을 찾아주기를 기다린다는 순정을 토로한다.

최정희씨에게 빠져 있던 친구 이상의 아픔을, 김유정은 자신의 과거 짝사랑의 기억에 견주어 본 것이 아닌가. 이상과 김유정이 정사(情死)하기로 했다는 소문이 난 것은 이 무렵이었다. 김유정은 경기도 광주에서 1937년 3월 29일에 이상은 동경의대 병실에서 4월 17일에, 20일을 격해서 사망했다. 두 사람 모두 유해는 화장되었다. 그리고 두 사람을 위한 합동추모식은 이광수 이은상을 위시한 23을 발기인으로 1937년 5월 15일, 서울 시내 부민회관 소집회실에서 행해졌다.

---

58 뉴시스, "시인 이상 "나는 진정 네가 조타"…최정희 향한 연애편지 발견", 2014.7.23(http://www.newsis.com/ar_detail/view.html?ar_id=NISX20140723_0013065741&cID=10703&pID=10700)
59 김영수, 앞의 글, 339쪽.

4. 나오며

김유정의 문학은 어느 날 갑자기 하늘에서 뚝 떨어진 것이 아님은 분명하다. 춘천지역을 지켜온, 또는 춘천지역을 찾아왔던 가깝고도 먼 우리의 조상들이 지키려고 했었던 정의에 대한 갈망과 비판정신과 극기정신, 그리고 우리의 삶을 바르게 하려고 몸소 실천하려한 분들의 지속적인 소망이 김유정 작품에 스며들게 된 것이다. 김유정은 가깝게는 그의 조부의 스승이었던 김평묵 선생이 갖고 있었던 위정척사 정신을 전해 받았고, 그의 작품을 발표시켜 주었던 차상찬 선생이 지향하던 비판과 저항정신을 그의 작품 속에 용해 시켰다.

김유정은 친구 안회남의 충고에 따라 창작활동을 전개했고, 짝사랑으로 끝나버린 박녹주가 추구하던 우리 전통예술 정신을 그의 작품 속에 녹여 냈으며, 친구인 이상이 가졌던 사랑의 추구와 문학적 실험의식을[60] 역시 그의 작품 속에 접맥 시켰다.

---

60 김유정 작품이 지닌 모더니즘적 연구는 이미 1993년 김윤식 교수의 「들병이 사상과 알몸의 시학」에서 시도 되었고, 2008년 이후 김유정 작품에 대한 모더니즘적 특성연구가 차분히 전개되고 있다.

참고문헌

1. 기본 자료

김유정, 김유정기념사업회 편,『김유정전집』하, 강원일보 출판국, 1994.

_____, 유인순 편,『동백꽃』, 문학과지성사, 2005.

_____, 전신재 편,『원본 김유정 전집』, 강, 2007.

이인직,「귀의 성」,『한국 개화기 문학총서』1, 아세아문화연구사, 1978.

최인준,『최인준작품집』, 지식을만드는지식, 2010.

2. 논문

김석배,「판소리 명창 박록주의 예술세계」,『구비문학』10, 2000.6.

김영기,「김유정의 가문」, 전신재 편,『김유정 문학의 전통성과 근대성』, 한림대 아시아문화연구소, 1997.

유인순,「김유정문학연구사」, 전신재 편,『김유정 문학의 전통성과 근대성』, 한림대 아시아문화연구소, 1997.

정현숙,「김유정소설과 서울」,『김유정과의 산책』, 소명출판, 2014.

조용만,「이상과 김유정의 문학과 우정」,『신동아』, 1987.5.

3. 단행본

김용성,『한국현대문학사탐방』, 현암사, 1984.

박길수,『차상찬 평전』, 모시는사람들, 2012.

박민일,『강원도 아리랑』, 춘천문화원, 1993.

심경호,『茶山과 春川』, 강원대 출판부, 1995.

유인순,『김유정을 찾아가는 길』, 솔과학, 2003.

_____,『김유정과의 동행』, 소명출판, 2014.

최병두 외,『인문지리학 개론』, 한울, 2008.

춘천시 춘성군,『春州誌』, 1984.

Vidal de la blache, paul, 최운식 역,『인문지리학의 원리』, 교학연구사, 2002.

4. 기타

『강원도민일보』, 2012.3.28.

춘천 문화원 홈페이지, http://www.ccmunhwa.or.kr/fac01.html, 2014.11.11.

권혁진, 강원한문고전연구소 홈페이지, http://cafe.daum.net/ganghanyeon, 2014.11.15.

뉴시스, "시인 이상 "나는 진정 네가 조타"…최정희 향한 연애편지 발견", 2014.7.23.

(http://www.newsis.com/ar_detail/view.html?ar_id=NISX20140723_001306

5741&cID=10703&pID=10700)

병상(病床)의 문학, 김유정 소설에 형상화된 육체적 존재로서의 인간*

김미영

1. 들어가며

이 글은 1930년대 김유정의 소설들을 분석하되, 작가론과 연결시켜 병상의 문학으로서 김유정의 작품세계를 조망한 것이다. 소설가 김유정(金裕貞, 1908~1937)은 단편소설 31편을 남기고 30세도 채 되지 않은 나이에 사망했다. 그의 소설들이 담아낸 현실은 1930년대 강원도 산골이나 경성 하층민들의 적나라한 빈궁상(貧窮像)인데, 김유정의 소설들은 그런 빈궁상을 어둡거나 그로테스크하지 않고 오히려 밝게 묘사하고 있어서 독자로 하여금 미소를 짓게 만드는 특징이 있다. 해학과 아이러

---

* 이 논문은 『인문논총』 제71권 4호(2014.11.30)에 게재하였던 것인데, 서울대 인문학연구원의 허락을 빌어 이 책에 수록함.

니, 풍자가 그의 작품들을 채색하고 있는 까닭이다. 30세도 채우지 못하고 사망한 그가 작가로서 활동한 것은 1933년 3월부터 1937년 3월까지로, 사망 직전의 약 4년간이다. 그가 죽기 직전에 친구인 안회남에게 보낸 서신에는 "나는 날로 몸이 꺼진다"라는 구절이 포함되어 있다. 이는 당시 그의 병이 그만큼 깊었음을 말한다. 한마디로 그는 생명의 불씨가 꺼져가던 와중에 창작활동을 한 것이다.[2] 죽음을 목전에 앞둔 절박한 상황에서도 그가 글을 쓸 수밖에 없었던 것은 병을 치료할 비용 때문이었다. 기록에 따르면, 김유정은 1914년(6세)에 어머니를 잃고, 1916년(8세)에 아버지를 잃어 고아가 되었는데, 그런 그에게 숙환인 치질은 1929년(21세)에 발병했고, 늑막염은 1930년(22세)에, 폐결핵은 1933년(25세)에 발병했다.[3] 그의 치질이 '결핵성 치루'였던 것으로 보아, 사실 그에게 결핵은 알려진 것보다 훨씬 이전부터 시작되었던 것으로 보인다. 그런데 그는 첫 작품인 단편소설 「심청」을 1932년에 탈고하였다. 잡지에 발표된 그의 첫 작품은 「산골나그네」(『제일선』, 1933.3)인데, 이는 그가 25세 때의 일이다. 이러한 사실들은 김유정이 작가로 활동했던 기간이 여러 질병들과 싸우던 투병기와 정확히 겹쳐있음을 말해준다. 이런 맥락에 서면, 김유정 문학의 주제가 육체적 존재로서의 인간의 한계와 비극성인 이유를 쉽게 이해할 수 있다. 이 글은 김유정의 문학들이 기본적으로 '병상의 기록'임에 주목하고자 한다.

　　김유정 소설에 대한 지금까지의 연구는 식민지 농촌의 빈궁상 묘사라는 주제와 관련된 것들과, 사설시조를 방불케 하는 김유정 특유의 문체

2　김유정, 「필승(안회남) 前」, 『현대문학』 97, 1963.1, 전신재 편, 『원본 김유정 전집』, 한림대 출판부, 1987, 451쪽(이하 이 책은 『전집』으로 표기함).
3　전신재 편, 「연보」, 위의 책, 629~631쪽.

에 관한 것, 해학과 풍자, 아이러니 등 그의 창작기법에 관한 것으로 묶일 수 있다. 김유정의 소설들은 자기보존을 위해서라면 설사 모순된 방법일지라도 선택할 수밖에 없었던 1930년대 조선의 기층 민중들의 빈궁했던 삶을 재현하고 있다는 사실에는 이견이 없다.[4] 그런데 '빈궁'이라는 주제를 다룬 그의 작품들에서 문체는 "허구적 놀이 공간에서 연출되는 품위 있는 농담, 그것은 빠르고 날카로운 기지에 비해 느리고 부드러운 편이어서 더욱 한국적인 풍자와 해학"이 넘친다는 평을 받고 있다. 김유정 소설은 "생동감 풍부한 구어체 문장, 경쾌한 리듬, 욕설과 해학, 반어"가 수사학적 특징으로 꼽히고 있다.[5]

최근에는 몇몇 여성연구자들에 의해서 김유정 작품 속 남녀주인공들의 특성이 분석되기도 하였다. 여성주인공들은 대체로 독자적인 발언권을 갖지 못한 비주체적인 인물들로 형상화되어 있는 반면, 남성인 남편들은 가정폭력과 도박을 일삼거나, 아내를 들병이로 보내는 등의 패륜적인 행위를 일삼는, 일종의 도덕불감증적인 인물들로 형상화된 경우가 많아, 이들은 남근중심적인 부정적 인물들로 인식될 수 있다. 여성연구자들은 김유정이 이런 위악적인 인물들을 설정함으로써 식민지시대 하층민들의 의식의 부정성과 황폐함을 보여주었다고 평가하였다. 특히 「소낙비」와 「안해」 등의 작품에서는 여성의 육체에 기대어 자기보존을 모색하는 타락한 가부장상과, 그러한 타락한 남성에 기대어 자신의 종속적 지위를 다지는 비주체적 여성의 모습이 맞물려 나타나 있는데, 이런 작품들에서는 해학과 골계라는 창작원리마저도 서사 내용의 비참함

---

4 최성윤, 「김유정소설의 여성인물과 정조」, 『한국문학이론과 비평』 15-4, 한국문학이론과 비평학회, 2011.12, 269~285쪽.
5 주영숙, 「「동백꽃」의 색깔론」, 『시조시학』, 고요아침, 2008.12, 129~146쪽.

과 패륜적 부도덕성을 덮는 장치로 기능하고 있다고 평가하였다.[6]

김유정의 문학을 연구한 학자들은 김유정이 과작(寡作)의 작가임에도 불구하고 유려하고 거침없는 입담과 반어(아이러니)와 해학의 미학으로 한국문학사에 또렷한 족적을 남겼음에 대해서는 이견이 없다. '들병이'와 그를 상대하는 남성인물들이 보여주듯, 김유정 문학에 드러난 인생들에는 하나같이 장식과 과장이 없다. 이들이 주인공인 김유정 소설 속 세계는, 마치 깔아놓은 멍석 위에서 한바탕 연회를 펼치는 광대들처럼, 행동에 스스럼이 없고 거침이 없다. 형상화된 섹슈얼리티의 양상이 다소 패륜적이고 도덕 불감증적인 면모를 띤 것으로 간주되는 것도 이 때문이다. 그 정도로, 김유정 문학의 세계는 본능적이고 원색적이다.

또한 「동백꽃」(1936)에서처럼, 그의 작품들은 선명한 이미지를 제공해 주기도 한다. 회화성이 짙은 그의 소설들은 동시대 작가인 이상(李箱)의 모던한 이미지들과는 전혀 다른, 향토색 짙은 한국적 이미지를 제시해 준다. 「동백꽃」, 「두꺼비」, 「땡볕」이 그러하다 하겠다. 탄생과 성장의 계절인 봄과 여름[盛夏]을 배경으로, 육체적 존재인 인간의 한계와 비극성이란 어둡고 무거운 주제를 오히려 해학적이고 밝은 이미지에 담아내고 있는 것이 김유정의 소설들이다. 그런 김유정 문학의 주제는 단연 인간의 '육체성'인데, 이는 그의 작품들이 혹독한 병마들과 싸우던 병상에서 창작된 것들이라는 사실에 일차적인 원인이 있다는 것이 이 글의 가설이자 출발점인 셈이다.

6　장소진, 「김유정의 소설 「소낙비」와 「안해」 연구」, 『한국문학이론과 비평』 11, 한국문학이론과 비평학회, 2001.6, 168쪽.

2. 병상(病床)의 문학으로서 김유정 소설

김유정은 현실을 충실히 복사(複寫)하는 것만이 예술의 소임은 아니지만 복사를 하려면 치밀하게 하여야 한다는 문학관을 피력한 바 있다. 병상의 문학인 그의 소설들이 복사하고자 한 진실은 무엇일까? 20대의 청년작가가 세균의 침탈로 육체가 죽어가는 절대의 공포 앞에서, 도대체 어떤 진실을 복사하려 했을까? 김유정의 작품들은 유달리 '봄'이란 시간을 배경으로 한 것이 많다.[7] 병상에서 쓴 소설 외의 글에서도 그는 삶에 관한 긍정적인 인식들을 많이 드러내고 있는데,[8] 이는 그가 생성, 시작, 생명의 활기, 삶에의 의지 등을 끝내 놓지 않고 소중한 가치로 여겼음을 보여준다.

하지만 김유정의 문학작품들은 말더듬이에 대인기피증과 우울증을 앓고, 중증의 결핵과 늑막염에 결핵성 치루로 인해 혼자 대소변을 가릴 수도 없는 중증환자였던 그가 조카딸의 도움으로 배변과 세수, 식사를 해 가면서 쓴 작품들이다.[9] 그는 한 폭의 그림 같은 「동백꽃」, 「봄·봄」에서 활달하고 분방한 '순 한국식 문체'[10]로 웃음이 뚝뚝 묻어나는 밝은 '봄'의 이미지를 형상화하였는데, 정작 그가 소설들에서 전하고자 한 '진실'의 실체는 '육체적 존재'로서의 인간의 한계였다.

김유정 소설에 등장하는 인물들은 주로 교양교육을 받거나 문명과 문

---

7 안미영, 「아이러니스트의 봄의 수사학 – 김유정 소설연구」, 『한국근대문학연구』 28, 한국근대문학회, 2013.10, 301~331쪽.
8 유인순, 「김유정의 우울증」, 김유정 문학촌 편, 『김유정 문학의 재조명』, 소명출판, 2008, 66쪽.
9 김유정, 「病床迎春記」, 『전집』, 425~432쪽.
10 주영숙, 앞의 글, 143쪽.

화의 혜택을 누리지 못한, 아니 누리기 이전의, 자연물에 가까운 사람들이다. 단순하고 본능적이며 때론 자기중심적(주로 남성 등장인물들)이며, 때문에 먹고 마시고 자고 섹스하는 것에만 관심을 둔 일차원적인 욕망의 존재들이다. 김윤식의 표현에 따르면, '알몸'으로서의 인간인 셈이다.[11]

예를 들어 「노다지」에 등장하는 '더펄이'는 어느 농군의 아내이자 자식이 둘이나 있는 자신의 누이를 빼돌려 자기와 함께 금광을 쫓아다니는 '꽁보'형에게 붙여주려고 한다. 하지만 '더펄이'는 금 조각이 붙은 노다지 세 쪽을 발견하자 그것에 눈이 뒤집혀 금광 속 바위틈에 몸이 끼인 '꽁보'형을 빼어내 주지 않고, 혼자서 노다지를 들고서 달아나 버린다. 김유정의 소설에 등장하는 인물들은 이렇게 너무도 가난한 최하층민이기에, 도덕이나 체면치레 등에 관심을 돌릴 여유조차 없는 인물들로 그려져 있다. 그러나 「노다지」에서 '더펄이'는 예전에 '꽁보'형으로부터 도움을 받은 적이 있는 인물이다. 즉, '더펄이'는 '꽁보'형에게 진 은혜를 저버린 인물인 것이다. 「안해」에 등장하는 '남편'도 그렇게까지 하지 않아도 될 형편임에도 불구하고 아내에게 매춘을 독려하거나 방조한다. 이런 면모들 때문에 일부 연구자들은 김유정 소설의 남성인물들은 '타락한 가부장', '남근주의자들'로 비판하기도 한다.[12]

하지만 김유정이 이런 작품들을 집필할 당시의 상황을 고려하면, 그러한 해석이나 평가는 초점이 어긋난 것임을 알 수 있다. 병상의 문학으로서 김유정의 작가적 관심은 도덕의 차원이 아니라, 인간의 '육체성'에 있는 것으로 보이기 때문이다. '육체성'의 존재로서의 인간은 이기적 본능이나 동물적 욕망에 따라 행동하는데, 문학이나 영화 등에서 이런

---

11 김윤식, 「들병이 사상과 알몸의 시학」, 『김윤식 선집』 5, 문학사상사, 1996, 298~311쪽.
12 장소진, 앞의 글, 168쪽.

인간유형의 형상화에는 '후각적 묘사'가 특히 빈번히 활용되는바, 김유정 문학이 그러하다. 예컨대, 「동백꽃」에서는 "한창 피여 퍼드러진 노란 동백꽃"이 "알싸한 그리고 향긋한 그 내음새"를 풍기고 있고, 「봄·봄」에서는 "밭 가생이로 돌 적마다 야릇한 꽃내가 물컥물컥 코를 찌르고 머리 우에서 벌들은 가끔 붕,붕 소리를 친다".[13] 또 「만무방」에서는 "흙내와 함께 향긋한 땅김이 코를 찌른다. 요놈은 싸리버섯, 요놈은 잎 섞은 내, 또 요놈은 송이 … 아니, 가시덩굴 속에 숨은 박하풀 냄새로군. 응칠이는 … 코는 공중에 버렷다 오므렷다 … 이번에는 지면에 코를 갓다 대이고 한바쿠 비잉, 나물끼고 돌았다"[14]거나, "산양개모양으로 코를 쿡, 쿡, 내를 한다"고 서술되어 있다.[15] 「금따는 콩밧」에서는 "쿠더브레한 흙내와 징그러운 냉기만이 그 속에 가득하다".[16] 또 「산골」에서는 "각가지 나무들은 사방에 잎이 욱었고 땡볕에 그잎을 펴들고 너훌너훌 바람과 아울러 산골의 향기를 자랑한다"며 서사가 시작되고 있다.[17] 「땡볕」에서는 "지면은 번들번들이 닳아 자동차가 지날 적마다 숨이 탁 막힐 만치 무더운 먼지를 풍겨 놓는 것이다"[18]면서 먼지 냄새가 묘사되어 있고, 「야앵(夜櫻)」에서는 꽃향기로 이야기를 풀어 가는데, '경자'는 '영애'에게 꽃은 눈으로 보는 것이 아니라 코로 냄새를 맡아서 본다고 알려주기도 한다.[19]

이렇듯, 김유정은 인물묘사나 정경묘사에 '후각(嗅覺)'을 자주 활용하

---

13 김유정, 「봄·봄」, 『전집』, 141쪽.
14 김유정, 「만무방」, 『전집』, 78쪽.
15 위의 글, 79쪽.
16 김유정, 「금 따는 콩밭」, 『전집』, 47쪽.
17 김유정, 「산골」, 『전집』, 104쪽.
18 김유정, 「땡볕」, 『전집』, 303쪽.
19 김유정, 「야앵」, 『전집』, 207쪽.

고 있다. 후각은 인간이 태어날 때 이미 발달된 상태로 타고 나는, 가장 원시적인 감각기관으로 알려져 있다.[20] 눈도 채 뜨지 못하는 갓난아기도 엄마의 냄새를 기억한다. 갓난아기가 엄마의 젖꼭지를 쉽게 찾아서 빨 수 있는 것도 후각의 발달 때문이다. 후각은 다른 감각기관에 비해 훨씬 일찍 발달할 뿐 아니라, 출생 직후에 가장 민감한 감각기관으로 알려져 있고, 고등동물에 비해 하등동물이 더 발달한 경우가 많다. 냄새는 공기가 있는 곳이면 어디에나 편재하므로, 후각은 다른 감각과 달리, 의도적인 회피가 불가능하다. 후각은 호흡을 통해 감지되는 탓에, 호흡을 해야 하는 인간에게 냄새는 피할 수 없는 일상이다. 후각은 인간보다 동물이 더 발달되어 있어서, 금수에 가까운 부정적 인물을 묘사할 때 후각의 예민함이 동원되곤 한다. 예를 들어, 조지 오웰은 서구사회에서 계급을 구분할 때 "하층민은 냄새가 난다"라는 '육체적인 감정'을 표현한 한마디면, 어떤 호오의 감정보다 더 근본적인 구획이 된다고 말하였다.[21] 슬라보예 지젝은 영화 〈양들의 침묵〉을 분석하면서, 감독은 식인적 존재인 '한니발 렉터'의 악마적 성격을 부각시키기 위해 '렉터'의 후각묘사에 많은 분량을 할애하고 있음에 주목하기도 했다.[22] 후각의 강조는 인간의 동물성, 혹은 '육체적' 존재로서의 인간을 묘사하기에 매우 적절한 방법인 것이다.

김유정의 소설에 등장하는 인물들의 직업은 주로 '들병이', '따라지',

---

20 서종석, 「후각과 냄새 그리고 언어적 표상」, 『언어와 언어학』 56, 한국외대 언어연구소, 2012.8, 113쪽.

21 Constance Classen, David Howes & Anthony Synnott, *Aroma : The Cultural History of Smell*, London and New York : Routledge, 1994, p.12(소래섭, 「1920~30년대 문학에 나타난 후각의 의미—소월 · 백석 · 이상을 중심으로」, 『사회와 역사』 81, 한국사회사학회, 2009.3, 73쪽에서 재인용).

22 Thomas Elsaesser & Malte Hagener, 윤종욱 역, 『영화이론』, 커뮤니케이션북스, 2012, 제4장 중 영화 〈양들의 침묵〉에 관한 지젝의 논의 부분 참조.

'만무방', '잠채군', '도박꾼' 등인데, 이들은 1930년대 조선농촌에서도 최하층을 구성하는 유랑민이나 소작인에 해당한다. 소설 속에서 이들은 금광을 캐러 다니거나 도박을 통해 일확천금을 꿈꾸는 밑바닥 인생들이다. 이들은 일탈과 폭력 혹은 아내의 매춘이나 딸의 인신매매를 조장하는 등, 비윤리적인 행동을 일삼으며 동물적 욕망을 쫓아 살아간다. 일례로, 「만무방」에서 '응칠'이는 송이를 캐러 다니다가 송이로 허기를 해소하려 하나 허기가 다 채워지지 않자, 남의 집 닭을 훔쳐서 껍질을 벗기고 내장을 훑어낸 뒤, '날 것'으로 "닭의 가슴패기를 입에 뒤려내고 쭉 쭉 찢어가며 먹"는 것으로 묘사되어 있다.[23]

　김유정 작품에 형상화된 동물적인 수준의 삶이나 육체적 존재로서의 인간은 인간으로서의 최소한의 품격조차 상실한 참담한 처지의 인간의 모습이라 할 수 있다. 그런데 이런 서사적 주제는 작가 김유정의 병마와 관련이 있다. 이는 김유정이 쓴, 서신 「병상(病床)의 생각」에 잘 드러나 있다. 이 편지는 한때 그가 마음에 두었던 박봉자(朴鳳子)라는 여인에게 보내려고 썼으나 끝내 부치지 못한 것이다. 그가 혼신을 다해 사랑하는 여인의 마음을 얻고자 쓴 이 글에는 그의 진심과 간절함이 그대로 배어 있는데, 이 글에서 김유정은 사람은 '한 덩어리의 고기'로서, '벌건, 그렇고도 먹지도 못하는 한 육괴(肉塊)에 더 되지 않을 겝니다'라고 서술하고 있다. 김유정의 작품세계를 떠받치고 있는 기둥은 바로 '육체적 존재로서의 인간'과 그 한계인 것이다.

　육체적 존재인 인간의 삶이 누추할수록 그것을 극복할 수 있는 힘은 오직 '사랑의 위대함'에 있다는 것이 김유정 문학의 또 하나의 중요한

23　김유정, 「만무방」, 『전집』, 81쪽.

인식이었다. 그도 그럴 것이 김유정은 '한 덩어리 육괴'에 불과한 육체적 존재인 인간이 할 수 있는 최고의 이상실현은 '사랑'임을, 그 편지뿐 아니라, 여러 글들에서 꾸준히 피력하고 있기 때문이다.[24] 그가 병상에서 '복사'하고자 한 인생의 또 다른 진리의 한축은 바로 이것이다. 하지만 '사랑의 위대함'이란 주제는 그의 문학세계에서 '육체적 존재로서의 인간의 한계와 비극성'이란 주제에 비하면, 부차적이라고 할 수 있다. 명창(名唱) 박녹주(朴綠珠)에게도, 박용철(朴龍喆)의 누이이자 김환태(金煥泰)의 약혼녀였던 박봉자(朴鳳子)에게도 사랑을 고백했다가 거절당하여 죽는 날까지 짝사랑만 하다 간 김유정은 그 때문인지, 끝내는 "님도 좋지만 밥도 중한 이치", 즉, 사랑도 중요하지만, 사람이 먹고 사는 문제, 즉, '육체적 존재'로서 인간의 생존문제가 더 중요하다는 인식에 이르고 있기 때문이다.

앞서 언급했듯이 치질로 인해 제대로 앉지도 못하는 처지에 있던 김유정은 창작활동이 병세를 악화시킬 것을 뻔히 알면서도 병상에서도 쉬지 않고 창작활동을 하였는데, 그 이유는 오직 돈 때문이었다. 닭 30마리를 고아먹고 살모사, 구렁이를 십여 뭇을 먹어야 '내가 다시 살아날 것'이기에, 그는 그 돈의 마련을 위해 죽어가면서도 번역도, 창작도 할 수밖에 없었음을 토로하였다.[25] 소설 창작은 그에게 '밥을 먹는 것과 같은' '생활의 한 과정'이었지만,[26] 중환자였던 그에게 창작은 곧 생명을 단축시키는 일이기도 하였다. 유일한 돈벌이인 창작과 번역이 생존의 연장을 위해 불가피한 일이었고, 또한 그 일은 그의 생명을 갉아먹고

---

24 김유정, 「病床의 생각」, 『조광』, 1937.3(『전집』, 442~450쪽).
25 김유정, 「필승(안회남) 前」, 『전집』, 452쪽.
26 김유정, 「병상의 생각」, 『전집』, 449쪽.

단축시키는 첩경이기도 했던 이 모순적인 한계 상황 속에서, 그는 풍자와 유머를 섞어 슬프면서도 아름다운 단편들을 남겼다. 동시대에 함께 결핵을 앓았던 이상(李箱)과는 달리, 김유정은 자신의 깊은 병세에 대해 항상 솔직했고, 그러면서도 삶에의 강한 의지를 여러 글들에서 피력하였다. 밝고 해학적인 이미지로 채워진 그의 단편들은 중환자로서 창작에 임해야 했던 그의 절박한 처지를 가리고도 있지만, '육체적 존재'로서 인간의 한계라는 김유정 문학세계의 주제를 더욱 어둡고 무거운 것으로 대비시켜 주는 효과도 있다.

단편 치고도 짧은 김유정의 소설들은 최서해나 박영희와 같은 1920년대 신경향파 작가들의 그것들과 소재는 흡사한데, 분위기는 정반대라 할 수 있다. 신경향파 작가들이 그린, 방화와 화염으로 얼룩진 자연발생적이고도 적극적인 저항과는 달리, 김유정이 그린 1930년대 조선의 농촌은 가난에도 불구하고 밝은 분위기를 띠고 있다. 그러나 그런 밝은 표층적인 이미지들과 달리, 김유정 단편소설의 저변에는 깊은 허무의식이 읽힌다. 도덕의 문제(부부의 윤리)는 생존의 문제(밥의 문제) 앞에 대수롭지 않을 수 있다는 듯 행동하거나, 마음의 문제(남녀의 사랑)는 육체(섹스)를 통하지 않을 수 없다는 인식을 거침없이 실천하는 인물들의 형상화 이면에는 육체, 생존의 문제가 정신, 도덕의 문제보다 우선시될 수밖에 없었던 병상의 작가, 김유정의 가난했던 내면이 녹아 있다. 소설 속의 세계가 하층민의 세계를 주로 다루고 있어, 이를 작가이자 인텔리였던 김유정의 현실과 분리시켜 볼 수도 있겠으나, 거기엔 작가 이전에 '병마와 최후 담판 중'이던 환자 김유정의 총체적인 결핍상황이 짙게 배어 있다. 육체에 정신이 완전히 지배당한, 아니 포박당한 상황에 처해 있던 정신노동자이자 인텔리였던 김유정의 내면이 소설이란 화면을 가득 채우고 있는 것이다.

'병상의 문학'인 그의 소설들은 인간은 그다지 형이상학적 존재가 아니라는 것, 일개 세균의 침탈로 육체가 맥을 못 출 때 정신은 육체에 지배당한다는 것, 인간은 밥 먹고 섹스하며 하루하루 살아가는, 동물들과 크게 다르지 않는 보잘 것 없는 존재에 불과하다는 것, 이 참담하지만 엄정한 사실을 받아들이고 견디기 위해 해학과 익살로 삶을 채색하지 않으면 안 됨을 말하고 있다.

「땡볕」에서 김유정은 찬란한 땡볕이 폭포처럼 쏟아져 내리는 성하(盛夏)의 대낮 풍경을, 슬픈 감정을 탈색시킨 채 전통가락처럼 구성지고 능청스런 그림으로 제시하고 있다. 「산골나그네」에서는 계집은 덕돌이네 집을 나온 뒤, '뒤툭이는' 병든 남편을 끌고 산저편으로 사라지는데, 이 마지막 장면에서 김유정은 "수은빗 갓흔 물방울을 품으며 물결은 산벽에 부다뜨린다. 어데선지 지정치 못할 넉대(늑대)소리는 이산저산서 와글와글 굴러 나린다"²⁷라는 매우 아름다운 공감각적 이미지로 슬픈 부부의 이야기를 감싸 놓고 있다. 김유정은 사설 시조의 흥이 가미된 구어체를 이용하고 날 것 그대로의 강원도 토속어를 능수능란하게 운용함으로써 특유의 남성적이면서도 유려한 문체를 보여주고 있다. "애기 젖 빠는 본능으로 유정은 소설을 쓴다"고 했던 김문집의 말처럼,²⁸ 그의 문장들은 본능에 충실한 흥과 자연의 여율과도 같은 작가의 호흡이 혼연일체가 된, '육성이 묻어나는 문체'를 실현해 내었다. 김유정이 서사적 구성의 특별한 잔재주 없이도 가장 잘 짜여진, 자연스런 구성의 한국적인 단편들을 만들어 낼 수 있었던 이유는 바로 여기에 있다.

---

27 김유정, 「산골나그네」, 『전집』, 13쪽.
28 김문집, 「김유정의 예술과 그의 인간 비밀」, 『조광』, 1937.5, 98~106쪽.

3. 육체성의 한계, 그 진실 앞에서의 '실소(失笑)'

　김유정의 작품들은 일제강점기 대다수의 한반도 사람들이 공감했을 하층민의 삶을, 거의 동물적인 수준에서 가감 없이 보여주고 있다. 날 것 그대로의 구어체로 먹고 섹스하며 노름도 하고, 때론 폭력도 행사하며, 인간이기보다는 동물에 육박하는 존재들의 생존을 위한 움직임을 '강원도 산촌의 봄'이라는 눈부시게 아름다운 배경 위에 얹어 놓고 있다. 김유정은 그것을 '웃음'이라는 기제를 통해 반전적(反轉的)으로 처리함으로써, 현실의 삶이 인간에게 주는 고통을 날려버리고, 삶을 견디는 에너지를 확보코자 했던 것으로 보인다.

　예컨대 「소나기」에서 '춘호'는 돈 2원을 위해 아내의 매춘을 돕느라 화장과 머리 빗질 등 치장을 직접 도와준다. 이 대목은 물질적으로뿐 아니라 정신적으로도 완전히 바닥상태에 있는, 즉, 총체적인 '빈한(貧寒)'에 처한 인간의 비극적 양상을 보여주는데, 작가는 이를 실소를 유발하는 장면으로 제시하여 극적 이완을 조장하고 있다. 또한 「정조(貞操)」는 김유정이 1936년 10월 조광(朝光)에 발표한 작품이다. 그가 1937년 3월에 사망했으니, 사망 5개월 여 전의 일이다. 이 작품은 평소 난봉질이 심한 주인댁 서방님이 술김에 행랑어멈과 하룻밤을 보냈다가 주인집 아씨와 서방님 내외가 행랑어멈의 남편과 행랑어멈으로부터 임신했네, 집을 사내라네 하는 닥달(협박)을 받는 과정에서 속이 타는 심정을 잘 담아내고 있다. 그런데 이 작품에서 정작 김유정이 말하고자 한 것은 몸을 팔아서라도 살아갈 방편을 찾는 행랑어멈과 그 아내를 사주하고 돕는 행랑아범의 행태로 보인다. '정조'에 관한 서방님과 주인아씨, 행랑댁의 태도는 조금씩 다른 맥락에서 대동소이한데, 문제는 '정조'조차 내던져야 살 대책을 마련할 수 있었던 당대 하층민들의 삶일 터인데, 이를 김유정은 어둡지 않게, 해학적으로, 또 하층민들을 매우 능동적으로 자기 삶을 선택해 가는 주체적인 인물로 형상화하고 있다. '정조'를 포기하지 않아도 생명을 유지하는 데는 지장이 없지만, 장사밑천을 마련하여 좀 더 사람답게 살고자 행랑댁은 오히려 '그것'을 활용(?)하는 선택을 한다. 그런 행랑댁의 행동은 정조관념도 없으면서 남들의 이목만을 두려워하는 서방님의 정조관과 대비된다. 즉, 김유정은 행랑댁의 요구관철이라는 형태로 하층민의 승리로 소설을 마무리함으로써, 기득권 계층의 허위의식을 폭로하거나 비판하고, 하층민의 삶을 긍정하되, 이들의 대립이나 갈등을 해학적인 분위기로 감싸 처리하고 있는 것이다.

김유정이 죽기 전에 마지막으로 발표한 소설인 「슬픈이야기」(『여성』, 1936.12)에는 "안해"조차 없이 "홋(홑)몸"으로 남의 집 곁방살이를 하는 '나'의 서글픈 처지가 형상화되어 있다. 나는 곁방에 사는 한 남편이 밤낮없이 자기 아내를 구타하는 소리에 잠을 이루지 못한다. '나'는 급기야 그 집 남편에게 아내에게 폭력행사를 하지 말 것을 이야기하게 된다. 그 일로 곁방 남편은 오히려 자기 아내가 '나'와 무슨 일이 있었던 것으로 오해를 하게 되어, 아내를 더 구타한 사건이 발생하였다. 이 일로 나는 결국 짐을 싸서 그 집을 떠날 차비를 하게 되었다는 이야기다. 여성들이 남편의 외도와 폭력에 시달리는 현실을 제3자의 입장에서 그리고 있는 이 작품에는 '안해' 없이 '홋몸'인 '나'의 처지에 대한 설움이 더 큰 슬픔으로 나타나 있다. 또 곁방에 얹혀사는 아내의 남동생이 밥쌀을 축내는 것에 대해 곁방 남편이 그 아우에게 직접 뭐라 못하고 '안해'를 생트집 잡아 '안해'를 구타하는 것으로 화를 표현하는 대목도 그러하다. 곁방 남편은 외도도 잦고, 심지어는 여학생과 신가정을 꾸리기 위해 안해를 내쫓고 싶어 하는 인물인데, 그 아내(안해)의 억울하고 비참한 처지나 그들을 바라보는 화자인 '나'의 처지가 크게 다르지 않게 그려져 있어서, 이 작품은 결국, 인간은 교양과 문화와 형이상학에 따라 논할 존재가 아니라, 그저 먹고, 먹기 위해 일하고, 욕망에 따라 살아가는 최소한의 존재, '육체성'의 존재라는 것이 작가의 전언이라 할 수 있다. 생존에 필요한 기본적인 욕구충족이 어렵거나 그것에 위협을 느끼며 살아가는 인간들은 일차적인 욕망충족 이외의 관심사는 허영일 것이다. 김유정은 사망 직전에 쓴 소설에서 '육체적 존재'로서의 인간의 한계를 전면에 내세워, 그런 사실을 직시하며 그런 현실을 견디기 위해 '해학'이란 방법을 동원하고 있다.

김유정의 해학에서의 '웃음'은, 바흐친이 프랑소와즈 라블레의 작품을 분석하면서 민중문화 속에 녹아 있는 '웃음'의 요소를 분석하면서 말한 그것과는 구분되는, '실소(失笑)'에 가까운 '웃음'이라 할 수 있다. 왜냐하면, 바흐친은 웃음을 생성의 원천으로 보아, joie de vivre, 즉, '절멸(絶滅) 없는 삶에 대한 기쁨'에서 발생하는 것으로 설명하고 있기 때문이다.[29] 바흐친을 웃음을 음울한 공식문화에 대립하는 것으로, 공식문화의 진지함으로부터 인간을 해방하는 요소로 보고 있다. 이에 비해 김유정 소설이 유발하는 '웃음'은 인간이 한 덩어리의 고깃덩이에 불과하다는 사실 확인에 따른, 짙은 허무의식을 깔고 있는 '실소'에 가깝다 하겠다. 왜냐하면, 김유정 문학은 육체에 지배당할 수밖에 없는 '인간'이란

---

29 바흐친, 이덕형・최건영 역, 『프랑수아 라블레의 작품과 중세 및 르네상스의 민중문화』, 아카넷, 2001, 222쪽.

존재의 나약함이야말로 '실소'를 금치 못하게 하는 한계이자 비극임을 보여주기 위해 '해학'을 구사하고 있기 때문이다. 김유정이 활동했던 1930년대는 한반도가 근대의 자장에 거의 편입된 때이다. 그리고 근대란 '육체'와 '정신'의 이분법적 대립항에서 '정신'의 우위를 인정한 세계인식 위에 축조되었다. 그런 당시의 통념을 고려하면, 김유정 소설의 메시지, 즉, 인간의 '육체성'에 대한 주목은 당대의 통념에 대한 전복적 인식인 측면이 있다할 것이다.

육체의 의미나 중요성을 간파한 동시대 문학으로는 김유정과 함께 결핵을 앓다가 요절한 이상(李箱)의 작품이 있다. 이상의 「날개」(『조광』, 1936.9)와 김유정의 「안해」(『사해공론』, 1935.12)는 모두 아내의 매춘과 그를 방치하는 남편의 이야기를 다루고 있는데, 이상은 그것을 모던한 분위기의 표현주의 회화에 가깝게 그리고 있고, 김유정은 해학적이고 향토적인 색감이 풍부한 채색 한국화의 분위기로 그것을 표현해 내고 있다. 그런데 「날개」에서 이상은 육체의 중요성에 눈뜬 흔적이 있다. 그가 「날개」를 발표한 시기는 사망 6개월 전이다. 이 무렵 그는 폐결핵이 깊어 육체가 문드러져 가는데 정신은 나날이 또렷해져 가는 아이러니 속에서 창작을 하는 자신의 처지를 에피그라프에서 언급하였다. 「날개」의 주인공은 아내의 부정을 사실상 방조하면서 아내가 어떻게 돈을 버는지에 대해 궁금해 하는 척, 의심하는 척을 한다. 주인공이 아내의 매춘을 내버려둘 수밖에 없었던 이유는, 스스로가 질병으로 목전에 다가온 육체의 소멸에도 불구하고 엄연히 펄펄 살아있는 쾌락을 향한 본능적 욕구들(성욕, 식욕, 수면욕)을 체험함으로써, 인간은 어쩔 수 없는 육체적 존재임을 매순간 깨달았기 때문인 것으로 보인다. 「날개」의 주인공은 지성을 갖춘 인텔리인데, 그는 병에 걸려 기생(妓生)인 아내에 기생

(寄生)한다. 의혹과 불신을 가장함으로써 그는 자존감의 괴사(壞死)를 막고자 했다. 작가인 이상은 에피그라프에서 위트와 파라독스, 아이러니와 냉소를 버무려 '자기위조'의 작품을 창작함으로써 그런 현실을 견디고 있음을 암시하였고, 소설 속 화자인 이상은 그토록 쓰디쓴 자신의 현실상황을, '맛이 참 익살맞다'며 능청을 떨기도 하였다. 위조의 포즈를 통해 화자는 질병과 실업으로 아내를 완전히 잃게 될지도 모르는 공포를 견디려 하고 있는 것이다.[30]

질병을 연구한 G. Lewis는, 육체적·물리적·해부학적 맥락의 병은 '질환(disease)'인 반면, 사회적 의미망 속에서 신체적·정신적으로 비정상적인 것, 혹은 바람직하지 못한 것은 '질병(illness)'이라고 말하여 양자를 구분하였다.[31] 김유정의 경우, 치질, 늑막염, 폐결핵 등의 육체적 '질환'은 '말더듬이'라는 그의 개인적 특징과 더불어 그의 생애를 우울증과 대인기피증, 편집증의 총체적 '질병' 상태에 이르게 하였다. 김유정은 몸이 너무 허약해서 수술이 불가능한 환자였고, 누이가 대소변을 받아내면서 홍문(항문)을 늘 보살펴준, 매우 심각한 수준의 환자였다. 여러 질병을 앓았고, 배변의 제약이 심했기에 김유정은 특히 후각에 예민했을 것으로 추정된다. 김유정은 자신의 총체적인 '질병'상태를 등장인물들의 경제적, 정신적인 빈한(貧寒)함에 투사시켜 자신의 작품세계의 주도권을 '몸', 혹은 '육체적 존재로서의 인간'의 실상으로 이양시켜 나간 것으로 보인다. 그의 삶과 문학에서 '질병'은 정신에 대한 육체(몸)의 존

---

30 김미영, 「揷畵를 통해본 李箱의 「날개」」, 『한국현대문학회 학술발표자료집』, 한국현대문학회, 2010.10, 129~141쪽.

31 G. Lewis, "social construction of illness(질병의 사회적 구성)", G. Lewis, "Social construction of illness(질병의 사회적 구성)", Mascie-Taylor, C. G. N., *The Anthropology of disease*, Oxford : New York : Oxford University Press, 1993(이경, 「몸과 질병의 관점에서 『지리산』 읽기」, 『코기토』 11, 부산대 인문학연구소, 2011.8, 227~228쪽에서 재인용).

재론적 우월성을 인식시킨 계기로 작동한 것으로 보인다.

그렇다면, '육체성'이란 무엇인가? 서양의 철학사는 인간을 정신과 육체의 이분법으로 설명하였는데, 특히 근대에까지는 '정신'의 우위를 인정해 왔다. 하지만 포스트 모던한 사회적 징후가 짙어지면서 '육체'의 중요성에 대한 인식이 확대되었다. 원래 인간은 서로의 몸을 통해 상호 간의 존재를 인식하며, 타인과 접속한다. 몸을 통해서 타자와 만나는 사회성이 실현되며, 그러한 상호육체성은 연대의 바탕이 되기도 한다. 서양철학사에서 '몸'은 현상학자인 메를르 퐁티(Maurice Merleau-Ponty, 1908~1961)에 와서 그 중요성이 부각되었다. 퐁티에 따르면, 지각 주체는 지각 대상인 사물 속에 이미 퍼져 나가 있고, 지각 대상인 사물은 지각 주체에 이미 끌려 들어와 있다. 자기를 벗어나면서 자기를 저쪽 지각장 속으로 던져서 소멸해 가는 자기는, 자기를 유지하면서도 자기를 소멸시키는 힘이 된다.[32] 이런 입장에서 보면, 육체(작품)는 곧 자기 자신(작가)이다. 따라서 김유정이 그린 '육체적 존재로서의 인간'의 모습에는 병상의 작가였던 김유정의 절대적이고 총체적인 결핍상황이 투영되어 있는 것으로 볼 수 있다.

한편, 퐁티에 이어 몸 철학을 연구한 정화열은 몸은 인간에게 세상에서 '사회적 자리 잡기(social placement)'의 실체라고 말했다.[33] 세계는 몸이 있기에 의미가 있다. 작가는 대표적인 정신노동자인데, 김유정은 자신의 총체적 결핍상황과 일제강점기 조선의 기층 민중들의 총체적 빈곤상(물질적·정신적)을 결합시켜, 소설의 결말부분에 반전적(反轉的) 요소를 넣음으로써 '실소'를 자아내게 하는 방식으로 이런 진실과 현실의

---

32 조광제, 「몸, 시간성과 존재의 불투명성」, 『열린 시학』 11-3, 고요아침, 2006.8, 344~345쪽.
33 정화열, 『동양과 서양의 몸』, 아트센터나비미술관, 2002, 13쪽.

중압감을 동시에 견디려 했던 것이다. 이런 까닭에, 김유정 소설에 나타난 반전의 '웃음'은 그것을 통해 일상의 긴장을 풀고 해방감을 만끽함으로써 카니발적 꿈에 젖게 하는, 바흐친적인 맥락의 '웃음'이 아니라, 허무의식의 냄새를 풍기는, 일종의 '실소(失笑)'로 보아야 할 것이다.[34]

4. 채색한국화 같은 토속적 이미지의 소설

김유정의 작품들은 매우 회화적이다. 소설이 회화적이라 함은 이미지성이 강한 것은 물론, 그것이 보여주는 세계가 직관적이고 직접성의 것임을 의미한다. 이런 특징은 김유정 문학의 주제인 '육체적 존재로서의 인간'을 형상화하기에 매우 적합하다 할 것이다. 이와 관련해서 유종호의 김유정 평가는 참조할 만하다. 유종호는 김유정의 "스타일이나 유머감각은 그가 제시한 인간상이나 습속 포착에 혼연히 용해되어 있어 그것을 몇 개의 관념어로 직환(直換)해서 설명하는 것은 무의미해진다"[35]고 말했다. 즉, 김유정의 문학에서 스타일과 주제(그가 제시한 인간상)가 유기적으로 잘 융합되어 있다는 말이다. 김유정의 스타일을 문제삼을 때, 문체 외의 이야기를 한다면, 필자는 '직접성'을 말하고 싶다. 김유정의 소설들은 서사구성이 시간의 흐름을 따라 순차적으로 전개

---

34 김영아, 「김유정소설에 나타난 카니발리즘 연구」, 『한국어문교육』 10, 한국언어문학교육학회, 2002.12, 225~244쪽. 김영아는 김유정의 작품들을 바흐친이 말한 '웃음'을 유발하는 작품들로 보고 있다.

35 유종호, 「김유정의 작품세계」, 『한국단편문학대계』 4, 삼성출판사, 1979, 434쪽.

된다. 등장인물의 행위에는 특별한 복선이 없다. 과거의 어떤 사건과 현재의 사건이 특별히 연결되거나 하지도 않고, 그저 화폭에 담긴 이미지가 관객들에게 전체적이고도 직관적으로 감상되듯이, 통째로 직접 전달된다. 이런 방식 때문에 그의 소설들을 회화적이라 한 것이다.

회화는 직접적인 예술양식으로 정평이 나 있다.[36] A를 통해 B를 표현하지 않는다. 암시나 상징, 복선이 아니라, 제시된 그것, 제시된 방식, 그 자체가 전부인 예술이다. 감상도 통째로, 직관적으로 이루어진다. 그래서 '직접성의 예술'로 간주된다. 그런데, 직접성의 예술로서 회화는 특히 '아름다워야 한다.' 심지어는 '추(醜)'라는 주제마저도 아름답게 표현해야 그림이 된다. 아름답지 않은 그림은 그림이 아니기에, 그림은 미술(美術)의 하위범주이다. 그림과 같이 미술 혹은 조형예술(造形藝術)의 한 하위분야인 조각도 사정은 마찬가지다. 「라오콘」에서와 같이 '고통'이란 추상적이며, 부정적인 정서를 묘사할 때에도 절제와 균형, 질감, 비례 등에서 완벽에 가까울 정도로 아름답게 제시해야 한다. 그 이유에 대해 레싱은 회화나 조각, 건축 등 조형예술이 갖는 '직접성'을 근거로 설명하고 있다.[37] 레싱에 따르면, 직접성의 예술이며 시각예술인 그림을 포함한 조형예술은 아름답지 않으면 관람자의 시각을 오래 끌 수도 없어 감상이나 기억이 불가능하다고 한다. 그래서 직접성의 예술은 '추'나 '고통', '절망'이라는 관념조차도 아름답게 표현해야 한다는 것이다. 그림이 직관적이듯, 김유정의 작품들은 동시대 여타 작가들의 그것에 비해 단연 직관적이다. 이미지성이 강한 것은 물론이고, '직접성'의 방

---

36 고위공, 「시와 회화의 경계」, 『문학과 미술의 만남』, 미술문화, 2004, 39~46쪽.
37 Gotthold Ephraim Lessing, 윤도중 역, 『라오콘 ─ 미술과 문학의 경계에 관하여』, 나남출판, 2008, 45쪽.

식으로 김유정이 감지한 삶의 진실을 그대로 보여주고 있다.

예컨대, 그의 대표작인 「동백꽃」(1936)은 노란 색의 동백꽃(3월에 피는 생강나무의 꽃)과 선명한 붉은 빛깔의 닭의 볏과 고추장, 피의 이미지가 대조적으로 어우러져 한 폭의 채색 한국화를 연상시킨다. '닭'이라는 다산(多産)을 상징하는 가금류(家禽類)가 '싸움'을 펼치는 활기찬 장면 곁에 청춘남녀의 풋사랑을 병치시켜 3월 산촌의 대낮 풍경을 완성하였는데, 김유정은 여기에 알싸한 향기의 노란 동백꽃의 이미지를 덧입혀서 이를 제목으로 삼았다. 3월 동백꽃의 샛노란 느낌과 알싸한 향기를 이보다 더 잘 형상화하기는 쉽지 않을 것이다. 이 한 컷의 선명한 이미지는 김유정 문학의 회화성을 대표한다 하겠다.

「산골나그네」나 「두꺼비」, 「땡볕」도 크게 다르지 않다. 「땡볕」의 서글픈 서사는 쨍쨍 내리쬐는 여름 한낮의, 눈을 찌를 듯이 쏟아지는 땡볕의 이미지로 표현되어 있고, 「노다지」에는 바위틈에 낀 '꽁보'형을 버리고 노다지를 혼자서 차지하여 달아나는 아우 '더팔이'의 모습 위에 "침침한 어둠속에 단지굴근 돌맹이만이 짝 허터젓다. 이쪽 마구리의 타다남은 화로불은바야흐로 질듯질 듯 껌벅어린다. 그리고 된바람이 애, 하고는굿문께서 모래를 좌륵, 좌륵, 드려뿜는다"는 장면이 덧입혀져 있다. 「봄·봄」에는 '해마다 앞으로 축 불거지는 아랫배'의 장인님과 '참새만한 장모님', '붙배기키에 모로만 벌어지는 몸'에 '툽툽한 얼굴'을 한 16세 '감참외' 같은 처녀 '점순'과, 26살의 노총각이자 이 집의 머슴살이가 4년째인 '나'가 등장한다. '나'는 '점순'과의 성혼(成婚)을 '장인님'에게 조르다가 장인과 한바탕 육탄전을 벌이는데, 이 장면이 "밭 가생이로 야릇한 꽃내가 물컥물컥 코를 찌르는" 산촌의 봄 풍경으로 아름답고도 해학적으로 제시되어 있다. 「봄·봄」에 사람의 '육체'와 관련된 묘사가 얼마나 많이 등장하고 있는지는 어떤 페이지를 펼쳐 봐도 확인할 수 있다. 다음의 장면에서 김유정은 주인공과 '장인님'의 대립을 '육체적인 부딪침'이란 해학으로 풀어내어 대립으로 인한 긴장을 완화시키면서 '봄'의 이미지 제시에 몰두하고 있다.

길게 길러둔 새끼손톱으로 코를 후벼서 저리 탁 튀기며

"그럼 봉필씨! 얼른 성엘 시켜주시구려, 그렇게까지 제가 하구싶다는걸……"

하고 내 짐작대로 말했다. 그러나 이말에 장인님이 삿대질로 눈을 부라리고

"아 성례구뭐구 기집애년이 미처 자라야 할게 아닌가" 하니까 고만 멀쑥해서 입맛만 쩍쩍 다실뿐이 아닌가……

"그것두 그래!"

"그래 거진 사년동안에도 안 자랐다니 그킨 은제 자라지유? 다 그만두구사 경내슈……"

"글세 이자식아! 내가 크질말라구 그랬니왜 날보구떼냐"

"빙모님은 참새만한것이 그럼 어떻게 앨낫지유"

(사실 장모님은 점순이보다도 귓배기하나가 적다)

장인님은 이말을듣고 껄껄웃드니 (그러나 암만해두 돌 섭은 상이다) 코를 푸는척하고 날은근히 골릴랴구 팔굼치로 옆 갈비께를 퍽 치는것이다. 더럽다, 나두 종아리의 파리를 쫓는척하고 허리를굽으리며 어깨로 그궁둥이를 콱 떼밀었다. 장인님은앞으로 우찔근하고 싸리문께로 씨러질듯하다 몸을 바루 고치드니 눈총을 몹시 쏘았다.

이런 쌍년의 자식하곤 싶으나 남의 앞이라서 참아 못하고 섰는 그 꼴이 보기에 퍽 쟁그러웠다.[38]

점순의 키가 덜 자라 성혼을 시켜줄 수 없다는 장인의 말에 나는 빙모는 참새만하다고 응수한다. 할 말이 궁해진 장인이 코를 푸는 척하면서 나의 갈비뼈를 옆구리로 쳐서 날 먼저 공격하자, 나는 종아리의 파리를 쫓는 척 엎드려서 장인의 궁둥이를 들입다 떼밀어 버린다. 장인은 싸리문께로 쓰러질 듯하다가 몸을 바로 세우지만, 남들 이목 때문에 내게 드러내 놓고 욕을 하지는 못한다. 한편의 슬랩스틱 코미디를 연상시키는 이 대목은 이 소설의 중심 갈등이 가장 잘 드러나 있어 이 소설의 절정에 해당한다. 하지만 김유정은 갈등을 대립으로 풀지 않고, "봄이 되면 온갖 초목이 물이 오르고 싹이 트고한다. 사람도 그런가부다"며, 사람의 육체에 한껏 물이 오른 절정의 시절, 즉, 인생의 '봄'을 자연에서의 봄의 이미지에 연결시켜 재밌는 채색 한국풍속화처럼 해학적이고 익살스런 풍경을 제시하여 은근슬쩍 대립을 무마시키고 있다. 따라서 이 작품에서 나와 장인의 대립은 진짜 대립이라기보다는, 물이 오를 대로 오른 청춘남녀가 성혼에 목말라 발을 동동 구르는 장면, 즉, 산촌에도, 사람에게도, 겹으로 찾아온 '봄'의 이미지를 강화하는 구실을 하고 있을 뿐이다.

김유정의 작품들에는, 특유한 유려하고 거침없는 입담과 반어(아이러니)와 해학이 어우러져, 장식이나 과장이 없는 인생살이가 한바탕 펼치는 연희(演戲)처럼 스스럼없고 거침없이 펼쳐져 있다. 김유정은 절박한 상황에서 생존을 위해 글을 썼는데, 그래서인지 그의 작품은 더욱 직설적이다. 이 직접성이 그의 작품을 회화에 육박하게 만드는데, 이는 '님도 좋지만 밥도 중(重)한 김유정 문학의 주제, 즉, 육체적 존재로서의 인

---

38 김유정, 「봄·봄」, 『전집』, 144쪽.

〈그림 1〉 이인성, 〈가을 어느 날〉(1934)

간의 실상과 썩 잘 어울린다. 특히 김유정이 제시한 이미지에는 조선의 토종적 정서가 선명하다. 이는 문체에서 내용까지 통째로 그러하다. 여기엔 1930년대 중반, 조선의 문단과 화단이 동시에 추구했던 '향토색' 찾기의 흐름이 작용한 것으로 보인다. 김유정이 한창 활동했던 1934～1936년경의 조선화단은, 1920년대 중반부터 일었던 양화단(洋畵團)의 이식미술론(移植美術論) 극복논의가 거의 일단락되어, 양화(洋畵)에서의 '조선적인 것', 즉, '향토색' 추구가 창작활동에 반영되어 나타나기 시작했다.[39] 그 대표적 사례가 이인성의 〈가을, 어느 날〉(1934)이다. 주지하다시피, 김유정은 이상(李箱)과 함께 구인회의 멤버였다. 이상은 원래 화가를 지망했던 인물로, 화가 구본웅과 절친이었고, 서양회화사에 능통하였을 뿐 아니라, 직접 그림과 삽화를 그린 화가기도 했다. 이상의 시와

---

39 김영나, 「1930년대 한국근대회화」, 『미술사연구』 7, 미술사연구회, 1993.12, 31～42쪽.

소설에 차용된 꼴라쥬 방식이나 다초점화 기법, 겹화자의 존재 등은 원래 조형 예술적 창작기법들이다.[40] 이상과 친했던 김유정은 1935~1936년경 「동백꽃」을 필두로 회화적인 소설들을 많이 창작하였는데, 이는 김유정뿐 아니라, 당시 많은 작가들이 그러했다. 특히 김동리와 이태준이 중심이 되어 전통의 재발견과 토속성의 형상화에 노력을 기울였다. 당시에 발표된 회화성이 짙은 소설을 살펴보면, 김동리의 「무녀도」(1936), 박태원의 「천변풍경」(1936), 이태준의 「달밤」(1936), 이효석의 「메밀꽃 필 무렵」(1936), 이상의 「날개」(1936)가 있다. 이상의 「날개」를 제외하면, 이들은 한결같이 조선적 정조가 강조된 이미지성이 짙은 작품들이다.

이상(李箱)이 발견한 조선적 이미지는 명문 「산촌여정」(1935)에 잘 담겨 있다. 이상은 「산촌여정」(1935)에서 '자연'을 매개로 이를 표현해 냈다. 쥘 르나르의 자연이야기의 일본어 번역본인 『전원수첩』을 읽은 영향도 있겠지만, 도시인 이상에게는 들판의 초록과 전원풍경, 촌로와 촌동의 모습 등, 자연으로서 '성천'이 우선 눈에 들어왔을 수 있다.[41] 반면, 김유정은 '섹슈얼리티'라는 '원시적 건강성', 혹은 '원초적 생명력'을 매개로 향토성을 표현해 냈다.[42] 「산골」을 예로 들면, 주인댁 도련님과 정분이 난 '이뿐이'는 1년 반째 서울로 가서 돌아오지 않고 있는 도련님을 그리워하며 지낸다. 자신의 곁을 맴도는 '석숭이'를 외면한 채 '이뿐이'는 도련님과 놀던 때의 "가슴이 달랑거리고 두려우면서 그러나 이 산덩

40 김미영, 「이상의 문학에 나타난 건축과 회화의 영향」, 『국어국문학』 154, 국어국문학회, 2010.4, 181~214쪽.
41 김미영, 「이상의 '성천'텍스트 고찰」, 『인문과학논총』 71-1, 서울대 인문학연구원, 2014.2, 217~252쪽.
42 김양선, 「1930년대 소설과 식민지 무의식의 한 양상─김유정 소설에 나타난 향토의 발견과 섹슈얼리티를 중심으로」, 김유정 문학촌 편, 『김유정 문학의 재조명』, 소명출판, 2008, 150쪽.

이를 제품에 꼭 품고 가치 둥굴"던 때를 그리워한다. 「산골」의 중심 이미지는 산골짝 웅퉁바위와 잣나무들, 그 틈 사이로 흐르는 시냇물이 어우러져 만들어 내는 '산골의 향기'인데, 이를 김유정은 다음과 같이 아름답고도 해학적으로 묘사하고 있다.

이뿐이는 앞에 우뚝솟는 바위를 품에 을싸안고 그알을 굽어보니 험악한 석벽틈에 맑은 물은 웅성깊이 층층 고이었고 설핏한 하눌의 붉은 노을 한쪽을 똑떼들고 푸른 잎새로 전을 둘렀거늘 그모양이 보기에 퍽도 아름답다. 그걸 거울삼고 이뿐이는 저 밑에 까맣게 빛이는 저의 외양을 또 한번 고처 뜯어보니 한때는 도련님이 조르다 몸살도 나섰으려니와 의복은 비록 추려할망정 저의 눈에도 밉지않게 생겼고 남가진 이목구비에 반반도 하련마는 뭐가 부족한지 달리 눈이맞은 도련님의 심정이 알수없고 어느듯 원망스러운 눈물이 눈에서 떨어지니 잔잔한 물면에 물둘레를 치기도전에 무슨 밥이나 된다고 커단 꺽찌는 휘엉휘엉 올라와 꼴딱 받아먹고 들어간다.[43]

'이뿐이'는 그리운 도련님인 듯 바위를 품에 얼싸안고 석벽 틈의 물을 바라보는데, 물 속에 비친 자신의 모습이 '밉지 않다'고 생각하며 그런 자신을 내버려두고 돌아오지 않는 도련님이 야속하여 눈물을 짓는데, 여기까지면 애잔하다 하겠다. 그런데 김유정은 '이뿐이'가 떨군 눈물을 커다란 '꺽지'가 무슨 밥이나 되는 줄 알고 꼴딱 받아먹는 정경을 여기다 넣었다. 이로써 이 그림은 '산골마을'을 그린 한 폭의 해학적인 채색 한국화로 전화(轉化)한다. 그리고 이 그림의 한 가운데 '이뿐이'와 '도련님'

---

43 김유정, 「산골」, 『전집』, 113쪽.

의 '깊고 외진 산속'에서의 진한 추억담이 아릿하게 자리해 있다. 김유정은 슬픔을 슬픔으로 그냥 두지 않고, 거기에 '웃음'을 곁들여 해학으로 바꾸어 버린다. 이로써 슬프고 애잔한 청춘남녀의 이루지 못한 사랑이 진한 몸의 추억 한 장으로 바뀌어 버린다. 김유정에게서 조선 산골의 향취, 즉, '향토성'의 핵심에는 이렇듯 '육체성'의 문제가 자리해 있다.

경성 토박이 출신에 모더니스트였던 이상에게는 대지로서의 '자연', 본향으로서의 '농촌'이 문제였다면, 춘천 출신으로서, 농촌은 일상의 공간이었던 김유정에게서 그것은 '육체', '흙', '대지'의 차원이 된다. 당시 김유정은 수술조차 할 수 없을 정도로 몸이 쇠약하였으며, 육체적 질환에 말더듬이에 대인기피증, 편집증, 우울증 등 여러 정신적 육체적 질병을 동시에 앓고 있었다. 즉, 그에게 향토, 흙, 대지는 육신이 죽어서 돌아갈 대상이었다. 이런 사정이, 무의식적으로라도, 그로 하여금 '향토성'의 문제를 '육체성'의 문제로 치환하여 형상화하게 만든, 현실적 여건이 되었을 것이다.

김유정의 「동백꽃」은 사설시조나 판소리에서처럼 7·5조의 운율에 맞추어 허구적 놀이 공간에서 연출되는 품위 있는 농담처럼 느리고 부드러워서 한국적인 풍자와 해학을 잘 보여주는 작품이다. 김유정 소설의 수사학적 특징은 생동감 넘치는 풍부한 구어체 문장, 경쾌한 리듬, 욕설과 해학, 반어 등인데, 가작(佳作) 「동백꽃」에는 그 모든 것이 어우러져 "톡 쏘는 맛의 알싸한 동백꽃냄새" 속으로 쓰러지고 있다. 병상의 문학으로서 김유정의 소설을 보면, 「동백꽃」의 마지막 장면의 에로티시즘은 살아 있음의 즐거운 향유에 해당한다. 에로티시즘은 인간의 오감을 활짝 개화시켜 인간과 인간, 인간과 세계와의 관계를 친밀하고 즐겁게 만드는 '접촉'이자, 자유롭게 뒤섞이는 몸들의 '해방'이라 할 수 있다. 그런데 이 마지막 대목에서의 짙은 회화성은 김유정이 구인회의 후기 멤버였고, 구인회는 '목일회'라는 화가그룹과 교류가 빈번했다는 사실과 관련시켜 볼 수 있겠다. 물론, 1930년대 중반 한국의 근대소설들이 서술 중심성에서 묘사 중심적인 방향으로 발전해 가고 있었던 현실도 김유정 소설의 이런 변화에 기초적 토대로서 영향을 미쳤을 것이다. 이런 사실은 비단 김유정에게만 해당되지는 않을 것이다. 김유정 소설이 특별히 이미지성이 강하고, 특히 한국적 풍속화를 연상시키는 데에는 그가 직접 가담했던 '구인회'가 김유정이 죽고 난 이후인 1939년경에 '목일회'와 연합하여 '문장파'를 결성함으로써 전통과 근대를 결합시킨 문장(文章)지를 탄생시켰을 정도로, 문인단체인 '구인회'와 화가그룹이었던 '목일회'가 구성원들 간의 친분이나 예술적 경향에서 밀착되어 있었던 정황이 원경에서 작용하고 있었다. 따라서 이런 환경이 김유정의 작품세계에 직간접적인 영향을 미쳤을 것으로 보인다.[44]

'목일회'는 1930년대에 가장 조선적인 회화를 추구한 화가그룹이었다. 이들의 지향점은 당시 총독부의 지도로 조선미전과 시국미술 등 식민문화정책을 반영하는 측에서 부르짖던 관변 동양주의와는 구분되는, 반(反) 관변(官邊) 동양주의(東洋主義)였다. 동양주의는 일본과 조선에서 거의 비슷한 시기에 발현되었다. 일본에서의 동양주의는 1930년에 설립된 '독립미술협회'라는 그룹에 의해 '신일본주의 회화'의 창안을 목표로 주창되었다. '독립미술협회'란 이름에서의 '독립'은 프랑스 미술로부터의 독립을 의미한다. 고지마 겐자부로를 중심으로 한 이 그룹은 '신일본정신'을 되찾자는 취지에서 예술지상주의적 입장에서 일본주의로 전

---

44 김미영, 「구인회와 목일회의 표현주의적 작품경향에 관한 고찰―'文章派'의 구성과 미학적 토대를 중심으로」, 『어문연구』 38-1, 어문연구학회, 2010.3, 253~278쪽.

향하였다. 1935년에 발표한 「양화계의 미몽(迷夢)을 깨고 신(新)일본주의로—서양의 기술보다 뛰어난 고국정신의 아름다움, 독립미술전람회의 전향」(『報知新聞』, 1935.1.9)이라는 기사에서, 이들은 일본인은 아무리 해도 서양화가 주는 입체감을 표현하는 것은 불가능하므로, 프랑스적인 감각에서 일본적인 감각으로 이행하자는 것을 골자로, 동양주의 문화로의 복귀를 선언한다. 이후 이들은 '무엇이 일본적인 것인가'를 놓고 공방을 거듭한 끝에, 재료와 소재의 차원을 넘어, 강한 윤곽선에 평면화, 단순화를 시도하면서 동양화적 여백과 배경처리, 수묵화적 요소의 도입과 장식화적 요소의 가미 등을 추구하여 '신일본화'를 구축해 갔다.[45] 이런 움직임의 작품으로의 결실은 1936~1937년경에 이루어졌다.

이렇듯, 동아시아인의 근대를 바라보는 관점은 '서양'이라는 타자와의 만남으로 촉발된 자기 정체성의 형성과정을 통해 구체화되었다. 같은 이치로, 일제강점기 한반도에서는 아서구로서의 일본과의 만남을 통해, 저항 민족주의적 차원에서 조선문화의 자기정체성 형성의 문제가 촉발되었다. 그러나 1930년대 식민지 화단에서의 '향토색', '조선적인 것'에 대한 추구의 움직임은 일본 내지의 그것보다 더 강하였다. 이유는, 당시 한반도는 일본의 식민지였기 때문이었다. 서구의 근대회화의 재료와 기법을 가져와 '신한국화'를 만들겠다는 생각은 1920년대 중반에 이식미술론 극복에 관한 논의에서 드러나기 시작했다. 한편, 1930년대 초반, 총독부의 식민지 문화정책에 침윤된 조선미술전람회의 조선향토색 추구는 일종의 '지방색'으로서 '조선적인 것'을 허용하려는 문화정책의 일환이었다. 선전(鮮展)의 심사 위원이었던 일본 출신의 화가들이 '지

---

45 최재혁, 「1930년대 일본 서양화단의 신일본주의」, 『한국근대미술사학』 14, 한국근현대미술
    사학회, 2005.8, 169~205쪽.

방색'으로서 '식민지의 것'을 보고자 하였기 때문이다. 이와 달리 식민지 배 담론에 대한 저항담론의 차원에서 '문화적 민족주의'를 수호하려는 입장에서 내발적으로 일었던 양화 부분에서의 '조선적인 것' 추구 열기는 '조선회화의 문인정신'을 되찾자는 구호 아래, '목일회'가 주도하였다.[46] 그런데 이 '목일회'가 '구인회'와 매우 밀착되어 있었으며, 이들의 연종으로 1939년에 '문장파'가 구성되어 1940년에는 『문장』이 간행되었다. 목일회와 구인회는 구성원들 간의 친분과 교류뿐 아니라, 예술관에 있어서도 상당부분 일치하고 있었다.[47]

그런데, 김유정은 그런 '구인회'의 후발 멤버였고, 이상과 친하였으며, 프로문예운동가였던 안회남과도 친했다. 그런 김유정이었기에 그의 문학에 '조선적인 것', '하층민중의 가감 없는 일상생활'이 '회화적'으로 형상화된 것은 지극히 자연스럽다 하겠다. 김유정 문학의 특장을 일찍이 간파했던 김문집이 "농후한 개성과 전통미가 홍수를 이룬", "수줍은 고전미"란 표현으로 김유정의 문학적 감각을 높이 평가하였다. 김유정 사후에 김문집은 김유정의 문학을 백합화, 국화가 아닌, 진달래꽃에 비유하면서 특히 언어감각에 있어서 조선의 전통미를 잘 살린 김유정을 조선문단에서 가장 조선적인 작가로 지목하기도 했다.[48] 이미지성이 강한 김유정의 소설들은 토속적 세계, 하층민의 이야기를 가장 조선적인 언어로 담아낸, 한 폭의 채색 한국화 같은 작품들이라 할 것이다.

---

46 기혜경, 「목일회 연구—모더니즘과 전통의 길항 및 상보」, 『미술사논단』 12, 한국미술연구소, 2001, 35~58쪽.
47 김미영, 「목일회와 구인회의 표현주의 예술 연구」, 『어문연구』 38-1, 한국어문교육연구회, 2010.3, 253~278쪽.
48 김문집, 「김유정의 예술과 그의 인간 비밀」, 『조광』, 1937.5 참고.

5. 김유정의 문학이 복사(複寫)한 진실 — 인간의 한계와 비극성

김유정은 「병상(病床)의 생각」(『조광(朝光)』, 1937.3)에서 자신의 예술관에 대해 이렇게 말하였다. 문학이나 예술은 형식이나 기교의 문제가 아니며, 예술은 "묘사의 대상여하나 수법의 방식여하를 막론"하고 "극도로 뻗친 치밀한 기록일 때" 가치가 있다." 여기서 복사(複寫)는 모사(模寫)와 흡사한 개념인데, 이 문장에는 그의 사실주의적 예술관이 잘 드러나 있다. 그는 현실을 충실히 복사하는 것만이 예술의 소임은 아니지만, 자연을 복사(모사)할 때에는 "극도로 뻗친 치밀한 기록"이어야 문학적 가치가 있다고 말하였다. 또 그는, 예술은 그저 '새롭다'는 차원만 중요한 것이 아니라, 그것이 인류사회에 어떤 적극적인 역할을 할 때 비로소 의미를 가진다면서, 제임스 조이스의 율리시즈보다는 저 봉건시대의 소산이던 『홍길동전』이 더 예술적으로 가치가 있다고 말하였다. 기교에 취미가 붙어 괴상망측한 묘사로 인간심리를 그려내어 산사람을 유령으로 만들어 놓는 걸로 자랑을 삼는 식의 율리시즈를 비판하고, 졸라의 나나를 걸작이라 추켜세운 대목에서도 그가 자연주의 혹은 사실주의적인 작품을 선호하였음을 알 수 있다. 김유정은 표현이란 전달이 전제될 때 비로소 생명을 갖는다고 말하였다. 그는 작가가 '육법전서의 조문해석'이나 '심리학 강의'와 같이 지루한 문자를 늘어놓아 알기 어려운 작품을 창작하는 것은 표현의 오용에 불과하다고 비판했다. 그는 예술가에게는 '예술가다운 감흥이 있어야 하고, 그 감흥은 표현을 목적하고 설레는 열정이 따르는' 것이어야 하며, 열정의 도(度)가 강할수록 전달 역시 완숙해 진다고 말하였다. 즉, 김유정은 예술은 전달 정도와 범

위에 따라 가치가 평가되어야 한다고 보고 있다.[49]

이상의 사실들에서 김유정의 문학관을 추론해 볼 수 있다. 그는 사회에 기여하는 문학, 대중이 이해하기 쉬운 문학, 표현이나 기교보다는 사실의 치밀한 묘사를 중시하는 문학에 찬성했다. 예술가의 감흥과 전달이 전제된 표현도 중시하고 있다. 즉, 김유정은 대중과의 소통을 중시하며, 사회적 기여에서 작품의 의미를 찾고 있고, 문화적 정체성에 있어서도 매우 주체적인 의식의 소유자임을 알 수 있다.[50]

김유정이 죽기 직전 안회남(필승)에게 보낸 편지에 의하면, 그는 소설을 쓰거나 번역을 한 것은 돈 때문이었다. 그는 질병으로 쇠약해진 몸의 치유와 생존을 위한 돈이 필요했다. 즉, 그는 매우 절박하고 처절한 상황에서 글을 씀으로써 건강이 더 악화될 수 있음을 알면서도 창작을 하지 않으면 생존 자체를 이어갈 수 없는 악무한의 고리 속에서 글을 썼다.[51] 그런 김유정이 소설에서 복사(모사)한 진실은 인간은 한줌의 육신 덩어리에 불과하다는 것이었다. "님도 좋지만 밥도 중한 이치를 인정"하자는 것이었다. 즉, 육체적 존재로서의 인간의 모습이었고, 한계였다. 그의 진심이 가장 솔직하게 반영되어 있는 것으로 보이는 박봉자에게 쓴 연애편지에 따르면, 김유정이 죽어가면서 쓴 소설의 메시지는 바로 이것이다.

'육체성' 중심이란 주제는 작가가 작중 인물의 형상화나 서사구성에 적극적으로 개입하는 것을 최소화하려는 사실주의적 창작태도와도 연결된다. 왜냐하면, 소설 속의 세계를 '타자'로 상정하고, 작가의 의식을

---

49 김유정, 「病床의 생각」, 『전집』, 446~447쪽.
50 위의 글, 442~450쪽.
51 김유정, 「필승 前」, 『전집』, 451~452쪽.

'자아'로 간주하는 것을 창작과정에 대입할 수 있기 때문이다. 서양의 '정신' 중심의 철학사에서는 '타자'를 '자아'를 중심으로 대상화할 수밖에 없는데, 이는 '이성' 중심주의 혹은 '주체' 중심주의와 결부되어, 작가의 작중 개입을 부추긴다. 작가가 자신의 이데올로기를 작품화하려 할수록 작품은 덜 직관적이 되고, 직접성의 영역에서 벗어나게 된다. 원래 나(주체 혹은 작가)의 '정신'은 스스로를 인식할 수 있는 반면, 타인(작품 혹은 작품 속 인물)은 오로지 몸으로 보일 뿐이기에, 타인의 정신은 성찰의 명증한 대상이 되지 못하기 때문이다. 따라서 자신의 정신성에 비해 타인은 언제나 불리한 입장에 처해 있을 수밖에 없다. 그래서 서양의 '정신' 중심의 철학은 유아론적이라고 비판받기도 한다. 서양의 철학적 전통에서 '이성' 중심주의란 결국 '나'를 중심으로 타자를 대상화할 수밖에 없는 한계가 여기에 있다. 김유정의 소설들은 '이성' 혹은 '정신' 중심주의적 인간이해가 '나', 또는 소설 창작에서의 '작가'의 이데올로기(정신)를 등장인물의 형상화나 서사구성에 폭력적으로 개입시켜서 서사를 도구화 하는 식으로 발현되는 것에 대해 비판적이었다. 그는 타자(작품 자체의 자족성)를 중시하여, 작가의 적극적 개입을 최대한 자제하여야 한다는 입장이었는데, 이는 그가 사실을 극도로 치밀하게 복사해야 한다고 말한 대목의 의미이기도 하다. 김유정의 사실주의적 창작관은 '육체성'이란 그의 주제의식과 절묘하게 조우하고 있는 것이다.

6. 나오며

이 글은 김유정의 문학이 병상의 문학임에 기초해서 김유정이 육체적 존재로서의 인간이 갖는 한계와 비극성을 작품 내에서 어떻게 형상화하고 있는지를 살펴본 것이다.

병상의 문학으로서 김유정 문학의 주제는, 인간은 그다지 형이상학적 존재가 아니며, 밥 먹고 잠자고 섹스하며 살아가는, 지극히 '육체적'인 존재라는 사실과, 그런 현실 속에서도 인간은 '사랑'을 통해 그나마 희망의 빛을 발견할 수 있는데, 그런 사랑조차 가능하지 않을 때 비참한 인간의 한계를 견디기 위해 해학과 풍자, 실소를 차용하지 않을 수 없다는 것이다. 김유정의 단편들은 특유의 활달하고 거침없는 문체를 보여주며, 서사구성에서도 잔재주를 버린 채, 직접성의 세계를 담백하게 제시하는 방식으로 직관적이고도 이미지성이 강한, 마치 한국의 채색 풍속화 같은 회화적 감수성을 보여주고 있다. 허무의식에서 배어나온 '실소'를 유발하는 해학적인 묘사가 풍속화에서처럼 익살스러운 이미지로 제시되어 있다. 김유정은 「봄·봄」이나 「산골」, 「동백꽃」과 같은 대표작들에서 등장인물의 갈등이나 대립을 '해학'이나 '익살'스런 이미지로 치환함으로써, '육체적 존재'에 불과한 인간의 존재론적 한계가 빚어내는 비극성의 끈을 느슨하게 이완시켜 버린다. 김유정은 7·5조의 판소리 사설풍의 순한국적인 문체로 슬픔을 날려 버리는 해학적 이미지를 만들어 내었는데, 이는 '해학적'인 전통 풍속화의 필선과 내용을 연상시킨다. 김유정이 주로 활동했던 1934~1937년 초경에 한반도에서 일었던 근대회화에서의 '조선적인 것', '향토색' 찾기 운동의 열기가 그의 작품에도 원거리에서 영향을 미친 것으로 보인다. 왜냐하면, 김유정은 '구인회'의 구성원이었고, '구인회'는 당시 가장 조선적인 그림을 추구했던 화가그룹인 '목일회'의 구성원들과 친교가 매우 활발하였을 뿐 아니라, 나중에는 '구인회'와 '목일회'가 연종하여 문장파로 합쳐지기 때문이다.

김유정의 문학관은 '치밀한 복사'에 기초한 사실주의적 문학에 가 닿아 있다. 김유정이 복사해 낸 1934~1937년경 조선 산골의 하층민들의 실상과 경성 도시민들의 따라지 같은 삶들에는 당시 여러 육체적 질병(폐결핵, 늑막염, 치질 등)과 정신적 질환들(우울증, 대인기피증 등)을 동시에 앓고 있던 자신의 모습이 투사되어 있다. 병상의 문학으로서 김유정 소설들은 '님도 좋지만 밥도 중한' 세상의 이치, 즉, '육체적 존재'로서 인간의 나약함과 한계, 그럼에도 불구한 엄연한 생존에의 욕구와 열망, 그 허무한 실상과 한계라는 주제를 슬프도록 아름다운 한국적 이미지와 문체에 담아내고 있다.

참고문헌

1. 기본 자료

김문집, 「김유정의 예술과 그의 인간 비밀」, 『조광』, 1937.
전신재 편, 『원본 김유정 전집』, 한림대 출판부, 1987.

2. 논문

고위공, 「시와 회화의 경계」, 『문학과 미술의 만남』, 미술문화, 2004.
기혜경, 「목일회 연구−모더니즘과 전통의 길항 및 상보」, 『미술사논단』 12, 2001.
김미영, 「이상의 '성천'텍스트 고찰」, 『인문논총』 71-1, 2014.
_____, 「목일회와 구인회의 표현주의 예술 연구」, 『어문연구』 38(1), 2010.
_____, 「이상의 문학에 나타난 건축과 회화의 영향」, 『국어국문학』 154, 2010.
김영나, 「1930년대 한국근대회화」, 『미술사연구』 7, 1993.
김영아, 「김유정 소설에 나타난 카니발리즘 연구」, 『한국어문교육』 10, 2002.
김유정문학촌 편, 『김유정 문학의 재조명』, 소명출판, 2008.
김윤식, 「들병이 사상과 알몸의 시학」, 『김윤식 선집』 5, 문학사상사, 1996.
서종석, 「후각과 냄새 그리고 언어적 표상」, 『언어와 언어학』 56, 2012.
소래섭, 「1920∼30년대 문학에 나타난 후각의 의미」, 『사회와 역사』 81, 2009.
안미영, 「아이러니스트의 봄의 수사학−김유정 소설 연구」, 『한국근대문학연구』, 2013.
유종호, 「김유정의 작품세계」, 『한국단편문학대계』 4, 삼성출판사, 1979.
이 경, 「몸과 질병의 관점에서 『지리산』 읽기」, 『코기토』 11, 2011.
장소진, 「김유정의 소설 「소낙비」와 「안해」 연구」, 『한국문학이론과비평』 11, 2001.
정화열, 「동양과 서양의 몸」, 『아트센터나비 국제학술강연회 자료집』, 2002.
조광제, 「몸, 시간성과 존재의 불투명성」, 『열린 시학』 11-3, 고요아침, 2006.
주영숙, 「「동백꽃」의 색깔론」, 『시조시학』, 고요아침, 2008.12.
최재혁, 「1930년대 일본 서양화단의 신일본주의」, 『한국근현대미술사학』 14, 2005.

3. 단행본

Lessing, Gotthold Ephraim, 윤도중 역, 『라오콘—미술과 문학의 경계에 관하여』, 나남출판, 2008.

Bakhtin, Mikhail, 이덕형 · 최건영 역, 『프랑수아 라블레의 작품과 중세 및 르네상스의 민중문화』, 아카넷, 2001.

Elsaesser, Thomas & Hagener, Malte, 윤종욱 역, 『영화이론』, 커뮤니케이션북스, 2012.

제 3 부 /

김유정 문학의 분석적 접근

반전과 통찰[*]

김유정 도시 배경 소설의 비의

박상준

1. 도시 배경 소설 검토의 의의

김유정의 소설에 대한 연구는 대상 작품의 규모에 비해 꽤 풍성하게 이루어져 왔다.

그의 문학세계란 30여 편의 단편소설과 미완의 장편, 번역소설 및 약간의 수필이 전부라 할 정도로 작은 편이다. 물론 그의 문학 활동이 1933년에 두 편의 소설을 발표한 뒤 1년을 쉬고 1935년부터 본격화되어 1937년 3월 요절할 때까지 채 3년이 안 되는 짧은 기간 동안만 이루어졌음을 고려할 필요가 있지만, 어쨌든 전체적으로 그 수효가 적고 그나마

---

[*] 이 글은 「반전과 통찰—김유정 도시 배경 소설의 비의」(『현대문학의 연구』 53, 한국문학연구학회, 2014.6)를 수정·보완한 것임을 밝힌다.

소설로서 완성된 것은 단편밖에 없다는 점은 엄연한 사실이다.

그럼에도 불구하고 김유정의 소설에 대한 연구들은 상당한 양이 축적되어 왔다. 1960년대까지만 해도 공소한 편이었다가 그 이후 비약적으로 증가하였으며,[1] 내용상의 갈래 또한 다양해지는 양상을 띤다. 전통적인 국문학 연구의 분야들 곧 작품론이나 작가론, 소설사론, 비교문학론에 해당하는 연구들이 지속되어 오는 위에 최근에는 문화콘텐츠나 스토리텔링, 문학촌 운영, 문화산업 분야에서의 연구들까지 활발하게 발표되고 있다.

이러한 현상의 바탕에는 김유정 문학의 비의라 할 무언가가 있다고 여겨진다. 「봄·봄」과 「동백꽃」이 문학 교육에 있어서 빠질 수 없는 작품으로 간주되고 현대의 독자들에게도 호소력을 가지는 점[2]과도 관련될, 김유정 문학만의 어떠한 특성, 리얼리즘소설 위주의 엄숙하고도 근엄한 문학사 바깥을 상상할 수 있게 하는 김유정 문학세계 고유의 특징이 존재한다고 추정해 볼 수 있다.

---

1 작가의 요절 직후 20편 내외의 추모 및 회상 글들을 제외하면 식민지시대에 김유정에 대한 작가론이나 작품론 수준의 글이 발표된 경우는 거의 없다. 해방 이후 그에 관한 첫 논문이 발표되는 것이 1955년이며 1950년대에 걸쳐 고작 네 편의 논문이 있을 뿐이다. 1960년대 또한 비슷하여 고작 10여 편의 논문이 나왔을 뿐이다가, 1968년 김유정기념사업회의 『김유정 전집』(현대문학사)이 출간된 이후 사정이 달라지기 시작하였다. 1970년대에 70편 가까운 논문이 나오고, 1980년대와 90년대에 각각 90편, 110편에 이르는 논저가 발표되었다. 이광수나 염상섭, 이상 등과 비교할 바는 아니지만 1970년대 이후 연구가 본격화되고 그 양도 확산일로에 있다고 하겠다. 학위논문의 경우, 1960년대의 4편을 포함하여 1970년대까지 20편 정도의 석사논문이 나왔고 1980년대 이후 박사논문이 나오기 시작함과 더불어 많은 수의 석사논문들이 지속적으로 발표되고 있다(전신재, 「김유정 관련 논저 목록」·「김유정 관련 학위논문 목록」, 전신재 편, 『원본 김유정 전집』(개정증보판), 강, 2012 참조).

2 이들 작품의 정전화 및 대중화 과정에 대한 폭넓은 정리 및 검토로 김지혜의 「김유정 문학의 교과서 정전화(正典化) 연구—7차 교육과정과 2007년 교육과정을 중심으로」(『현대문학이론연구』 51, 현대문학이론학회, 2012)를 참조할 수 있다. 문학작품의 위상 설정에 있어서 공교육 제도가 행사하는 막강한 위력과 그것이 사회역사적 상황과 무관한 것이 아니라는 점에서 이러한 부류의 논의들이 충분히 존중될 필요가 있다. 그렇지만 그와 동시에 그러한 평가를 가능케 한 작품의 내재적 특성 또한 중시될 필요가 있음 또한 물론이다.

이를 구명해 나아가기 위한 한 걸음으로 이 글에서는 도시를 배경으로 한 김유정의 소설 열 편을 대상으로 소설 텍스트상의 특징을 검토해 본다.

김유정 소설의 특징을 잘 나타내는 작품들로는 농촌을 배경으로 한 소설들이 주로 거론되어 왔다. 한편으로는 「산ㅅ골 나그네」(『제일선』, 1933.3)와 「소낙비」(『조선일보』, 1935.2.1.29~2.4), 「만무방」(『조선일보』, 1935.7.17~30)처럼 농촌을 배경으로 하여 농민들의 궁핍한 생활의 한 단면을 포착한 작품들이 주목되어 왔으며, 다른 한편으로는 「봄·봄」(『조광』, 1935.12)과 「동백꽃」(『조광』, 1936.5)과 같이 목가적인 분위기까지 띠며 농촌민의 순박함을 형상화한 작품을 김유정의 대표작으로 평가해 왔다.[3] 이에 더하여, 생계의 방편으로 혹은 노름의 수단으로 아내를 들병이로 내세우거나 매춘을 시키거나 심지어 팔아넘기기까지 하는 양상을 보이는 일군의 작품들이나[4] 식민지 조선을 휩쓴 금광 열풍의 한 자락을 포착한 작품들이,[5] 취재(取材) 및 그 형상화 방식상의 특이성에 의해 주목되어 왔다.

---

3 「총각과 맹꽁이」(『신여성』, 1933.9)나 「산골」(『조선문단』, 1935.7)도 이 부류에 넣을 수 있다. 앞의 작품엔 들병이가 나오며 뒤의 경우는 주인 도련님에게 농락당한 여종이 나온다는 점에서 달리 보고자 할 수도 있겠지만, 두 가지 점에서 이 글은 판단을 달리 한다. 하나는 「봄·봄」이나 「동백꽃」 또한, 예컨대 이효석이나 정비석의 유사한 작품들과는 달리, 사회경제적인 문제를 바탕에 깔고 사실상 종과 다름없는 예비 데릴사위의 지위나 지소관계에 기인하는 역관계를 인물구성상의 특징으로 하고 있다는 점이다. 다른 하나는 「총각과 맹꽁이」의 들병이나 「산골」의 여종의 설정 및 형상화가 농촌 풍속의 한 단면을 재현하는 데 초점이 맞추어져 이루어지고 있다는 사실이다. 이렇게 구도상으로는 사회경제적인 관계가 바탕에 놓여 있지만 작품 형상화의 초점은 풍속적인 데 맞춰져 있다는 점에서, 이들 네 작품은 김유정 소설 특유의 면모를 공유하고 있다. 이와 관련하여, 들병이의 존재를 김유정 스스로가 풍속적으로 해석했다는 점에서 「朝鮮의 집시」(『매일신보』, 1935.10.22~29)를 주목해 볼 수 있다.

4 「솟」(『매일신보』, 1935.9.3~14)과 「안해」(『사해공론』, 1935.12), 「가을」(『사해공론』, 1936.1)이 이에 해당된다. 물론 모티프 차원에서는 「산ㅅ골 나그네」와 「소낙비」도 공통적인 특징을 보이지만, 작품의 전체적인 효과 면에서 볼 때 주안점이 다르다고 할 수 있다.

5 「숲 따는 콩밭」(『개벽』, 1935.3), 「노다지」(『조선중앙일보』, 1935.3.2~9), 「금」(『영화시대』, 1935.3)의 세 편이 여기 묶인다.

이에 비한다면 도시를 배경으로 하는 김유정의 소설들은 상대적으로 연구 동향에서 소외되어 왔다고 할 수 있다. 이러한 상황이 초래된 데는 몇 가지 이유가 있다. 김유정 문학의 특징으로 농촌의 궁핍상 포착이나 해학미, 아이러니적인 구성법 등이 강조되면서 그러한 요소가 두드러지지 않(는다고 여겨지)는 작품들이 주목받지 못하게 된 연구계의 상황이 그 하나이며, 도시를 배경으로 한 소설들이 주로 소품에 가깝다는 점 또한 하나의 요인이고, 이들 작품을 뭉뚱그려 특징화할 만한 요소가 잘 보이지 않는다는 사실도 빼놓을 수 없는 이유라 하겠다. 요컨대 김유정의 소설세계를 일목요연하게 특징지을 때 도시를 배경으로 한 작품들은 설 자리를 얻지 못해 온 것이다.

이러한 사실은 문제적이다. 김유정의 문학이 보이는 주된 특징이 어떠한 것이라는 판단 자체가 사실상 그의 작품들 전반에 대한 치밀한 검토의 결과로 나오는 것이어야지 그러한 검토를 제한하는 전제일 수는 없는 까닭이다. 무릇 일반화가 제대로 된 경우라면 그 구성요소들 전반에 걸치는 특징을 추상화한 것이어야 마땅하므로, 대상을 특정 기준으로 이분한다 해도 그러한 일반화가 그 중 하나에만 적용될 수는 없게 마련이다. 김유정 문학세계의 일반적 특성을 논하는 것과 소설사 또는 그가 활동했던 당시의 문학계에 비추어 김유정 문학세계 특유의 특성을 논하는 것이 원리상 같을 수는 없지만, 어느 경우든 김유정 문학세계 전반에 걸치는 특성이 추상화된 결과여야 한다는 점에는 이론의 여지가 없다. 이러한 문제의식이 동의를 얻는다면, 김유정 문학세계의 특징을 올바로 재구성하는 시도로서, 그동안 상대적으로 소홀히 다루어졌던 도시 배경 소설들을 검토하는 작업의 의의가 마련된다.

이러한 문제의식에서 이 글은 다음과 같은 열 편을 검토 대상으로 한다.

「심청」(『중앙』, 1936.1), 「봄과 따라지」(『신인문학』, 1936.1), 「두꺼비」(『시와 소설』, 1936.3), 「夜櫻」(『조광』, 1936.7), 「옥토끼」(『여성』, 1936.7), 「情操」(『조광』, 1936.10), 「슬픈 이야기」(『여성』, 1936.12), 「따라지」(『조광』, 1937.2), 「땡볕」(『여성』, 1937.2), 「연기」(『창공』, 1937.3)

이상은, 도시를 배경으로 한 작품들 중에서, 콩트인 「봄밤」과 '학생소설' 표제가 붙은 「이런 음악회(音樂會)」, 미완으로 끝난 『生의 伴侶』 및 김유정의 사후 발표된 「兄」과 「애기」를 제외한 것이다. 작가론의 자리에서는 이러한 작품들 모두 포괄될 수 있지만, 작품론의 경우는 작가에 의해 발표되고 완성된 것만을 대상으로 해야 한다. 작가 스스로 엄격한 의미의 소설이라고 의식하지 않은 것을 두고 소설작품론을 쓸 수는 없는 것이며, 미완의 작품을 작품론의 대상으로 삼는 것 또한 적절하다고 하기 어렵기 때문이다. 미발표작까지 꺼내어 작품론을 쓰는 것은 어떤 의미에서도 작가를 살리거나 온당하게 기리는 일일 수 없는 까닭이기도 하다.[6]

위에 열거한 열 편의 소설들을 검토하는 데 있어 이 글의 초점은 다분히 실증적인 데 두어진다. 소설 텍스트가 보이는 인물 및 서사 구성상의 특징을 세밀하게 분석하고, 그 결과를 해석하여 서술전략[7]을 추론

---

[6] 이러한 점에서 김유정과 동시기에 활동했던 이상에 대한 연구사의 과도한 열기는 타산지석이라 할 만하다. 생전의 발표작들 외에 (진위를 의심할 수도 있는) 노트에 담긴 수고들까지 모두 섞어서 연구 대상으로 삼는 것 자체가 문제적인데, 그렇게 확장된 대상들의 이런 저런 구절들을 가지고 '인용문 뒤섞기 방식'으로 자의적인 논문(?)들을 양산하고 있어 발표작들의 실제까지 가리는 상황에 이르는 문제를 노정하고 있다. 「날개」를 대상으로 하여 이러한 '연구의 과잉' 문제를 지적한 것으로 졸고, 「잃어버린 정체성을 찾아서 — 「날개」 연구(1): '외출-귀가' 패턴 및 부부관계의 변화를 중심으로」, 『현대문학의 연구』 25, 한국문학연구학회, 2005 참조.

[7] '이 글에서 서술전략이라 함은, 작품의 주제효과를 발현하기 위하여 무엇을 어떻게 주목·강조하고 간과·배제하는지를 서술 상황 및 서술 방식, 서술 내용의 측면에서 분석함으로써 추론되는 작품 요소들의 특정한 구성 상태, 달리 말하자면 페터 뷔르거가 말하는 '작품의도

한 뒤, 이상을 바탕으로 주제효과를 정리해 보고자 한다. 이러한 분석을 통해서 전술한바 김유정 소설 특유의 비의가 밝혀지고, 농촌을 배경으로 한 소설들과의 이동점이 명확해지리라 기대한다.

2. 현실적 패배의 심정적 역전 – 도시 하층민의 생명력

도시를 배경으로 한 김유정의 소설들이 보이는 첫째 특징은 작품 내 세계의 공간적 배경은 도시이되 그 특성을 탐구하기 위하여 도시가 배경으로 설정되어 있지는 않다는 점이다. 이를 부정적으로 말하자면 배경으로 설정된 도시의 면모가 피상적이라 할 수도 있겠지만, 사실상 작품의 의도가 도시의 본질을 파악한다거나 그 면모를 재현하는 데 놓여 있는 것이 아니므로, 연구자 나름의 기준을 들이대지 않는다면 굳이 그렇게 규정할 것도 아니다. 따라서 온당하게 말하자면 도시를 배경으로 한 김유정 소설의 경우 작품 내 공간인 도시가 말 그대로 배경으로 물러나 있다고 하겠다.

「두꺼비」가 청진동을, 「옥토끼」와 「슬픈 이야기」는 신당리를, 「따라지」가 사직골을 배경으로 하고, 그 외의 작품들 또한 종로 거리(「심청」)니, 야시(「봄과 따라지」), 창경원(「夜櫻」), 대학병원 오가는 길(「땡볕」) 등을 배경으로 하여 구체적인 장소를 지칭하고는 있지만, 이들은 모두 동네

(Werk-Intention)'가 구현·관철되는 서사구성 방식을 가리킨다(작품의도에 대해서는, Peter Burger, 최성만 역, 『前衛藝術의 새로운 이해』, 심설당, 1986, 14~15쪽 참조).

와 거리, 장소의 이름으로 거론되어 있을 뿐이며, 작품의 주된 서사가 전개되는 사실상의 실질적인 공간 배경은 '거리'나 '집', '방'으로 추상화·축소되어 있다.[8] 이들 동네나 특정 거리가 '바로 그 장소'로서의 고유성을 갖고 있어서 인물들의 사고나 언행에 어떠한 규정력을 행사하는 것은 아니며, 그 결과 작품의 효과에 의미 있는 영향을 끼치고 있지도 않은 것이다. 각 작품들에 설정된 종로 거리와 야시, 창경원이 뒤바뀌어도 개개 작품의 효과에는 별다른 영향이 있을 듯싶지 않고, 청진동과 신당리, 사직골이 뒤바뀐다 해도 해당 작품들의 특징이 달라지지는 않는다. 구체적인 장소가 적시되어 있지 않은 「情操」와 「연기」의 경우도 그 배경을 신당리나 사직골 혹은 청진동 어느 곳으로 잡아 둔다고 해서 의미 있는 변화가 생기지는 않는다.

이렇게 김유정의 도시 배경 소설들의 경우 작품 내 세계로서의 공간 배경에 특정한 행정구역 이름이 부여되어 있어도 그러한 공간이 '장소의 구체성' 면에서 고유의 힘을 발휘하지는 않고 있다. 이들 소설의 공간적 배경이 오랜 세월의 힘과 지역적인 특징이 어우러져 형성되는 고유의 삶의 양식[9]을 갖고 있는 것이 아님은 물론이거니와,[10] 어느 인물

---

8 「심청」과 「봄과 따라지」, 「땡볕」이 '거리'를 배경으로 한 것이며 창경원을 걷는 「夜櫻」 또한 이 범주에 넣을 수 있다. 「옥토끼」와 「情操」, 「슬픈 이야기」, 「따라지」, 「연기」의 다섯 편은 동네는 다르더라도 '집'이나 '방'을 구체적인 배경으로 한다는 점에서는 사실상 같은 배경을 취한 것이라고 할 수 있다. 「두꺼비」는 '거리'와 '집' 양쪽에 걸쳐 있는 경우에 해당된다.

9 이러한 삶의 양식은, 서양의 경우 19세기까지 존재하다가 경쟁 자본주의가 득세하면서 일상성이 지배하게 됨에 따라 저하되고 사라져 갔다(Henri Lefebvre, 박정자 역, 『현대세계의 일상성』, 세계일보, 1990, 72~75쪽 참조). 반면 1930년대 식민지 조선은, 서울을 배경으로 하는 염상섭이나 박태원의 소설들 및 평양을 배경으로 하는 김동인의 소설들, 군산 등을 배경으로 하는 채만식의 소설 등 상이한 배경 설정을 보이는 작품들 사이의 대비를 통해서 보더라도, 각 지역이나 계층에 고유한 삶의 양식이 아직 존재하는 상황이라 할 수 있다.

10 근대도시 자체가 이러한 스타일의 부재를 특징으로 한다는 점을 고려해야 마땅하겠지만, 이러한 점을 특기할 수 있는 맥락은 근대도시 고유의 새로운 특성이 주목되고 강조된 경우라는 점 또한 간과할 수 없다. 1930년대 경성이 전통적인 삶의 스타일과 무관한 도시 예컨대 메트

에게도 그가 처해 있는 공간이 귀속이나 혹은 그 반대로 거부의 대상으로 특별한 의미를 띠고 있는 것도 아니다.[11]

이러한 공간 설정 방식에 대한 평가는 쉽지 않다. 먼저 두 가지 요인을 지적해 둘 수 있다. 하나는 농촌을 배경으로 한 작품들을 쓰다가 1936년 이후 도시를 배경으로 하는 작품들을 창작해 나아가는 와중에 작가가 요절하여 작품의 수효 자체가 많지 않다는 사실이다. 이렇게 작품 수가 적은 것이 불가피하게 초래된 이상, 수가 적다는 사실 자체를 따로 문제시할 수는 없는 만큼 귀납적 평가 또한 유보되어야 마땅한 것이다. 다른 하나는 단편소설이라는 장르의 특성을 무시해서는 안 된다는 점이다. 수다한 스토리-선들의 집적체로 이루어지는 장편소설의 경우 그러한 스토리-선들이 전개되는 장으로서의 작품의 공간이 그저 배경으로 물러나 있기 어렵고 그만큼 작품 내 세계로 구체화되게 마련인 반면, 이른바 인생의 한 단면을 포착하는 데 요체가 있다고 여겨지는 단편소설의 경우는 스토리-선 자체가 여럿이기 어려운 까닭에 작가가 특별히 의도하지 않는 이상 공간적 배경이 하나의 작품에서 현실성을 띠는 구체적인 세계로 현상되기는 어렵다. 작품 군들을 통해서 작가가

로폴리스와는 거리가 멀다는 사실은 박태원의 『천변풍경』이 보이는 삶의 양상이 풍속 차원에서의 고유성을 지닌다는 점에 의해서도 확인된다(졸고, 「『천변풍경』의 작품 세계 — 객관적 재현과 주관적 변형의 대위법」, 『반교어문연구』 32, 반교어문학회, 2012 참조). 전통적인 삶의 스타일이 지속되는 지점을 복원하거나 혹은 반대로 그것을 붕괴시키는 파괴적인 면모를 그리든, 형성되어 가는 근대도시에서 새롭게 만들어지는 낯선 삶의 방식으로서의 유행이나 소비문화 등을 주목하든 간에 생활에 영향을 미치는 공간의 규정력을 다룰 때 스타일이 문제되는 것인데, 김유정의 도시 배경 소설들은 배경으로 놓인 도시 공간의 규정력이 애초부터 주목되지 않는 경우에 해당되어, 이러한 맥락에서 논의할 여지가 없다고 하겠다.

11 김유정의 도시 배경 소설에 자주 등장하는 '신당리'를 예로 들어 본다. 이곳은 조선시대 내내 공동묘지여서 1920년대 초만 해도 날이 저물면 인적이 끊어지는 곳이었다가, 1920년대 후반에 들어 호수(戶數) 2,500에 우거(寓居) 3천여 호, 인구 1만여 명이 사는 '世界的 貧民窟'이 된 지역이지만(양재응, 「大京城과 新堂里」, 『조선일보』, 1929.8.4), 김유정의 소설이 신당리의 이러한 특성을 주목하고 있지 않음은 작품을 일독하기만 해도 쉽게 확인된다.

주목하는 구체적인 세계상이 확인되기는 해도, 인물과 사건에 영향력을 행사하는 작품 내 세계가 개별 작품 속에 뚜렷이 설정되는 경우 자체가 드문 것이다. 사정이 이러한 까닭에, 도시를 배경으로 한 불과 열 편의 김유정 소설을 두고서 배경 설정의 양상이나 작품 내 세계의 현실 재현 수준 등을 평가하려는 것 자체가 원리적으로 무리한 것일 수 있다.[12]

이상을 전제한 위에서라도 도시를 배경으로 한 김유정 소설의 공간 설정 방식에 대해 굳이 시론적인 평가를 내려 보자면, 긍·부정 양 측면에서 다음 사항을 지적해 볼 수 있다. 먼저 긍정적으로 보자면, 소소한 지명이나 특정한 장소의 특이성이 문제되지 않는 지평 곧 근대에 들어 뚜렷해진 '공간의 균질화 현상'의 대표적인 예로 도시를 포착하고 그 속의 삶에 주목한 경우라고 할 수 있다. 뒤에서 상세하게 분석하겠지만 김유정의 이 부류 소설들이 보여주는바 '인물의 의도와 달리 전개되는 상황'이란 전근대의 공동체와 비교했을 때 근대도시의 삶이 갖는 공통적인 특성이라고 해도 좋을 것인데, 도시를 배경으로 한 김유정의 소설들이야말로 바로 이러한 상황적 특성을 잘 포착한 사례인 까닭이다.

물론 부정적인 평가도 가능하다. 작품의 배경이 당대의 정치경제적

---

12 이러한 맥락에서, 예컨대 '대도시를 건설한다는 명색으로 웅장한 건축이 날로 늘어가고 객들에게 미관을 주기 위하여 상점들이 서로 별의별짓을 다 하는 반면 낡은 단청집은 수리를 불허하고 양옥으로 고치라는 행태'를 지적하는 「심청」의 한 구절을 들어 김유정이 근대화·도시화에 비판적인 인식을 보였다는 식으로 평가하는 방식의 문제를 지적할 수 있다. 작품의 맥락 자체가 그러한 미관을 해치는 거지들을 왜 없애지 않느냐는 주인공의 심정을 말하는 것이어서 도시화 양상 자체에 대한 판단이 모호하게 처리되어 있다는 것을 지적하지 않더라도, 열 편의 작품 중에 유일하게 드러나는 이러한 구절 하나를 근거로 하여 작가의 근대관을 운위할 수는 없는 까닭이다. 사실 이 구절은 박태원의 「소설가 구보 씨의 일일」에서도 확인되는바, 거리의 지저분함에 대한 의식과 동궤의 것일 뿐이다. 부정적 인식의 요소가 없지는 않지만 그 바탕에 깔린 것이 사회경제적인 의미에서의 근대화에 대한 비판적 시선이라 하기에는 근거가 너무 부족하다. 이러한 사정을 무시하고 소설 속의 한두 구절을 가지고 작품의 경향이나 작가의 의식을 평가하자면, 식민지 시대의 소설들 대부분을 항일적 민족주의소설이나 탈식민주의적 작품으로 볼 수도 있고 정반대로 매판적 친일소설로 규정할 수도 있을 것이다.

인 상황과 사실상 무관하고 인물들이 맺는 사회적 관계의 양상 또한 인간관계의 현실적 형식으로서의 계층적·계급적 측면이 개재되어 있지 않다는 점을 지적할 수 있다. 이러한 지적은 작품과 무관한 자리에 놓인 외삽적인 기준을 들이대어 부당하게 결여를 강조하는 것이 아니다. 김유정의 이 부류 소설들 대부분이 도시 하층민을 포착하고 있기 때문이다. 하층민을 등장시키면서도 그들이 하층민으로서 갖게 마련인 사회적 정체성을 도외시함으로써 사실상 왜곡된 상을 제시한 것이라고까지 할 수 있는 것이다.[13]

이렇게 양면적인 평가가 가능한 상태로 도시 공간을 배경으로 물려놓은 상태에서, 김유정의 소설들은 몇몇 개인의 삶의 태도에 주목하고

---

13 논의의 균형을 위해서, 농촌을 배경으로 한 소설들의 경우는 어떠한지에 대해 같은 맥락에서 간략히 논급해 둔다.

이 부류의 작품들에는, 농촌사회의 궁핍상과 사회경제적인 관계에 대한 이해가 바탕에 깔려 있다고 할 수 있다. 일확천금을 노리며 금을 캐려고 한다거나, 노름에 빠져 지내는 상황을 포착한 경우와, 여자가 스스로 혹은 남편이 아내의 몸을 팔아 호구지책을 삼고자 하는 경우들은 물론이요, 목가적으로 보이는 「봄·봄」이나 「동백꽃」의 경우까지도 폭력적인 지소관계가 작품 내 세계의 바탕에서 인물들의 행위에 제약을 가하고 있는 것이다.

물론 김유정은 지소관계와 같은 사회경제적 측면, 계급 역학 자체에 주목하지 않는다. 이러한 사회경제적 관계의 폭력성이 인신에 대한 제약이나 계급갈등으로 나타나지 않는 것이 카프 식 농민소설과의 차이이다. 그러한 경우와는 달리 김유정의 소설들은 전통적이고 통념적인 윤리나 풍속을 더 이상 지킬 수 없는 상태, 정상적인 생활방식을 더는 유지할 수 없는 상태로 빠져 들어간 인물들의 파행적인 모습을 통해서 사회경제 상황의 폭력성을 고발하는 특징을 보인다.

그렇다고 해서 김유정의 농촌 배경 소설에서 보이는바 비윤리적이거나 비정상적인 행태가, 인물들의 성격이 희한해서 벌어지는 것도 아니고, 인간성의 숨겨진 측면을 파헤치려는 작가의 안목에 의해 새롭게 폭로되는 성격과 같은 것도 아니다.

김유정의 소설들이 서 있는 자리는 그러한 심리학적 철학적 견지가 아니라 카프게 농촌소설들과 마찬가지로 정확히 사회경제적인 문제 상황이다. 이들 작품의 바탕에서 작가는, 인간다운 삶을 허락하지 않는 사회경제적 상황에 의해서 순박하고 무지한 농민들이 내몰리다시피 처하게 된 상황을 문제적으로 보고 있는 것이다. 먹고 살고자 하는 욕망을 무엇보다 위에 놓고 윤리와 풍속의 경계를 넘어서는 이들 순박한 인물들의 바보 같기도 할 정도의 왜곡된 삶의 모습을 통해서 김유정은 그러한 상황적 강제를 환기시킨다. 바로 이렇게 독특한 방식으로 사회적 문제를 뛰어나게 형상화했다는 데서, 농촌을 배경으로 한 김유정 소설의 한 가지 진가를 찾을 수 있다.

있다. 먼저 이들 등장인물들의 면면을 살피면서 인물구성 및 서술상의 특징을 정리해 본다.

도시를 배경으로 한 소설들의 인물구성 양상을 보면 크게 다음 세 가지 특징을 지적할 수 있다.

먼저 지적할 것은 주요 등장인물들이 대체로 도시 하층민이라는 사실이다. 구체적으로 열거해 보자면, 룸펜(「심청」)이나 실업자(「夜櫻」, 「옥토끼」, 「슬픈 이야기」), 여공(「옥토끼」, 「따라지」), 버스 걸(「따라지」), 카페 여급(「夜櫻」, 「따라지」), 기생(「두꺼비」), 행랑어멈(「情操」), 거지(「심청」, 「봄과 따라지」) 등이 확인된다. 물론 하층민이 아닌 경우도 없지 않다. 기생에 빠진 학생도 있고(「두꺼비」), 전차 감독이 되어 여학생 장가를 들겠다고 아내를 구박하는 사내도 있으며(「슬픈 이야기」), 순사도 등장하고(「봄과 따라지」, 「따라지」), 아내 외에 학생첩 기생첩까지 둔 상태에서 행랑어멈에게 잘못 손을 댔다가 이백 원 돈을 쓰는 한량도 있는 것이다(「情操」). 그렇지만 이러한 예외적인 경우들에서 그런 인물이 주인공이자 시점화자인 경우는 「두꺼비」 한 작품에 불과하다는 것 곧 그 외의 경우는 주인공이 아니라는 점을 고려하면, 전체적으로 볼 때, 김유정의 도시 배경 소설들 일반에서 도시의 하층민이 주요 등장인물로 설정되어 있음을 알 수 있다. 이것이 인물구성상의 첫째 특징이다.

둘째 특징은, 주인공이나 시점화자가 대체로 약자로 설정된다는 사실이다. 사람들에게 업신여김을 당하고 순사의 취체 대상이 되는 '따라지'라든가 실업자로서 주위의 눈치를 보는 등 계층적으로 하층민이어서 고난을 겪는 경우는 존재 자체가 사회적 약자이므로 따로 설명이 필요치 않지만, 이런 경우는 비중이 크지 않다(「봄과 따라지」, 「땡볕」, 「연기」).

주요 등장인물들의 계층이 하층민이라는 첫째 특징과 달리 주인공이 약자로 설정되거나 약자의 시선으로 사건을 서술한다는 이 둘째 특징에 있어 주목할 만한 작품들은, 일반적인 견지에서 보면 사회 계층적으로 약자일 수 없는 인물이 작품에 설정된 인간관계나 사건에 있어서는 약자가 되는 경우들이다. 주인아씨가 자신이 부리는 행랑어멈에게 무시당하는 상황을 설정한 「정조(情操)」나, 집주인 마누라가 세입자들에게 농락을 당하는 사태를 그린 「따라지」가 대표적인 예가 된다. 있는 돈 없는 돈 써 가며 기생에게 구애작전을 하지만 사실상 그 오라비에게 농락당하기만 하는 학생을 그린 「두꺼비」도 실제 사회의 계층 관계가 작품 속에서 뒤바뀐 경우의 좋은 예이다.

　나머지 작품들의 경우 위와 같이 명료하지는 않아도 주요 인물들의 관계에서 사실상 약자의 지위에 놓이게 되는 인물이 주인공이나 시점 화자가 된다는 점에서는 동일한 특징을 보인다. 실직자가 된 남편을 제 자신이 내친 것이기는 해도 그의 귀염을 받고자 하며 다시 합치기를 원하는 「야앵(夜櫻)」의 카페 여급 정숙 또한 사내와의 관계에서 강자라기보다는 약자라 할 수 있으며, 토끼가 없어진 데 대해서는 숙이를 닦아세우는 듯하지만 그녀의 애정을 갈구하기에 사실상 굽히고 마는 실직 상태의 청년인 「옥토끼」의 주인공도 숙이의 부친을 고려하지 않더라도 인물관계에서 약자에 해당한다. 「슬픈 이야기」의 주인공 또한, 아내를 구타하는 옆방 사내를 불러내어 훈계해 보는 면모를 보이기도 하지만, 그 처남의 항의를 받는 한편 주인노파의 오해가 계속되자 누구도 제 맘을 몰라주는 야속함에 짐을 꾸리게 되므로 결과적으로 서술시점에서는 약자의 자리에 놓여 있다.[14]

14　거지를 불쾌하게 여기는 주인공이 자신의 문제를 해결해 준 과거의 친구인 순사 앞에서 취하는 태도가 모호하게 되어 있는 「심청」 한 작품만이 인물관계상의 강약에 대해 명확한 판단을

지금까지 살펴본 대로, 약자로서의 하층민을 주인공으로 설정하거
나, 실제 사회의 계층적 맥락에서는 우위에 있는 인물이 작품 속의 인
물관계 및 사건에 있어서는 사실상 패배하거나 열위에 놓이는 경우를
그리거나, 주요 인물들 간의 관계에서 약자의 편에 놓이는 인물을 시점
화자로 설정하는 이와 같은 방식이야말로, 도시를 배경으로 한 김유정
소설의 인물구성 방식에 고유하고도 두드러진 특징이라 하겠다.

　　끝으로 셋째 특징은, 위와 같이 설정되는 주요 인물들이 자신이 처하
게 되는 최종 상황에 대해 취하는 태도의 독특한 양상이다. 김유정 소
설의 인물들은, 실제로는 자신의 의도가 좌절되었음에도 불구하고 심
정적으로 현실의 상황을 뒤집어 해석하며 스스로 위안과 만족을 얻는
모습을 보인다. '현실적 패배의 심정적 역전'이라 할 만한 특징을 보이
는 것이다.

　　「봄과 따라지」를 예로 들어 본다. 이 작품의 주인공은 종로 야시에 나
선 어린 깍쟁이로 그가 벌이는 사건의 개요는 다음과 같다. 이 깍쟁이는
적선을 요구하는 자신의 본업에 충실하게 어떤 '양복쟁이'를 조르다 뒤
통수를 얻어맞는 대가로 그가 먹다 버린 사과를 몇 입 먹게 된다. 그 뒤
에, '고운 아씨'를 잡아 치맛자락까지 잡고 조르며 그녀의 집에까지 쫓아
가서는 '주인 서방님'한테 주먹질을 당하게 되는데, 도망을 치며 그를 골
려 주다가 다시 잡혀 온몸을 구타당하고 만다. 그런 후 다시 야시로 나와
한 '신여성'을 붙잡고 막무가내로 조르다가 이번에는 순사에게 귀를 잡
혀 끌려가게 된다. 이상의 이야기를 정리해 보면, 땅에 버려진 사과 세
입을 먹고 담배꽁초 몇 개를 얻은 반면 심하게 매를 맞고 울었으며 급기

내리기 힘든 경우이다.

야 순사에게 끌려가게 되었으므로, 일진이 매우 사나운 운수 나쁜 날이라고 할 수 있다. 그럼에도 불구하고 이 깍쟁이의 심사는 다르다.

열아문 칸도 채 못 가서 벽돌담에 가 잔뜩 엎눌렸다. 그리고 허구리 등어리 어깨쭉지 할 것 없이 요모조모 골고루 주먹이 들어온다. 때려라 때려라, 그래도 네가 참아 죽이진 못하겠지. 주먹이 들어올 적마다 서방님의 처신으로 듣기 어려운 욕 한마디씩 해 가며 분통만 폭폭 찔러 논다. 죽여 봐 이 자식아 요런 첼푼이 같으니 네가 애펜쟁이지 애펜쟁이. 울고불고 요란한 소리에 근방에서는 쭉 구경을 나왔다. 입때까지는 서방님은 약이 올라서 죽을뚱 살뚱 몰랐으나 이제 와서는 결국 저의 체면손상임을 깨다른 모양이다. 등 뒤에서 애펜쟁이 첼푼이, 하는 욕이 빗발치듯하련만 서방님은 돌아다도 안 보고 똥이 더러워서 피하지 무섭지 않다는 증거로 침 한 번 탁 뱉고는 제집 골목으로 들어간다. 이렇게 되면 맡아 놓고 깍쟁이의 승리다. 그는 담 밑에 쪽으리고 앉어서 울고 있으나 실상은 모욕당했던 깍쟁이의 자존심을 회복시킨 데 큰 우월감을 느낀다.[15]

흠씬 두들겨 맞은 어린 깍쟁이가 자신을 때린 서방님을 욕보였다는 사실을 내세워 스스로 자신이 승리자이며 자존심을 회복시켰다고 자위하고 있다. 제3자가 볼 때의 평가, 현실적인 판단과는 정반대의 평가를 내리며 스스로를 위안하는 것이다. 이는 작품 말미에서 한 번 더 반복된다.

---

15 김유정, 「봄과 따라지」,(1936), 전신재 편, 앞의 책, 188쪽. 이하, 작품의 인용은 전집을 바탕으로 하며, 표기법은 그대로 하되 띄어쓰기만 현재 규정에 맞추고, 본문 속에 쪽 수를 표기하는 것을 원칙으로 한다.

치맛자락을 닝큼 집어다 입에 디려대고는 질경질경 씹는다. 으흐흥 아씨 돈 한 푼. 그제야 독이 바싹 오른 법한 표독스러운 계집의 목소리가 이 자식 아 할 때는 왼몸이 다 짜릿하고 좋았으나 난데없는 고라 소리가 벽력같이 들리는 데는 정신이 고만 아찔하다. 뿐만 아니라 그 순간 새삼스리 주림과 아울러 아픔이 눈을 뜬다. 머리를 얻어맞고 아이쿠 하고 몸이 비틀할 제 지께 같은 손이 들어와 왼편 귓바쿠를 잔뜩 찝어 든다. 이왕 이렇게 된 바에야 끌리는 대로 따라만 가면 고만이다. 붐비는 사람 틈으로 검불같이 힘없이 딸려 가며 **그러나 속으로는 허지만 뭐.** (⋯중략⋯) 구두보담 조곰만 뒤졌다는 갈데없이 귀는 떨어질 형편. 구두가 한 발을 내걷는 동안 두 발, 세 발, 잽싸게 옮겨 놓으며 통통걸음으로 아니 따라갈 수 없다. 발이 반밖에 안 차는 커다란 운동화를 칠떡칠떡 끌며 얼른 얼른 앞에 나서거라. 재처라 재처라 얼른 재처라. 그러자 문득 기억나는 것이 있으니 그 언제인가 우미관 옆 골목에서 몰래 들창으로 디려다 보던 아슬아슬하고 인상 깊던 그 장면. 위험을 무릅쓰고 악한을 추격하되 텀부린도 잘하고 사람도 잘 집어세고 막 이러는 용감한 그 청년과 이때 청년이 하던 목 잠긴 그 해설. 그리고 땅땅 따아리 땅땅 따아리 띵띵 띠이 하던 멋있는 그 반주 봄바람은 살랑살랑 부러오는 큰 거리 이때 청년이 목숨을 무릅쓰고 구두를 재치는 광경이라 하고 보니 하면 할스록 무척 신이 난다. (190쪽, 강조-필자)

앞의 경우 서술자가 깍쟁이의 심정을 설명한 데 비해 여기서는 깍쟁이 스스로 자신의 심정을 서술하고 있는데, 이러한 까닭에 '현실적 패배의 심정적 역전'의 양상이 보다 잘 확인된다. 몸이 비틀거릴 만큼 순사에게 얻어맞고 귀를 잡혀 끌려가는 상황이면서도, '속으로는' 자신이 순사의 구두 걸음을 제치는 영화 속 주인공인 양 생각하며 오히려 신에 겨

위하는 것이다.

이러한 점은 정도의 차이는 있지만 여러 작품들에서 두루 확인된다. 기생 옥화의 오라비에게 철저히 이용당했을 뿐임을 알게 된 뒤에도 옥화가 늙게 되면 자신에게 오겠지 하며 길을 나서는 「두꺼비」의 주인공이나, 잃어버린 딸과 해후한 뒤에 자신이 내친 남편과 살 수 있으려니 하고 기대하는 「야앵」의 정숙, 토끼가 없어진 아쉬운 상황에도 불구하고 숙이가 토끼를 먹게 되었으므로 이제는 확실히 제 아내가 될 것이라 돌려 생각하는 「옥토끼」의 주인공, 구직운동을 열심히 하지 않는다는 누이의 질책에 다시 이불을 뒤집어쓰며 꿈속의 연기를 찾고자 하는 「연기」의 주인공 모두, 실제 상황에 반하는 심정적 상태를 갖추는 태도를 보인다.

지금까지 살펴본 대로, 인물관계에 있어서 현실적으로는 패배하지만 심정적으로는 사태를 반대로 해석해서 스스로를 위안하는 이러한 인물을 설정하는 것, 인물의 심리를 이러한 식으로 형상화하는 것이 도시를 배경으로 한 김유정 소설이 보이는 또 한 가지 특징이다. 이는 『아Q정전』의 '아Q'가 보이는 '정신적 승리법'과 같은 것으로서, 『아Q정전』이 성취한바 근대 전환기 중국 민족의 특성 포착이라는 의의와도 유사한 의의를 김유정 소설 문학에 부여해 줄 만한 근거가 된다. 비참한 상황에 놓여 있되 절망에 빠지지는 않는 하층민의 한 특성, 부정적으로 보자면 현실을 왜곡하는 방식으로 그로부터 도피하는 퇴영적인 삶의 태도라 할 수 있겠지만, 상황이 매우 열악하다는 점에 주목하여 긍정적으로 보자면 그 자체가 질긴 생명력을 유지하고 발현시키는 생존 방법일 수 있는 하층민의 그러한 태도를 훌륭하게 독보적으로 형상화한 것이다. 하층민의 질긴 생명력, 밝은 생존 능력을 그려낸 이러한 성과야말로 김유정 소설문학의 중요한 의의 한 가지라고 할 수 있을 것이다.[16]

3. 단순한 구성이 발하는 반전의 미학

김유정의 도시 배경 소설들 고유의 특징은 앞에서 살핀 인물구성 못지않게 서사구성 면에서도 확인된다.

이 맥락에서 먼저 지적해 둘 특징 한 가지는 서술시 분량이 매우 적은 편이라는 사실이다. 전집을 기준으로 하여 1면이 200자 원고지 4매 정도(4.2매)라 하고 추산해 볼 때, 전집 12면 이내 즉 200자 원고지 50매 이내의 작품이 「심청」, 「봄과 따라지」, 「두꺼비」, 「옥토끼」, 「情操」, 「슬픈 이야기」, 「땡볕」, 「연기」의 8편이나 된다. 분량을 더 적게 해서 전집 8면 이내 곧 원고지 30매 이내에 해당하는 소품만 들어도 「심청」, 「봄과 따라지」, 「옥토끼」, 「땡볕」, 「연기」의 다섯 편이 되어 도시 배경 소설 전체의 50%에 해당된다. 단편소설의 서술시 분량을 원고지 100매 정도로 낮추어 본다고 해도 김유정의 도시 배경 소설들이 대단히 짧은 편에 속한다는 사실이 한눈에 두드러지는 것이다. 이러한 점은 농촌을 배경으로 한 김유정의 작품들과 비교해도 특기할 만하다. 이 부류의 소설 중 비교적 짧은 것은 「금」(6.5면)과 「동백꽃」(7.5면) 두 편뿐이다. 그 외 12편은 모두 전집 기준 10면 이상이어서 14편 중 2편인 14.3%만이 짧은 분량인 것이다.

김유정 도시 배경 소설들의 서술시 분량이 매우 적은 상황의 원인으로 두 가지를 추론해 볼 수 있다. 하나는 김유정의 도시 체험이 충분치 못하여 서술의 호흡이 짧아졌으리라는 것이고, 다른 하나는 도시 배경

---

16 이러한 점은 「봄·봄」과 같이 농촌을 배경으로 하는 소설들에서도 일부 확인된다. 정도와 양상의 차이를 고려하여 농촌 배경 소설들 전반을 이 맥락에서 좀 더 세밀하게 따져볼 필요가 있다.

소설들을 쓰는 기간 내내 병증이 깊어져 분량을 갖추고 구성이 탄탄한 작품을 쓰기가 힘들었으리라는 것이다. 전자는 도시의 복잡한 양상을 꿰뚫어 보기에는 작가의 나이나 인생 체험이 부족하다는 일반적인 견지에서 생각해 볼 수 있는 것이다. 후자는 짧은 기간의 적은 작품이나마 김유정의 소설 세계가 보이는 변화 양상에 비추어 확인해 볼 수 있다. 김유정의 소설 세계는 1935년까지는 농촌을 배경으로 한 작품들 위주이고[17] 1936년 이후 서울을 배경으로 하는 작품이 거의 전부가 되는 양상을 띠고 있는데, 그 분기점이라 할 1936년 이후 그의 폐결핵과 치질이 악화되었을 뿐 아니라 정처를 잡지 못하고 이곳저곳을 전전하며 투병하는 상황이 계속되었다. 이러한 상황에서 긴 호흡을 유지하기는 어려웠으리라고 추정하는 것은 자연스럽다. 농촌 배경 소설로서 1936년 이후에 창작된 유일한 작품인 「동백꽃」(1936.5) 또한 짧은 분량이라는 사실도 이러한 판단을 강화시켜 준다.

이렇게 서술시 분량이 적은 상태에서 서사구성이 복잡해지지 않는 것은 일견 당연한 일인데, 그러면서도 작품의 질과 나름의 특성을 갖추는 것이 서사구성상의 둘째 특징이다. 이는 스토리-선의 양상에서 찾아진다. 도시를 배경으로 한 김유정의 소설들 대부분은, 중심인물이 스토리-선을 구축하는 상대방을 바꾸는 방식으로 스토리-선이 전환되는 양상을 보인다. 중심인물만을 놓고 보면 아주 단순한 단선적 전개 양상을 취하지만 스토리-선의 상대역이 바뀌면서 작품의 효과가 변형되거나 부각되는 단순하지 않은 특징을 띠게 된다.

「심청」의 경우 '나-따라지'의 스토리-선이 '나-순사가 된 친구'의 스

---

17 그의 등단작인 「산골나그네」(1933.3)가 11면 분량이고 대표작 중 하나인 「봄·봄」(1935.12)이 12면의 서술시를 갖고 있으며, 앞서 지적했듯이 이 시기의 소품은 「금」 한 편에 불과하다.

토리-선으로 이접적으로 전환되는데, 전자에서는 도시나 따라지에로 향하는 주인공의 울분이 표현되고 후자에서는 순사가 된 옛 동무에 대한 주인공의 미묘한 태도가 그려짐으로써, 작품의 의미 효과가 중층화되고 있다. 「봄과 따라지」는 어린 깍쟁이를 중심인물로 해서 상대역이 여러 차례 바뀌므로 좀 더 많이 분절화된 것이지만 앞서 정리한 대로 깍쟁이를 중심으로 단선적으로 구성되었다는 점은 마찬가지이며, 주인 서방님과 순사를 상대역으로 하여 '현실적 패배의 심정적 역전'이라는 같은 패턴을 반복하되 그 내용에는 변화를 주어 의미 효과를 풍부하게 하고 있다. 「슬픈 이야기」의 경우 시점화자인 '나'를 한편으로 하고 박 감독과 그 처남, 주인 노파 등과 번갈아 스토리-선을 맺으며 전환 양상을 보이고, 「땡볕」은 덕순과 아내의 스토리-선이 덕순 부부와 의사-간호사의 스토리-선을 중간에 두고 이어지면서 전환되는 구조를 갖추고 있으며, 「연기」는 주인공 자신의 꿈 서사가 현실에서의 누이와의 스토리-선으로 대체되고 있다. 이렇게 대부분의 작품들이 주인공이 상대 인물을 바꾸면서 이루는 두어 개의 스토리-선이 전환 관계로 이어져 있는 비교적 단순한 구조를 보이고 있다.

「옥토끼」는 단선적이되 전환 양상도 미미한 경우여서 단순성이 가장 강화된 경우라 할 수 있는데, 앞서 지적했듯이 '심정적 역전'의 양상을 통해 비슷한 특성을 보유한다. 「夜櫻」의 경우 경자와 영애의 스토리-선이 정숙의 스토리-선으로 변화되어 앞의 작품들과는 약간 차이를 보이지만 단선적인 스토리-선들의 이접이라는 점에서는 공통성을 갖는다. 이러한 작품들과 질적으로 차이를 보이는 작품은 「정조」와 「따라지」 두 편인데, 이들은 스토리-선의 구성이 중층화되어 복잡한 양상을 띠고 있다. 요컨대 전체 열 편 중에서 여덟 편의 소설이, 소수 스토리-선들의 단선적인 전환 위에 작품의 효과를 부각시키는 단순한 서사구성 방식을 취하고 있다.

이러한 사실의 연장선상에서 이들 소설이 서사구성 면에서 갖는 셋째 특징을 말해 볼 수 있다. 주인공의 의지나 기대, 예상과 달리 상황이 전개되는 양상이 그것이다. 「심청」과 「봄과 따라지」, 「두꺼비」, 「夜櫻」, 「옥토끼」, 「情操」, 「슬픈 이야기」, 「땡볕」, 「연기」의 아홉 편이 이러하다.

「두꺼비」의 경우를 보면, 오랜만에 찾아온 '두꺼비'의 방문 요청을 받은 주인공이 그동안 자신이 공을 들인 데 대한 보상을 기대하고 갔다가 '두꺼비'와 채선의 정사 시도 사건을 맞닥뜨리고 자신이 철저히 이용당해 왔다는 것을 절감하게 되고 있다. 「심청」이나 「봄과 따라지」의 사건 전개가 중심인물들이 예상치 못했던 방향으로 이루어지는 것도 명확하다. 「夜櫻」은 황당하다 싶을 만한 우연을 통해 정숙이 전남편과 딸을 만나면서 정숙은 물론 독자도 예상치 못한 상황이 펼쳐지며, 「옥토끼」는 숙이가 앓게 되는 예기치 못한 일로, 「情操」는 애초에 남편 자신도 이해 못 할 기행으로 종국에는 아씨가 예상치 못한 처리로, 「슬픈 이야기」는 주인 노파와 처남의 예상키 어려운 반응으로, 「땡볕」은 덕순 부부의 기대가 어그러지는 것으로, 「연기」는 꿈이 생시로 전환되는 것으로, 서사의 '예상 밖의 전개' 양상이 펼쳐진다.

김유정의 도시 배경 소설들의 서사가 보이는 이러한 '예상 밖의 전개' 양상이 갖는 기본적인 효과는 의외성에 따른 흥미의 제고라 할 수 있다. 그 외에 페이소스나 반전적 놀라움 등이 부가되기도 한다.[18] 이와 더하

---

18 물론 주요 인물의 지향과 세계 사이의 갈항관계나 인물들 간의 갈등 및 긴장관계가 약한 까닭에 인물이 예상치 못한 방식으로 행동하거나 사건이 전개되게 한 것이라고 비판적으로 조명해 볼 수도 있겠지만, 이는 단편소설의 미학적 특징을 지나치게 무시하는 재단적 평가에 가까울 것이다.

여, 몇몇 작품들에서는 앞 절에서 살핀 바 '현실적 패배의 심정적 역전' 방식이 더불어 구사됨으로써 의외성이 한층 강화되고 있다. 여기서 생기는 놀라움 혹은 참신함이 전문 연구자는 물론이요 일반 대중들에게까지 널리 공유되는바 김유정 소설 세계의 재미를 이루는 핵심적인 요소라고 할 수 있을 것이다.

서사구성 면에서의 '예상 밖의 전개' 양상과 관련하여 한 가지 지적해 둘 것은, 이것을 아이러니와 혼동해서는 안 된다는 점이다. 아이러니가 말과 그 의미, 행위와 그 결과, 외관과 실제 사이의 불일치나 부조화를 드러내는 것으로서 부조리와 역설의 요소를 갖고 있음은 주지의 사실이다. 소설의 구성에서 주목되는 아이러니란, 자신의 상황을 제대로 인지하지 못한 상태에서 인지한 경우라면 할 수 없을 행동을 하는 '상황(행동)의 아이러니'이거나, 등장인물이 모르고 있는 것을 작가와 관객·독자가 알고 있음으로써 등장인물이 실제 상황과 맞지 않는 행동을 하거나 앞으로 다가올 운명과 정반대의 것을 기대할 때 그러한 등장인물의 무지와 관객·독자의 인지 사이의 대립에서 발생하는 '극적(비극적)아이러니' 두 가지임도 널리 알려져 있다.[19] 요컨대 서사에서 아이러니가 구현될 때는 '상황에 대한 등장인물의 무지'가 필수 요소인 것이다. 「동백꽃」이 행동의 아이러니를 『오이디푸스 왕』이 비극적 아이러니를 잘 보여 주는 좋은 예라 하겠다. 아이러니를 드러내는 이러한 작품들 속의 주인공과 비교해 볼 때 위에 언급한 아홉 편 소설의 주인공 및 중심인물이 상황에 대해 무지한 것은 아니라는 점이 분명해지므로, 이들 작품을 두고 아이러니라 해석하는 것은 적절치 못하다고 하겠다.

---

19 한용환, 『소설학 사전』, 문예출판사, 1999, '아이러니' 항목 참조.

넷째로 서술상의 특징도 마지막으로 지적해 둘 필요가 있다. 김유정의 도시 배경 소설들은 개별 인물이나 인물관계의 형상화에 있어서 행위나 사건이 아니라 심리에 초점을 맞추고 있다. 이는 앞서 인물구성을 살피면서 지적했듯이 사회경제적인 의미에서의 역학관계 즉 계급, 계층 관계가 주목되지 않는 현상과 맞물리는 것인데, 사회적 정체성이나 관계 대신 인물의 심리에 초점을 맞추어 성격을 부각시키고 그 위에서 인물들 간의 관계며 사건을 진행시키는 것이다. 이러한 맥락에서 인물의 심리에 초점을 맞추는 방식은 김유정의 농촌 배경 소설들과도 그 정도 면에서 차이가 나는 특성이라 할 만하다.

원인이 명료하지 않은 자신의 울분과 불평을 남에게 뱉는 심청 사나운 주인공을 내세운 「심청」이나 실업자로서 누이의 잔소리를 들으며 살아가는 주인공의 꿈을 보여 주는 「연기」 등이 심정을 묘사·서술하는 서술시의 비중 또한 크다는 점에서 대표적이다. 경자와 영애의 말씨름을 통해 양인의 심리를 묘파하면서 힘의 우열이 있는 둘의 관계 양상을 잘 드러내는 한편, 딸에 대한 정숙의 그리움과 우연히 조우한 전 남편에 대해 그녀가 품는 복잡한 심리를 곡진하게 그려낸 「夜櫻」과, 상경한 지 얼마 안 되는 덕순의 다면적인 심정이 잘 형상화된 「땡볕」, 어처구니없는 상황에서 안달을 내는 아씨의 처지와 심정이 눈길을 끄는 「情操」 등은 인물의 심정 묘사가 스토리 자체는 단순한 작품의 의미 효과를 풍성하게 해 주는 기능을 하는 좋은 예들이다. 객관적 사건 위주로 전개되는 「봄과 따라지」나 「두꺼비」, 「옥토끼」, 「슬픈 이야기」의 경우도 작품을 맺는 최종적인 형식은 중심인물의 심정이며 「따라지」의 경우 또한 집주인 마누라의 심정에 포인트를 두고 있어서, 서술의 초점을 인물의 심리에 맞추는 것은 김유정의 도시 배경 소설들 일반의 특징이라 할 수 있다.[20]

지금까지 살펴본 대로 도시를 배경으로 한 김유정의 소설들은, 소수의 스토리-선들을 단선적으로 이어 가는 방식을 기본 구조로 하면서 인물들의 심리에 초점을 맞추고 있다. 스토리-선이 전환되면서 예상 밖의 사건 전개 양상을 띠고 그에 더하여 인물의 심리에서 '현실적 패배의 심정적 역전' 방식을 선보이기도 한다. 대부분의 작품들이 스토리-선들의 단선적인 전환 구성을 통해 독자들의 예상과는 다른 전개를 보이는데다가 인물의 심리에 초점을 맞추면서 심정적 역전 장치까지 구사함으로써, 짧은 분량 내에서 '반전' 효과를 증폭시키는 방식을 취하고 있다.[21] 이를 김유정의 도시 배경 소설들이 취하는 서술전략이라 할 것이다.

4. 소결 및 남는 문제

　매우 짧은 기간 동안 작품을 썼고 그 수효도 적지만 김유정은 한국 근대문학사에서 자신의 입지를 확실히 하고 있다. 그의 소설들 또한 국

20　김유정의 소설 세계 전체 속에서 보자면 다음과 같은 비교가 가능하다. 농촌 배경 소설의 경우 작가가 잘 알고 있는 사상(事象)을 포착하여 상황에 대한 인식을 바탕에 깐 채 주로 전지적 작가 시점에서 사건을 서술하고 있는 반면, 도시를 배경으로 하는 경우 관찰을 하거나 인물의 내면으로 들어가(는 만큼 시야가 좁혀지는 상황에서) 삶의 한 편린을 그리고 있다. 일부에서는 이 두 부류의 차이를 시점 형식을 기준으로 지적하기도 했지만, 그러한 형식적·기법적인 특징이 아니라 그 결과로서의 형상화의 양상, 형상화되는 대상에서의 차이가 보다 뚜렷하다고 하겠다.

21　이와 관련하여, 시리즈 3천만 부 이상을 판매하며 세계적으로 폭넓은 독자층을 확보하고 있는 일본의 대중작가 호시 신이치의 '쇼트 쇼트(short short)' 형식의 초단편 소설들이 그 구성에 있어 즐겨 반전을 꾀하고 있음을 참조할 수 있다(「해결책」 같은 작품이 대표적인 예이다. 호시 신이치, 윤성규 역, 『수많은 금기』, 지식여행, 2008 참조). 그의 경우는, 반전이야말로, 분량이 짧은 소설이 의미 면에서 자신의 몫을 확보하는 효과적인 방법임을 알려 주는 좋은 사례라 할 수 있다.

문학 연구는 물론이요 문학 교육에 있어서도 고전의 위상을 차지하고 있다. 이러한 결과가 이루어진 데는 국문학 연구사와 사회 상황과의 관계와 같은 외적 요인도 작용했겠지만, 김유정의 소설 세계가 갖고 있는 고유한 특성의 위력이 무시될 수는 없다.

도시를 배경으로 한 김유정 소설 문학 고유의 특징은 주인공의 의지나 기대, 예상과 달리 상황이 전개되면서 생기는 반전의 효과라 하겠다. 인간관계 면에서 약자에 해당하는 인물을 주인공이나 시점화자로 내세우고, 인물의 심리에 초점을 맞추며, 약자인 주인공이 '현실적 패배의 심정적 역전' 태도를 취하는 등의 특징들 모두 반전적인 효과를 증폭시키는 데 기여하고 있다. 문학 텍스트의 특성 면에서 볼 때 이것을 가능케 하는 장치가 소수 스토리-선들의 단선적인 전환 방식의 서사구성이며, 전반적으로 작품의 분량이 적은 것 또한 이러한 특성의 원인이자 동시에 결과라 할 수 있다. 김유정의 소설에서 결여로 읽을 수 있는 배경의 추상화 또한 위의 특징을 가능케 하는 대가에 해당된다.

이렇게 작품의 제반 특성들이 총체적으로 작용하여 반전 형식이 주는 즐거움을 낳는 것, 이러한 작품 효과야말로 도시를 배경으로 한 김유정 소설 고유의 미학적 특성이다.[22] 이에 더하여 작품의 주제효과 차원에서도 이들 소설의 의의를 말해 둘 수 있다. 도시 하층민들이 작품의 주요 사건에서 실제적으로는 패배하지만 심정적으로는 자신을 위안하는 양상을 통해 비참한 상황에서도 절망에 빠지지 않는 하층민의

---

22 김유정의 소설이 주는 즐거움의 정체를 규명하고자 한 다른 시도로 연남경의 「김유정 소설의 추리 서사적 기법 연구」(김유정학회 편, 『김유정의 귀환』, 소명출판, 2012)가 있다. 「만무방」과 「산골 나그네」, 「가을」의 세 편만을 대상으로 하고 있어서 김유정의 소설 전반 혹은 농촌을 배경으로 한 작품들 전체로 확장할 수 있는지는 더 따져봐야 하겠지만, 일반 독자는 물론이요 전문 연구자들도 공유하고 있는바 김유정의 소설이 재미있다는 인식의 근거를 텍스트 분석을 통해 규명했다는 점에서 의미를 갖는 작업이라 하겠다.

질긴 생명력과 생존 방법을 형상화한 것은, 1930년대 중반 식민지시대를 살아가는 민중의 본성 한 가지를 포착한 것이라는 시대적 의의를 갖는다. 효과적인 구성법에 의한 소설미학적 즐거움과 곤궁한 삶 속의 생명력을 포착한 데서 나오는 소설사적 의의가 어우러진 것, 이러한 복합적인 효과를 짧은 분량의 작품에서 성공적으로 구현한 점이야말로 도시를 배경으로 한 김유정 소설 고유의 특징이라 하겠다.

참고문헌

1. 기본 자료

김유정, 「朝鮮의 집시」, 『매일신보』, 1935.10.22~29.

_____, 전신재 편, 『원본 김유정 전집』(개정증보판), 강, 2012.

양재응, 「大京城과 新堂里」, 『조선일보』, 1929.8.4.

2. 논문

권채린, 「김유정 소설의 도시 체험과 환등상적 양상」, 『현대소설연구』 47, 한국현대소설학회, 2011.

김승종, 「김유정 소설의 '열린 결말' 연구」, 『현대문학이론연구』 53, 현대문학이론학회, 2013.

김원희, 「김유정 단편에 투영된 탈식민주의―소수자와 아이러니의 형상화를 중심으로」, 『현대문학이론연구』 29, 현대문학이론학회, 2006.

김종건, 「1930년대 소설의 공간설정과 작가의식의 상관성 연구―김유정과 이무영을 중심으로」, 『우리말글』 15, 우리말글학회, 1997.

김지혜, 「김유정 문학의 교과서 정전화(正典化) 연구―7차 교육과정과 2007년 교육과정을 중심으로」, 『현대문학이론연구』 51, 현대문학이론학회, 2012.

박상준, 「『천변풍경』의 작품 세계―객관적 재현과 주관적 변형의 대위법」, 『반교어문연구』 32, 반교어문학회, 2012.

안미영, 「김유정 소설의 문명 비판 연구」, 『현대소설연구』 11, 한국현대소설학회, 1999.

연남경, 「김유정 소설의 추리 서사적 기법 연구」, 김유정학회 편, 『김유정의 귀환』, 소명출판, 2012.

유인순, 「루쉰과 김유정」, 『중한인문과학연구』 4, 중한인문과학연구회, 2000.

이강언, 「現實과 理想의 葛藤構造 : 金裕貞小說의 構成法」, 한민족어문학회, 『한민족어문학』 7, 1980.

이익성, 「김유정 '도시소설'의 근대성」, 『한국현대문학연구』 24, 한국현대문학회, 2008.

정현기, 「1930년대 한국 소설이 감당한 궁핍 문제 고찰―염상섭, 박영준, 김유정, 채만식」, 『현상과 인식』 6, 한국인문사회과학회, 1982.

조진기, 「金裕貞의 作品論考 : 30年代 現實認識과 收容姿勢」, 『한민족어문학』 2, 한민족어문학회, 1975.

한만수, 「金裕貞 小說의 아이러니 分析」, 『한국어문학연구』 21, 한국어문학연구학회, 1986.

3. 단행본

한용환, 『소설학 사전』, 문예출판사, 1999.

Burger, Peter, 최성만 역, 『前衛藝術의 새로운 이해』, 심설당, 1986.

Lefebvre, Henri, 박정자 역, 『현대세계의 일상성』, 세계일보, 1990.

김유정의 은유에서 길을 묻는다

윤홍로

> 은유란 신이 인간을 지으실 때
> 깜빡 잊고 거두지 않았던 천지 창조의 비밀 도구다.
> ─호세오르테이사셋

1. 들어가며

프리즘을 통과한 햇빛은 찬란한 무지개 빛깔을 쏟아낸다. 우리들의 지난날의 삶은 언어-상징, 은유 이야기를 매체로 시간을 묶어서 공존한다. 인간은 말하여지지 않은 사물에 기호를 붙여 말을 하게 되고 알 수 없는 세계를 알고 있는 세계와 닮은 것을 찾아 기호-언어로 연결하여 앎의 세계를 확장한다. 그래서 언어는 경제적으로 복합적인 의미를 가지게 된다. 은유의 기원은 바로 언어의 경제적 확장으로 닮은 것을 유추와 모방과 리듬의 원리에서 찾아낸다. 은유는 진화하여 상호간에 연결하여 이야기를 만들고 혼돈한 무질서를 새로운 질서로 만드는 창조의 행위다. 말과 은유와 이야기가 없다면 인간은 동식물처럼 같은 일을 되풀이 할 수밖에 없을 것이다.

이 글에서 다루는 은유의 개념은 넓은 의미의 통합적 은유를 지칭하는 것으로 직유, 환유, 제유 등을 포함한 언어의 변화, 전이로 대상의 영역을 확장하고 일상의 언어의 의미를 경제적으로 확장하는 기능을 함의한다. 넓은 의미를 함의한 통합적 은유를 다시 유정 단편의 은유에 적용하면서 이농민의 삶을 식물은유로, 이농 현상으로 빚어지는 약육강식의 정글의 법칙이 적용되는 삶을 동물 은유로, 극한적인 절망 속에서 불확실한 미래의 행운을 바라는 우연성에 기대는 삶을 도박은유로 분류하여 살펴보고자 한다. 이 글은 김유정 단편의 통합적 은유가 식물은유 ↔ 동물은유 ↔ 도박은유로 이행하고 융합한 연결고리를 이루는 것을 관찰하고 은유의 변동과 동시대의 시대정신과의 관련성도 추적하려는 시도를 한 것이다.

2. 잃어버린 길 찾기 – 은유의 지도

식물은 뿌리와 줄기로 자기 몸의 협동을 하고 동물은 자기 개체의 협동과 함께 공간을 이동할 수 있고, 벌과 개미처럼 집단 협동을 할 수 있다. 그러나 사람은 개체와 공간 이동에서 더 진화하여 시간을 묶는 기술이 있다. 그래서 식물은 1차 협동 개체(個體)이고, 동물은 개체 협동을 넘어서 공간(空間) 협동까지 하여 2차 협동체이고 사람은 개체 협동과 공간 협동은 물론 시간(時間) 협동까지 하는 3차 협동체라고 일반의미론 학자 '코르지비프스키'는 주장한다. 인간은 3차 시간협동(時間協同)체이기에 발전이 가능하다는 것이다. 그에 의하면 인간과 동물과의 가장 두드러진 차이는 시간 결속(結束, time-binding) 여부라고 밝혔다.[1] 시간협동이 가능한 것은 언어라는 기호가 있기 때문이다. 그래서 인간은 지난날의 역사를 가지고 새로운 미래의 길을 창조하는 기술이 있다. 제3침판지는 인간의 DNA와 98.5%가 같다는 보도도 있다. 그러나 침판지는 언어 능력이 없어 조상의 일상을 되풀이 한다. 인간의 언어 능력은 나날이 발전하여 이야기를 만든다. 지난날의 이야기는 역사와 문학으로 갈라져 기록되고 발전하여 왔다. 역사와 문학은 상호 보완 관계지만 역사의 기술은 연대와 역사적 이름은 사실이지만 나머지는 거짓이고, 문학은 연대와 이름은 거짓이지만 나머지는 진실이다라는 평자까지도 있다. 문학은 바로 우리의 지난날의 삶의 숨은 진실을 허구를 만들어 진실을 프리즘처럼 밝힌다. 그래서 인간은 선대에서 찾은 삶의 지혜를 이야기 길로 찾을 수 있다.

널리 알려진 김춘수의 「꽃」에서 무명의 꽃은 시인이 부르는 이름으로 의미 있는 존재로 탄생하는 것을 실감한다. 이름이 있을 때 존재는 탄생하는 것이다. 두루 아는 것이지만, 사전적인 의미로는 은유란 명칭

---

1 Alfred Korzybski, *Science and Sanity*, The Colonial press inc, 1958, pp.7~10.

또는 서술적 문자의 뜻대로 적용할 수 없는 대상에 적용하는 의미를 지닌다. 은유 자체의 본래의 뜻은 추이(推移) 혹은 전이(轉移)라는 뜻을 가진다. 그리스어로 meta(over) + pherein(carring) "넘어 가서 옮겨 간다"는 함의가 있다. 두 사물 간에서 비교 대비함에 이질성 속에서 공통적인 유사성이 있을 때 두 사물은 연상 작용으로 명칭이 전이될 수 있다. 결국 언어(言語)는 일반적으로 은유적 과정을 거쳐 의미를 경제적으로 풍성하게 함의한다. 형식주의자들이 주장하는 '낯설게 하기'는 바로 표면은 다름이지만 속살은 같은 낯익음이기에 결국 같은 의미의 되풀이요, 리듬이다. 리듬이란 주기적인 반복이며 모방의 원리이기도 하다. 단편소설의 기능은 대상에 대한 모방 이야기의 압축성과 변형된 언어의 모방성을 리드미컬하게 반복하는 산문의 서정시라고 할 수 있다. 그래서 단편은 시의 해석처럼 직유 혹은 환유를 포함한 넓은 의미의 은유를 함유하는 경우가 많다.

우리는 문학행위를 논하면서 '태초에 말씀이 있었다'(「요한복음」, 1-1)라는 의미와 함께 '태초에 리듬이 있었다'는 논리를 펼 수 있다. 말이 있었다는 것은 혼돈Chaos을 질서Cosmos로 만든다는 의미다. 우주의 질서에는 바로 태초에 말이 존재한 것처럼 '리듬'이 있었다는 논리다. 리듬이란 규칙적인 되풀이요, 주기적인 움직임의 조화다. 우주의 리듬은 낮과 밤, 계절의 변이, 생물체의 모든 활동, 생물체의 배란기 등을 관찰하여 보아도 신비로운 시계가 움직이고 있다. 음악과 미술 문학 등 예술의 신비스런 움직임은 리듬의 움직임이고 때로는 변형된 리듬 혹은 파격적인 리듬의 형식으로 움직인다. 은유의 기원 역시 같은 의미를 가진 다른 말을 찾아 의미를 모방하고 되풀이 하는 리듬과 다름이 아니다. 시의 경우 은유의 작동은 가장 이질적인 대상에서 같은 속성을 발견하여 추출하고 두 대상을 모방하여 연결함으로서 신선한 충격을 주는 리듬의 행위라 할 수 있다. 단편소설의 경우 모방 이론—이른바 리얼리즘의 원리도 은유의 리듬 기원과 같은 논리로 해석할 수 있다.

김유정의 텍스트에는 억압된 무언(無言)의 길 찾기 지도가 숨어 있다. 그의 작품은 정치적, 가정적 환경 속에서 '말하여지지 아니한 억압받은 역사의 기록의 반영이고 리드미컬한 모방으로 창작 된 것이다.[2] 말하여지지 아니한 억압은 그의 단편 속의 은유를 해석함으로 밝힐 수 있다.

1930년대 초기는 일본이 만주를 강점하고 그 군부의 위세가 날로 강성해 갔으며, 국제적으로 파쇼적 독재가 강화되던 시기이다. 이때부터 삼일운동 이후 제한된 문화 활동의 자유마저 일체 말살되기 시작하였고, 이 땅에는 전면적인 암흑의 구름이 뒤덮여 지식인과 문화인의 불안은 극도에 이르렀으며 국민의 8할을 차지하는 농민의 생활은 일제의 수탈정책으로 초근목피(草根木皮)로도 연명하기 어려웠던 참상이었다. 이때에 많은 지식인들은 다시 악착한 현실에 장기적인 준비론으로 대응할 수밖에 없었다. 대내적으로는 프로 사상의 도전을 받으면서도 그 방법에 마음이 쏠리지 않는 지식층에게 있어서는 '농민 속으로 돌아가자'라는 구호가 울분과 정열의 유일한 탈출로가 되었다. 이 무렵 유정은 귀향하여 금병의숙을 지어 민중계몽운동에 동참하였으나 산골 농촌 이농민의 실태를 보면서 극한 상황에 이른 삶의 소리 없는 절규를 녹음하는 증언을 단편에 옮겼다.

장편 25시를 쓴 루마니아 작가 게오르규는 작가란 잠수함 바닥 밑에 놓

---

2 Raman Selden, 윤홍로 외역, 『현대문학이론』, 백의, 1996, 73~75쪽 참고.

여 있는 토끼와 같은 역할을 한다고 비유하였다.[3] 1차 세계대전 당시 토끼는 사람보다 산소 결핍증을 더 예민하게 감득하기 때문에 토끼를 잠수함의 가장 밑바닥에 놓고 잠수함이 얼마쯤 심해 깊이 들어갈 수 있는가를 가늠하는 첨병 구실을 하였다는 것이다. 게오르기는, 작가란 시대의 고통을 가장 먼저 예민하게 감지하는 존재로 사회의 위기와 안전을 신호하는 역할을 하는 책무가 있기 때문에 잠수함의 토끼와 같다는 것이다.

김유정은 특히 30년대의 이농민의 극한적인 고통의 절규를 들으면서 잠수함의 토끼처럼 사회적 위기를 증언하였다. 그는 오늘의 독자에게도 당대의 현장의 목소리를 실감 있게 구어체로 은유화한 단편으로 재생시켜 30년대의 이농민의 퇴화된, 일그러진 삶의 모습을 유산으로 남겼다.

그가 토속적인 향토미를 살린 판소리 계열의 리듬을 살려 이야기 소설체로 꾸민 솜씨는 근대소설에서 끊어진 우리의 고유한 호흡과 리듬을 회복한 의미도 가진다. 그것은 임화의 이른바 근대문학의 이식(移植)문학론을 넘어서 우리의 정체(正體)성의 회복인 것이다. 유정은 자유로운 방언, 구어, 육두문자의 리얼한 표현으로 문자 언어의 한계를 넘어 토속적인 구어 구사로 현장의 모습을 실감 있게 재구성한 솜씨를 발휘하여 불과 5~6년간의 문필활동과 30편 내외의 단편으로 문학사에서 큰 자취를 남겼다. 그는 고유한 민족어로 문학의 맥을 잇는 시간협동을 함으로서 민족문화의 연속성을 살렸다. 그것은 불란서 일간지 『르몽드』 기사에서 김유정 작품을 예리하게 평가하였다는 것으로도 가장 특수한 것이 가장 보편적인 세계화의 지름길임을 확인된다.[4]

---

3 게오르기의 토끼와 작가의 비유 강연은 논자가 청년 시절 시민회관에서 직접 들은 기억이 있다.
4 배고픔에 지치고, 음주에 빠진 사람들, 지역경제에 타격을 입히며 돌아다니는 들병이들, 건

일찍이 조실부모한 유정은, 그 어눌한 말과는 다르게 「소낙비」(1935)
에서는 강원도 농촌 마을 '춘호' 처가 아사(餓死) 직전의 가난한 삶의 현
장의 슬프고 외로운 목소리를 세련된 은유로 기호화 하였다. '춘호'가
자기의 노름 밑돈 2원을 마련하고자 자기 아내를 마을의 호색가 이 주
사에게 매춘하도록 강요하는 장면이나 「가을」에서 소장수에게 아내를
파는 빈농의 이야기를 비롯하여 노름, 수탈 도둑, 사기와 같은 일확천
금의 반윤리적인 퇴폐의 극치가 녹음된 단편들에서 독자는 정신적 가
치가 부재하는 혼란을 볼 수 있다. 그럼에도 여기에는 춘호 처의 남편
사랑처럼 끊어지지 않는 끈질긴 애정과 연민의 정으로 부부 관계의 회
복을 읽을 수 있다. 춘호 처의 내면 깊숙이 잠복된 애정의 샘물은 유정
의 은유적인 이야기가 마중물이 되어 부부 관계가 회복된다. 유정은 이
농민이 절규하는 목소리를 증인의 위상에서 단편으로 증언하였다. 단
편의 장르는 대체로 그 성질상 사회로부터 소외당하고 규범에서 일탈
한 떠돌이 · 몽상가 · 추방된 자 · 또는 희생된 자의 꿈과 한 두 사람에
얽힌 갈등을 그리는 속성이 있다.

「메밀꽃 필 무렵」은 체홉의 서정적인 단편처럼 작품 전체가 서정적
인 통일체(Lirical monolith)를 이루면서 큰 규모의 은유를 형성하고 은유
상호간에 순환하면서 성적(性的)인 리듬 분위기를 자아낸다. 메밀꽃-달
-물레방아는 주기적인 리듬감각을 이루는 자연의 질서의 메타포다.

강과 부부의 문제 등 거의 전통적인 인간의 문제를 작가는 자연과 풍토, 계절의 변화에 예민
함을 가지고 그려낸다. 과장함이 없이 그저 몇 단어를 통해서 김유정은 겨울의 찬바람과 서
리, 찌는 여름의 땀방울 그리고 오월의 향긋한 꽃내음을 우리에게 전해줄 줄 아는 작가이다
(최미경, 「보편의 수용」, 『르몽드』, 2000.12.21(『김유정 문학의 재조명』, 소명출판, 2008, 200
쪽 재인용)).

야들 야들 나부끼는 초목의 양자는 부드럽게 솟는 음악, 줄기는 굵고 잎은 연한 멜로디의 마디마디 부피 있는 대궁은 나팔 소리요 가는 가지는 거문고의 율이라고도 할까. 알레그로가 지나고 안단테에 들어갔을 때의 감동—그것이 봄의 걸음이다.[5]

효석은 아름다운 초목을 시각적인 그림과 청각으로 환상(幻想)한다. 가장 상징적인 예술인 음악의 정교한 리듬을 나뭇잎, 줄기, 가지와 교감시켜 신선한 상상을 환기시킨다. 효석이 음악과 식물과의 유추로 접목된 것은 마술적인 언어 결합술로서 공감각 은유를 자연스럽게 구사하는 곳에서 찾을 수 있다.[6] 김유정의 「동백꽃」(1936)과 「메밀꽃 필 무렵」(1936)은 같은 해에 나온 서정적 단편으로 시대적인 이데올로기를 넘어선 생명 율동의 서정을 이야기로 하여 메타포 군(群)이 집적된 단편이다. 그러나 「동백꽃」은 전래적인 판소리 계열의 고유한 구어체와 은유의 토속미가 진하다. 동백꽃은 겨울에 피어 봄빛을 재촉하면서 빛으로 동박새를 유인하는 매체가 되는 것처럼 '점순'이의 '나'와의 계층적 충돌의 내면 풍경이 닭싸움으로까지 은유화 되었으나 동백꽃은 결국 점순과 화자인 나와의 관계를 성적인 화해의 매체가 된다. 여기에는 식물과 동물 은유가 공존하여 이야기를 이끄는 동력이 된다. 닭싸움(동물 은유)으로 이어지는 동백꽃의 성적인 교합의 유도는 식물은유로서의 기능을 함의한다. 닭의 죽음과 동백꽃의 사랑은 생사(生死)의 생명적 율동이 파도치는 넓은 의미의 은유다. 물론 산과 마을의 대립에서의 환유적인 은유도 이야기의 줄거리를 이끄는 은유 군에 속한다.

---

5 이효석, 「들」, 『신동아』, 1936, 2·3.
6 윤홍로, 『한국문학의 해석학적 연구』, 일지사, 1976, 179쪽.

백철은 김유정을 인생파의 문학의 범주에 넣었다. 인생파들의 작가들은 생활에 대하여 현실적으로 개척하고 추구하는 적극적인 것이 아니라 그 인생을 방관하고 있는 태도로 글을 썼다.[7] 그들은 현실적 생활에 적극적으로 참여하는 대신 그 생을 예술화하였다.

유정의 문체와 관련된 유정의 삶은 흥미 있는 연구지만 이 글의 범위를 넘어 줄인다. 다만 조실부모한 유정의 청년시대는 불행했고 작가로서 등단한 시대 역시 작가로서의 생활고도 극심하였다. 상당히 진행된 폐결핵을 앓던 작가는 자기가 고백한 대로 우울성이 성격화되었다.[8] 유인순이 밝힌 대로 유정 작품의 낙천적인 해학과 유머 속에는 슬픈 우울증이 숨어 있는 것은 그의 조울증과도 관련된다. 그의 작중 인물은 대개 어리석고 무지한 인물들로 무대 위에 등장하면서 어리석은 희비극을 연출하는 복합성을 가진 것도 우울증과 무관하지 않다. 유정의 문체가 이중적인 문장으로 양면성을 가진 모순이 많은 아이러니 기법 '이놈의 장인놈', '장인님도 눈깔이 커다랗게 놀랐다', '이녀석의 장인님을'(「봄봄」, 1936)을 비롯한 제유, 환유, 과장, 해학 등의 메타포는 그의 삶과 무관하지 않다. 특히 토속적인 고어 혹은 사투리나 농민들의 곁말, 관용적인 속담, 은어와 욕설 등으로 엮어진 그의 문체는 흥부전의 문체를 살린 듯한 낯설은 낯익음이고 평민문학의 연속성을 이끄는 이야기로 이끄는 것은 현장에서의 체험의 재생이다.

유정의 우울증은 인생의 비극에 대해서도 방관하는 태도를 취한다.

---

7 이병기·백철, 『국문학전사』, 신구문화사, 1961, 421~422쪽.
8 유인순, 『김유정과의 동행』, 소명출판, 2014, 112~114쪽 참조. 김유정의 우울에는 회피성 장애, 경계선 장애, 그리고 양극성 장애가 중첩되었다. 그러나 유정은 식민지 시대 수탈의 현장에서 치열한 삶을 살아가는 고향 사람들을 통해 세상에 대한 부정적 인식에서 벗어나기 시작했고 창작을 통해 우울증을 치유하기 시작하였다.

그러나 그는 귀향하여 산천의 아름다운 자연에 순화되고 가난하지만, 때 묻지 않은 순박한 고향 사람들과의 만남과 무의식 속에 억압되었던 외상(外傷, trauma)이 글쓰기 과정에서 치유되는 경험을 한다. 유정의 글쓰기에서 이율배반적인 모순의 표현이 겹치는 것과 마음과 행동이 따로 움직이는 것은 그의 생활 경험의 복합성의 반응이다. 이러한 이중적인 양면성은 '닮은 것과 다른 것을'을 연결하는 은유적 문체를 만들어 창조적 세계를 형성한다.

「동백꽃」(1936, 화자와 점순과의 갈등을 닭싸움으로 은유화 하고 동백꽃 속에서 화해된 연애 이야기), 「봄봄」(1936, 데릴사위로 삼는다는 조건으로 노동력을 착취하는 장인영감과의 갈등을 희화한 이야기) 등의 이야기 속에는 한국적인 전통소를 담은 은유의 커다란 광맥이 들어 있다. 여기에 은유의 광맥은 넓은 의미의 은유로서 미시적인 문장 속의 은유가 아니라 거시적으로 작품 속을 관통하는 은유로서 단순한 비교에서 오는 유사성을 넘어서 변화와 전이(轉移)의 소통 기능까지 확대된 벨트를 이룬 은유를 의미한다. 김유정의 작품 중 절반은 우수한 농촌문학으로 30년대 '흙 문학'의 산맥의 한 줄기다. 그러나 30년대 농촌문학은 농촌과 농민을 소재로 하였다는 것 외에는 본질적으로 다른 시각에서 읽혀진다. 「흙」과 「상록수」는 농촌계몽의 목적 의식 밑에서 쓰인 것이며, 「고향」은 조명희(趙明熙)의 '농촌사람들'과 함께 프롤레타리아 리얼리즘의 시각에서 창작된 것이며, 김유정의 작품들은 몰락한 농민들이 참상을 그린 작품들이다.

정치 사회적으로 30년대 조선의 사회 조건은 유럽적인 사실주의 작가—발자크, 디킨즈, 플로베르 등의 세속적인 작가보다는 19세기 러시아 작가들 가령 톨스토이, 투르게네프, 솔로호프, 고리끼, 체홉 등의 작품들을 선호하는 경향이 있었다. 19세기 중반 이후 러시아의 사정은 우리 현실과 유사한 상황이 많았다. 유정의 경우도 러시아 작가를 선호한 기록이 있다. '위협받고 있는 전제주의, 묵시적 기대에 제물이 된 교회, 해외나 어두운 농민 대중 속에서 구원을 찾는, 재능은 막대하나 뿌리가 없는 지식계층, 사랑하면서도 경멸하는 유럽에서 빠져나와 나름의 『종』(헤르쩬의 잡지명)을 울리거나 나름의 『불꽃』(레닌의 잡지명)을 튀기는 유형지, 슬라브주의자와 서구주의자, 인민주의자와 공리주의자, 보수주의자와 허무주의자, 무신론자와 신앙인 사이에 격렬해져 가는 논쟁, 그리고 투르게네프가 그보다도 아름답게 일깨워준, 닥아 오는 여름철 폭풍처럼, 모든 영혼을 짓누르고 있는 파국에 대한 예감 등이 우리의 현실과 비슷하였다.'9 이와 같은 사정에서 19세기의 러시아의 새로운 리얼리즘-심리적 혹은 환상적 마음의 파문을 일으키는 물결은 귀족의 문학을 벗어나 가난한 소시민의 인간이나 농민의 문학으로 내려옴에 따라서 우리의 30년대 문학에 크게 영향을 주었다.

독일에서 가장 영향력이 있었다는 문학평론가 마르셀 라이히리니츠키(Marcel Reich Ranicki)는 러시아 근대 문학사의 핵심 작가들의 위상을 재판 형식을 빌어 자리매김 하였다. 그는 '고리끼'가 사회 고발자였다면 '톨스토이'는 재판관이었고 '도스토예프스키'가 스스로 피고인석에 섰다면 '체홉'은 그저 증인의 역할을 맡은 셈이라고 비교하였다.10 마르셀의 재판에 비유한 시선에 기대어 우리 근대농민문학사에서 소설 쓰는 시선으로 자리매김을 가정한다면 이기영이 고발자였다면 이광수는 재판관, 김동인은 피고인석에 서고 이효석과 김유정은 증인 역할을 맡을 수 있을

9　George Steiner, 윤지관 역, 『톨스토이냐 도스토예프스키냐』, 종로서적, 1983, 36쪽.

10　Marcel Reich-Ranicki, 김지선 역, 『작가의 얼굴-어느 늙은 비평가의 문학 이야기』, 문학동네, 2013.

것이다. 특히 김유정은 단편소설의 양식을 살려 동시대의 유랑민의 절박한 위기 상황을 증인의 입장에서 삶의 현장을 그대로 증언을 한다.

김유정의 「동백꽃」(1936)은 「메밀꽃 필 무렵」(1936)과 함께 서정적 단편으로 시대적인 이데올로기를 넘어서서 체홉의 단편처럼 인간의 감정을 극적인 이야기로 제시한다.

유정에게 모자라는 어른이자 아이 같은 순진한 하층민의 이야기를 쓰는 목적을 묻는다면 토마스만이 글을 쓰는 목적을 밝힌 '기쁨과 즐거움과 행복, 그 이상도 그 이하도 아닐 것이다'[11]라는 답으로 대신할 수 있을 것이다. 그러면서도 유정은 불과 5년 여 남짓한 작가 생활에 30여 편의 뛰어난 작품을 발표함으로 30년대 작단으로서 기억해야 할 독창성을 지닌 작가로 문학사가 평가하게 된 이유로는 여러 가지 답이 있을 것이다. 유정이 스스로 증언하듯이 그는 '예술을 위한 예술'도 아니오, 주문(註文)의 명세서나 심리학 강의, 좀 대접하여 육법전서의 조문 해석 같은 지루한 그 문자를 나열하는 당대의 문학을 비판하면서 예술이란 자연의 복사만도 아니오 또한 복사가 그리 쉬운 것도 아니라는 문학관도 그의 특성을 가진다. 유정의 문학관은 사회적 부조리와 불평등에 대한 풍자와 해학을 발판으로 하여 토속미를 살린 서정적인 리얼리즘의 승리라 할 수 있다.[12] 또한 유정의 목소리는 30년대 시대적 상황과 아울러 개인

---

11 Marcel Reich-Ranicki, 이기숙 역, 『나의 인생―어느 비평가의 유례없는 삶』, 문학동네, 2014, 478쪽 참고.

12 김유정의 문학관은 위대한 사랑은 많은 대중을 우의적으로 한 끈에 꿸 수 있는 것이어야 하며 위대한 생명을 가지고 크로보토킨의 상호부조론(相互扶助論)과 마르크스의 '자본론'이 새로운 세계에서 빛을 볼 것이라는 표명하였다(「病床의 생각」, 『조광』, 1937.3). 또한 文化問答에서 露西亞에 우리 人類를 위하여 크게 공헌될 바 훌륭한 文化가 건설 되리라 생각한다는 답을 한 바 있다(『조광』, 1937.2). 讀書設問에서 洪吉童傳을 조선문학에서 가장 감명 깊게 읽고(『조광』, 1937.3, 462쪽), 제임스 죠이스의 「율리시-스」를 외국문학 중에서 감명 깊게 읽었다고 답하였다(『朝光』, 1937.3, 261쪽(전신재 편, 『원본 김유정 전집』, 한림대 출판부, 1987, 442~462쪽에서 재인용. 이 책은 이하 『전집』으로 표기함)).

적 환경에서 오는 우울증은 바로 게오르기가 비유한 잠수함의 토끼처럼 인간의 생사의 갈림길을 알리는 소리없는 아우성을 생생하게 들려주고 있다. 문학은 더 큰 고통이 작은 고통을 치유하는 역할을 한다. 독자들은 유정의 인물들의 극한적인 고통 가운데서도 인간애로 회귀하는 소망의 빛을 읽으면서 현실을 인식하고 자기의 고통을 작가와 함께 치유를 받는다. 「산ㅅ골나그네」(1933), 「소나기」(1933), 「가을」(1935), 「숫」(1934) 등은 무능한 남편의 생계 방법으로 아내의 정조를 팔지만 결과적으로 남편에게 다시 돌아오는 여인상으로 회귀하는 애정을 읽는다. 유정 작품의 인물들은 님(남편)은 버려도 버려진 나(아내)는 님을 버리지 않는 '가시리'의 여인이요, '진달래'의 여인들이다. 감추어진 아내의 애정은 유정이 희망하는 위대한 사랑을 염원한 글쓰기일 수 있다.

이 글에서는 유정이 단편소설의 특징인 압축성과 관련한 비유법과 아이러니—넓은 의미에서 은유의 기법을 살피고자 한다.

유정의 소설의 원천은 그의 체험과 아울러 독서 배경으로는 수직적으로 「홍길동전」을 비롯한 「홍부전」 계열의 판소리 이야기체에서 그 선행 구조소를 찾을 수 있으나 수평적으로는 체홉, 효석 그리고 아일랜드 단편소설 작가 제임스 조이즈 등에서 같은 수사 기법의 맥락을 찾을 수 있을 것이다.

직접적인 영향 관계보다는 유정의 인물들에서는 체홉의 인물들과 유사하다. 마르셀의 체홉의 작중 인물평은 유정의 작중 인물들과 유사한 공통점이 많다. 마르셀은 체홉의 인물들은 대체로 발전이란 조금도 이루어지지 않고 정지한 상태다. 그의 작품엔 중심 인물도 없고 이렇다 할 갈등도 없고 대개 줄거리도 빈약하다. 등장인물의 성격은 그들의 행위를 통해 드러내는 것이 아니라 오히려 그들은 무위(無爲) 속에서 나타난다.

한마디로 체홉의 인물들은 권태롭고 불행하다. 모두가 권태롭고 모두가 불행하다. 다만 독자는 그렇지 않다. 그가 쓴 모든 것들은 이중의 토대를 가진다. 세기말 러시아를 그린 생생한 장면들과 작가가 의도했던 인간의 삶을 고스란히 그려낸 근원적인 비유다. 그에겐 피조물에 대한 연민이 있었다. 사랑에 빠진 아가씨들이든 좌절한 지식인들이든 탐욕스러운 상인이든 살맛을 잃은 부인네들이든 심지어 죄인이나 무뢰한, 술주정뱅이와 사기꾼들에게까지도 연민의 사랑을 쏟는다. 체홉의 「벚꽃동산」이나 「세자매」에서 체홉은 그저 제정 러시아 시대 농촌의 참담한 실상을 보여주고자 하였는지 모른다, 그러나 우리는 러시아 농촌의 참담함뿐만 아니라 보다 나은 삶에 대한 동경, 사랑에의 희구를 아울러 보게 된다.[13]

효석이나 체홉처럼 유정은 이농민의 참담함 뿐만 아니라 연민의 사랑을 그린다. 그러나 유정의 목소리는 이들 이농민들의 삶이 체홉이나 효석과는 달리 잠수함의 토끼가 산소가 결핍하여 생사의 갈림길에 있음을 알리는 절규가 애처롭다. 그 목소리는 동시대의 시대고(時代苦)에 억눌림과 일그러짐을 호소하는 절규다. 이 절규의 목소리를 유정은 해학을 담은 단편 소설의 그릇에 담아 자학이나 비관, 혹은 저항을 하지 않고 있는 대로의 불행한 사실을 판소리 계열의 해학으로 웃음을 자아내게 한다. 여기에는 흥부적인 정조(情調)도 가진다. 조선 고유의 판소리 기법을 융합하여 열악한 상황이나 모순된 구조의 세계로부터 탈출구를 찾는 해학적인 낙천성을 가진다. 유정의 글쓰기는 독자에게 동시대의 위기 상황을 알리는, 황폐화된 현장의 밑바닥에서 울리는 현장의 목소리로서, 슬픈 해학의 이중 구조를 가진다. 독자는 비극적인 삶과

---

13 Marcel Reich-Ranicki, 앞의 책, 2013, 118~119쪽 참조.

윤리 부재의 삶의 마지막 선택의 고비 길에서 30년대의 극한 상황에서 살아가는 문제를 되돌아보게 된다. 그런 비극을 소재로 한 유정의 글쓰기는 언제 끊어질지 모르는 위기를 탈출하는 생명줄을 이어가는 종교다. 박세현이 밝힌 대로 유정의 소설 인물을 보는 시선에서 유랑민들의 생태를 탈춤을 비유하여 우리 민족의 모습을 찾은 것은 우리 문학의 시간결속-전통의 연속성으로 해석한 총평이다.

유정(裕貞)문학의 우수성은 누구나 지적하는 대로 그 언어의 생동성과 삶의 발자성(潑剌性)이다. 생업이 박탈된 궁핍한 현실에서 뿌리 뽑힌 유랑민이 되어 전전하면서도 서러워하지 않고, 마치 탈춤의 먹중들처럼 발자하게 뛰는 삶의 모습은 바로 우리 서민들이 이제껏 살아온 모습이 아닌가.[14]

유정의 글쓰기는 절망적인 시대의 비극적인 하층민의 삶을 가이드라인으로 하여 증언하고 있다. 그는 가난하고 불쌍한 사람들의 고통과 사랑, 그리고 파멸을 사랑과 연민의 시선으로 스케치하여 사회적 불평등과 모순 속에서 침몰하면서 퇴화하는 인간을 은유화하여 드러낸다. 그럼에도 유정의 글쓰기는 끈질긴 생명력으로 생명의 위기를 토착어로 증언하는 토끼 구실을 한다. 그의 슬픈 증언이 오늘에 이르기까지 온누리를 울리는 것은 해학과 웃음으로 가리어진 슬픔을 은유로 찾아서 빈 공간을 읽게 하였기 때문이다.

유정은 체홉이 그린 러시아 농촌의 참담함 뿐만 아니라 보다 나은 삶에 대한 동경, 사랑에의 희구를 갈구하며 홍길동처럼 모순된 세상을 위대한 사랑의 세계로 혁신하려는 꿈을 꾼다.

---

14 박세현, 「서문」, 『김유정의 소설세계』, 국학자료원, 1998 참조.

3. 위기 탈출의 기회 - 도박은유

유정의 소설에서는 식물과 동물 그리고 도박의 매체 은유가 잠복되어 있어 동시대의 빈 공간에 숨은 진실이 비장되어 있다. 뿌리를 잃은 이농민은 먹이를 찾아 공간을 이동하는 동물처럼 떠돌이가 되어 정신적 가치마저 붕괴하는 위기에 놓인다. 유정은 몰락한 유랑민들이 사회의 변두리로 추방되어 동물적인 삶으로 추락하는 과정을 단편에 옮겼다. 아사(餓死) 직전까지 이른 유랑민들은 죽음에서 벗어나려고 탈출구를 찾아 노름이나 도적질 혹은 아내의 매춘을 하는 지경까지 이른다. 「金따는콩밧」(1933), 「노다지」(1935), 「금」(1935) 등에서는 금광을 중심으로 한 도박은유가 횡행한다. 금광 이야기는 1933년경에 유정이 직접 체험한 소재다.[15] 위와 같은 작품들과 관련한 작품들로서 절실한 궁핍 상황에서 무능한 남편은 아내에게 매춘을 하게하는 「산ㅅ골나그네」(1933), 「가을」(1935) 등이 있다. 작중 인물들은 생활의 아무런 대책을 세울 수 없는 남편의 무능과 무지로 생계의 막다른 골목에 이르자 탈출구를 찾기 위한 기회(chance) 포착으로 막무가내적인 낙관주의(untempered optimism)로 도박 은유에 몰입한다.

안해는 콩밭에서 금이 날줄는 아주 꿈밖이엇다. 놀래고도 또 기뻣다. 올에는 노냥 침만 삼키든 그놈 코다리(명태)를 짜증 먹어 보겟구나 만 하여도 속이 메질 듯이 짜릿하엿다. 뒷집 양근댁은 금점덕택에 남편이 사다준 힌 고무

---

15 김유정은 三年 三月 전에 禮山 등지에서 금광에 골몰하였다고 『朝光』(1937.3)의 '心境設問'에 답하였다.

신을 신고 나릿나릿 걷는것이 뭇척 부러웟다. 저도 얼른 금이나 펑펑 쏘다지면 헌 고무신도신고 얼골에 분도 바르고하리라.[16]

소작농으로 콩 농사를 하는, 가난하지만 순박한 영식이네가 뜬 구름 잡는 금 이야기로 일그러지는 모습을 그린 것이다. 금광으로 떠도는 '수재'의 꾀에 넘어간 '영식'이 자기 집 콩밭 속에 금맥이 있다고 믿고 콩밭을 파헤쳐 금광 굴을 파면서 일확천금의 허황된 꿈을 꾸는 장면은 예상된 잘못을 미연에 방지 못하는 비극을 초래한다.

"따는 일년 고생하고 끽 콩 몇 섬 얻어 먹느니 보다는 금을 캐는 것이 슬기로운 즛이다"라는 수재의 말에 영식이 내외는 앞뒤 분별없이 부푼 꿈을 꾸며 일을 저지르고 금이 안 나오자 이웃집에 쌀까지 억지로 꾸어 산신제까지 드렸지만 허탕인지라 더욱 곤경에 빠진다. 결국 수재는 끝내 금줄이 나왔다고 순박한 농민을 속이고 도망친다. 순진한 영식 내외의 절망적인 가난 탈출 욕망에 불붙인 잠채(潛採)꾼 수재의 유혹은 유정 소설에서 도박은유 패턴을 형성한다.

"빌어먹을거, 은제쯤 재수가 좀 터보나!"
꽁보는 뜯고 잇든 돼지 뼉따구를 내던지며 이러케 한탄하엿다.
"넘려말게 어떠케 되겟지 오늘은 꼭 노다지가 터질터니 두고볼려나?"
"작히 조켓수, 그러커든 고만 들어 안즙시다"
"이를말인가, 이게 참 할노릇을 하나, 이제말이지"
그들은 몃 번이나 이러케 짜위햇는지 그 수를 모른다. 네가 노다지를 만나

16 김유정, 「金따는 콩밧」, 『전집』, 52쪽.

든 내가 만나든 둘이뚝가티 나봐가지고 집을사고 계집을엇고 술도 먹고 편히 살자고 그러나 여지것한번이라고 그러케 돼본적이업스니 매양 헛소리가 되고 말엇다.[17]

「노다지」는 으슥한 호랑이 숲 속의 험한 산속에서 금점을 찾아다니는 잠채꾼들 패거리들의 이야기다. 사금을 잠채한 것을 나누는 과정에서 힘센 놈에게 얻어맞고 죽을 번한 '꼼보'의 생명을 구제한 '더펄이'는 '꼼보'의 생명의 은인이었다. 서로 형님, 아우 하면서 둘은 다시 다른 금광굴을 찾아 잠채하는 과정에서 금박인 돌을 찾은 순간 '꽁보'는 금박인 돌을 독점하고 싶어 '더펄이'가 굴속에서 사고로 죽음의 위기에 놓였을 때 이를 외면하고 금광 굴속에서 밖으로 혼자 나와 다라난다. 「노다지」의 배경은 그대로 호랑이 숲으로 정글 속의 동물들의 세계다. 이 배경은 금점을 찾아 도적질하는 패거리들의 삶의 현장으로 투전꾼 노름꾼들을 연상하는 환유 즉 동물은유와 도박은유가 혼재해 있다.

그믐 칠야 캄캄한 밤이엇다. 하눌에 별은 깨알가티 총총 박혔다. 그 덕으로 솔숲속은 간신이 히미하얏다. 험한 산중에도 우중중하고 구석백이 외딴 곳이다. 버석, 만하여도 가슴이 덜렁한다. 호랑이, 산골호생원!(36) (…중략…) 꽁보는 더펄이 뒤를 따러오르며 달달 떨엇다. 이게 지랄인지 난장인지, 세상에 짜정 못해먹을 건 금점빼고 다시 업스리라 금이 다 무언지, 요즛을 꼭해야야 한담. 게다 건뜻하면 서로 뚜들겨 죽이는 것이 일. 참말이지 금쟁이치고 하나 순한놈 못봣다. 몸이 절릴적마다 지겨웁든 과거를 또 연상하며 그는 다

17 김유정, 「노다지」, 『전집』, 41쪽.

시금 소름이 도닷다. 그러자 마즌편 산 수풀에서 큰 불이 얼른하였다. 호랑이! 이러케 놀라고 더펄이허리에 더석 달리며(42)[18]

금점 잠채꾼 패거리들은 공간을 이동하며 정글 속의 호랑이의 '이빨과 발톱에 묻힌 피'를 상징하는 약육강식의 정글의 법칙의 삶을 산다. 이들은 생존을 위해 의리를 저버리고 배신을 하면서 끊임없이 사투(死鬪)를 하는 동물은유로 움직인다. 이들 패거리들은 현재의 절망과 불확실한 미래의 불안감으로 허황된 행운을 얻으려고 일확천금의 요행수를 바라면서 금점을 찾아 돌아다니며 도박 은유로 움직인다. 유정의 「노다지」나 「금」에서는 식물은유를 넘어서 동물은유와 도박은유로 혼합된 은유가 등장 인물들의 심리상태를 움직여 행동으로 연계된다.

「만무방」(1935)은 사회 제도적인 모순으로 몰락하는 이농민의 비애를 그린 것이다. 등장 인물들은 한없이 착취당하는 소작인들의 타락하는 과정을 보인다. 응칠과 응오 형제의 유랑 인생에서 빚어지는 비극은 형이 동생을 찾아 왔다가 아우의 가을 벼농사를 훔쳐가는 도둑을 잡으려다가 도둑이 바로 아우였다는 사실에 동시대의 비극을 일깨운다. 형은 도둑과 놀음으로 이골이 났고 작품은 식물은유와 동물은유, 도박은유로 움직이면서 구체적인 놀음현장이 자세하게 서술되었다.

삼십여 년 전 술을 빚어 노코 쇠를 울리고 흥에 질리어 어깨춤을 덩실거리고 이러든 가을과는 저 딴 쪽이다. 가을이 오면 기쁨에 넘쳐야 될 시골이 점점 살기만 띠어옴은 웬일인고(93) (…중략…) 사실이지 놀음만치 그를 행복

---

18 위의 글, 36~42쪽(괄호 안의 숫자는 책의 쪽수를 나타냄).

하게 하는 건 업었다. 슬프다가도 화토나 투전장을 손에 들면 공연스리미 어깨가 으쓱어리고 아무리 일이 바빠도 노름판은 엽에 못두고 지난다. (…중략…) 그들은 이욕에 몸이 달아서 이야기구 뭐구 할 여지가 없다. 하여 속지나 안는가, 하야 눈들이 빨개서 서루 독을 올린다. 어떤 놈이 뜻는 놈이고 어떤 놈이 뜻기는 놈인지 영문 모른다.(98)[19]

「만부방」은 의 산골 가을 풍경으로 시작하여 농민들의 식물적 삶과 동물적인 삶을 넘어 궁핍한 나머지 아내를 팔아 노름 밑천을 마련하거나 도둑질과 도박으로 이행한다.

일제 강점기 초반에 이광수를 비롯한 민족주의자들은 다윈의 진화론을 수용하면서 '잘난 자가 살아 남는다(優勝劣敗, survival of the best)'라는 개념과 '적응하는 자가 살아 남는다(適者生存, Survival of fittest)'의 개념으로 수용하고 힘이 있고 환경에 적응한 자가 살아남는다는 논리로 글쓰기를 하였다. 그러나 다윈의 논리를 스펜서의 사회진화론적인 시각에서 해석한 결과 다윈의 근본 논리인 적자생존의 논리를 경시한 경향과 사람과 동물과의 구별을 하지 못한 오류가 있음을 지적한 비판이 있었다. 19세기 말부터 진화론적 은유의 사조는 두 갈래의 큰 물결을 이루었다. 지극히 원시적인 구조를 가진 생물이라도 그때의 환경에 적합하다면 고등한 생물이 그 환경에 적합하지 못해 멸망하는 상황에서도 번성할 수 있다는 적자생존의 논리는 우승열패 혹은 약육강식의 논리와는 변별된다. 김유정 소설의 인물들의 위험신호는 극한적인 가난과 닫쳐진 절망에서 탈출하기 위해 고향과 아내와 농토를 버리고 퇴화되는 참상

---

19 김유정, 「만무방」, 『전집』, 98쪽.

을 보인다. 퇴화론은, 19세기 말 동물의 우승열패와 적자생존을 인간사회에 그대로 적용한 스펜서 류의 사회진화론(社會進化論)의 영향 하에서 '막스 노르다우'가 쓴 '퇴화론(退化論)'에서부터 널리 보급되었다. 이에 영향을 받은 일본의 '오카' 등은 서구 영향으로 퇴화론을 수용하였다. 이 논리에 기대면 유정의 인물들은 무능한 바보로 형상화되어 진화론의 한 양상인 퇴화되는 인물로 형상화된다. 여기 퇴화란 환경에 적응하여야 산다라는 의미에서의 퇴화를 의미한다. 인간은 가장 넓게 분포한 종족이며 이미 다수의 인종으로 분화되었기 때문에 앞으로는 더욱 더 인종 간의 경쟁이 격화되며 적합한 인종들은 생존하고 적합하지 못한 인종들은 멸망하고 마지막으로는 아주 소수의 인종만이 살아남아 지구를 점령함에 틀림없다는 것이다.[20] "적합하지 못한 인종" 즉 오카가 말하는 "진정한 퇴화"가 된 인종은 절종이 된다. 인종의 진정한 '퇴화'에 대한 공포를 영국에서 크게 퍼지게 한 저작이 '소오세키'가 빈번히 참조했던 놀다우의 "degeneration" 즉 "퇴화"다.[21] 이 시기 서구에서는 놀다우 뿐만 아니라 '퇴화'에 대한 경고가 자주 제기되었다.[22] 이 중에서도 '놀다우'의 '퇴화'론은 특히 자극적이어서 『퇴화론』이 정신병의학의 입장에서 세기말의 예술·사상을 논의한 주장에서 당대의 뛰어난 예술이나 사상의 대부분이 '퇴화' 아니면 히스테리를 앓고 있다고 단정을 내리고 동시대의 사회적 정신 질환을 '퇴화'와 히스테리 앓는 자의 소산이

---

20 丘淺次次浪, 『增補 進化論講話』, 開成社, 1904, 739쪽(와다 토모미, 「이광수 소설의 '생명의식 연구」, 서울대 박사논문, 2007, 24쪽에서 재인용) 참조.

21 小森陽一, 「漱石를 다시 읽는다」, 위의 책, 77 쪽 참조(와다 토모비, 위의 글, 25쪽 재인용).

22 岩井學는 영국의 H.G. Wells의 작품을 분석하고 19세기 말의 인종 퇴화에 대한 곤포가 빈곤자, 범죄자, 이민족 등을 배제하자는 움직임에 강력히 작용하였다는 양상을 밝혔다(「「モロ-博士の島」にみる帝國のイデオロギ-大英國帝國の衰退とその反動」, 『保健科學硏究誌』, 2005, 109~120쪽; 와다 토모미, 위의 글, 25쪽 재인용).

라는 것은 많은 논란을 일으켰다는 해석이 있다.[23]

놀다우가 병의 근본적 원인을 복잡해진 당대 사회의 양상에서 찾으려는 학설이 일본 지식인에게 알려진 것은 사실이다. 그렇다고 유정이 일제하의 잔인한 수탈로 극한적인 가난과 정신적으로 황폐화된 타락을 당대의 퇴화의 논리로 해석하는 것은 검토할 문제다. 유정은 '사랑이란 어느 시대 어느 사회에 있어 좀 더 많은 대중(大衆)을 우의적으로 한 끈에 꿸 수 있으면 있을수록 거기에 좀 더 위대한 생명을 갖게 되는 것입니다'라는 문학관을 보인다. 그는 최고의 이상은 대중을 하나로 묶는 위대한 사랑이라고 생각으로 크로보토킨의 상호부조론(相互扶助論)과 맑스의 자본론(資本論)을 거론하기도 하였다.[24]

유정의 작품의 해석 코드는 퇴화된 사회에서도 웃으면서 울고 울면서 웃는 해학의 수사를 구사하며 끈질긴 생존법으로 살아가는 대중에 대한 연민과 큰 사랑의 문법이 들어 있다. 그는 대중의 밑바닥 생활에 대한 연민의 시선으로 들병이들의 생태나 도둑, 사기꾼, 노름꾼들의 절박한 심정과 무기력과 좌절을 보면서 보다 나은 사회를 그리며 글쓰기를 한 것이다. 어린이 같은 순진한 바보(주인공)들은 가난의 질곡을 탈출하려고 노력하나 무능하여 헛발질만 한다. 그러나 남은 재산은 아무 것도 없고 노름 밑돈을 마련하려고 아내의 정조를 팔거나 소작으로 얻은 콩밭을 파서 금을 캐려는 엉뚱한 도박은유의 유혹에 빠진다.

큰 것을 알았다. 기껏 한해 동안 농사를 지었다는 것이 털어서 쪼기고 맑은

23　大日本文明協會 편역,『現代の墮落』,大日本文明協会, 1913, 2쪽 참조(와다 토모미, 위의 글, 같은 쪽에서 재인용).
24　김유정,「病床의 생각」,『조광』, 1937. 3, 185~195쪽(『전집』, 449쪽에서 재인용).

시내에 붉은 닢을 담구며 일쩌운 바람이 오르나리는 늦은 가을이다. 시들은 언덕위를 복만이는 묵묵히 걸었고 나는 팔짱을 끼고 그 뒤를 따랐다. 이때 적으나마 내가 제 친구니까 되든 안되든 한 번 말려보고도 싶었다. 다른 짓은 다 할지라도 영득이(다섯살 된 아들이다)를 생각하야 안해만은 팔지 말라고 사실 말려보고 싶지 않은 것은 아니다. 그러나 내가 저를 먹여주지 못하는 이상 남의 일이라구 말하기 좋아 이렇궁 저렇궁 지껄이기도 어려운 일이다. 맞붙잡고 굶느니 안해는 다른데 가서 잘 먹고 또 남편은 남편대로 그 돈으로 잘 먹고 이렇게 일이 필수도 있지 않으냐. 복만이의 뒤를 따라가며 나는 도리어 나의 걱정이 더 보니까 나의 몫으로 겨우 두말 가웃이 남았다. 물론 털었서 빗도 못가린 복만이에게 대면 좀 날는지 모르지만 이걸로 우리 식구가 한겨울을 날 생각을 하니 눈앞이 고대로 캄캄하다. 나두 올겨울에는 금점이나 좀 해볼까 그렇지 않으면 투전을 좀 배워서 노름판으로 쫓아다닐까, 그런데도 미천이 들터인데 돈은 없고 복만이 같이 내팔을 안해도 없다. 우리 집에는 여편네라 군 병들은 어머니밖에 없으나 나히도 늙었지만 (좀 부끄럽다)우리 아버지가 있으니까 내 맘대룬 못하고— 이런 생각에 잠기어 짜증 나는 복만이더러 네 안해를 팔지마라 어째라 할 여지가 없었다. 나두 일즉이 장가나 들어 두었으면 이런 때 팔아 먹을걸 하고 부즈러운 후회뿐으로[25] (강조-필자)

　　화자인 '나'의 사정도 복만이의 아내를 소장수에게 파는 행위를 부정하면서도 복만 부부의 생존을 위해서는 긍정하는 혼란에 빠진다는 측면에서 복만이와 다를 바 없다. '나'의 생각과 말은 행동과 일치하지 않으며 모순된 삶 속에서 익숙해진 삶이요, 적자생존으로 살아가는 이중

25　김유정, 「가을」, 『전집』, 173~174쪽.

적인 삶이 생활화된 모습이다. 시대의 비극이요, 가치관의 혼란과 모순된 환경 속에서 몰락한 농민들의 바닥이 그대로 보인다. '나도 금전이나 투전을 하여 노름판을 따라 가려는 생각은 도박은유에서 유추한 생각이다. 하지만 범죄적인 도적질이나 아내를 파는 비정상적인 행위는 수렁에서 살아남는 출구가 아니라 더욱 깊은 죽음의 나락으로 떨어지는 상황을, 작가는 잠수함의 토끼처럼 글쓰기로 신호한 것이다.

「땡볕」(1927)은 유정의 세상을 떠나기 한달 전에 발표된 단편으로 어수룩한 이농민이 도시로 흘러들어 적응하지 못하고 죽음의 그림자가 드리운 작품이다. 병든 아내를 의사의 실험용으로 맡기면 돈을 받을 수 있다는 말을 듣고 찾아 갔다가 오히려 수술비까지 내어야 한다는 것을 알게 된 무지로 인한 비극 이야기다. 유정의 주인공들은 절박한 위기에 적응하지 못하고 마지막으로 선택한 것이 바로 도박은유의 유혹이다. 무모한 낙관주의로 위기를 모면하려는 것으로 이들 떠돌이들의 의식에는 도박은유가 많이 팽배하고 있다.

엠블러(Weller Embler)는 시대상을 반영한 은유의 변화가 시대 정신을 형성한다는 논리를 '은유와 사회적 신념'에서 밝힌 바가 있다. 그는 자동 도박기(slot-machine)은유라는 용어를 만들어 불확실한 현대 사회적 상황과를 연계하여 유추하였다. 이 글에서 논하고 있는 도박은유는 자동도박기 은유와 대동소이하게 해석할 수 있는 측면도 있다. 차이점은 시대 상황과의 배경이 다른 것을 전제로 하기 때문이다. 엠블러는, 베이커(Dorothy Baker)의 소설 「뿔 달린 젊은이(Young Man with horn)」에서 주인공의 끊임없는 무모한 행동을 자동 도박기 은유로 풀이하였다. 엠블러는 베이커가 소설의 주인공의 행운, 그의 움직임은 자동도박기의 작동에 달렸다고 해석한다는 것이다. 계속하여 배팅을 하지만 헛수고인 경우가 대부분이다. 그러나 한 번은 언젠가는 별자리 레몬이 터져서 행운(레몬―돈)이 쏟아질 것임을 기대한다. 하지만 기대한 레몬·별자리는 터질 것을 기대하고 수없이 베팅을 해도 끝내 쏟아질 것 같지만 실현되지 않는다.[26] 엠블러는 베이커가 자동도박기와 불확실한 주인공의 무모한 도전적 행동과 우연성에 기대는 인생관을 비유한 것을 자동도박기 은유로 분류하였다. 이 글에서는 자동도박기 은유와 같은 유형으로 김유정 작품의 놀음과는 차별성보다는 동질성이 많아 도박은유로 분류하여 논한다. 엠블러가 현대 작가들이 불확실한 운명을 자동도박기 은유로 반영한 것처럼 유정의 작품 속에는 이농민의 떠돌이 생활에서 일확천금하려는 놀음을 그리는 도박은유가 횡행하였다. 엠블러가 정의하는 은유의 개념이란 교수법에서 다루는 직유와 은유를 엄격하게 구분하는 비유법보다는 넓은 의미에서 '같이' 혹은 '처럼' 등을 포괄한 직유 등도 포괄하는 의미를 함의한다. 그는 은유란 무엇인가보다는 무슨 기능을 하는가에 중시한다. 소설의 경우 은유의 개념을 넓게 포함시킨 '브루스 프래저(Bruce Fraser)'의 「소설은유의 해석」에서는 제유, 환유, 아이러니 등의 비유적인 수사와 구어체의 과장까지도 포괄하여 넓은 의미의 은유 속에서 구어의 변용과 전이를 다루고 있다.[27] 엠블러는 생각이 말을 만든다는 논리와 함께 말이 생각을 낳게 한다는 논리로 은유가 시대정신을 형성한다는 역발상(逆發想)의 논리를 편다. 이를테면 워즈워스 시대의 자연시는 독자들에게 자연은 안락한 위안소임을 일깨웠다. 셰익스피어의 오셀로에서도 이아고의 가슴에 악의 씨앗이 자

---

26 Weller Embler(cf.), "Metaphor and Social Belief", HAYAKAWA(ed.), *LANGUAGE, MEANING and MATURITY*, New York : Harper, 1953, p.125 f.

27 Bruce Fraser(cf.), "The Interpretation of Novel Metaphors", Andrew Ortony(ed.), *METAPHOR AND THOUGHT*, Cambridge Uni., 1979, pp.175~179.

란다는 식물적인 비유로 자연 질서의 인과(因果)법칙을 독자들에게 인식하게 한다. 오셀로의 관객들까지도 콩 심은데 콩 나고 팥 심은데 팥 나고 악의 씨앗은 악의 열매를 맺는다는 식물적 은유로 익숙한 삶을 살았다. 빅토리아 여왕 시대의 소설들에서는 정글 속의 맹수가 자주 등장하여 호랑이의 '이빨과 발톱으로 얼룩진 피(red in tooth and claw)' 이미지로 상징한 약육강식(弱肉强食)의 정글의 은유-동물은유가 지배적이었다. 이 시대의 영국 소설의 약육강식 은유는 그대로 영국민의 신념을 형성하였다. '정글의 법칙'이 지배한 은유는 영국의 식민지 정책의 길을 크게 열어 주었다.[28]

동물은유는 식물은유 후기에 진화론이 소설에 적용된 이후 흔하게 등장한다. 우리의 경우 유길준의 진화론 수용 후 애국계몽주의자들의 소설과 논설에서도 민족주의의 역량을 기르는 힘의 논리가 펼쳐진다. 일제의 제국침략의 근간은 바로 약육강식의 진화론의 논리가 뒷받침하였다. 일제는 스펜서류의 사회 진화론을 정글의 법칙으로 해석하여 식민지 정책을 정당화하면서 조선을 침략하였다. 그에 반해 조선에서는 제국주의 침략에 맞서기 위해 민족주의 실력양성을 위한 힘을 기르기 위해 진화론을 수용하였다. 스펜서의 사회진화론으로 치우치면 인간 사회의 문제를 정글의 동물 세계로 풀이할 수 있는 위험성이 있다. 인간문제를 식물은유 혹은 동물은유로 유추한 후 30년대 한국소설의 수사에서는 도박은유가 등장한 것은 암울한 시대비극을 탈출하기 위한 선택이었다. 앞에서 인용한 '베이커'는 인간의 운명이란 그의 움직임이 자동도박기와 같은 것이라는 은유로 소설의 길을 찾았다.[29] 현대사

---

28 Weller Embler(cf.), HAYAKAWA(ed.), op.cit., pp.132~138.
29 Weller Embler(cf.), op.cit., p.125.

회가 바로 주식시장의 주가변동에 좌우되는 것처럼 기회(機會, chance, opportunity)를 잘 포착하는 것이 운명을 결정한다는 것이다. 근·현대의 소설에서 도박은유가 횡행하는 이유는 불확실한 사회에서의 기회 포착이 대박이 나올 수 있다는 현상을 인식한 결과다. 농경사회에서의 식물 이미지로 이루어진 은유는 철저한 인과응보(因果應報)의 사회질서를 이룬다. 그러나 진화론이 나온 후 19세기 말 20세기 들어서면서 영국소설의 은유는 정글의 법칙, 약육강식의 힘의 논리가 산재하였다. 이 시기의 영국은 빅토리아 여왕이 통치하는, 해가 지지 않는 나라로 식민지 정책이 성공한 시기였다. 식물 이미지가 아니라 동물 이미지로 힘의 논리가 소설에 등장한 시기와 겹친다. 그러나 식민지 정책 후기로 들어서 근·현대사회는 주식시장의 논리로 도박은유가 등장한다. 우연성 혹은 기회가 사람의 운명을 결정한다는 논리다. 스탠튼(Robert Stanton)은 단편소설을 두 가지 종류로 분류하고 있다. 스탠튼은, 계획(Chess, 장기) 소설과 사건(poker, 포커) 소설[30]로 분류하였다. 20년대 김동인 소설의 경우, 「태형」(1923), 「감자」(1925) 계열 작품은 주인공이 인과응보적인 환경 원인으로 패배하는 자연주의적 색채가 짙은 계획소설-체스소설이었으나 30년대에 들어서서 「광염쏘나타」(1930)계열의 경우 소설의 플롯은 주인공 '백성수'의 운명을 기습하는 기회가 좌우하는 사건소설 - 포커 소설에 해당된다.

'기회(찬스)라는 것이 사람을 망하게도 하고 흥하게도 하는 것을 아시오?' 또 한가지 사람의 천재라 하는 것도 경우에 따라서는 어떤 기회라는 것이

---

30 Robert Stanton, *An Introduction to Fiction*, Holt Rinehart and Winston Inc., 1965, pp. 41~43.

어떤 사람에게 서 그 사람의 천재와 범죄 본능을 한꺼번에 끄을어 내었다면 우리는 그 기회를 저주하여야 겠습니까 축복하여야겠습니까?[31]

　김동인의 '소설 기법은 회화'라는 비교적 계획된 질서를 주장하였지만 후기로 올수로 그의 소설 구성은 우연성의 전격수법 — 이른바 포커 스타일의 구성이 지배적이다. 「광염쏘나타」에서 '백성수'의 운명은 기회라는 것이 지배한다. 명재경각(命在頃刻)인 모친을 구할 의사의 왕진비를 얻을 천재일우의 기회가 오히려 화가 되어 백성우의 비극적인 운명은 시작된다. 그러나 이 비극이 바로 위대한 예술을 창조하게 된다는 계기가 된다는 이야기는 포커 스타일의 플롯을 이룬다. 변화난측한 운명의 장난과 전혀 예기치 못하는 전격적 사건으로 인한 운명을 맞이하는 인생을 그린 소설류 — 사건소설은 동인의 「배따라기」에서의 쥐로 말미암은 오해로 말미암은 예기치 못한 비극 이야기라든가 「증거」에서의 S의 비극, 「죄와 벌」에서의 말(馬)로 인한 사소한 사고가 홍찬도의 가정을 파탄으로 이끌게 한 소설들에서 찾을 수 있다. 자동도박기 은유는 기회 포착을 위해 계속하여 배팅을 하지만 대부분 헛수고뿐이다.

---

31 김동인, 「광염소나타」, 『東仁全集』, 弘字出版社, 1968, 464쪽.

4. 증언의 마지막 목소리

오코너에 의하면 영국보다는 아일랜드의 단편소설이 우세한 이유로는 몰락한 인구 집단 이야기가 많다는 것이다. 이 몰락한 인구는 작가에 따라, 또 세대에 따라, 그 성격을 달리한다. 그것은 고골리의 관리일수 있고 투르게네프의 농노일 수도 있고 모파상의 매춘부일 수도 있고체홉의 의사나 교사일 수도 있고 셔우드 앤더슨의 항상 탈출을 꿈꾸는시골뜨기 일 수도 있다. 셔우드 앤더슨은 '비록 내가 죽을지라도 나는어떻게든 네가 패하지 않도록 해 줄테다'하고 그녀는 외쳤다. 그녀의결심이 너무 깊었기 때문에 그녀의 온 몸이 떨렸다. '내가 죽고 난 후 니녀석이 나처럼 못나고 너절한 꼴이 되는 것을 보면 나는 되살아 나겠다'하고 그녀는 큰 소리로 말했다. '하나님, 제게 그 특권을 주시옵소서. 이아이가 우리 둘을 위해서 무슨 말을 할 수만 있게 되면 어떠한 고통도달게 받겠습니다.' 그녀는 슬며시 말을 중단하고 아들의 방을 눈여겨들러 보았다. '이 아이가 깍쟁이가 되어 출세하게도 하지 마시옵소서'하고 그녀는 자신 없는 목소리로 덧붙여 말했다.[32]

유정의 「땡볕」의 결말에서 이농민 덕순의 아내가 무능한 남편에게죽음의 그림자를 앞에 놓고 "사촌형님에게 쌀 두 되 꾸어다 먹은 거 부대 잊지 말고 갚우" 그리고 "임자 옷은 영근 어머니더러 사정 얘길 하고좀 빨아 달래우" 그칠 줄 모르는 유언을 하는 장면과 앤더슨의 호소는겹치고 있다.

---

[32] May Charles E.(ed.), 최상규 역, 『단편소설의 이론』, 정음사, 1983, 134쪽.

「땡볕」의 '덕순' 아내나 「가을」의 '덕만' 아내의 남편 사랑은 절대적인 빈곤과 고통을 탈출하려고 모든 것을 심청처럼 희생하고 헌신하면서도 남편에 대한 사랑은 변하지 않는다. 그럼에도 이들은 앤더슨의 아들처럼 궁극적으로 아무런 목표도 해답도 제공해 주지 않는 사회한테 당하는 패배는 물질적인 가치에서만 몰락한 것이 아니라 정신적인 가치의 부재에 의해서도 몰락해 있음을 연민한다.[33] 김유정의 단편소설을 오코너의 단편소설이론인 「고독한 목소리」의 논리에 기대면, 언제나 사회의 변두리를 방황하는 버림받은 사람들의 분위기와 인간의 고독에 대한 강렬한 자각의 목소리가 숨겨져 있다. 김유정의 단편의 속성(屬性)은 아일랜드의 단편 속성과 유사함을 찾을 수 있어서 비교문학적인 관점에서 앞으로의 과제로 삼을 만하다.[34] 오크너에 의하면 영국은 단편소설에 있어서는 두각을 나타내지 못 했지만 영국의 통치하에 있던 아일랜드가 제1급에 속하는 4~5명의 단편 작가를 낳아 놓은 것은 국민의 기질과 태도에 관련이 있다는 것이다. 영국의 지식인들은 영국 사람에게 있어서는 악운이 작용하지 않는 한 젊은이가 그것을 성취하지 못할 수가 없다는 것이 오늘날까지의 생각이다. 그러나 아일랜드의 젊은이는 여전히 사회에 대한 몰이해와 야유와 부정밖에는 기대할 것이 없다는 것이다. 『더블린 사람들』(제임스 조이스의 단편집, 1914)이 바로 그 증물이다.[35] 유정이 외국문학 중 감명 깊이 읽은 소설을 묻는 잡지사의 설문에 제임스 조이스의 「율리시-즈」라고 답한 것은 아일랜드 단편 소설의 영향이 있음을 입증한다(『朝光』, 1937.3, 261쪽). 그러나 유정은

---

33 위의 책, 134~135쪽 참조.
34 유인순, 「김유정과 해외문학」, 『유정을 찾아 가는 길』, 솔과학, 2003, 195~229쪽. 유인순이 '제임스 조이스'와 '유정'을 비교문학적 관점에 논한 선행연구가 있다.
35 위의 책, 136쪽.

사회 모순에 대한 부정적 야유로 희화하면서도 홍길동 같은 이상향을 그린다. 「소낙비」에서의 춘호 아내의 찢어진 가난의 모습에서도 오히려 희화되고 사랑의 창구에서 비치는 햇살을 보게 된다.

유정의 익살은 향토색 짙은 한국적 원형을 찾는 통로다. 유정은 「안해」에서 들병이의 생태를 작가 자신의 자화상적 방법으로 융합(conflation)하여 유추한 것으로 글을 쓴 것이다. 호랑이 숲 속에서의 동물적인 삶과 식물적인 삶을 탈출하려고 남편의 도박 밑돈을 마련하고자 부자에게 매춘하는 모습에서도 은유의 융합(식물, 동물, 도박)을 찾을 수 있다. 이런 비천한 궁핍 속에서도 낙천적인 웃음으로의 해학을 보는 것은 우리 고유의 여유의 회복이기도 하다.[36]

유정의 「소낙비」(1933)는 황순원의 「소나기」(1953), 윤흥길의 「장마」(1973)의 선행 구조로 천체적인 은유가 인간의 운명을 어떻게 움직이는가를 제시한다. 두 작품에서 소낙비와 장마는 주인공들의 운명이 인위적으로는 불가능한 우연성에 의해 작동함을 살피면 기상은유(바람, 별, 구름, 햇빛, 어둠 등의 은유)는 도박은유와도 일맥상통 한다. 「金 따는 콩밭」(1935)에서 '영식'이네가 자기 집 콩밭의 콩 그루에서 금을 딴다는 제목부터가 식물은유와 도박은유의 합성물이다. 금이 안 나오자 절박한 심정에서 산신제를 드리는 것이나 금맥을 잡으려는 허황된 기대는 우연성에 매달리는 행위로 도박은유와 다를 바 없다. 「장마」는 토속적인 샤머니즘의 운명의 은유로, 「소나기」는 소낙비로 말미암아 아름다운 소녀의 우연한 만남의 계기가 된 것도 인위적인 행위를 떠난 우연성이란 점에서 공통소가 있다. 도박은유 혹은 천체은유는 유정의 작품 「가을」,

---

36 윤홍로, 「한국소설의 탐구」, 『한국소설의 해석』, 단국대 출판부, 1998, 268쪽.

「산골나그네」, 「정조」에서도 같은 모티프로 작동한다. 20~30년대 농촌의 극한적 빈곤은 김동인의 「감자」의 '복녀'나 현진건의 「정조와 약가(藥價)」 등의 '아내'가 무능한 남편의 생계를 위하여 매춘을 하면서도 남편에 대한 정을 저버리지 않고 되돌아오는 유형을 형성하였다.[37]

5. 나오며

김유정의 텍스트에는 억압된 무언(無言)의 길 찾기가 숨어 있다. 그의 작품은 정치적, 가정적 환경 속에서 말하여지지 아니한 억압받은 역사의 공간을 채우는 기록이다. 그는 억압받은 모순의 삶과 가난 가운데 폐병과 조울증으로 인하여 이중적인 무언의 내면적 혼란을 겪는다. 유년시절 유복하였던 유정의 가정이 형의 방탕으로 파탄하자 암울하였던 시대고(時代苦)와 겹쳐 그의 양극적인 갈등은 고조되었으나 이러한 복합적인 고난은 글쓰기의 원동력이 되었다. 어눌하였던 소년의 내면적 모순을 글쓰기로 표현하면서 유정은 정신적인 안정을 찾기 시작하였다. 유정의 단편에는 자유롭게 말하지 못하였던 말더듬이의 숨은 목소리가 오히려 토속적인 구어체 은유로 세련되고 풍부하게 재생되어 있다. 독자는 유정의 단편을 지배하고 있는 잠복된 은유를 해석함으로 빈 공간으로 사라질 30년대의 지식인의 고뇌와 이농민의 퇴화된, 일그

---

37 더 자세한 내용은 윤홍로, 『한국근대소설연구-20년대리얼리즘소설의형성을중심으로』, 일조각, 1980, 104~155쪽을 참조할 것.

러진 삶의 방법과 현장을 찾게 된다.

유정의 은유 읽기에서는 단편소설 양식에서 찾을 수 있는, 외로운 인간의 고독과 변두리 인간의 삶의 모습을 해독할 수 있다. 특히 유정의 단편은 30년대 우리의 사정과 유사한 제임스 조이스의 아일랜드의 젊은이들이 사회에 대하여 이해할 수 없는 모순과 야유와 부정으로 가득 찬 단편과 비교될 수 있다.

30년대 문단에 크게 영향을 주었던 19세기의 러시아의 새로운 리얼리즘-심리적 소설은 귀족의 문학을 벗어나 가난한 소시민의 인간이나 농민의 문학으로 내려 왔었다 독일의 비평가 마르셀의 재판에 비유한 시선에 기대어 우리 근대농민문학사에 작가들의 글쓰기 자세를 자리매김 한다면 이광수는 재판관, 이기영은 고발자의 자리에, 김동인은 피고인석에 서고 이효석과 김유정은 증인 자세로 글을 썼을 것이다. 특히 김유정의 경우, 단편소설의 양식을 살려 동시대의 유랑민의 절박한 위기 상황을 증인의 입장에서 도박은유가 횡행하는 변두리 삶의 현장의 모습이 가리어져 숨겨진 것을 리얼하게 재생할 수 있던 것은 그의 체험과 아울러 다양한 은유의 기법으로 증언하였기 때문이다.

엠블러가 영국 소설사에서 한 시대를 지배했던 은유는 시대정신을 이루고 결국은 개인이나 나라의 실천 행동으로까지 미친다고 주장한 논리를 수용하면서 유정의 단편 소설에서 찾아낸 은유는 식물 은유, 동물 은유, 도박 은유로 분류하였다. 물론 이러한 김유정의 은유를 찾는 세 가지 은유의 분류는 해석상의 방법론의 전환을 시도한 것이다. 이 글의 은유의 코드 분류에 따라서 김유정의 단편을 적용하면 식물 은유를 넘어서 동물 은유에서 도박 은유로 이행하는 과정이 두드러진 특징으로 나타나지만 한 작품에는 두세 가지의 은유가 혼재 혹은 융합되어 시대상의 반영과 관련되어 있어 연구자들의 과제로 넘긴다.

「노다지」에는 호랑이 이야기가 많이 등장하여 숲속에서의 동물들의 정글의 법칙이 적용되는 배경으로 시작한다. 이러한 배경은 금점을 찾아 도적질하는 패거리들의 삶의 현장으로 투전꾼 노름꾼들을 연상하는 환유 즉 넓은 의미에서 동물은유와 연결된다. 금 도적 패거리들은 먹이를 찾아 이동하는 호랑이의 '이빨과 발톱에 묻힌 피'를 상징하는 약육강식의 삶 속에서 싸운다. 이들은 먹이를 위해 의리를 저버리고 배신을 하면서 끊임없이 사투(死鬪)를 하는 동물은유의 지침에 의해 움직인다. 이들 떠돌이 패거리들의 행동은 절망과 불확실한 미래의 불안감으로 닫혀진 사회를 도박은유의 의식으로 탈출구를 찾는다. 「노다지」나 「금」, 「만무방」에서도 식물은유를 넘어서 동물은유와 도박은유로 융합된 은유가 등장 인물들의 심리 상태에 따라서 드러나지만 도박은유가 중심을 이룬다. 유정은 30년대의 퇴화된 이농민의 일그러진 삶의 모습을 은유화하면서도 『땡볕』의 '덕순' 아내나 『가을』의 '복만' 아내처럼 생존수단에 모든 것을 희생하면서도 님편에 대한 사랑은 돌이킬 수 없는 여인들이다. "가시리"의 여인이오, "진달래"의 여인기도 하다. '님은 나를 버려도' '버려진 나'는 님을 버리지 않는 전통적인 여인들의 지조는 회복되어 구원의 빛으로 남는다.

요컨대 유정의 경우는 한국 고유의 정조(情調)를 살려 구어적인 판소리계열 소설의 고유한 수사법과 아울러 세 단계의 은유가 공존하면서 도박 은유가 두드러지게 그의 소설에서 작동하여 동시대의 암울한 시대상과 맞물린다. 유정은 농촌 떠돌이의 뿌리 뽑힌 삶과 그들의 생사 경계선의 절규를 시대의 비극으로 증언하면서 길가의 잡초처럼 강하게 살아가는 삶의 현장을 해학과 유머로 극복하려는 글쓰기를 하였다.

그는 가난하고 불쌍한 사람들의 고통과 사랑, 그리고 파멸에 넘어지지 않고 큰 사랑과 연민의 시선으로 스케치하여 사회적 불평등과 모순을 이야기한다. 그럼에도 그는 현장의 빈 공간에 숨겨진 진실을 리얼하게 되살리는 증인의 자리에 방관자의 무위(無爲) 속에서 권태로운 시선을 독자에게 보낸다. 독자는 이러한 급전하는 이야기의 주인공들이나 작가에게 연민의 정을 느낀다. 『봄·봄』에서의 장인과 '나'와의 대립은 자연에 뿌리를 박은 한국적인 조응으로 소박한 웃음을 자아낸다. 그것은 인위를 거부하는, 그러면서도 인간과 자연이 뒤엉킨 적나라한 한국인의 조형미를 형상화한 것이기 때문이다. 그것은 마치 '조선의 풍속화가들이 위선적인 유생취(儒生臭)에 대하여 풍자적인 웃음을 띤 모습으로 사물을 바라보는 의지결여성(Willenlosigkeit)의 소박한 한국미를 연상케 한다.'[38]

김유정의 단편소설의 미학의 중심에는 구어체 은유가 있었다. 그는 은유를 통해 전래적인 소박한 한국인의 삶과 고난 속에서도 웃음을 잃지 않는 해학을 회복하였다는 수직적인 평가와 아울러 서구에서의 체홉과 모파상과의 단편으로도 비교되는 수평적인 수사적 기법에서도 평가를 받을 수 있었다.

---

38 趙要翰, 『藝術哲學』, 法文社, 1973, 105쪽 이후 참조.

참고문헌

1. 기본 자료

전신재 편, 『원본 김유정 전집』, 한림대 출판부, 1987.

2. 논문

와다토모미, 「이광수 소설의 생명 의식 연구」, 서울대 박사논문, 2007.

윤홍로, 「한국현대소설의 미학－김유정 「동백꽃」과 선우휘 「불꽃」을 중심으로」, 『국어국문학』 69-9(합병호), 국어국문학회, 1975.

_____, 「개화기 진화론과 문학사상」, 『東洋學』, 단국대 출판부, 1986.

_____ · 염송심 역, 「韓國開化期進化論的 接手與文學思想」, 『北華大學 學報』, 中國吉林 社會科學版, 2010.

3. 단행본

김유정문학촌 편, 『김유정 문학의 재조명』, 소명출판, 2008.

박세현, 『김유정의 소설세계』, 국학자료원, 1998.

유인순, 『유정을 찾아가는 길』, 솔과학, 2003.

_____, 『김유정과의 동행』, 소명출판, 2014.

윤홍로, 『한국문학의 해석학적 연구』, 일지사, 1976.

_____, 『한국근대소설연구－20년대리얼리즘소설의형성을중심으로』, 일조각, 1980.

조요한, 『예술철학』, 법문사, 1973.

Charles E., May(ed.), 최상규 역, 『단편소설의 이론』, 정음사, 1983.

Dawkins, Richard, 홍영남 · 이상임 역, 『이기적 유전자』, 을유문화사, 2010.

Lodge, David(ed.), 윤지관 · 이동하 · 김영희 역, 『20세기 문학비평』, 까치, 1977.

Reich-Ranicki, Marcel, 김지선 역, 『작가의 얼굴－어느 늙은 비평가의 문학 이야기』, 문학동네, 2013.

_____, 이기숙 역, 『나의 인생－어느 비평가의 유례없는 삶』, 문학동네, 2014.

Steiner, George, 윤지관 역, 『톨스토이냐 도스토예프스키냐』, 종로서적, 1983.

Selden, Raman, 윤홍로 외역, 『현대문학이론』, 백의, 1995.

HAYAKAWA.S.I.(ed.), *Language, Meaning and Maturity*, Harper & Brothers, 1953.
Ortony, Andrew(ed.), *METAPHOR AND THOUGHT*, Cambridge Uni., 1981.
WHeelwright, Philip., *METAPHOR and RWALITY*, Indiana Univ., 1968.

김유정의 현실 인식과 아이러니의 한 양상

단편 「떡」, 「만무방」의 인물 형상을 중심으로

최성윤

1. 들어가며

김유정 소설에 대한 실로 다양한 해석이 기존 연구사를 통해 제시되어 있다는 것은 다음과 같이 설명될 수 있다. 우선 김유정의 소설이 여러 가지 관점과 방법론에 의한 분석을 견딜 만한 텍스트라는 점이다. 또한 단위 텍스트 각각의 완결성은 물론 다양한 교육적 관점을 생성시킬 수 있는 텍스트 간 맥락을 거느린 것이 김유정의 소설세계라고 할 수 있다. 이를 증명하듯 중등교육 및 고등교육 과정의 '국어'와 '문학' 독본에서 김유정의 작품들은 주요 제재로서의 지위를 점하고 있는 것이 사실이다.

그런데 김유정 소설을 사실주의적 관점에서 해석하거나[1] 도시소설의 범주에서 분석하는 작업은 늘 그 반대편의 작업보다 조심스럽고, 확장성의 측면에서 많은 난관에 부딪히는 것으로 보인다. 김유정의 작품들은 서정성이나 토속성을 전형적으로 드러내고 있고, 해학이나 반어의 방법론으로 조직되어 있다는 의견, 그리고 그와 관련한 텍스트들이 더 뚜렷하게 부각될 만큼 양과 질적인 측면에서 우위를 보이고 있다는 의견이 지속적으로 설득력을 얻고 있기 때문이다. 그러나 김유정 소설의 다양한 해석 가능성과 교육적 의의는 그 자체로 존중될 필요가 있다.

김유정 소설을 당대 현실 혹은 역사적 전망과 연관하여 논하려 할 때 가장 먼저 부딪치게 되는 난제는 인물의 성격과 관련되어 있다. 김유정 소설의 인물이란 좋게 말해서 순진하거나, 나쁘게 말해서 유치하다는 평가를 받을 만한 존재라 해서 크게 틀리지 않는다. 즉 해학적 아이러니라는 방법론을 위하여 복무하는 기능적 인물이거나, 세상을 구조적으로 관찰 및 해석할 능력이 없는 원초적 인간형이거나 한 것이다. 꼭 집어서 순진하거나 유치하다고는 볼 수 없는 인물이라도 성인의 입장에서 인간관 혹은 세계관이라고 할 만한 관념을 갖추어 현실을 바라보거나 비판하기에는 부적합한 인물인 것이 사실이다.

그렇다면 이 때, 주목될 수 있는 것이 바로 '서술자'라는 존재일 것이다. 그러나 김유정 소설의 서술자는 그 역시 미성숙한 등장인물이 아니면, 사건의 전개에 그다지 관여하는 일 없이 텍스트 내 세계를 관조하거나 해석하는, 중심사건 외부의 존재에 가깝다. 김유정의 대표작이라

---

1 일찍이 신동욱이 「김유정의 「만무방」」(『한국현대문학론』, 박영사, 1972)에서 김유정을 "사실주의에 정통한 작가"라고 규정하고, 이주형이 「「소낙비」와 「감자」의 거리—식민지시대 작가의 현실인식의 두 유형」(『국어교육연구』 8, 국어교육학회, 1976.12)에서 김유정의 사실주의적 현실인식을 김동인의 자연주의적 태도와 대조한 이후 김유정 연구의 시각은 '리리시즘의 표백' 등의 단조로운 경향을 넘어 뚜렷이 확장되었다.

고 널리 알려져 있는 「봄·봄」, 「동백꽃」의 경우만 보더라도, 장인의 착취에 어수룩하게 순응하는 '나', 계집아이의 도발에 어쩔 줄 모르고 속수무책으로 당하는 '나'는 나이와 상관없이 어린아이나 다름없는 인물이다. 그러니 그 텍스트의 이면에 '가족 관계로 위장된 불합리한 주종 관계'나 '마름 대 소작인이라는 당대 현실의 전형적 대결 구도'가 숨어 있다는 사실은 수긍될 수 있어도 강조되기는 쉽지 않다.[2]

여기서 근자에 김유정 소설의 여성 인물을 다루는 연구가 지속적으로 제출되고 있는 점을 의미 있게 고려할 수 있다. 김유정 소설의 여성 인물은 능동적 관찰이나 해석의 주체로 자리매김하기는 어려울지 몰라도 현실을 반영하는 거울이 될 수 있기 때문이다.

이에 더하여 김유정 소설의 인물 중 어린아이들은 어떻게 처리되고 있는가를 살펴볼 차례가 된 것 같다. 주지하다시피 1930년대 중·후반은 많은 작가들이 '생활'이라는 명목하에 귀소(歸巢)를 합리화하고 가족을 부양하는 이야기들을 쏟아낸 때이다. 실제로 많은 작가들이 1920년대의 청년기를 지나 1930년대에는 가장의 나이에 접어들어 있었음을 고려하지 않을 수 없다. 그들에게 주어진 자녀 양육이라는 미션은 절망적인 현실의 타개 가능성을 묻는 일과도 같았으므로, 지난하였으나 모색되지 않으면 안 될 과제 중 하나였다.

그들과 함께 당대를 살아가고 있던 김유정에게는 아내도 없었고, 자녀도 없었다. 소설을 '성숙한 남성의 형식'[3]이라고 할 때, 김유정 자신이

---

2   송하춘은 「동백꽃」에서 '마름과 소작인의 사회적 갈등'을, 「봄·봄」에서 '노사관계와 부자관계의 팽팽한 긴장 관계'를 작품이 내포한 주요 발견으로 제시했다(송하춘, 『탐구로서의 소설 독법』, 고려대 출판부, 1996, 168~178쪽 참조).

3   Georg Lukacs, 반성완 역, 『소설의 이론』, 심설당, 1985 참조. 루카치가 소설 형식의 유형을 논하면서, '현실을 대하는 주인공의 영혼이 너무 협소한가 아니면 너무 넓은가'를 기준으로 삼았다고 할 때, 김유정 소설의 주인공은 '영혼이 외부세계보다 좁은 경우'에 해당한다고 할

가장의 역할을 감당해 본 적이 없었다는 점은, 특히 1930년대 중반 이후라는 활동시기를 고려하면, 작가 생활에 있어서의 분명한 핸디캡이었다. 그러나 김유정이 적은 편수의 작품에서나마 어린아이를 형상화하고 그들의 문제를 다루었다는 것은 섬세하게 고찰될 필요가 있다. 그또한 당대를 반영하는 거울이며, 작가의 현실 인식을 짐작케 하는 근거가 될 수 있기 때문이다. 한 가지 분명한 것은, 작가 김유정이 어린아이를 통해 그려 놓은 것이 그가 꿈꾸는 세계의 신기루가 아니라 그가 목도하고 있던 당대의 살벌한 풍경이라는 점이다.

2. 김유정 소설에 나타난 어린아이의 형상

김유정이 소설 창작의 과정에서 작품을 통해 성년 인물의 가치관을 드러내는 것은 말처럼 쉬운 일이 아니었다. 그는 누군가의 지아비이거나 아비였던 적이 없었기 때문이다. 따라서 김유정은 가족의 문제와 그것을 조율하는 가장의 역할에 대해 제3자의 입장에서 관찰하는 시점을 취할 수밖에 없었다. 김유정의 소설에서 자녀로서의 어린아이가 많이 등장하지 않고, 그나마 아이답게 묘사되지 않으며, 그들을 돌보고 양육해야 할 아비의 태도조차 비정상적인 것으로 읽히는 이유이다.

수 있다. "이러한 유형의 주인공이 갖는 문제성은, 그가 내적으로 전혀 문제성을 지니고 있지 않기 때문에 선험적 좌표에 대한 의식, 다시 말해 간극을 현실적으로 체험할 수 있는 능력을 가질 수 없다는 점에 있다."(Georg Lukacs, 위의 책, 124쪽)

지아비와 지어미의 관계가 아니더라도 '남성과 여성이 만나 사랑하고, 어떻게든 살아남아야 한다'는 현재의 문재에만 집중되어 있는 김유정 소설의 담화는 어린아이의 모습을 통해 미래를 예감하거나 모색하는 주요 인물의 시야를 확보하는 데 적당치 않다. 김유정 소설의 서사와 담론이 지극히 당대의 현실 즉 현재의 문제에 국한되어 있다는 것은 이처럼 텍스트 내 인물 구도를 통해서도 충분히 드러난다.

가족이라는 틀 속에서 자녀로서의 어린아이의 모습이 그 중 생동감 있게 사건 및 행동을 통해 형상화된 작품은 「떡」(『중앙』, 1935.6)이 거의 유일하다. 한 먹성 좋은 어린아이가 부잣집 생일잔치에 불청객으로 끼어들어서 분에 넘치도록 음식을 먹다가 죽을 뻔했다는 이야기다. 이 우습고도 슬픈 에피소드를 중심으로 아이의 부모가 빈궁한 살림을 이어가게 된 내력이 서술되고, 평상시의 배고픈 일상과 아비와 자식 간의 식탐 경쟁이 해학적으로 묘사된다.

이러든것이 그날은 유별나게 어느때보다 일즉 일어나닷. 덕히의 말을 빌리면 고 배라먹을 년이 그예 일을 저질을랴고 새벽부터 일어나 재랄이엿다. 하긴재랄이 아니라 배가 몹씨고팟든 까닭이지만. 아버지의 숫가락질 소리를 들어가며 침을 삼키고 삼키고 몇번을 그래봣으나 나중에는 더 참을 수가 없엇다. (…중략…) 아버지는 이꼴에 화를 벌컥 내엿다. 손바닥으로 뒤통수를 딱 때리드니 이건죽지도않고 말성이야 하고 썩 마뜩지않게 뚜덜거린다. 어머니를 향하얀 저년 아무것도 먹이지말고 오늘 종일 굶기라고 부탁이다. 드럿는지 못드럿는지 어머니는눈을 깔고 잠잣고 있다. 아마 아버지가 두려워서 아무 대꾸도 못하는 모양, 딱때리고 우니까 다시 딱 때리고. 그럴쩍마닥 조꼬만 옥이는 마치 오뚜이 시눙으로 모두 쓰러젓다는 다시 일어나 울고 울고 한다. 죽은 안주고 때리기만 한다. 망할새끼 저만 처먹을랴고 얼른 죽어버려라 염병을 할자식. 모진 욕이 이렇게 입끝까지 제법 나왔스냐[4]

배가 고파 일어난 아이를 다짜고짜 때리는 것으로도 모자라 굶기라고 명하는 아비, 입속으로나마 그 아비더러 상스런 욕과 저주를 퍼붓는 일곱 살 난 딸. 서로 죽으라고, 왜 죽지도 않느냐고 아우성인 부녀지간의 싸움을 글감으로 해서 독자들을 웃기는 김유정의 재주야말로 대단한 것이다. 그러나 한바탕 웃어만 넘기기에는 이 어린아이에게 주어진 삶의 조건이 너무 가혹한 것임을 독자는 생각지 않을 수 없다.

사실 어느 작가라 해도 제 작품에 어린아이들이 안락하게 호의호식하거나 부모의 사랑을 듬뿍 받으며 귀하게 자라나는 것을 그릴 만한 시대는 아니었을 것이다. 그러나 아이가 먹고 살겠다고 아비와 죽 그릇을 다투어야 하는 현실은 ─ 아무리 허구 텍스트 안에서이지만 ─ 암담하기 그지없다.

천덕꾸러기 신세를 면치 못하는 어린아이는 「애기」(『문장』, 1939.12)에도 등장한다. 임신을 숨기고 결혼한 아내와 의사라고 속이고 결혼한 남편이 무슨 귀찮은 물건을 치워 버리려는 듯이 아기를 버릴 궁리를 한다. 제 자식이 아님을 뻔히 아는 아비는 물론이고 조부모에게도 사랑받을 권리를 타고나지 못한 아기는 심지어 자신을 낳은 어미에게서조차 버림받을 위기에 처해 있는 것이다.

"여보, 우리 애를 내다버립시다" 하고 안해가 맞우 쳐다보며 눈을 깜짝입니다.

---

4 김유정, 「떡」, 전신재 편, 『원본 김유정 전집』, 강, 2007, 87쪽(이하 이 책은 『전집』으로 표기함).

"왜 날젠언제구 또 내버리다니?"

"아니 저……"

안해는 낯이 후꾼한지 어색한 표정으로 어물어물합니다. 실상이지 딸은 제딸이로되 요만치도귀엽진 않습니다. 이것때문에 걸려서 시부모에게 큰체를 못해서요. 큰체를 좀 빼다가도 방에서 악아가 빽, 울면 고만 제밑을 들어 내놓고 망신을 시키는 폭입니다. 전날에 부정했던 제죄로 말미아마 아주 찔끔못하고 꺾여버립니다. 또 이뿌던것도 모두들 밉다, 밉다, 하면 어쩐지 딿아 밉게되는 법이니까요.

"그렇게 아니라 이렇게 서루 고생할게야 있우, 자식귀한 집으로 가면 저두 호강일테고한데!"

이말은 듣기에 좀 구수합니다.

"글세" 하고 든직이 생각하여 봅니다. 따는 이런 냉골에서 구박만 받느니 차라리 손노는 집으로 들어가서 호강을 하는것이 함결 날겠습니다. 그리고 저게 지금은 모르나 좀 자라면 세우 먹으랴고 들겠습니다. 가난한 마당에는 악아의 쬐꼬만 입도 크게 무섭습니다.[5]

귀찮은 아이를 버리는 일을 앞두고 아내는 '자식 귀한 집으로 가서 호강하며 클 것'이라는 의견을 내세우고, 남편은 아가의 조그만 입이 먹어 치울 밥을 걱정하며 은근히 동의하는, 그들 나름대로의 이 영악한 합리화는 등장인물의 안팎을 장악한 구연체적 서술에 의해 여지없이 폭로된다. 물론 이들 부부의 어수룩한 모의는 마음 약한 남편의 단념으로 성공에 이르지 못하지만, 가난이라는 조건 외에도 부모의 냉대와 구박

---

5 김유정, 「애기」, 『전집』, 405~406쪽.

을 견뎌 내야 할 아가의 하루하루는 당장 내일 아침을 기약하기도 어려운 상황이다.

김유정 소설에 등장하는 남성 인물들이야 가솔을 돌보는 일 따위는 안중에도 없고 들병이 꽁무니를 따라다니거나 허황된 몽상을 일삼는 철부지로 묘사되는 경우가 허다하지만, 상기 작품 「애기」에서처럼 여성 인물이, 게다가 아이의 어머니가 모성애를 상실하였거나 아예 갖추지 못한 모습으로 그려지는 것은 드문 경우라고 보아야 한다. 예컨대 「만무방」(『조선일보』, 1935.7.17~30), 「야앵」(『조광』, 1936.7)에는 극한의 생존 조건 속에서 젖먹이 아이를 지키기 위해 남편과 헤어질 것을 결심하고 실행하는 어머니의 모습이 그려져 있는 것이다.

그들 부부는 돌아다니며 밥을 빌었다. 안해가 빌어다 남편에게, 남편이 빌어다 안해에게. 그러자 어느날 밤 안해의 얼골이 썩 슬픈 빗이엇다. 눈보래는 살을 여인다. 다 쓰러저가는 물방아간 한구석에서 섬을 두르고 언내에게 젓을 먹이며 떨고잇드니 여보게유, 하고 고개를 돌린다. 왜, 하니까 그말이 이러다간 우리도 고생일 뿐더러 첫때 언내를 잡겟수, 그러니 서루 갈립시다 하는 것이다. 하긴 그럴 법한 말이다. 쥐뿔도 업는 것들이 붙어단긴대짜 별수는업다. 그보담은 서루 갈리어 제맘대로 빌어 먹는것이 오히려 가뜬하리라. 그는 선뜻 응락하엿다. 안해의 말대로 개가를 해가서 젓먹이나 잘 키우고 몸성히 잇스면 혹 연분이 다아 다시 만날지도 모르니깐 마즈막으로 안해와 가티 땅바닥에 나란히 누어 하루밤을 떨고나서 날이 훤해지자 그는 툭툭 털고 일어섯다.[6]

---

6 김유정, 「만무방」, 『전집』, 100쪽.

"그래 오작해야 정숙이언니가 아주 멀미를 내다싶이해서 떼내던졌어요. 방세는 내라구 조르고 먹을건 없고 언내는 보채고허니 어떻게사니, 나같으면 분통이 터저서 죽을 노릇이지, 그래서 하루는 잔뜩취해들어온걸 붙들구 앉어서 이래선 당신허구 못살겠우, 난 내대루 벌어먹을터이니 당신은 당신대루 어떻걸셈대구 낼은 민적을 갈라주, 조곰도 화도 안내고 좋은 소리루 그랬대, 뭐 화두 낼 자리가 따루 있지 그건 화를 낸대짜 아무 소용이 없으니까, 그리고 언내는 안즉 젓먹이니까 에미품을 떨어저서는 못살게니 내가 데리구 있겠오 그랬드니 그날은 암말않고 그대로 자고는 그 담날부터는들어오질 않드래, 별것두 다 많지? 그리고 나달후에는 염서 한장이 왔는데 읽어보니까 당신원대로 인제는 이혼수속이 다 되었으니 당신은 당신 갈대로 가시요 하고 아주 배씸좋은 편지래지, 그러니 이따위가 자식새끼를 생각하겠니? 안해 떼버리는게 좋아서 얼른 이혼해주고 이렇게 편지까지 헌 놈이"[7]

위 두 작품뿐만 아니라 「떡」에서도 어머니라는 존재와 모성애라는 덕목은 아이의 생존을 위한 최후의 보루이다. 아예 없거나 있으나 마나한 아버지와 달리 어머니는 자식에 대해 최소한 동정적이며, 자신이 먹을 것이 부족해도 딸에게 죽을 양보하는 「떡」의 어머니나 젖먹이를 살리기 위해 남편과 헤어지기를 결심하는 「만무방」과 「야앵」의 어머니처럼 기본적인 헌신의 미덕을 보여 주고 있는 것이다.

어린아이가 살아남기 위한 최소한의 조건조차 흔들리고 있는 「애기」의 세계는 그래서 더욱 비참지경이다. 「애기」는 김유정 생전에 발표되지 않은 작품이라는 점을 참고할 필요가 있다. '미발표 유고'로 그의 사

---

7 김유정, 「야앵」, 『전집』, 231~232쪽.

후인 1939년 말 발표될 당시 지면에 탈고 일자가 기록되어 있는데, '소화 9년' 즉 1934년 12월 10일이다. 이 작품을 탈고한 뒤 발표는 하지 않은 상태에서 김유정은 4개월 후(1935년 4월) 「떡」을 탈고하였고, 그해 6월에 지면을 얻어 발표한다.

어쩌면 김유정은 「애기」에서 어린아이가 직면한 상황을 통한 극한적인 당대 현실 폭로를 시도하였으나 차마 발표하지는 못하고, 「떡」에서처럼 아이에게 동정적인 어머니를 조력자적 인물로 설정한 후에야 탈고한 작품을 발표할 용기를 얻었을지도 모른다. 4개월밖에 안 되는 기간 동안 어린아이의 생존 조건을 모티프로 한 작품을 두 편이나 써낸 이유를 이해할 수 있는 하나의 방법이다.

그럼에도 불구하고 「떡」의 옥이가 견뎌야 할 현실의 무게도 가혹하기는 마찬가지다. 자신을 지켜 주어야 할 어머니가 심약하고 병약하게 그려지고 있기 때문이다. 실제로 옥이가 떡을 먹고 탈이 나서 목숨을 잃을 수도 있는 위기 상황에 처했을 때, 어머니가 할 수 있는 일이라고는 우는 것 말고 아무 것도 없는 것으로 그려진다. 집도 없이 남의 집에서 얹혀살며 주인에게도 의심과 구박을 받고, 보살펴 주어야 할 부모도 폭력적이거나 병약하여서 크게 보탬이 되지 않는 상황, 스스로 선택하지 않았으나 운명적으로 주어진 옥이의 차디찬 현실은 당대 식민지 조선 민중의 그것을 상징적으로 드러내고 있다고 하지 않을 수 없다.

3. 1930년대 후반기의 현실과 김유정의 작가적 대응

「떡」의 소설세계와 같은 환경에서 아이에게 필수적으로 요구되는 성격이란 악착스러움일 뿐이다. 아버지에게 반항하고 어머니의 몫을 빼앗아서라도 일단은 살아남는 것이 우선이다. 감자 몇 개라도 먹을 것이 눈에 띄면 그것이 제 것인지 주인집의 것인지 중요치 않다. 사실 먹는 것 이외에 옥이가 스스로의 목숨을 부지하기 위해 할 수 있는 일이라곤 별로 없다. 옥이의 식탐은 생존 본능에서 기인한 것이 아니겠는가. 그런 옥이에게 잔칫날 부잣집 작은아씨의 배려는 엄청난 횡재가 아닐 수 없었을 것이다. 횡재가 위기상황으로 바뀌는 데는 한나절도 걸리지 않았지만 말이다.

> 내가 옥이네집을 찾아간 것은 이때썩 지어서이다. 해넘이의 바람은 차고 몹시 떨렸으나 옥이에대한 소문이 흉함으로 퍽궁금하엿다. 허둥거리며 방문을 펄떡 열어보니 어머니는 딸 머리맡에서 무르팍에 눈을 부벼가며 여지껏 홀쩍어리고앉엇다. 냉병은 아주 가셧는지 노냥 노렇게 고민하든 그상이 지금은 붉하허니눈물이 흐른다. 그리고 놈은 쭈그리고 앉어서 나를 보고도 인사도 없다.[8]

옥이를 위기 상황에서 구해 낸 것은 뜻밖에도 서술자이다. 이야기의 바깥에 자리를 잡고 누군가에게 들어 알게 된 이야기를 전하듯 하는 역

---

8 김유정, 「떡」, 『전집』, 93쪽.

할만을 고수하던 서술자가 직접 등장인물의 자격을 얻어 사건 내에 개입하고 있는 것이다. 이는 김유정의 다른 작품에서는 찾아보기 힘든 경우이다. 게다가 서술자인 '나'가 현장에 뛰어들어 사건에 개입하는 것은 작품의 후반부에 이르러서이므로 더욱 생경하게 느껴진다. 사건에 개입한 이상 그 이후의 이야기는 들어서 알게 된 이야기를 독자에게 전달하는 형식이 아닌, 스스로의 행동을 포함한 관찰 내용을 1인칭으로 서술하는 형식이 된다.

작품의 앞뒤 분위기를 어긋나게 하면서까지 서술자가 전면에 드러날 수밖에 없었던 사정은 여기서 분명하게 설명될 수 있다. 작품에 등장한 인물들 예컨대 옥이의 부모나 마을 사람들의 재주로는 옥이를 살려낼 방도가 없기 때문이다. 서술자가 계속 사건에 개입하지 않은 채 누군가에게서 들은 이야기처럼만 '떡이 사람을 먹은 이야기'를 구연하다가는 사관 한 번 틀면 회생할 아이를 경을 읽다 죽이게 생겼던 것이다. 만약 그랬다면 서술자는 논평적 목소리를 통해 이들의 무지를 한탄하고 이런 사건이 일어날 수밖에 없었던 배경을 비판하는 일밖에 더 할 일이 없었을 터이다.

'나'가 옥이를 살리는 데 결정적인 공헌을 하는 인물로 사건에 개입하는 것이 집필 이전 단계에서부터 미리 의도된 것이었는지 아닌지는 알 수 없다. 아무튼 '나'의 급작스런 출연이 옥이를 살리는 방법이 될 수는 있을지언정 작품의 얼개는 어딘가 어긋난 것처럼 어색해졌다. 결국 부모자식간의 문제를 등장인물간의 역학관계로 읽거나 풀어내는 일은 작가 김유정에게 잘 맞는 옷이 아니었음을 알 수 있다.

1930년대 중 후반 당대를 함께 살아가고 있던 작가 한설야의 「딸」(『조광』, 1936.4), 「이녕」(『문장』, 1939.5)에도 옥이와 비슷한 나이의 반항적인 여자아이가 등장한다. 그러나 이 아이를 바라보는 아버지의 시선은 지극히 자애롭고, 심지어는 왈패 같은 딸의 성격을 자랑스러워하기까지 하는 것 같다.

"그까짓 간난애(게집애)를……"

딸을 더 사랑하는 데 대하야 불평이 있는 안해와 어머니는 무슨 기회가 오는 때마다 씩 웃으며 이렇게 말한다.

"간난애를 그렇게 양해서 뭣에 쓰겠소. 말괄량이나 됐지……"

이렇게도 말한다.

허나 이쾌활하고 말솜씨좋은 딸을 그는 그지없이 사랑한다.

어느날 어느 소년소녀의 잡지편집을 보는 S라는 친구가 찾아왔다. 원악 어린애를 좋아하는 S는 곧 그의 딸과 가까워졌다. 허나 이 씩씩한 딸은 따분한 놀음을 오래 계속하기에는 너무도 날파람이세다. 곧 말솜씨를 걸어보랴고 하고 무슨 내기를 걸녀보랴고 한다.

(…중략…)

"애 누가 이겼니?"

하고 아버지가 이렇게 물을때에 은숙은 으앙하고 끗끗내 울음이 터졌다. 허나 그리며 다시 기를 써 S를 차기 시작한다. 얽혀가지고서도 그리고 울면서도 은숙은 반항하고 있다. [9]

채만식 또한 「레디메이드 인생」, 「명일」 등의 작품에서 정규 학교 교육을 부정하는 독특한 생각을 가진 아버지의 모습을 보여주고 있음을

---

9 한설야, 「딸」, 『조광』, 1936. 4, 131∼132쪽.

함께 생각해 볼 필요가 있다. 한설야와 채만식이 작품 속에 창조한 인물들이 아비의 입장에서 자식이 얌전하고 말 잘 듣는 수재로 자라기를 바라지 않는다는 것은 세상에 패배한 인텔리로서의 통렬한 자기 고백과 다름없다. 폭압적인 현실에 대응하는 방법으로서 합리적인 세계관이나 지적인 논리는 유효하지 않다는 것을 이미 알고 있기 때문이다. 아무 때나 떼를 쓰고 누구에게든 반항하는 아이를 더 믿음직하게 바라보는 아비의 시선은 반어적으로 해석해야 옳은가. 그보다 다분히 솔직한 표현으로 이해할 필요는 없을까.

그렇다면 김유정의 현실 인식을 한설야나 채만식과 크게 다르다고 볼 수는 없겠다. 차이가 있다면 김유정과 달리 한설야나 채만식 작품 속의 아비는 반어적으로든 역설적으로든 아이를 양육하는 일환으로써 행동하고 생각한다는 점이다. 한설야가 악착스런 딸을 사랑스러운 시선으로 바라보는 아비를 설정했다면 그 아비는 아이의 모습을 통해 미래를 그려보고 있는 것이다. 반면 김유정이 악착스런 딸에게 위협과 폭력을 가하는 아비를 그리고, 아이를 위기에서 구출하기 위해 서술자를 사건 내에 개입시킬 수밖에 없었다면 이는 당장 눈앞에 닥친 현실의 문제를 제시하는 것이 된다.

아무튼 등장인물이나 서술자로서의 아비의 입장이 아니라 작가의 입장에 서면 한설야든 김유정이든 나아가 채만식이든 유난스럽게 이기려고 드는 왈패 같은 아이를 분명히 긍정적인 시선으로 바라보고 있는 것이라 할 수 있다.

이때 한설야나 채만식의 작품 속 아비는 세계를 관조하고 해석하는 주체가 된다. 그들은 현실을 구조적으로 바라볼 수 있는 이지적인 능력을 가지고 있지만 현실을 바꿀 수 있는 것은 아니어서, 향후로도 바뀌지 않을 암담한 현실세계를 억세게 살아낼 수 있는 아이를 길러내고자 하는 것이다.

김유정의 경우, 이에서 더 나아가, 이러한 인물들의 원초적인 행동양식은 어린아이에게만 국한하여 필요한 것으로 제시되지 않는다. 어린아이가 그렇게 커나가야 하리라는 믿음에 앞서 당대를 살아가는 필부필부들이 모두 당장 그렇게 살지 않으면 안 된다는, 그렇게 살 수밖에 없다는 판단이 낳은 방법론이라 할 수 있다.

그래서 김유정 소설의 인물들은 당장 내일의 대책도 없이 어린아이와 같은 행동을 하고, 당장 눈앞에 보이는 것이 있으면 그때그때 필요한 것을 취하며, 잘못된 선택이 가져올 낭패를 아예 두려워하지 않는다.

"내것 내가 먹는데 누가 뭐래?"

하고 데퉁스러히 내뱃고는 비틀비틀 논 저쪽으로 업서진다.

형은 너머 꿈속 가태서 멍허니 섯을 뿐이다. 그러나 얼마 지나서 한손으로 그 봇짐을 들어본다. 가쁜하니 끽 말가웃이나 될는지. 이까진 걸 요러케까지 해갈라는 그 심정은 실로 알수업다. 벼를 논에다 도루 털어 버렷다. 그리고 안해의 치마이겟지, 검은 보자기를 척척 개서 들엇다. 내걸 내가 먹는다— 그야 이를 말이랴, 허나 내걸 내가 훔처야할 그 운명도 얄궂거니와 형을 배반하고 이즛을 버린 아우도 아우이렷다. 에—이 고현놈, 할제 보를 적시는 것은 눈물이다.

(…중략…)

"애, 존수잇다. 네원대로 돈을 해줄게 나구 잠간 다녀오자"

씩씩한 어조로 기쁘도록 달랫다. 그러나 아우는 입하나 열랴지안코 그대루 실쭉하엿다. 뿐만 아니라 어깨우에 올려노흔 형의 손을 부질업단 듯이 몸

으로 털어버린다. 그리고 삐익 다라난다. 이걸보니 하 엄청이나고 기가 콱막
히엿다.

"이눔아!"

하고 악에 밧치어

"명색이 성이라며?"

대뜸 몽둥이는 들어가 그볼기짝을 후려갈겻다.

(…중략…)

홧김에 하긴햇으되 그꼴을보니 또한 마음이 편할수업다. 침을 퇴 배타던
지곤 팔짜드신놈이 그저 그러지 별수잇나. 쓰러진 아우를 일으키어 등에업
고 일어섯다. 언제나 철이 날는지 딱한 일이엇다. 속썩는 한숨을 후― 하고 내
뿜는다. 그리고 어청어청 고개를 묵묵히나려온다.[10]

「만무방」의 응칠은 「떡」의 옥이가 남자로 태어나 나이를 먹었다면
꼭 그렇게 되었을 것 같은 인물형이다. 먹고 입고 자는 일에 심각하게
생각하는 법이 없고, 그날 그날 되는 대로 살아가면서도 남에게 무엇이
든 지기 싫어하는, 그야말로 '만무방'이다. 그는 남들이 농토에서 땀을
흘릴 적에 송이 파적으로 술값을 마련하고, 주인이 누군지도 모르는 닭
을 마음대로 잡아먹으며, 노름판에서조차 손해를 보는 일이 없는, 일탈
적이고 위험한 존재다. 그런 응칠이 착실한 농군인 동생 응오를 두고
"언제나 철이 날는지 딱한 일"이라고 말한다.

'내 걸 내가 먹기 위하여 내 걸 내가 훔쳐야 하는 운명'은 응오 개인이
감당할 특수한 문제 상황은 아니다. 오히려 그것은 당대 조선 농민의, 보

---

10 김유정, 「만무방」, 『전집』, 120~121쪽.

편적인 운명이라고 보아야 할 일이다. 그런데 그 운명에 대처하는 방법을 보면 피를 나눈 형제간임에도 확연히 구분되고 있는 것이다. 응칠이 보기에 동생은 세상 물정을 모르는 철부지이다. 그러나 독자가 판단하기에 철부지 같은 인물은 오히려 응칠이다. 착실하게 농사를 지어서 아내를 얻고 가정을 이루어 평범하게 살아가려는 응오의 희망은 이미 꺾어진 것이나 다름없지만, 제멋대로 풍찬노숙을 하면서 도적질에 노름까지 일삼는 응칠과 비교하면 형보다 나은 동생임에 틀림없는 것 같다.

그럼에도 불구하고 형 응칠을 바라보는 작가의 시선은 차갑거나 부정적이지 않다.[11] 게다가 여기서 응칠이 응오를 두고 "언제나 철이 날는지 딱한 일"이라고 하는 말이 왠지 설득력 있게 느껴지는 것은 시대 상황이 낳은 아이러니라고 할 수밖에 없다. 비정상적이거나 미숙한 등장인물 응칠의 발화 내용과 작가의 속뜻이 달라서 생기는 아이러니가 아니라, 반듯하게 세상을 살려던 희망이 무너져 자신의 윤리의식에 반하는 행위를 하게 된 응오에게 '도둑질이 아니라 내 걸 내가 먹는 것'이라는 자기합리화가 필요하게 된, 이상과 현실의 간극이 만들어낸 아이러니다.

착실한 농군이 되기를 포기하고, 처자식과도 주저없이 헤어진 응칠에게 그렇다고 응오보다 긍정적인 전망을 기대할 수 있는 상황은 아니다. 응칠에게 중요한 것은 내일이 아닌 오늘의 굶주림을 해결하고 잠들자리를 찾는 일이다. 응오는 아직도 그런 상황이라는 것을 모르거나 인

---

11 「만무방」을 다룬 최근의 연구 성과 중 김승환, 「김유정의 「만무방」에 나타난 폭력성」(김유정학회 편, 『김유정과의 만남』, 소명출판, 2013)은 「만무방」을 '폭력의 알레고리'로 규정하고, 인물이 드러내는 폭력성이 시대 현실을 정직하고 정확하게 인식한 결과이며, 폭력의 정당성과 폭력 이후의 역사적 전망을 함의하고 있는 것이라 주장하고 있다. "이런 상황에서는 비폭력적 인물이 오히려 반시대적이고 반사회적"(김승환, 위의 글, 159쪽)이라는 주장에 일리가 있으나, 폭력이 저항의 수단이자 현실 변혁의 세계관을 상징하는 것이라는 데까지 동의하는 것은 본 연구의 관점과 범위를 벗어나기에 적당치 않다.

정하지 않고 있으니, 응칠은 그것이 딱하고 답답한 것이다.

염치가 없고 막되어 먹은, 소위 만무방은 누구인가. 누가 보아도 응칠일 것이다. 단지 응칠만이 "형을 배반하고 이 짓을 벌인" 응오를 만무방이라고 생각하고 있을지 모른다. 그렇다면 작가 김유정이 '만무방' 응칠을 통해 전달하려는 메시지는 어떻게 해석해야 하는가. 여기서 분명한 것이 있다면 「만무방」은 응칠처럼 염치없이 살지 말라는 교훈적인 이야기가 아니라는 것이다. 모두가 만무방이 되어 살아야 한다는 선동이나 전언은 아닐지 몰라도, 이 작품은 오늘을 살아내기 위하여 만무방이 될 수밖에 없는, 내일이 없는 조선 농촌과 농민 현실의 핍진한 기록으로서 의미를 가진다.

4. 나오며

김유정 소설의 배경이나 인물은 농촌과 농민으로, 토속적이고 순박하게 그려졌을 때 가장 어울린다는 것에 많은 독자들이 동의하고 있다. 김유정 소설의 재미는 해학적 아이러니에 기인하며 그 내면구조에는 어수룩하거나 비정상적인 인물의 역할이 자리 잡고 있다는 해석이 많은 작품을 통해 제시될 수 있다. 이때 독자의 신뢰를 얻을 수 없는 미숙한 인물의 발화는 작가-서술자의 전달하려는 메시지와 상충되어 아이러니의 효과를 발생시킨다고 할 수 있다.

그런데 본 논문은 위와 좀 다른 각도에서 김유정 소설의 미숙한 인물과 텍스트 구조 원리로서의 아이러니를 바라볼 수 있다는 점을 「떡」, 「만무방」 분석 결과로 제시하고자 하였다.

「떡」은 가족이라는 틀 속에서 자녀로서의 어린아이의 모습이 그 중 생동감 있게 사건 및 행동을 통해 형상화된 김유정의 거의 유일한 작품 이다. 작품의 주인공 격인 어린아이 옥이는 집도 없이 남의 집에서 얹 혀살며 주인에게도 의심과 구박을 받고, 보살펴 주어야 할 부모도 폭력 적이거나 병약하여서 크게 보탬이 되지 않는 상황 속에 던져져 있다. 스스로 선택하지 않았으나 운명적으로 주어진 옥이의 차디찬 현실은 당대 식민지 조선 민중의 그것을 상징적으로 드러내고 있다고 하지 않 을 수 없다.

이와 같은 환경에서 아이에게 필수적으로 요구되는 성격이란 악착 스러움일 뿐이다. 아버지에게 반항하고 어머니의 몫을 빼앗아서라도 일단은 살아남아야 한다. '지금' '여기'에서 생존하는 것이 최우선이기 때문이다. 이와 같은 생존의 방법론은 어린아이들뿐 아니라 김유정의 작품들 속 당대를 살아가고 있던 조선 농민들에게 보편적으로 적용될 수 있다. 「만무방」을 통해 독자는 천진하여서가 아니라 막무가내로 악 착스러워서 어린아이와 같은 인물 응칠을 만날 수 있다.

응칠은 먹고 입고 자는 일에 심각하게 생각하는 법이 없고, 그날 그 날 되는 대로 살아가면서도 남에게 무엇이든 지기 싫어하는, 일탈적이 고 위험한 존재다. 그런 응칠이 착실한 농군인 동생 응오를 두고 '철없 다'고 말한다. 이와 같은 응칠의 상황 판단은 독자의 가치관과 충돌하 여 표면적인 아이러니를 발생시킨다. 그러나 응칠을 바라보는 작가의 시선은 따뜻하며, 심지어는 응칠의 말과 생각, 행동에 동조하는 느낌마 저 준다. 이는 텍스트의 이면에 숨은, 시대 상황이 낳은 아이러니이다.

비정상적이거나 미숙한 등장인물 응칠의 발화 내용과 작가의 속뜻이 달라서 생기는 아이러니가 아니라, 반듯하게 세상을 살려던 희망이 무너져 자신의 윤리의식에 반하는 행위를 하게 된 당대 농민의, 이상과 현실의 간극이 만들어낸 아이러니다.

김유정은 동시대의 여타 작가들처럼 어린아이 묘사를 통해 미래를 예감하거나 전망을 모색하는 방법을 취하지 않고 철저히 현재의 문제에 집중한 작가다. 「떡」과 「만무방」은 내일이 없는 식민지 조선과 백성에게 주어진 오늘의 냉혹한 현실을 핍진하게 기록한 작품으로서 의미 있다.

참고문헌

1. 기본 자료

김유정, 「떡」, 『중앙』, 1935.6.

_____, 「만무방」, 『조선일보』, 1935.7.17~30.

_____, 「아앵」, 『조광』, 1936.7.

_____, 「애기」, 『문장』, 1939.12.

전신재 편, 『원본 김유정 전집』, 강, 2007.

한설야, 「딸」, 『조광』, 1936.4.

2. 논문

김승환, 「김유정의 「만무방」에 나타난 폭력성」, 『김유정과의 만남』, 소명출판, 2013.

이주형, 「「소낙비」와 「감자」의 거리―식민지시대 작가의 현실인식의 두 유형」, 『국어교육연구』 8, 1976.12.

전신재, 「부권 상실에 대응하는 두 가지 방법―김유정과 현덕」, 『김유정과 동시대 문학 연구』, 소명출판, 2013.

홍혜원, 「김유정 소설에 나타난 폭력의 구조와 소설적 진실」, 『김유정의 귀환』, 소명출판, 2012.

3. 단행본

김유정학회 편, 『김유정의 귀환』, 소명출판, 2012.

_____ 편, 『김유정과의 만남』, 소명출판, 2013.

_____ 편, 『김유정과의 산책』, 소명출판, 2014.

송하춘, 『탐구로서의 소설독법』, 고려대 출판부, 1996.

신동욱, 『한국현대문학론』, 박영사, 1972.

유인순, 『김유정과의 동행』, 소명출판, 2014.

_____ 외, 『김유정과 동시대 문학 연구』, 소명출판, 2013.

Lukacs, Georg, 반성완 역, 『소설의 이론』, 심설당, 1985.

김유정 소설의 명명법과 인물성격에 관한 연구

최명숙

1. 들어가며

소설 창작에서 주제를 드러내고 현실의 다양한 모습을 형상화하는 데에는, 사건을 이끌어가는 인물의 창조가 중요시 된다. 그것은 소설에 등장하는 인물이 모든 이야기의 중심이 되기 때문이다. 그러므로 소설은 인물에 대한 설명이라고 할 수 있을 것이며, 인물의 성격을 창조하는 데에는 여러 가지 방법이 있다. 명명은 작중인물에게 이름을 붙이는 것으로, 독자의 습관과 작중인물에게 부여된 이름의 인상을 부합시켜서, 인물의 성격을 생생하게 드러내는 방법이다. 소설의 인물은 이야기 속에 등장하는 순간부터 어떤 식으로든 이름을 갖게 마련이다. 독자는 소설을 읽어나가면서, 등장하는 인물의 이름을 보고 그 인물의 성격을 유추하는 경우가 잦다. 인물의 이름에서 느낄 수 있는 어감이나 분위기에 따라 인물의 성격이 다르게 느껴지기 때문이다. 인물의 이름은 대체로 그 성격에 생명감과 개성을 불어넣어 주는 역할을 한다. 그러므로 그 이름을 통해 성격상의 특징을 암시받게 되는 것이다.[1]

르네 웰렉과 오스틴 워렌은 가장 단순한 인물성격 창조의 방식으로 이름붙이기, 즉 명명법[2]을 들고 있다. 그리고 각각의 명명(命名, appella-tion)은 생생하게 만들기, 영혼 부여하기, 개성화하기라고 한다. 인물의 성격은 이처럼 인물에 어울리는 이름이나 별명을 붙이는 기본적인 단계에서부터 인물의 육체적인 외모, 행동과 습관, 말투, 자신에 대한 태도, 타인에 대한 행동이나 사고방식, 과거 생활 등을 통해 구체화된다.[3] 인물을 존재하게 하는 가장 구체적이며 명확한 것은 주인공에게 주어진 명명(命名, naming)을 통해서이기 때문이다.[4]

리몬-케넌은 인물의 구성 가운데 성격화에 대해 다루는 부분에서 그 방법으로 유비를 제시하며, 유비는 또 이름과 특성과의 유사성보다는 대조에 중점을 두는 경우도 있다[5]고 한다. 이는 명명법과 인물 성격과의 유사성, 대조성을 고찰하여 인물의 성격화를 드러내는 방법이다.[6] 인물과 명명간의 유사성은 개별 작품의 독서행위가 끝난 후 인물과 명명이 일치하는가, 명명만의 상징성을 찾아내어 인물의 성격과 관련시키는가하는 두 가지로 세분화할 수 있다.

1 권영민, 『한국현대소설의 이해』, 태학사, 2006, 135쪽.
2 Rene Wellek & Austin Warren, 이경수 역, 『문학의 이론』, 문예출판사, 1993, 324쪽.
3 권영민, 『한국현대소설의 이해』, 태학사, 2006, 134쪽.
4 김현숙, 「이태준 소설의 노인 그 기호학적 의미」, 『근대문학과 이태준』, 2000, 155쪽.
5 Shlomith Rimmon Kenan, 최상규 역, 『소설의 시학』, 문학과지성사, 1985, 105쪽.
6 김은정, 「이태준 단편소설의 명명법 연구」, 한국소설학회, 『현대소설 인물의 시학』, 태학사, 2000, 175쪽.

작가가 작중 인물의 성격을 창조하는 방법의 기본적인 단계가 명명이라고 할 때, 김유정 소설에 등장하는 인물에게 이름을 부여함에 있어서도 그 의도를 배제할 수 없을 것이다. 무엇보다 김유정 소설에서 '점순'이나 '뭉태'라는 이름으로 등장하는 인물의 성격은 이름만 떠올려도 그 인물의 이미지가 그려질 정도로 성격이 확연히 드러나기 때문이다. 주인공의 이름은 독자들의 인상에 결정적인 영향을 미친다. 그러므로 소설의 내용은 기억하지 못해도 작중 인물의 이름을 기억하는 것은, 같은 맥락에서 이해될 수 있는 것이다.

이에 이 글에서는 위에서 고찰한 웰렉과 워렌, 리먼-케넌의 명명법에 대한 논의를 바탕으로, 김유정 소설의 공간적 배경과 명명은 어떠한 관련이 있으며 공간적 배경에 따라 변별점은 어떠한지 살펴볼 것이다. 그리고 명명을 통해 인물성격을 어떻게 그려내고 있는지 연구하고자 한다. 구체적인 방법은 우의적 방법, 아이러니적 방법, 별명을 이용한 방법, 관습에 의한 명명법으로 나누어 볼 것이다.

2. 공간적 배경과 명명

김유정 소설의 공간적 배경은 농촌, 산촌, 광산촌인 비도시와 도시로 세분화된다. 그 가운데 농촌을 배경으로 한 소설 「총각과 맹꽁이」, 「소낙비」, 「금 따는 콩밭」, 「떡」, 「만무방」, 「솥」, 「봄·봄」, 「안해」, 「가을」, 「동백꽃」, 「정분」이 있으며, 산촌을 배경으로 한 소설 「산골 나그네」, 「산골」과 광산촌을 배경으로 한 「노다지」, 「금」이 있다. 그리고 도시를 배경으로 한 소설 「심청」, 「봄과 따라지」, 「두꺼비」, 「이런 음악회」, 「봄밤」, 「야앵」, 「옥토끼」, 「생의 반려」, 「정조」, 「슬픈 이야기」, 「따라지」, 「땡볕」, 「연기」, 「형」, 「애기」가 있다. 1933년 3월에 발표된 「산골 나그네」를 시작으로 마지막 작품인 「애기」에 이르기까지 주인공의 활동 무대는 균형 있게 비도시와 도시로 양분되어 있고 그 무대는 1936년 초부터 대부분 도시로 옮겨져 있다.[7]

그렇다면 인물의 명명 또한 변별점이 드러나는지 살펴보기로 한다. 작가는 작품의 인물에게 이름을 부여할 때, 공간이 가지고 있는 특수성을 고려한다. 올바른 이름을 선택하면 성격 묘사에 도움이 되는데 이름을 통해 많은 연상이 일어나기 때문이다.[8] 비도시인 농촌, 산촌, 광산촌 그리고 도시를 배경으로 한 소설의 인물 이름과 인물성격은 어떻게 다르게 나타나는지 살펴보는 것은, 작중 인물의 이름은 공간의 특성을 드러내고 또한 그 공간에서 살아가고 있는 인물의 개성을 드러낸다는 점에서 의미 있는 일이기 때문이다. 등장인물의 명명을 공간적 배경을 중심으로 분류하여 살펴보면 다음 쪽의 표와 같다.

이처럼 비도시인 농촌, 산촌, 광산촌을 공간적 배경으로 한 소설 속 인물은 「산골 나그네」의 덕돌, 「산골」의 석숭이, 「총각과 맹꽁이」의 덕만, 「금」의 덕순, 「가을」의 복만, 「만무방」의 응칠 등으로 명명된다. '덕'자가 들어가는 이름이 자주 쓰이고, '복'자를 넣어 지은 이름이 눈에 띈다. 이는 어려운 농촌 및 광산촌에서 살아가는 당대 사람들의 열악한 환경에서 벗어나고 싶은 소망을 담고 있는 것으로 볼 수 있다.

---

7 전신재 편, 『김유정 문학의 전통성과 근대성』, 한림대 출판부, 1997, 78쪽.
8 J. Fitzgerald & R. Meredith, 김경화 역, 『소설작법』, 청하, 1990, 150쪽.

〈표 1〉 공간적 배경에 따른 인물의 명명

작품명	공간적 배경	등장인물의 이름 및 지칭
산골나그네	비도시 (농촌, 산촌, 광산촌)	덕돌
총각과 맹꽁이		뭉태, 덕만
소낙비		춘호
노다지		더펄이, 꽁보
금따는 콩밭		영식, 수재
금		덕순
떡		옥이
만무방		응오, 응칠
산골		이뿐이, 도련님, 석숭이
솟		근식, 계숙, 뭉태
봄·봄		점순, 뭉태, 봉필
안해		년, 뭉태, 똘똘이
가을		복만, 재봉, 황거풍, 영득어머니
동백꽃		점순
정분		은식, 계숙
봄과 따라지	도시	그
두꺼비		옥화, 이명호
봄밤		영애, 옥녀
이런 음악회		황철
야앵		경자, 영자, 정숙
옥토끼		숙이
생의 반려		유명렬, 나명주
정조		행랑어멈, 주인아씨
슬픈 이야기		아내, 남편
따라지		영애, 아끼꼬, 톨스토이, 버스걸
땡볕		덕순
연기		연홍
심청		그
두포전		두포, 칠태
형		형님, 누님
애기		김필수

　그리고 소설의 공간적 배경이 비도시인 경우 아내의 이름은 거의 명명되지 않는다. 「떡」의 개똥어머니, 「아내」의 년, 「소낙비」의 춘호 처, 쇠돌엄마, 「가을」의 영득어머니, 「금 따는 콩밭」의 영식 처와 같이 누구의 처나, 누구의 엄마로 지칭되고 있다. 그렇지 않으면 '아내' 또는

'년'으로 불린다. 이는 주체적 존재감이 부재한 당대 1930년대 여성의 모습을 보여주는 것으로 볼 수 있다. 대부분 여성의 사회적 지위가 부여되지 않았고, 남편에게 종속되어 노예나 물건처럼 사고파는 가부장제 사회의 일면을 보여주는 것이다.

그러나 미혼 여성인 경우 「동백꽃」과 「봄·봄」의 점순, 「떡」의 옥이처럼 이름이 부여되기도 하고, 「산골」의 '이뿐이'처럼 인물의 성격을 상징적으로 드러내는 명명법이 사용되기도 한다. 이러한 점은 비도시의 기혼여성과 미혼여성의 명명에서 대조성을 띠고 있는 점이다.

도시를 공간적 배경으로 하는 소설에는 남성 인물 여성 인물 모두에게 대부분 이름을 부여하는 명명법이 사용되고 있다. 그러나 3인칭 지칭으로 '그'라는 익명도 있다. 도시를 배경으로 한 소설에서는 여성 인물이 주인물로 등장하는데, 그들에게 부여되는 이름이 부드러워 여성적이며 세련되고 도회적이라는 것을 알 수 있다. 「두꺼비」의 옥화, 「봄밤」의 영애, 옥녀, 「야앵」의 영자, 「따라지」의 영애, 아끼꼬, 「연기」의 연홍, 등이 여성 인물의 이름이다. 이들의 이름은 비음을 사용하여 매끄럽고 부드러운 느낌을 준다. 『생의 반려』의 나명주, 「옥토끼」의 숙이, 「야앵」의 경자, 정숙 등의 이름은 세련된 느낌을 주며, 기혼이나 미혼을 불문하고 여성 작중인물에게 이름을 부여하고 있다.

남성 인물 또한 『생의 반려』의 유명렬, 「애기」의 김필수, 「이런 음악회」의 황철처럼 의미가 명확하거나 힘찬 느낌을 주는 명명을 하고 있다. 이는 비도시의 공간 인물의 명명과는 다르다. 「땡볕」의 덕순처럼 비도시적인 이름도 있으나 여기서 '덕순'이 농촌에서 올라온 전직 농부였다는 것을 볼 때, 김유정은 도시 공간의 인물과 비도시 공간의 인물 명명법에서 확연한 변별을 두고 있음을 발견할 수 있다.

3. 명명의 방법과 인물 성격

작가가 인물에게 이름을 부여하는 것, 즉 명명법은 한 생명의 개성을 창조하는 것이며, 존재의 의미를 부여하는 것이다. 그러므로 작가는 작중인물의 이름을 지을 때, 작품의 흐름과 명명된 인물의 역할에 밀접한 관련성을 지을 수밖에 없다.[9] 김유정 소설의 인물 명명법의 특징적인 것을, 우의적(allegorical) 방법과 아이러니적 방법, 별명을 이용한 방법, 관습에 의한 명명법으로 구분하여 살펴보기로 한다.

1) 우의적(allegorical) 방법

웰렉과 워렌은 우의적 방법[10]을 존 번연의 「천로역정」에 등장하는 인물들을 우의법, 또는 풍유(비유)법으로 해석하고 있다. 한국소설에서 우의적 명명법은 고소설에서부터 효과적으로 사용되었으며, 현대소설에서도 찾아볼 수 있다. 한 예로 이광수의 「흙」에서 주인공의 이름이 숭(崇)으로 되어 있는 것은 허숭이라는 주인공을 통해 구현하려는 소설의 주제와 연결된다. 이 소설에서 '숭'은 무지한 농민을 도와주려는 숭고한 성격의 소유자이다. 사내아이 이름을 길남이 길수로 짓는 것도 길하다,

---

9 김현숙, 「이태준 소설의 기호론적 연구」, 이화여대 박사논문, 1991.2, 130쪽 재인용.
10 웰렉과 워렌은 이 방법의 명명법을 17세기의 구미 소설에서부터 찾고 있다. 한국 소설에서의 우의적 명명법은 고소설에서부터 효과적으로 사용되었다. 흥부, 놀부, 길동 등이 그 예이다. 흥부는 흥하다는 의미에 남자라는 뜻의 '부'가 합해져서 부자라는 뜻이다(한국현대소설학회, 『현대소설론』, 평민사, 2008, 128~129쪽).

좋다, 훌륭하다는 뜻에서 온 것으로 훌륭한 존재가 되라고 짓은 명명법과 같다.[11] 이와 같은 명명법은 인물의 성격을 단적으로 드러낸다.

「산골」의 작중인물 명명은 인물 성격을 표현하고 있다. '이뿐이'와 '도련님'이라는 명명에서 볼 수 있듯이, 신분이 다른 인물이다. 이뿐이는 종이고 도련님은 주인댁 아들이다. 두 사람의 사랑은 도련님의 간청 내지 압박에 의해 이루어졌다. 그러나 도련님은 서울로 공부하러 떠났고, 이뿐이는 도련님에게 시집가려는 일념으로 그를 기다린다. 여기서 주인댁 아들인 도련님과 여종인 이뿐이의 순수한 사랑에서 이뿐이만 상처받게 된다. 그것은 신분을 초월한 사랑이라는 데에 낭만성을 갖는 동시에 봉건적 계급의 아픔을 드러낸다. 불가능한 꿈을 꾸며 지배층에 농락당하는 피지배층의 모습을 보여주고 있는 것이다. 그 중심에 있는 인물이 '도련님'으로 명명을 통해 지배층 인물이라는 성격이 부각되고 있다. 특히 자연과 같은 순수함을 가진 인물 이뿐이는 명명으로 인해 그 순수성과 천진함이 부각되고 있다.

"이 편지 써왔으니깐 너 나구 꼭 살아야 한다" 하고 크게 얼른 것이 좀 잘못이라 하드라도 이뿐이가 고개를 푹 숙이고 있다가

"그래" 하고 눈에 눈물을 보이며

"그 편지 읽어봐" 하고 부드럽게 말한걸 보면 그리 노한것은 아니니 석숭이는 기뻐서그 앞에 떡 버티고 제가 썼으나 제가 못읽는 그편지를 떠듬떠듬 데련님전상사리 가신지가 오래됏는디 왜 안오구 일년반이댓는디 왜 안오구 하니깐 이뿐이는 밤마두 눈물로 새오며[12]

---

11 위의 책, 128~129쪽에서 요약정리.
12 김유정, 「산골」, 전신재 편, 『원본 김유정 전집』, 강, 2007, 134쪽(이하 이 책은 『전집』으로 표

'석숭이'는 자기가 좋아하는 '이뿐이'가 '도련님'을 사랑하고 도련님을 막연히 기다리지만, 끝까지 이뿐이를 포기하지 않는 인물이다. 이뿐이의 부탁으로 도련님에게 보내는 편지를 대신 써주는 석숭이의 행위는 산골을 둘러싸고 있는 자연만큼이나 순수하고 숭고하게 그려지고 있다. 이렇듯 '석숭'이라는 이름의 의미와 부합되는 인물성격을 묘파하고 있는 것이다. 도련님이 자기를 먼저 사랑하기 때문에 자기도 사랑하고, 그 정을 오래도록 누리고 싶은 이뿐이 마음을 알면서도, 안타깝게 바라보면서 끝까지 기다리는 순박하고 숭고한 인물 석숭의 성격이 명명법을 통해서 드러나고 있다.

김유정 소설을 떠올리면 가장 먼저 생각나는 인물이 '점순'이고, 점순이를 생각하면 까무잡잡한 얼굴에 당차며 야무지고 되바라진 열대여섯 안팎의 시골 소녀가 떠오른다. '점순'이라는 이름이 가지고 있는 보통의 이미지는 비도시적이며 걱실걱실하고 활동적이다. 그것은 「동백꽃」과 「봄·봄」에서 형상화되고 있는 점순이의 성격과도 상통된다. 두 작품에서 점순이는 조숙하고 야무져서 적극적인 행위로 뜻한 바를 이루는 인물이다.

> 어쩌다 동리 어른이
> "너 얼른 시집을 가야지?" 하고 웃으면
> "염녀마서유 갈때가되면어련히 갈라구–"
> 이렇게 천연덕스리 받는 점순이었다. 본시 뿌끄럼을 타는 계집애도 아니거니와 또한 분하다고 눈에 눈물을 보일 얼병이도 아니다. 분하면 차라리 나

기하며, 현대문으로 고치지 않고 띄어쓰기 또한 원본의 작품 그대로 싣는 것을 원칙으로 함).

의 등어리를 보구니로 한번 후려쌔리고 다라날지언정.

그런데 고약한 그 꼴을 하고 가드니 그뒤로는 나를 보면 잡아먹을랴고 기를 복복 쓰는것이다.

설혹 주는 감자를 안받아 먹은것이 실례라 하면 주면 그냥 주었지 "느집엔 이거 없지"는 다 뭐냐.[13]

점순이가 그상을내앞에 나려놓며 제말로 짖거리는 소리가

"구장님한테 갔다 그냥온담 그래!" 하고 어끄제 산에서와 같이 되우 쫑알거린다. 딴은 내가 더 단단히 덤비지 않고 만 것이 좀 어리석었다. 속으로 그랬다. 나도 저쪽 벽을 향하야 외면하면서 내말로

"안된다는 걸 그럼 어떻건담!" 하니까

"쉼을 잡아채지 그냥둬, 이바보야!" 하고 또 얼굴이 빩애지면서 성을내며 안으로 샐죽하니 튀들어가지 안느냐.[14]

이처럼 「동백꽃」과 「봄・봄」의 인물 '점순'의 성격은 우의적 방법으로 그려진다. 점순이는 작중화자인 '나'에게 욕망을 표출하는 대범함을 보이며 자기의 뜻을 관철시키는 적극적인 인물이다. 이는 점순이라는 이름이 갖고 있는 투박하며 비도시적 이미지와 유사성을 가지며 묘사된다. 또한 농촌을 배경으로 한 위의 두 작품에서 '점순'이라는 이름은 주인공으로 등장 시키는데 적절하며, 인물의 성격을 형상화하는 데에 기여하고 있다.

김유정의 소설 가운데 가장 빈번하게 명명된 인물이 '뭉태'이다. '뭉

---

13 김유정, 「동백꽃」, 『전집』, 221쪽.
14 김유정, 「봄・봄」, 『전집』, 165쪽.

태'는 「봄·봄」, 「총각과 맹꽁이」, 「안해」 등에 등장한다. 의뭉스럽고 탐욕적이며 이기적인 건달형 인물이다. 기회가 되면 자기의 이익이나 욕망을 먼저 채운다는 부분에서 의뭉스럽게 보인다. 「봄·봄」에서의 뭉태는 장인과 작중화자 '나'의 싸움을 부추기고 언제 그랬냐는 듯 시치미를 떼는 인물이다. '나'는 뭉태에 의해 성례를 강력하게 촉구하라는 충고와 장인집의 사위감들에 대한 정보를 듣는[15]다. 뭉태는 '나'에게 장인에 대한 불신을 키워가게 하는 인물인 것이다. 「총각과 맹꽁이」에서는 건달의 모습으로 형상화된다. 순진한 바보 같은 인물 '덕만'이 그의 희망인 들병이와 결혼을 위해 돈을 쓴다. 그러나 그 결혼을 성사 시켜 주겠다고 약속을 하던 뭉태는 들병이를 차지해버린다. 순진하고 어리숙한 덕만은 건달인 뭉태를 믿고 어렵게 번 돈만 없애고 만 격이다. 「안해」에서는 들병이로 나서겠다는 아내에게 남편은 들병이 수업을 시킨다. 그러나 들병이로 나가려는 아내를 뭉태가 농락하고 만다. 건달이면서 의뭉스러운 뭉태의 성격은 그 이름이 가지고 있는 이미지와 부합되는 명명법에서 효과적으로 드러나고 있다.

지금까지 살펴보았듯이 '이뿐이', '도련님', '석숭이', '점순', '뭉태'는 우의적 방법에 의한 명명법으로 볼 수 있다. 명명과 인물성격의 관계를 볼 때, 명명의 이미지가 작중 인물의 성격을 드러내는 데 작용하고 있다. 또 명명은 작품의 배경과 조화를 이루며 주제를 드러내는 데에도 기여하고 있다. 그러나 김유정의 작품 속에서는 서술자에 의해 직접적인 이름에 대한 설명은 제시되어 있지 않다. 설명이나 언급이 있을 시에는 명명법과 인물 성격 간의 유사성을 쉽게 발견할 수 있을 것이다.

---

15   유인순, 『김유정 문학 연구』, 강원대 출판부, 1988, 90쪽.

그러므로 김유정의 소설에서는 이름이 갖고 있는 상징성을 능동적 읽기와 분석을 통해 인물의 성격과 관련시켜 살펴보는 행위가 필요하다.

2) 아이러니적 방법

아이러니는 겉으로 드러나는 의미와 그 이면의 의미가 다를 때 발생하는 것으로, 아이러니적 방법은 인물이 처한 상황이나 성격과 이름의 의미가 상반되어 나타나도록 하는 명명의 방법이다. 인물의 성격과 명명간의 대조성은 아이러니 효과를 갖는다. 넓은 의미로 볼 때 우의적 방법에 포함시킬 수 있으나 아이러니를 발생시키고, 현실과 외관의 대조 즉 인물의 성격과 명명의 대조를 통해, 역으로 그 인물의 성격이 선명하게 드러[16]나므로 구별하여 논의를 전개하고자 한다. 이러한 방법은 전영택 소설 「화수분」의 인물 '화수분'처럼 아이러니적 명명의 방법을 통해 주제를 효과적으로 드러내기도 한다.

「가을」의 '복만이'는 '복이 많은 사람'이라는 의미의 명명이다. 발음에서 자연스럽게 발생되는 단어가 주는 음성적 어감으로 '복이 많다'는 의미와 상통한다. 그러나 작중인물 복만은 극한 가난으로 아내를 파는 인물이라는 데에서 대조성에 의한 아이러니적 효과가 발생된다. 복만은 아내를 소장수인 '황거풍'에게 판다. 그 매매계약서를 써주는 인물은 이 작품의 화자인 '나'이다.

---

16 이병렬, 「이태준 소설의 인물 성격화 유형」, 상허문학회, 『이태준 문학연구』, 깊은샘, 1993, 265쪽.

매매계약서

일금 오십 원야라

우금은 내 안해의 대금으로써 정히 영수합니다.

갑술년 시월 이십일

조복만

황거풍 전[17]

생존을 위해 아내를 파는 복만이의 비극은 어미와 떨어져 "즈 아버지 품에 잔뜩 붙들리어 기가 올라서" 우는 젖먹이 아들 영득이의 모습에서 극대화된다. 영득이는 "멀리 간 어머니를 부르고 두 주먹으로 아버지의 복장을 디리 두드리다간 한번 쥐어박히고 멈씰"하는 것이다. 복만의 가난한 현실은 아내를 매매하기에 이르고 만 것이다. 이렇듯 '복만'의 인물성격은 명명과 대조적으로 그려진다는 데에서 아이러니적이다.

「총각과 맹꽁이」의 '덕만'도 '복만'과 동일한 맥락에서 이해될 수 있다. '덕만'이라는 이름이 갖고 있는 의미가 '덕이 가득하다' 또는 발음상으로 '덕이 많다'는 의미로 해석될 수 있기 때문이다. 그러나 덕만은 어리숙하고 순진한 바보형의 인물이다. 어렵게 모은 돈으로 들병이와 결혼을 하고, 들병이를 통해 돈을 벌어보려는 의도로 결혼을 위해 돈을 투자하지만, 들병이는 뭉태가 차지하고 덕만이는 돈만 허비하고 만다. 잡초처럼 살아가는 덕만은 의형제를 맺은 뭉태에게 희망을 빼앗긴다.

---

17 김유정, 「가을」, 『전집』, 194∼195쪽.

여기서 '덕만'의 성격과 명명 간의 아이러니가 발생하는 것이다.

이 외에도 「금 따는 콩밭」의 '수재', 「땡볕」의 '덕순', 「산골 나그네」의 '덕돌' 또한 아이러니적 명명의 방법을 통해 인물의 성격을 드러내고 있다. 덕돌은 주막으로 흘러들어온 나그네인 아낙과 혼인을 한다. 그러나 며칠 뒤 '나그네'는 인정 많은 덕돌 모자를 배신하고 병든 남편이 있는 물레방앗간으로 간다. 들병이는 덕돌이 아끼는 새 옷까지 훔쳐 자기의 남편에게 입히고 그곳을 떠난다. 병든 남편에게는 열녀가 되면서 덕돌 모자에게는 사기꾼이 된다는 것을 생각하지 않는다.[18] 결국 나그네에게 인정을 베푼 덕돌은 이용만 당하고 만 것이다.

이렇듯 김유정의 소설 속에서 자주 쓰이고 있는 명명이 '덕'이나 '복'이 들어간 이름이다. 그와 같은 명명은 모두 가난하고 어리숙하거나 남에게 이용을 당하는 바보형의 인물이다. 이러한 인물의 성격을 극명하게 드러내기 위한 아이러니적 방법의 명명법이 효과적으로 사용되고 있음을 알 수 있다.

3) 별명을 이용한 방법

이름을 명명한 서술자에 의해 이름에 대한 설명이 제시되어 인물과 명명법 간의 유사성을 쉽게 알게 되는 방법은 일반적인 호칭이 아니라 별명이나 이름의 유래를 제시하는 경우[19]이다. 김유정의 소설에서는 이름의 유래를 제시하는 경우가 없다. 그러나 별명과 그 유래가 제시되

---

18 유인순, 『김유정을 찾아가는 길』, 솔과학, 2003, 80쪽.
19 김은정, 앞의 글, 176쪽.

는 작품이 있다. 별명은 어떤 인물의 용모나 성격적 특징을 단적으로 보여준다. 따라서 본명보다는 별명이 한 인물의 됨됨이를 효과적으로 나타낸다.[20] 이렇듯 등장인물에 붙여지는 별명은 성격 창조를 위해 중요한 역할을 한다.

「따라지」의 등장인물은 대부분이 별명으로 불린다. '톨스토이'와 '뼈 쓰겔' 그리고 버스 걸의 아버지 '김마까', 톨스토이의 누님 '변덕쟁이', 주인마누라 '구렁이' 등이다. 카페여급인 '영애'와 '아끼꼬'만 이름으로 명명된다. 이 작품은 인물의 별명을 통해 작중인물의 성격이 쉽게 드러내고 있다. 인물들에게 별명을 붙여주는 인물은 카페여급인 '아끼꼬'이다. 같은 집에 세든 소설가 지망생 '톨스토이'는 누님에게 얹혀살며 갖은 구박을 당하는데, 아끼꼬는 그에게 연모의 정을 느낀다. 학교 시절 선생님이 들려주던 '착하고 바보같다던 톨스토이'를 연상하여 아끼꼬가 '톨스토이'라는 별명을 붙여준다. 히스테리가 심한 그의 누님은 불평이 심하다.

> "마당을 쓸면 잘 쓸던지, 그릇에다 흙칠을 온통 해났으니 이게 뭐냐?"
> 끝이 꼬부라진 그 책망, 아우는 빈속에서 끽소리 없다.
> (…중략…)
> 공장살이에 받는 설움을 모다 아우의 탓으로 돌린다. 그러면 할일없이 아우는 마당에 내려와서 누님의 어깨를 두손으로 붓잡고
> "누님! 다 내가 잘못했수 그만두" 하고 달래지 않을수 없다.
> "네가 이놈아! 내살을 뜯어먹는 거야."

---

20   오양호, 『한국 현대소설과 인물 형상』, 집문당, 1996, 26쪽.

"그래 알았수, 내가 다 잘못했으니 고만둡시다."

"듣기싫여, 물러나" 하고 벌컥 떠다밀면 땅에 펄석 주저앉는 아우다. 열적은듯, 죄송한 듯 얼굴이 벌개서 털고 일어나는 그 아우를 보면 우습고도 가여웠다.[21]

동생에게 푸념을 하는 것이 "아우가 미워서 그런것도 아니다." 삶의 고단하고 힘겹기 때문에 궁핍한 현실에 대한 푸념을 동생에게 하는 것뿐이다. 그러다 정작 아우인 톨스토이가 집을 나가는 일이 생기자 울면서 동생을 찾으러 다니는 것을 볼 때, 현실에 대한 푸념임을 알 수 있다. 그런 톨스토이의 누님에게 아끼꼬는 '변덕쟁이'라는 별명을 붙인다.

아침마다 '뼈쓰껄'은 "커단 책보를 옆에 끼고 아주 버젓하"게 출근한다. "벤또 하나만 차면 공장의 계집애나 뼈쓰껄로 알까봐서" 그렇게 위장하는 것이다. 버스 걸의 아버지는 병이 들어 "누렇게 말라붙은 얼굴"을 하고 있다. 그래서 그의 별명은 '김마까'이다.

또한 집안에 세들어 살고 있는 사람들에게 사글세를 받기 위해 갖은 수단을 부리는 주인노파의 별명은 '구렁이'이다. 도시 하층민들이 모여 사는 달동네 세입자들에게 월세를 받기 위해 밀고 당기는 전쟁으로 발전한다. 그리고 노파는 문제의 해결을 위해 순사까지 동원하지만 집세를 받지 못하고 만다. 별명처럼 능청스럽게 거짓말로 회유하거나 압력을 가해도, 궁핍하고 악착같은 세입자들은 물러서지 않는다.

「봄・봄」의 점순이 아버지 이름이 '봉필'이지만 '욕필이'로 불리는 것 또한 인물의 성격을 드러내는 데에 기여하고 있다고 할 수 있다. "약이

---

21 김유정, 「따라지」, 『전집』, 308~309쪽.

오르면 손버릇이 아주 못됐"고 "사위에게 이자식 저자식 하"며, 동네 사람들이 봉필영감에게 욕을 먹지 않으면 "명이 짜르다"고 할 정도이다. 그래서 "조그만 아이들까지 그를 돌라세놓고 욕필이(번 이름이 봉필이니까) 욕필이 하고 손가락질을" 한다. 그뿐 아니다. 마름에 대하여 "욕 잘 하고 사람 잘 치고 그리고 생김생기길 호박개 같애야 쓰는 거지만 장인 님은 외양이 뚝됐다"라고 묘사된다. 명명과 인물의 성격이 확연히 일치되어 드러나는 것이다.

이렇듯 「따라지」에 등장하는 인물들은 대부분 별명으로 명명된다. 착하고 바보같은 '톨스토이', '변덕쟁이' 누나, '뼈쓰껄', '김마까', '구렁이' 등 별명의 명명법을 통해 작중 인물의 성격을 효과적으로 드러내고 있으며 「봄·봄」의 작중화자의 장인 '욕필이'라는 인물의 성격 또한 별명의 의미와 일치되어 제시되고 있다.

4) 관습에 의한 명명법

관습에 의한 인물의 명명법은 그 명명을 통해 인물의 성격이 드러나는데, 김유정의 소설에서는 관직명이나 관습적 명명이 인물의 사회적 지위나 위상을 표상하는 요인으로 작용하고 있다는 것을 발견할 수 있다. 관직명이나 신분을 드러내는 명명 이외에 약자(略字, 영문 약자, 한글 약자)로 명명되는 경우가 있다. 이 글에서는 관습에 의한 명명법이 인물의 성격 형성과 어떤 관계에 있는지 살펴볼 것이다.

「소낙비」의 '이 주사'는 그 마을의 유력자이다. 여기서 '주사'는 관직명을 나타내는 명명으로 "부자양반 리주사"로 지칭되고 있다. 이 작품에서는 동네의 부자 이 주사의 실제 과거 관직이었는지, 동네의 유력자여서 존칭의 의미로 부르는지는 제시되지 않고 있다. 그러나 '주사'로 불리는 것을 볼 때 마을 사람들의 생존권을 주관할 수 있을 정도의 재력 또는 힘을 가진 인물로 형상화되고 있다.

> 리주사를 하늘가티 은인가티 여겼다. 남편에게 부쳐먹을 농토를 줄 테니 자기의 첩이되라는 그말도 죄송하엿스나 더욱이 돈이원을 줄께니 내일이맘 때 쇠돌네집으로 넌즛이 만나자는 그말은 무엇보다도 고마웟고 벅찬 짐이나 풀은 듯 마음이 홀가분하엿다. 다만 애키는 것은 자기의 행실이 만약 남편에게 발각되는 나절에는 대매에 마저 죽을 것이다. 그는 일변 기뻐하며 일변 애를 태우며 자기집을 향하야 세차게 쏘다지는 비쏙을 가븐가븐 나려달렸다.[22]

이처럼 이 주사는 마을 사람들의 생존권을 좌우하는 인물이다. 남의 처를 마음만 먹으면 취할 수 있는 힘과 소작도 줄 수 있는 경제력을 가진 이 주사에게 춘호 처는 몸을 빼앗기고도, 그를 "하늘가티 은인가티" 여기는 것에서 이 주사의 인물성격이 드러나며, 그것은 '주사'라는 관직명의 명명으로 극대화된다. 관직명이나 신분을 나타내는 명명이 '이 주사' 외에는 보이지 않는다. 그것은 김유정의 소설에 등장하는 인물들이 대부분 궁핍한 하층민이기 때문으로 보인다.

기혼 여성 인물들은 대부분 관습에 따라 아무개 처로 명명되고 있다. 이 주사에게 돈 이원을 빌리기 몹쓸 짓을 당한 '춘호 처'의 성격은 위의 인용문에서도 드러나고 있다. 춘호 처는 돈을 줄 테니 다시 만나자는

---

22 김유정, 「소낙비」, 『전집』, 46~47쪽.

이 주사의 제의에 고마워하고 홀가분해 한다. 그러면서 남편에게 "대매에 마저 죽을 것"을 무서워한다. 이 주사에게 돈을 빌리게 된 것이 본인의 필요에 의한 것이 아니고 이 주사에게 당한 봉변을 "지랄 중에도 몹쓸지랄"로 인식하고 있는 춘호 처가 남편에게 맞을 매를 두려워하는 것에서, 가부장적 질서 속에서 주체성을 획득하지 못한 당대 여성의 사회적 지위를 알 수 있다. 그럼에도 불구하고 남편에게 구타당하면서도 또는 몸을 팔아서라도 남편을 버리지 않고 남편에게로 돌아가는 '여필종부형 여인상'[23]을 춘호 처에게서 발견할 수 있다.

「소낙비」에서 이 주사의 첩 노릇을 하는 인물은 '쇠돌엄마'이다. 쇠돌엄마는 남편의 묵인 아래 이 주사와 관계를 맺고 있다. 쇠돌엄마로 명명되는 것에서 여성으로서의 지위나 주체성이 상실된 인물로 묘사된다. 「가을」에는 남편에 의해 소장수 황거풍에게 팔려가게 된 복만의 아내가 '영득어머니'로 명명되고 있다. 영득어머니는 남편이 본인을 50원에 파는데도 반발하거나 의견을 제시하지 않는 수동적 인물이다. 이렇듯 김유정 소설에서 아내는 대부분 남편에게 종속된 존재로 그려지는데, 이와 같은 인물 성격은 '○○처' 또는 '○○엄마'로 지칭되는 명명과 관계가 있다.

이처럼 김유정의 소설에서도 관습에 의한 명명법 또한 인물의 성격을 드러내는 인물 성격 제시 방법으로 쓰이고 있다. 「소낙비」의 '이 주사'에게 관직명인 '주사'를 부여함으로써 재력과 사회적 지위를 가진 유력자의 모습으로 그리고 있으며, 여성인물의 명명은 남편과 자녀의 이름 뒤에 '처' 또는 '엄마'를 붙여 존재적 의미를 약화시키고 있다. 이는

---

23 장현숙, 『현실인식과 인간의 길』, 한국문화사, 2004, 16쪽.

당대 현실에서 여성의 사회적 지위를 보여주며 가부장제 사회의 일면을 보여주는 것이다. 이태준의 소설에서 관습에 의한 명명법은 명명에 의해 인물의 성격이 드러나면서 작가의 관심이 어디에 집중되어 있느냐의 문제까지 제시되고[24] 있으나, 김유정 소설의 명명은 인물의 성격을 드러내는 것에 그치고 있다. 이는 당대 현실이 극도로 궁핍했던 것과 무관하지 않은 것이다.

이 외에 김유정의 대부분 소설 작중인물의 명명과 변별되는 명명은 『생의 반려』에서 발견할 수 있다. 그것은 『생의 반려』에 등장하는 인물들의 이름이 '성'과 함께 고유명사로 명확하게 명명되고 있는 점이다. 이것은 개성적이며 근대적인 인물의 성격을 그려내기 위한 명명법으로 볼 수 있다. 서술자 '나'는 친구 '유명렬'이 기생 '나명주'를 사랑하여 구애하는 이야기를 들려주는 사람이다. 이 작품에 등장하는 인물의 명명은 성과 함께 이름까지 명확하게 명명되고 있다. 기생이며 여자인 인물까지 '나명주'라는 이름을 가졌고, 부인물인 '나'의 친구는 '박인석'으로 명명된다. 유명렬은 나명주에게 사랑의 편지를 보내며 구애작전을 펼친다. 그러나 기생인 나명주는 유명렬의 편지에 답장조차 하지 않는 인물이다. 개인적 특성과 자질이 부각되는 근대적 성격의 인물로 그려진다. 끝까지 포기하지 않는 '유명렬'과 수용하지 않는 '나명주'는 그 명명법에서 인물성격이 확연하게 표출되고 있는 것이다.

특히 여성이 이름을 갖는다는 것이 사회 구성원으로서의 지위를 갖는 것과 상관관계가 있음을 『생의 반려』의 여성인물 '나명주'의 경우에서 알 수 있다. 인물의 이름이 고유명사로서 명명되는 것이 지금은 보

---

24 김은정, 앞의 글, 189쪽.

편적이지만, 소설이 발표되었던 1930년대에는 독자적인 한 인간의 이름으로 명명된다는 것은, 의미가 다른 것으로 볼 수 있다. 그러므로 여성 이름이 성과 함께 명확하게 명명되는 것은, 인물 성격 형상화에 기여하고 있는 것이다.

4. 나오며

지금까지 김유정 소설의 명명법과 인물성격에 대하여 살펴보았다. 작중 인물의 명명은 인물에게 성격을 부여하는 가장 기본적인 방법이다. 김유정의 소설에서 인물의 명명법에 관심을 갖고, 웰렉과 워렌 그리고 리몬-케넌의 명명의 방법들을 중심으로 연구하였다. 세부적으로는 공간적 배경과 명명, 인물의 성격과 명명으로 나누어 살펴보았다. 인물의 성격과 명명은 다시 우의적 방법, 아이러니적 방법, 별명을 이용한 방법, 관습에 의한 명명법으로 구분하여 연구하였다. 이와 같은 구분을 함에 있어서 우의적 방법에 아이러니적 방법과 별명에 의한 방법을 포함시킬 수 있을 것이다. 그러나 세부적으로 나누어 살펴본 것은, 본 연구의 내용을 표면화시켜 이해가 쉽도록 하기 위함에 있다.

소설에서 명명법과 인물성격 관계를 살펴봄에 있어서 공간적 배경과 명명의 관계를 선행적으로 살피면서, 비도시의 경우에는 '복' 또는 '덕'자가 들어가는 명명이 된 경우가 많았는데, 이는 농촌 및 광산촌의 열악한 환경과 대조적으로 아이러니 효과를 나타내고 있었다. 도시를 공간적 배경으로 하는 소설에는 남성 인물 여성 인물 모두에게 대부분 이름을 부여하는 명명법이 사용되고 있다. 이는 작가가 도시 공간의 인물과 비도시 공간의 인물 명명법에서 확연한 변별을 두고 있음을 보여주는 것이다.

우의적 방법에 의한 명명법과 인물성격의 관계는 「산골」, 「동백꽃」, 「봄·봄」, 「총각과 맹꽁이」, 「안해」를 중심으로 살펴볼 때, '이뿐이', '도련님', '석숭이', '점순', '뭉태' 등 명명의 이미지가 작중 인물의 성격을 드러내는 데 기여하고 있었다. 또한, 명명은 작품의 배경과 조화를 이루며 주제를 드러내는 데에도 효과적으로 작용하는 것으로 드러났다. 그러나 김유정의 작품 속에서는 서술자에 의해 직접적인 이름에 대한 설명은 제시되어 있지 않아, 이름이 갖고 있는 상징성을 능동적 읽기와 분석을 통해 인물의 성격과 관련시켜 살펴보는 행위가 필요함을 알 수 있었다.

인물의 성격과 명명법과의 대조를 통해 인물의 성격이 강조되는 것은 아이러니적 방법이다. 소설 「가을」과 「총각과 맹꽁이」에서 주인공 '복만'과 '덕만'의 명명과 인물 성격이 대조적으로 그려지고 있었다. 특히 김유정의 소설 속에서 자주 쓰이고 있는 명명이 '덕'이나 '복'이 들어간 이름으로, 가난하고 어리숙하거나 남에게 이용을 당하는 바보형의 인물이다. 여기에서 인물성격과 명명이 반어적으로 드러나고 있다.

별명을 이용한 명명의 방법은 인물의 성격과 별명이 유사성을 가지면서 명명에 대한 동기나 이유가 설명되는 것이 보통이다. 김유정의 작품 「봄·봄」, 「따라지」에서 별명을 이용한 명명법이 나온다. 두 작품에 별명으로 명명한 이유가 설명되고 있으며, 인물 성격과 유사성을 가지며 서술되고 있음이 드러난다. 별명에 의한 명명은 인물의 성격을 극명하게 드러내는 데에 기여하고 있다.

관습에 의한 명명법은 「소낙비」와 『생의 반려』를 중심으로 하여 연구하였다. 김유정의 작품에는 남성 인물에서 관직명이나 신분을 나타내는 명명이 미미하게 사용되고 있었다. 그리고 기혼 여성 인물의 경우 아무개 처나 아무개 엄마로 불리는 경우가 대부분이었는데, 도시를 배경으로 한 소설 『생의 반려』에서 기생이며 여성 인물인 '나명주'에게 성과 이름을 붙여 고유명사로서의 명명을 부여하고 있는 것이 이채로웠다. 그를 통해 '나명주'라는 인물을 주체적이고 개성적인 인물로 부각시키고 있었다.

김유정 소설의 다각도에 대한 선행연구는 활발한 실정이나, 작중인물의 명명법과 인물의 성격에 관한 연구는 미흡한 현실에서, 본 연구는 나름대로 의미 있는 작업이라고 할 수 있다. 그러나 전 작품에 대한 인물 성격과 명명의 관계를 면밀하게 살피지 못한 점이 아쉬움으로 남는다.

참고문헌

1. 기본 자료

김유정, 김종년 편, 『김유정 전집』 1, 가람기획, 2003.

_____, 김종년 편, 『김유정 전집』 2, 가람기획, 2003.

_____, 전신재 편, 『원본 김유정 전집』, 강, 2007.

2. 논문

김은정, 「이태준 단편소설의 명명법 연구」, 한국 소설학회, 『현대소설 인물의 시학』, 태학사,
　　　 2000.

김현숙, 「이태준 소설의 기호론적 연구」, 이화여대 박사논문, 1991.

_____, 「이태준 소설의 노인 그 기호학적 의미」, 『근대문학과 이태준』, 상허학회, 2000.

이병렬, 「이태준 소설의 인물 성격화 유형」, 상허문학회, 『이태준 문학연구』, 깊은샘, 1993.

3. 단행본

권영민, 『한국현대소설의 이해』, 태학사, 2006.

김영기, 『김유정 그 문학과 생애』, 지문사, 1992.

김유정문학촌, 『김유정 문학의 재조명』, 소명출판, 2008.

김유정학회 편, 『김유정과의 만남』, 소명출판, 2012.

김중하 편, 『소설의 이해』, 세종출판사, 1999.

박세현, 『김유정의 소설세계』, 국학자료원, 1998.

유인순, 『김유정 문학 연구』, 강원대 출판부, 1988.

_____, 『김유정을 찾아가는 길』, 솔과학, 2003.

오양호, 『한국 현대소설과 인물 형상』, 집문당, 1996.

이승훈, 『문학으로 읽는 문화상징 사전』, 푸른사상, 2009.

이호림, 『유정의 소설은 왜 웃긴가』, 리토피아, 2008.

장현숙, 『현실인식과 인간의 길』, 한국문화사, 2004.

전신재 편, 『김유정 문학의 전통성과 근대성』, 한림대 출판부, 1997.

조남현, 『소설원론』, 고려원, 1995.

조미숙, 『현대소설의 인물묘사 방법론』, 학술정보, 2007.

한국소설학회, 『현대소설 인물의 시학』, 태학사, 2000.

한국현대소설학회, 『현대소설론』, 평민사, 2008.

한용환, 『소설의 이론』, 문학아카데미, 1990.

_____, 『소설학 사전』, 고려원, 1992.

Charles E. , May(ed.), 최상규 역, 『단편소설의 이론』, 정음사, 1984.

Fitzgerald, J. & Meredith, R. , 김경화 역, 『소설작법』, 청하, 1990.

Rimmon Kenan, Shlomith, 최상규 역, 『소설의 시학』, 문학과지성사, 1985.

Wellek, Rene & Warren, Austin, 이경수 역, 『문학의 이론』, 문예출판사, 1993.

제4부

/

김유정 자전소설 속

슬픔의 양상과 기능

김유정 자전소설에 나타난 슬픔의 기능 연구

「형」, 「따라지」, 『생의 반려』를 중심으로

송선령

1. 들어가며

1937년 29살의 젊은 나이에 폐결핵으로 사망한 김유정은 1933년에 등단한 후 약 5년 동안 33편의 작품을 남겼다. 짧은 기간 김유정이 남긴 작품들은 농촌을 소재로 한 소설부터 도시를 배경으로 한 소설까지, 지역적 특성이 잘 드러난 언어 표현의 다양함처럼 꽤나 다양하다. 농촌 소설들 중에도 들병이처럼 독특한 여성 유형이 표현된 작품부터 만무방처럼 하찮아 보이는 인간에 대한 애정이 드러난 작품까지 그 폭이 넓다고 할 수 있다. 그래서 그동안 김유정 문학에 대한 연구는 다양한 방법으로 또 다양한 시각에서 지속적으로 이루어져왔다.

필자는 기존 김유정 문학 연구에서 많이 다루어지지 않은 자전적 성격의 소설들 중 슬픔의 정서에 주목하여 이러한 감정이 어떻게 김유정 문학의 비극성에 기여하는지 밝혀보려 한다. 이 글에서는 자전적 성격이 강한 「형」, 「따라지」, 『생의 반려』 3편에 한정하여 이들 소설이 갖는 비극적 특성이 슬픔이라는 감정과 어떤 연관성을 갖고 있는지 고찰할 것이다. 인간의 보편적 감정인 슬픔은 우리를 괴롭게 하고 밖으로는 자신의 나약함을 드러내지만 또 한편으로는 특정 기능들을 수행하고 있다.[1] 따라서, 소설 전체 분위기를 이끌어내고 있는 슬픔이라는 감정이 단지 주인공의 상황을 드러내거나 상황 인식에 머무르지 않고, 어떠한 기능을 하고 있는지 고찰함으로써 김유정 문학의 의의를 새롭게 더할 수 있으리라 기대한다.

2. 「형」─슬픔의 고통

김유정의 유작인 「형」은 안회남에게 김유정이 남긴 마지막 편지 「필승 전」의 극심한 고통[2]이 그대로 느껴지는 소설이다. 슬픔은 고통에서

---

1 슬픔이 어떤 기능을 하는지 설명하는 세 가지 이론이 있다. 첫 번째는 슬픔은 고통에서 비롯된다는 이론이고, 두 번째는 슬픔을 유발하는 상황에서 잠시 떠나는 기능을 한다는 이론이고, 세 번째는 자기를 도와 달라는 사회적 신호라는 이론이다(최현석, 「인간의 모든 감정」, 『서해문집』, 2011, 154쪽).

2 필승아.
나는 날로 몸이 꺼진다. 이제는 자리에서 일어나기조차 자유롭지가 못하다. 밤에는 불면증으로 하여 괴로운 시간을 원망하고 누워 있다. 그리고 맹열이다. 아무리 생각하여도 딱한 일이다. 이러다가는 안되겠다. 달리 도리를 차리지 않으면 이 몸을 다시는 일으키기 어렵겠다. (…중략…)
나는 요즘 가끔 울고 누워 있다. 모두가 답답한 사정이다. 반가운 소식 전해다오. 기다리마.

비롯되기에 김유정 소설 「형」은 전형적인 슬픔의 정서가 잘 드러난 작품이라 할 수 있다. 「형」의 주인공 '나'는 1인칭 서술자로 자신의 나약함을 그리고 그 나약함에서 오는 고통을 형과 아버지 사이의 갈등 속에서 온몸으로 체험한다. 아직 10살이 채 안 된 어리고 약한 존재가 겪는 폭력 상황은 울음으로 표출되는데 가장 대표적인 것은 아버지가 형에게 칼을 던지는 장면이다.

> 아버지가 형님에게 칼을 던진 것이 정통을 때렸으면 그 자리에 엎더질 것을 요행 뜻밖에 몸을 비켜서 땅에 떨어질 제 나는 다르르 떨었다. 이것이 십오 성상을 지난 묵은 기억이다마는 그 인상은 언제나 나의 가슴에 새로웠다. 내가 슬플 때, 고적할 때, 눈물이 흐를 때, 혹은 내가 자라난 그 가정을 저주할 때, 제일 처음 나의 몸을 쏘아드는 화살이 이것이다. 이제로는 과거의 일이나 열 살이 채 못 된 어린 몸으로 목도하였을 제 나는 그 얼마나 간담을 조렸던가. 말뚝같이 그 옆에 서 있던 나는 이내 울음을 터치고 말았다. 극도의 놀람과 아울러 애원을 표현하기에 나의 재조는 거기에 넘지 못하였던 까닭이다.[3]

많은 재산을 가지고도 자식에게 인색했던 수전노 아버지의 형에 대한 폭력은 어린 나에게 고통으로 다가왔고 이 고통은 극심한 슬픔으로 이어진다. 자식인 형을 갈아 마실 듯이 미워하는 아버지와 아버지가 병석에 눕자 가족들에게 폭력을 행사하는 형. 아버지와 형의 폭력은 날로

-3월 18일 김유정으로부터(김유정, 『김유정 전집』 2, 가람기획, 2003, 286~287쪽).
1937년 3월 29일 사망한 김유정의 마지막 글쓰기가 바로 이 편지인데, 병이 깊어져 죽음을 눈 앞에 둔 상태에서 김유정이 어떠한 고통을 느끼고 있는지 짐작하게 하는 내용이다. 육체적 고통과 그로 인한 심리적 고통이 드러난 이 편지는 김유정의 자전적 소설들 중 특히 사후 발표작인 「형」의 전체적 분위기나 주된 정서인 슬픔과 연관해서 고찰할 수 있다.
3 위의 책, 2003, 168쪽.

심해지고 결국 아버지가 돌아가시자 형의 폭력성은 극대화된다.

이러한 과정 속에서 어린 나는 아버지와 형의 울음을 지속적으로 목도한다. 형의 패악에 아버지는 날마다 슬픈 빛으로 울었고, 형 또한 아버지 앞에서 울음을 터트리는 상황이 반복되면서 어린 나는 효자와 불효를 동일시하는 관념의 모순에까지 빠지게 되는데, 이는 슬픔의 고통에서 기인한 것이다. 주인공 나는 장기간에 걸친 고통을 받으며 통증에서 비롯된 슬픔을 지속적으로 느낀다.

> 내가 만일 이때에 나의 청춘과 나의 행복이 아버지의 시체를 따라갈 줄을 미리 알았다면 나는 그를 붙들고 한 달이고 두 달이고 내리 울었으리라, 그러나 나는 사람을 모르는 철부지였다.[4]

아버지가 돌아가시고 나자 형은 상중에도 마음껏 향락을 누리며 가족들에게 가혹한 폭력을 행사하는데, 어린 나에게 이러한 형은 이제 이해할 수 없는 존재가 되고 만다. 아버지가 살아계실 당시에는 형이 아무리 나쁜 짓을 하더라도 동정의 여지가 있었다. 성심껏 아버지를 봉양했지만 자신에게만 유독 인색한 아버지에게 돈을 달라고 패악을 떨었던 형을 어느 정도 이해했기에, 왜떡의 유혹에 넘어가 아버지의 저금통장과 도장을 몰래 꺼내주기까지 했었던 나였다. 그러나 아버지가 돌아가시고 나서 아버지의 모든 재산을 다 갖게 된 형이 10원짜리 다섯 장이 없어졌다고 둘째 누님을 엎어놓고 발길로 차며 때리며 하는 것은 이해할 수 없는 행동이기 때문이다. 허리를 못 쓰고 눕게 된 둘째 누님 뿐 아

---

4 위의 책, 181쪽.

니라 셋째, 넷째, 끝의 누님들에 형수, 하녀, 어린 나까지 모두 형에게 고문을 당하게 되는데 이러한 폭력의 지속적 반복은 어리고 약한 내가 혼자 감당할 수 없는 상황이다.

돌아가신 아버지 역시 폭력을 행사했었지만 그것은 오직 아버지에게 반항하고 맞서는 형에게 한정된 것이었다. 나를 비롯한 다른 가족들은 아껴주었고 가족의 테두리를 든든하게 지켜주었기에 형의 폭력과는 달랐다. 형의 폭력이 광기에 가깝다면, 아버지의 폭력은 가장의 지위를 지키기 위한 일종의 방어수단이기 때문이다. 자신의 재산과 가족들을 지키기 위해 형의 울음을 일부러 외면했고 심지어 칼까지 던졌던 아버지. 그런데 형은 아버지에 대한 미움이 지나치게 커서 아버지가 왜 그런 행동을 했는지에 대해 생각하지 못한다.

연약한 미성년의 나는 이제 아버지가 아닌 형의 테두리 즉 형이 세운 가족 관계 안으로 들어가 보호를 받아야 한다. 그러나 과연 제대로 된 성장을 할 수 있을지 의문이 남게 되는데, 이는 보호자인 아버지와 형의 차이가 크기 때문이다. 아버지와 형이 내세우는 가치나 폭력의 대상이 달라지기 때문에 나는 더 이상 성장하지 못하고 미성숙 상태로 남아 있을 가능성이 높다.

이러한 상황에서 내가 느끼는 고통은 슬픔의 기능 중 가장 첫 번째 단계로 「형」의 주인공 나는 뒤에 고찰하게 될 다른 소설 인물들처럼 두 번째나 세 번째 단계로 나아가지 못하고 그냥 슬픔의 고통에 머물러 있게 된다. 상황을 반성하고 정리하는 시간을 통해 자아 성찰을 하거나, 일체감을 통해 공감의 단계에까지 이르지 못하고, 그저 슬픔이라는 보편적 감정 안에 머물러 있다는 점에서 「형」은 김유정의 자전적 소설들 가운데 안타까움과 고통의 정도가 가장 크다고 할 수 있다.

3. 「따라지」 - 슬픔을 통한 자아 성찰

김유정이 실제로 둘째 누님과 함께 살았던 사직동이 연상되는 소설 「따라지」의 주 배경은 사직공원이 내려다보이는 늦봄 사직동의 한 집이다. 한쪽으로 기운 초가집에 쪽대문이 요란한 소리를 내는 이 집은 주인 내외 말고도 사글세를 내는 세 가구가 함께 살고 있다. 경무과 제복 공장 직공인 누이와 밤낮 방구석에 팔짱을 지르고 멍하니 앉아서 얼이 빠져 있는 누렇게 시든 젊은이 둘이 사는 건넌방, 버스 안내양인 딸과 앓는 소리로 쩔쩔매는 영감님이 사는 아랫방, 카페에 다니는 영애와 아끼꼬가 사는 미닫이방. 주인 내외까지 모두 8명이 함께 거주하는 이 낡고 초라한 집은 따라지로 분류되는 도시 빈민들의 강한 개성이 부딪치는 공간이다.

세태소설 혹은 도시소설로도 분류가 가능한 이 소설에서 가장 두드러지는 것은 개성이 강한 인물들로, 김유정 소설 대부분이 그렇듯이 생활력 강한 여성인물들이 주도적 역할을 한다. 이 소설에 등장하는 남성들은 대체로 경제적 능력이 없어 모두 집에 머물러 있지만, 이런 남성인물들과 대조적으로 여성들은 스스로 돈을 벌고 자기주장을 강하게 펼치고 있다. 히스테리를 부리는 공장 직공이나, 학생처럼 보이고 싶어 무거운 책보따리를 들고 다니는 버스 안내양은 모두 자신이 부양하고 있는 남동생과 아버지에 대해 권력을 행사한다. 1930년대 도시에서 여성들이 어떠한 직업을 갖게 되고 또 돈을 벌게 되면서 가족 관계에서 어떤 변화가 발생하는지가 도시와 세태라는 측면에서 보여지는 것이다.

특히, 이 소설에는 카페 여급인 2명의 여성이 등장하는데 그 중 생활력 강한 아끼꼬가 단연 돋보인다. 사글세를 제 때 내지 못해 주인 마누라에게 잔소리를 들어도 아끼꼬는 늘 자기 할 말을 다하며 주인 마누라를 압도한다. 주인 마누라와 실랑이를 벌이게 되는 일련의 과정에서 아끼꼬는 늘 우월한 위치가 된다. 반면, 건넌방 젊은이는 그저 주인 마누라에게 힘없이 당하고만 있다. 답답하게 당하기만 하는 건넌방 젊은 남성을 바라보며 아끼꼬는 그를 관찰하고 연민하게 되는데 이러한 과정에서 그녀는 슬픔의 감정을 느끼게 되고 슬픔을 통해 스스로를 성장시킨다.

「따라지」에서 가장 중요한 인물인 아끼꼬는 구렁이 같은 주인 마누라부터 착하고 약해빠진 젊은이까지 사직동 초가집의 모든 인물들과 관련을 맺고 있다. 함께 방을 쓰는 영애와의 관계부터 주인 마누라가 불러온 조카의 폭력에 대응하기까지 아끼꼬는 거침이 없다. 특히, 소설의 마지막 부분에서 아끼꼬는 주인 마누라가 데리고 온 순사를 따라 나서면서 한없이 당당한 모습을 보여주는데 땅에 침을 뱉는 행위가 결정적이다. 이러한 아끼꼬의 행동은 폐결핵 환자로 소설을 쓴다고 하는 건넌방의 젊은이에 대한 연민 때문에 더욱 구체화되고 또 강화되었다고 할 수 있다. 약하고 착해서 늘 당하기만 하는 단칸방 청년은 아끼꼬의 머릿속에서 학교 때 수신 선생이 이야기하던 착하고 바보 같다던 톨스토이와 겹쳐진다.

이걸 보면 아끼꼬는 여자고보를 중도에 퇴학하던 저의 과거를 연상하고 가없은 생각이 든다. 누님에게 얻어먹고 저러고 있는 것이 오죽 고생이랴. 그리고 학교 때 수신 선생이 이야기하던 착하고 바보 같다던 그 톨스토이가 과연 저런 건지, 하고 객쩍은 조바심도 든다.[5]

아끼꼬가 톨스토이라고 이름붙인 단칸방의 젊은이는 소설을 쓴다고 하는데, 이 인물은 실제로 폐결핵을 앓았고 극심한 고통 속에서 글쓰기로 그 고통을 극복했던 작가 김유정을 연상시킨다. 히스테리를 부리는 누님에게 반항 한 번 하지 않고, 그저 힘들게 돈을 벌어 자신을 먹여살리는 누님에게 자신이 잘못했다고 하는, 이 병든 지식인 청년은 아끼꼬에게 자신의 삶을 돌아보게 하는 존재이다. 공부를 많이 했음에도 불구하고 또 소설을 쓰는 남들과 다른 일을 하고 있음에도, 지금은 그저 약하기만 한 그를 바라보는 카페여급 아끼꼬의 시선은 슬픔이 성찰의 기능까지 나아갈 수 있음을 보여준다. 아끼꼬는 슬픔을 유발하는 상황에서 잠시 떠나 여자고보를 중도에 퇴학했던 자신을 돌아보며 톨스토이와 젊은이를 동일시하고 있는데, 이러한 아끼꼬의 감정은 슬픔을 넘어인간에 대한 연민과 동정으로 나아간다.

"소설 쓰시는 이가 그래 연애편지를 못 써요?" 하고 어안이 벙벙해서 한참 쳐다본다. 책상 앞에서 늘 쓰고 있는 것이 소설이란 말은 여러 번이나 들었다. 그래 존경해서 선생님이라고 톨스토이로 받치는데 그래 연애편지 하나 못 쓴다니 이게 말이 되느냐. 하도 기가 막혀서,

"선생님! 연애 해보셨어요?" 하면 무안당한 계집애처럼 그만 얼굴이 벌게진다.

"전 그런 거 모릅니다."[6]

카페 여급인 아끼꼬가 사직동을 떠나지 않는 이유는 바로 톨스토이

---

5 위의 책, 104쪽.
6 위의 책, 98쪽.

때문이다. 사직동을 떠나 종로 근처로 더 넓은 방을 구해 나갈 수도 있지만, 사직동 이 좁은 방에 머물러 있는 것은 건넌방의 젊은이를 계속 지켜보고 싶기 때문이다. 또한, 아끼꼬가 카페에서 부르는 일본 이름이 아닌, 자신의 진짜 이름을 알려주고 싶은 존재인 남성에게 톨스토이라는 별명을 통해 존경의 마음을 표현하는 것은 좀 더 이 남성과 가까워지고 싶어서이다. 그런데 쇠약한 이 젊은이는 다른 남자들처럼 아끼꼬에게 관심을 보이지 않는다. 외모가 뛰어나서 많은 남자들의 관심을 받아왔고 남자들의 수작을 받아주면서 연애하는 일에 익숙한 아끼꼬와 달리, 그는 연애를 해봤냐는 질문에 얼굴이 붉게 되면서 연애를 모른다는 말까지 한다. 소설을 쓰는 사람이라면 당연히 연애를 해봤을 것이고 연애편지 정도는 쉽게 쓰리라 여겼던 아끼꼬의 예상을 벗어나 있는 건넌방 젊은이. 그는 세상을 어떻게 살아가야 하는지 나름대로 요령을 익힌 아끼꼬와 정반대 지점에 있는 인물이다. 그래서 아끼꼬는 자신과 전혀 다른 이 젊은이를 지켜보며 계속 관심을 갖게 된다. 더구나, 그는 경무과 제복 공장 직공으로 다니는 과부 누이가 툭하면 부리는 히스테리의 희생양으로 뭔가 보호가 필요한 약한 존재가 아닌가. 늘 톨스토이에게 시선이 향해 있는 아끼꼬는 약자인 그에게 연민과 사랑의 감정을 느끼게 되면서 그의 보호자 노릇까지 하게 되는 것이다.

"왜 내가 이 고생을 해가면 널 먹이니 응 이놈아?"

헐없이 미친 사람이 된다. 아우는 마당에 내려와서 누님의 어깨를 두 손으로 붙잡고,

"누님, 다 내가 잘못했수 그만두" 하고 달래지 않을 수 없다.

"네가 이놈아! 내 살을 뜯어먹는 거야."

"그래 알았수, 내가 다 잘못했으니 그만둡시다."

"듣기 싫어, 물러나" 하고 벌떡 떠다밀면 땅에 펄썩 주저앉는 아우다. 열적은 듯, 죄송한 듯, 얼굴이 벌게서 털고 일어나는 그 아우를 보면 우습고도 일변 가여웠다.[7]

자신의 누이에게 언어 폭력과 더불어 물리적 폭력까지 당하는 이런 광경을 보고 아끼꼬의 동무 영애는 톨스토이가 암만 얻어먹더라도 씩씩하게 대들질 못한다고 병신스럽다고 하는 반면, 아끼꼬는 사람이 너무 착해서 그렇다고 우긴다. 아끼꼬는 가정폭력의 피해자인 톨스토이를 통해 인간의 심성을 헤아릴 줄 알게 되고 그가 처한 상황에서 이러한 선함과 약함이 나올 수 있다는 것에 의미부여를 하게 되는 것이다.

누님은 아우를 찾으러 다니기에 눈이 뒤집혔다. 그렇게 착실히 다니던 공장에도 며칠씩 빠지고, 혹은 밥도 굶었다. 나중에는 아우가 한을 품고 죽었나 보다고 집에 들어오면 마루에 주저앉아 통곡이었다. 심지어 아끼꼬의 손목을 다 붙잡고,

"여보! 내 아우 좀 찾아주, 미치겠수."

"그렇지만 제가 어딜 간 줄 알아야지요."

"아니 그런데 놀러가거든 좀 붙들어주, 부모 없이 불쌍히 자란 그놈이……."

말끝도 다 못 마치고 이렇게 울던 누님이 아니었던가. 아흐레만에야 아우를 남대문 밖 동무 집에서 찾아왔다. 누님은 기뻐서 또 울었다. 그리고 그 다음날부터 다시 들볶기 시작하였다.[8]

---

7 위의 책, 96쪽.
8 위의 책, 97쪽.

이런 변덕스러운 누님과 함께 살고 있는 톨스토이를 지켜보며 아끼꼬는 슬픔의 기능 중 첫 번째 단계인 고통을 지나 두 번째 기능인 자아 성찰 단계로 나아가게 된다. 톨스토이가 누님에게 당하는 고통을 지켜보며 동정과 연민을 느끼는 동시에 기꺼이 그를 도와주려고 하기 때문이다. 이러한 아끼꼬의 감정은 약자에 대한 연민에서 출발했기 때문에 슬픔의 감정으로 해석할 수 있다.

4. 『생의 반려』 - 슬픔의 연대감

슬픔은 타인의 고통을 함께 느끼는 기능이 있다. 이러한 연대감은 미완의 장편소설 『생의 반려』에서 두드러진다. 1인칭 서술자 '나'는 동무 명렬 군에 대한 이야기를 서술하고 있다. 영어사전을 만지작거리며 연애편지를 대신 전해줄 것을 부탁하는 명렬 군은 실제 유정의 모습이 엿보이는 인물이다. 5살 연상의 기생을 연모하는 명렬 군의 모습은 명창 녹주에게 연애편지를 보냈던 유정과 닮아 있다. 말을 더듬고 사람을 두려워하는 별난 소년이었던 모습 또한 실제 유정과 흡사하다. 어려서 양친을 여의고 주색에 잠기어 밤낮을 모르는 난봉꾼 형님이 재산을 탕진하는 사정도 거의 같다. 직공 누님의 월급으로 남매가 살아가며 누님의 구박을 받는 처지 또한 그러하다.

서술자인 나는 명렬 군의 처지에 연민을 느끼며 그를 사랑하는 마음으로 때로는 화를 내면서까지 그의 편지를 두고 이러저런 고민을 하게 된다. 그가 타락하게 된 일종의 조력자로 자신을 인식하면서 소설의 전체 이야기를 이끌어가고 있는 서술자. 이 '나' 역시 김유정의 또 다른 투영이다. 명렬 군의 타락을 바라보며 그의 타락을 거들어준 조력자라고 스스로를 평가하는 서술자 나는 애정을 가지고 명렬 군을 묘사한다.

오랫동안 볕을 못 본 탓으로 얼굴은 누렇게 들었고 손 안 댄 입가에는 스물셋으론 곧이듣지 않을 만치 제법 검은 수염이 난잡히 뻗히었다. 물론 번이는 싱싱해야 할 두 볼은 꺼지고 게다 연일 철야로 눈까지 쿵 들어간, 말하자면 우리에 갇힌 사람이라기보다는 짐승에 가까웠다. 거기다 눈에 눈물까지 보이며 긴장이 도를 넘어 떨리는 어조로 이 편지를 부탁했던 것이다.[9]

동무는 욕 먹이고 싶지 않다는 마음과 명렬 군의 눈물 때문에 나는 거짓말을 하게 되는데 나의 눈에 비친 명렬 군은 눈물을 흘리는 약한 존재이다. 내가 보기에 명렬 군의 편지는 상대에 대한 연애 편지가 아니라 자기 자신을 향한 연서였는데, 상대에게서 제 자신을 찾아내고자 했기 때문이다. 평소 병을 앓고 있던 명렬 군이 보기에 창백한 얼굴과 수심 가득한 기생 명주의 외모는 자기 자신에게 어울리는 혹은 자기 자신이었을 것이다.

이제 생각하여 보건대 사람은 아마 극히 슬펐을 때 가장 참된 사랑을 느끼는 것 같다. 요즘에 와서 명렬 군은 생의 절망, 따라 우울의 절망을 걷고 있었다.[10]

---

9 위의 책, 20쪽.
10 위의 책, 25쪽.

슬픔의 가장 극단적 표현이 사랑이라는 것. 김유정은 이러한 문장을 통해 슬픔이 그 고통스러운 감정의 극단을 어떻게 전환하는지 잘 보여준다.

그는 자기의 머릿속에 따로이 저의 여성을 갖고 있는 것이다. 말하자면 그와 같이 생의 절망을 느끼고, 죽자 하니 움직이기가 귀찮고 살자 하니 흥미 없는 그런 비참한 그리고 그가 지극히 존경하는 한 여성이 있는 것이다. 그는 그 여성을 저쪽에 끌어내놓고 연모하기 시작하였다. 그리고 명주는 우연히 그 여성의 모형이 되고 말았을 그뿐이겠다.[11]

말을 더듬고 사람을 두려워하는 별난 소년 명렬 군이야말로 작가 김유정의 투영이라고 볼 때, 김유정이 기생 박녹주에게 바친 연정 또한 소설 『생의 반려』의 명렬 군처럼 슬픔을 사랑으로 전환시킨 것으로 볼 수 있을 않을까?

선생이시어.
저에게 지금 단 하나의 원이 있다면 그것은 제가 어려서 잃어버린 그 어머님이 보고 싶사외다. 그리고 그 품에 안기어 저의 기운이 다할 때까지 한껏 울어보고 싶사외다. 그러나 그는 이 땅에 이미 없노니 어찌하오리까.
선생이시어.
당신은 슬픔을 아시나이까. 그렇다면 그 한쪽을 저에게 나누어주소서. 그리고 거기 따르는 길을 지시하여 주소서.[12]

---

11 위의 책, 29쪽.
12 위의 책, 46~47쪽.

어려서 어머니를 여읜 명렬 군이 그 품에 안겨 한껏 울어보고 싶다는 고백을 하고 있는 편지는 명렬 군에게 히스테리를 부리는 누님과의 대조를 통해 더욱 극대화된다. 명렬 군을 사랑하면서도 괴롭히는 누님은 가족에 대한 극단적인 폭력을 행사하는 형님과 그 행동 양상이 유사하다. 형님이 피를 보고야마는 신체적 폭력을 행사했다면 누님은 명렬 군에게 지속적으로 언어폭력을 행사하고 있는 것이다. 연민이면서 동시에 폭력[13]인 누나 유형은 김유정의 다른 소설들에서도 찾아볼 수 있다.

이 때, 약자가 흘리는 눈물은 공격하는 강자의 힘을 무력화시켜 약자가 살아남게 해 주는 기능을 한다.[14] 이러한 눈물을 슬픔의 세 번째 기능 즉 공감과 연대의 일체감이라고 볼 때, 『생의 반려』의 명렬 군이 흘리는 눈물은 슬픔의 세 번째 단계로 해석할 수 있다. 물론, 슬픔이 항상 상대방의 공격 의지를 약화시키는 것은 아니지만 소설 『생의 반려』에서 명렬 군과 서술자 나 사이에 존재하는 눈물은 연대로 볼 수 있는 것이다.

5. 나오며

김유정 문학은 전체적으로 슬픔의 정서가 많이 느껴진다. 그러나 슬픔의 정서에 매몰되지 않고 슬픔을 극복하는 결말 구조를 갖고 있기에

---

13 홍혜원, 「폭력의 구조와 소설적 진실 ─ 김유정 소설을 중심으로」, 『현대소설연구』 47, 현대소설학회, 2011.
14 최현석, 앞의 글, 156쪽.

작품의 완성도가 높다고 하겠다. 필자는 이러한 김유정 문학의 비극성을 슬픔이라는 감정이 어떠한 기능을 하고 있는가에 주목하여 자전적 소설계열인 「형」, 「따라지」, 『생의 반려』 3편을 분석해보았다.

슬픔은 고통을 느끼거나 아픔, 우울, 분노를 넘어서 자아를 성찰하고, 타인과의 공감 연대성 혹은 유대감까지 확정되는데, 김유정의 자전적 소설들에서는 슬픔의 고통, 슬픔을 통한 자아 성찰, 슬픔의 연대감이 3가지 단계를 모두 찾아볼 수 있었다.

첫 번째로 살펴본 소설 「형」은 슬픔의 기능 중 가장 첫 번째 단계로 슬픔을 통해 극심한 고통을 느끼는 주인공을 통해 인간의 보편적 감정 안에 머물러 있는 약자의 모습을 잘 드러냈다. 두 번째로 분석한 소설 「따라지」는 히스테리를 부리는 변덕스런 누님과 함께 살고 있는 문학 청년 톨스토이를 통해 그에게 연민과 사랑의 감정을 느끼는 카페 여급 아끼꼬의 자아 성찰을 고찰해볼 수 있었다. 기꺼이 톨스토이를 도와주고 싶어 하는 아끼꼬의 감정은 연민에서 출발한 슬픔의 감정으로 해석했다. 세 번째 작품인 『생의 반려』에는 눈물이 많이 나온다. 슬픔의 눈물은 삶을 돌아보고 자기 자신을 한 단계 성장시키는데, 필자는 이러한 눈물을 통해 특히 슬픔의 긍정적 측면에 주목했다. 『생의 반려』의 인물이 흘리는 눈물은 강자의 공격을 약화시켜 약자가 살아남을 수 있도록 해주며, 공감과 연대의 일체감을 형성해주고 있기 때문이다. 따라서 『생의 반려』의 명렬 군이 흘리는 눈물은 슬픔의 연대감이라는 기능 즉 슬픔의 세 번째 단계로 해석할 수 있었다.

참고문헌

1. 기본 자료

김유정, 『김유정 전집』 1, 가람기획, 2003.
김유정, 『김유정 전집』 2, 가람기획, 2003.

2. 논문

노지승, 「맹목과 위장, 김유정 소설에 나타난 자기(self)의 텍스트화 양상―「두꺼비」와 『생의
　　　　반려』를 중심으로」, 『현대소설연구』 54권, 현대소설학회, 2013.
홍혜원, 「폭력의 구조와 소설적 진실―김유정 소설을 중심으로」, 『현대소설연구』 47, 현대소
　　　　설학회, 2011.

3. 단행본

김유정학회 편, 『김유정과의 만남』, 소명출판, 2013.
유인순, 『김유정과의 동행』, 소명출판, 2014.
최현식, 『인간의 모든 감정』, 서해문집, 2011.
Greenspan, Miriam, 이종복 역, 『감정공부―슬픔, 절망, 두려움에서 배우는 치유의 심리학』,
　　　　뜰, 2008.

김유정 자기서사의 말하기 방식과 슬픔의 윤리[*]

임정연

1. 들어가며

이 글은 김유정의 자기서사[1]에 나타난 자기(self) 말하기 방식과 슬픔이라는 정서를 통해 김유정 소설의 윤리적 가능성을 타진해보고자 하는 시도이다. 윤리란 자기 동일성에 기초한 도덕과 달리 타자에 대한 윤리이며 타자에 대한 열림[2]이라고 할 때 주체가 어떻게 자기를 성찰하고 타자와 어떤 방식으로 관계를 맺는가의 문제와 깊은 관련이 있다.

---

[*] 이 글은 『현대소설연구』 제56호(한국현대소설학회, 2014.8)에 실린 글을 수정·보완한 것이다.
[1] 여기서 자기서사는 '사실'이라는 전제 하에 작가 자신에 관한 이야기를 진술하는 텍스트를 의미한다. 이런 범주의 이야기들을 부르는 용어로는 '자전적 서사' '자전적 진술' '자서전적 글쓰기' 등이 있으나 이들을 통칭하여 자기서사라고 부르기로 한다.
[2] Alain Badiou, 이종영 역, 『윤리학』, 동문선, 2001, 25쪽.

그런 의미에서 타자에게 자기를 설명하는 자기서사의 화법은 진술 주체인 작가와 그 소설의 윤리적 입지점을 가늠하는 단서가 될 수 있다.

김유정은 1936년 이후 자신의 가족관계, 연애사건, 질병과 도시생활 등을 소재로 삼은 일련의 소설들을 발표했다.[3] 작가의 전기적 이력과 일치하는 사실들로 인해 이 작품들은 '자전소설' '고백소설' 등의 범주에서 작가 연구의 유력한 재료가 되어왔다.[4] 그러나 김유정의 자기서사의 특징을 파악하기 위해서는 무엇보다 작가 자신에 해당하는 인물을 드러내는 방식, 즉 자기(self)에 대해 말하는 화법에 주목할 필요가 있다. 김유정이 구사하는 화법은 일반적인 자기 말하기 방식과 차이가 있기 때문이다.

자전소설, 사소설, 고백소설 등으로 명명되어온 자기서사는 작가의 사생활의 세부를 단일한 시점, 단일한 목소리로 거의 사실에 가깝게 기록하고 재현한 산문 문학이라고 이해되었다. 즉 자기서사에는 작가와 화자, 작중인물의 동일성이라는 공식이 적용되어 왔다.[5] 여기서 화자는 절대적인 해석의 권위를 부여받으며 "독자의 윤리적 감각을 촉발하고 일정한 방향으로 유도하려는 수사적 장치"[6]로 기능한다. 이 같은 자기

---

3 이 소설들은 이른바 '도시소설' 유형에 속하는 작품들로 분류된다. 이 글은 이 가운데에서 비교적 직접적으로 작가 자신이 드러나는 「두꺼비」(『시와 소설』, 1936.3), 「생의 반려」(『중앙』, 1936.8~9, 미완), 「슬픈 이야기」(『여성』, 1936.12), 「따라지」(『조광』, 1937.2), 「형」(『광업조선』, 1939.11, 사후 발표)을 분석 대상으로 삼았다.

4 이인숙, 「김유정의 자전소설과 실명소설 연구」, 강원대 석사논문, 2005; 김종호, 「김유정의 고백소설 연구」, 『인문학연구』 18, 경희대 인문학연구소, 2010; 조경덕, 「김유정의 소설 쓰기와 자기 인식」, 『한국문학이론과비평』 55, 한국문학이론과 비평학회, 2012; 노지승, 「맹목과 위장, 김유정 소설에 나타난 자기(self)의 텍스트화 양상」, 『현대소설연구』 54, 한국현대소설학회, 2013 외.

5 Philppe Lejeune, 윤진 역, 『자서전의 규약』, 문학과지성사, 1998, 66~69쪽.

6 김근호, 「김유정 농촌 소설에서 화자의 역능」, 『현대소설연구』 50, 한국현대소설학회, 2012, 63쪽. 김근호는 김유정 소설을 이해하는 데 화자의 시각과 서술행위가 중요한 코드라는 사실에 주목했지만, 김유정 소설의 다성성을 부정하고 화자의 권능과 위력에 의해 스토리가 통제되어 중개됨으로써 특정한 윤리적 시선을 촉발한다고 보았다. 이 점에서 화자의 무력함에 초점을 맞춘 이 글의 시각과 구별된다.

서사에서 자기를 설명하는 가장 보편적인 방법은 '고백'이다. 고백을 통해 자기 혹은 주체를 자명하고 자족적인 실체로 전제함으로써 자기서사는 특권적인 담론의 형식[7]이 될 수 있기 때문이다.

그런데 김유정은 자신을 설명하기 위해 고백의 화법을 구사해 언어와 상황을 장악하려 하지 않는다. 자기를 이야기하는 김유정 소설의 화법은 전혀 일목요연하지도 자족적이지도 않다. 오히려 "다성적이고 종종 서로 반발하는 복수의 목소리"[8]를 통해 자기를 모호하고 불투명하게 말하는 방식을 취하고 있다.

이 글이 주목하는 지점은 바로 여기이다. 물론 김유정 소설의 이 같은 문체적 성격에 대해서는 어느 정도 합의된 바가 있으나[9] 이것이 자기의 상을 정립해가는 자기서사에 적용되는 화법이라고 한다면 그 의미는 좀 더 적극적으로 발굴될 필요가 있다는 생각이다. '투명하게 자기를 설명하기'라는 기준에서 본다면 1인칭의 일방적 화법을 택하지 않는 김유정의 자기서사는 이미 실패를 노정하고 있다고 할 수 있기 때문이다. 그러나 결과적으로 본다면 자기에 대해 설명하려는 모든 시도가 실패하는 데 김유정 소설의 윤리적 역설이 있다. 자신을 투명하게 설명하기 위해서는 언어의 자명성을 이용해 자신을 정당화하는 과정이 필요하고 이 과정에는 필연적으로 타자를 배제하는 '윤리적 폭력'의 단계

---

7   사소설은 서양 근대의 문화적 헤게모니 아래서 '자기(自己)' 및 '나(私, I, self)'라는 개념이 발휘했던 강대한 신비적 위력과 '(근대) 소설(novel)'이라는 문학장르에 주어진 특권적인 문화적 의의에서 유래한 것이다(스즈키 토미, 한일문학연구회 역, 『이야기된 자기』, 생각의나무, 2004, 22~26쪽).

8   위의 책, 39쪽.

9   김유정 소설의 시점과 문체의 특징을 설명하기 위해 다성적 목소리와 상호 침투성에 대해서는 이미 몇 차례 지적된 바 있다. 전신재의 「김유정 소설과 언어의 기능」(『한말연구』 6, 한말연구학회, 2000), 최병우의 「김유정 소설의 다중적 시점에 관한 연구」(『현대소설연구』 23, 한국현대소설학회, 2004), 김원희의 「다성적 경향과 서정성의 조율－김유정 소설 문체의 역동성」(『현대소설연구』 34, 한국현대소설학회, 2007) 등이 이에 해당한다.

가 개입할 수밖에 없다.[10] 그러나 김유정의 자기서사는 적어도 이 같은 나르시시즘의 폭력에서 비켜나 타자를 이해하는 윤리적 기반을 마련해놓고 있다. 자신의 투명성과 정당성을 주장할 수 없다면 타인에 대한 도덕적 우월성 또한 확신할 수 없을 것이기 때문이다.

이제까지 김유정 소설과 윤리의 관련성은 소극적이고 제한적으로 접근되어 왔다. 기존 연구에서 김유정 소설의 (비)윤리성은 인물의 의식적 한계 혹은 타락한 현실을 가리키는 지표로 활용되어 왔다. 그도 그럴 것이 등장인물의 부도덕한 행위와 폭력이 난무하는 김유정의 텍스트에서 윤리성을 추출하려는 시도는 무의미해보이기 때문이다. 물론 김유정의 인식지평이 윤리 이전의 삶의 방식과 관련되어 있다는 점을 지적하거나[11] 근대 이전의 생활감각에 바탕을 둔 대안적 윤리의식을 보여준다는 해석[12]도 있었지만 이들 연구는 모두 김유정 소설의 비윤리성을 역설적으로 이해함으로써 딜레마를 해소하려는 시도였다고 할 수 있다.

그러나 김유정 소설의 윤리성은 인물이나 이야기의 층위에서 발생하는 서사윤리가 아니라, 이를 바라보는 작가적 태도와 정서의 차원에서 해명되어야 할 문제이다. 여기서 김유정 소설의 분위기를 주조하는 '슬픔'의 문제가 대두된다. 그의 소설에서 해학과 유머를 읽어내려는 시도

---

10 버틀러는 인간은 자기 자신을 설명하는 가장 개인적이고 사적인 순간에도 사회적인, 규범적인, 강제적인 언어(권력)에 종속되어 있다고 하였다. 이때 자신을 책임질 수 있는 말걸기, 언어를 의심하지 않는 말걸기란 '폭력적인 언어'에 다름없다. 버틀러는 주체가 근대적 윤리의 패러다임 안에서 타자를 악하다고 판단함으로써 자신을 정당화하는 '윤리적 폭력'의 가능성을 경고한다(Judith Butler, 양효실 역, 『윤리적 폭력비판─자기자신을 설명하기』, 인간사랑, 2013, 74~79쪽).

11 박현선, 「김유정의 인식지평과 존재의 언어」, 『아시아문화연구』 27, 가천대 아시아문화연구소, 2012, 92쪽.

12 이경, 「자본주의보다 먼저 온 실패의 예후와 대안적 윤리」, 『김유정과의 만남』, 소명출판, 2013, 180~190쪽; 김승종, 「김유정 소설의 '열린 결말' 연구」, 『현대문학이론연구』 53, 현대문학이론학회, 2013, 25쪽.

는 여전히 유효하지만, 서사 차원의 웃음기를 걷어내고 작가 혹은 내포작가의 시선과 태도를 해부해 보면 그 저변에 슬픔이라는 정서가 작용하고 있음을 알 수 있다. 이때 슬픔은 단순히 비극적인 감정을 의미한다기보다 인간의 실존에 대한 정서적 반응에 가깝다. 그러므로 김유정 소설에서 슬픔은 자기서사에만 적용되는 예외적 정서라기보다 해학과 상호결속되어 모든 소설의 기저를 이루는 태도로서 접근되어야 할 것이다.

마찬가지로 이 글은 김유정의 자기서사가 예외적 텍스트가 아니라 그의 소설 전반에 작용하는 윤리성을 해명할 수 있는 유력한 증거가 되기를 희망한다. 이를 위해 먼저 2장에서 누구로 하여금 자기의 이야기를 하게 하는가에 관심을 두고 김유정의 자기서사를 읽어가고자 한다. 즉 작가 자신이라 상정되는 인물이 아니라 이를 바라보고 이야기하는 초점 인물의 존재에 주목해 김유정의 자기 말하기의 특징과 의미를 밝힌다. 다음으로 3장에서는 김유정의 자기서사에서 슬픔이 자기와 타자를 결부시키고 상호 의존하는 원리로 작용하는 양상을 분석한다. 이를 통해 슬픔의 정서가 어떻게 김유정 소설의 윤리적 태도에 기여할 수 있는지 그 가능성을 탐색해 갈 것이다.

2. '복화술(複話術)'의 구조와 불투명한 주체

자기서사의 윤리는 누구로 하여금 자기의 이야기를 하게 하는가의 문제와 깊은 관련이 있다. 무엇을 말하는가 못지않게 누가 어떻게 말하는가, 즉 말하는 목소리의 문제가 서사의 윤리성을 가늠하는 중요한 단서가 되는 것이다. 김유정의 자기서사는 투명하고 일방적인 1인칭의 말하기 대신 여러 화자의 진술이 뒤섞이는 복화술(複話術)[13]의 화법을 택하고 있다.

특히 김유정의 자기서사에서 자기를 설명하는 형식으로서 복화술은 개별 텍스트에 적용되는 화법인 동시에 여러 개의 텍스트를 상호 연관시키는 원리로 작용한다. 김유정은 고정된 텍스트를 통해 단일한 정체성을 주장하거나 스스로 자기를 해석하려는 욕망을 버리고 자기의 흔적을 여러 개의 텍스트에 나누어 심어놓았다. 따라서 김유정의 실체를 파악하기 위해서 독자는 몇 개의 텍스트 여기저기에 걸쳐 흩뿌려져 있는 여러 인물들의 파편을 수집해 퍼즐처럼 하나의 상을 맞춰갈 수밖에 없다. 김유정의 자기서사 텍스트 전체가 복화술의 구조로 상호 연동하고 있다고 할 수 있는 것이다.

이런 화법에 의해 김유정의 자기(self)는 견고하고 불변하는 정체성으로 재현되지 못하고 모호하고 '불투명한 주체'[14]로 재구성된다. 「두꺼비」, 『생의 반려』, 「따라지」 등에서 인물들의 모습은 소위 '병'적 상태에 있다. 그들은 육체의 질병을 앓고 있기도 하지만 동시에 우울증, 신경증과 같은 심신의 질병 상태에 놓여 있다. 햇볕도 안 드는 방에서 끙끙

---

13 보통 복화술은 한 사람이 입술과 이를 놀리지 않고 전혀 다른 목소리를 내어 인형(人形)이 말하는 것처럼 느끼게 하는 기술을 일컫는 용어로 '腹話術'이라고 표기한다. 그러나 문학에서 복화술은 목소리의 출처를 은폐하는 기술로, 위장과 은폐로서의 글쓰기를 달성하기 위해 끌어들인 장치로 이해된다. '複話術'이라는 한자어 표기에는 하나의 발화자가 아닌 여러 원천에서 목소리가 나온다는 의미가 강조되어 있다고 할 수 있다(한국문학평론가협회, 『문학비평용어사전』 상, 국학자료원, 2006, 824쪽).

14 주체가 자기-동일성을 표명하고 유지해야만 하며 타자들 역시 그래야 한다고 요구하는 것이 윤리적 폭력이라고 할 때 불투명성은 그 자체로 이 같은 폭력에 맞서는 일이 된다(Judith Butler, 앞의 책, 2013, 74~77쪽).

앓거나 담배만 피위대는 명렬(『생의 반려』), 이불 뒤집어쓰고 낮잠을 자거나 소설 쓴다고 방안에 틀어박혀 있는 룸펜 지식인 톨스토이(「따라지」) 등, 인물들은 모두 우울하고 무기력한 상태로 자신만의 공간에 스스로를 가둔 채 침잠해 있다. 그들은 결코 스스로 말하는 법이 없으며 생각과 내면을 온전히 드러내지도 않는다.

이들을 침묵하게 함으로써 소설은 누가 이들을 바라보고 해석하는가 하는 '초점화(focalzation)'의 문제를 야기한다.[15] 『생의 반려』는 명렬의 친구 '나'가 1인칭 서술자이자 초점화자로 등장하고, 「따라지」는 톨스토이가 기거하는 셋집 주인과 카페여급 아끼꼬처럼 3인칭 서술자를 초점화자로 내세우는 복수선택적 시점을 택하고 있다. 이 화자들은 일단 관찰의 시선에 의존하고 있다는 점에서 인물에 제한적으로 접근할 수밖에 없다. 더군다나 각자의 입장과 심리적 거리에 따라 악의, 동정, 연모 등의 주관적 감정이 작용할 수 있다는 점에서 충분히 대상에 대한 오인이 가능한 상황이다. 「두꺼비」의 경우엔 경호 스스로 초점화자가 되어 자신의 이야기를 하는 1인칭 서술상황임에도 불구하고[16] 일반적인 경우와 달리 경호는 전체 서사의 의미를 파악하지 못한 채 사건에 종속되는 무지함을 드러내고 있다. 모두가 '믿을 수 없는 화자(unreliable narrator)'[17]인 셈인데, 이들은 인물에 대한 온전한 정보를 제공해주지 못할

---

15 초점화(focalzation)란 초점 화자가 특정한 대상을 향해 자신의 지각을 보내는 행위를 가리키는 주네트의 용어이다. 시점이 '누가 말하는가'의 문제라면 초점은 '누가 보는가' 즉 보는 주체 혹은 경험하는 주체를 중시한다. 따라서 초점에는 특정한 대상에 대한 초점화자의 감각, 인식, 관념적인 지향도 아울러 포함한다. 작가 관찰자 시점의 경우 흔히 초점화자와 화자가 겹치지만 일인칭 시점의 소설일지라도 화자로서의 나와 초점화자로서의 나 사이에 최대한의 심리적 거리가 있을 수 있다(Mieke Bal, 한용환·강덕화 역, 『서사란 무엇인가』, 문예출판사, 1999, 188~200쪽).

16 자전소설의 가장 일반적인 형태는 1인칭 화자를 활용하는 것인데, 1인칭 서술은 자신의 목소리를 가장 선명하고 투명하게 드러내는 미학적이고 정치적인 화법이면서 다른 방식으로 말하는 것을 배제시킨다는 점에서 일방주의적 화법이라고도 할 수 있다.

뿐 아니라 오히려 비균질적인 목소리로 인물에 대한 일관된 해석을 방해하고 있다.

① 나이가 새파랗게 젊은 녀석이 웨 이리 헐일이 없는지 밤낮 방구석에 팔짱을 지르고 멍허니 앉어서는 얼이 빠졌다. 그렇지 않으면 이불을 뒤쓰고는 줄창같이 낮잠이 아닌가, 햇빛을 못봐서 얼굴이 누렇게 시드렀다. 경무과 제복공장의 직공으로 다니는 즈 누이의 월급으로 둘이 먹고 지난다. 누이가 과부길래 망정이지 서방이라도 해가면 이건 어떻걸라고 이러는지 모른다.[18]

② 그는 천정을 향하야 연기를 내뿜으며 가만히 바라본다. 뾰죽한 입에서 연기는 고리가 되어 한 둘레 두 둘레 새여나온다. 고놈을 하나씩 손가락으로 꼭 찔러서 터치고 터치고- (…중략…)

낮에 사직원 산으로 올라가면 아끼꼬는 가끔 톨스토이를 만난다. 굵은 소나무 줄기에 등을 비겨대고 먼 하늘만 정신없이 바라보고 섰는 톨스토이다. (…중략…) 누님에게 얻어먹고 저러구 있는 것이 오작 고생이랴. 그러고 학교때 수신선생이 이야기하든 착하고 바보같다는 그 톨스토이가 과연 저런건지 하고 객적은 조바심이 든다.[19]

---

17 믿을 수 없는 화자는 그의 서술이나 논평을 독자들이 신뢰할 수 없거나 의혹을 가지게 되는 화자를 말한다. 웨인 부스에 의하면 화자가 그 작품의 규범, 다시 말해서 함축된 작가의 규범을 대변하고 거기에 따라 행동할 때는 믿을 수 있는 화자(신빙성 있는 화자)라고 부르고, 그렇지 않을 때는 믿을 수 없는 화자(신빙성 없는 화자)라고 부른다. 믿을 수 없다는 것은 단순히 거짓말을 한다는 것이 아니라 화자가 무자각 상태에 있음을 의미하는 것이다(Wayne C. Booth, 『소설의 수사학』, 최상규 역, 예림기획, 1999, 217~218쪽). 김유정은 「동백꽃」, 「봄·봄」에서처럼 순진한 청년, 무지한 인물 등 믿을 수 없는 화자를 내세워 아이러니적 효과를 내는 화법을 즐겨 사용했다.

18 김유정, 「따라지」, 전신재 편, 『원본 김유정 전집』, 강, 2012, 303쪽. 이 글에서 사용하는 모든 텍스트는 전신재 편, 『원본 김유정 전집』(강, 2012)을 사용한다(이하 이 책은 『전집』으로 표기함).

19 김유정, 「따라지」, 『전집』, 306·315쪽

「따라지」에서 무기력하고 고독한 톨스토이의 모습이 사글셋값을 받아야하는 주인집 노파에겐 "헐일이 없는지 밤낮 방구석에 팔짱을 지르고 멍허니 앉"은 무능한 젊은 녀석으로 비치는 반면(①) 그를 사모하는 카페 여급 아끼꼬의 눈에는 사색에 잠긴 고독한 문학청년으로 보인다(②). 또 친구 영애는 누나에게 구박을 당하면서도 단 한번 대들지도 못하는 톨스토이를 "병신스러운" 인물로 평하지만, 아끼꼬는 "사람이 너무 착해서" 그렇다며 동정한다.

「따라지」가 복수의 목소리를 통해 인물에 대한 고정된 해석을 방해하고 있다면, 『생의 반려』는 스스로 해석의 권위를 거부하는 화자에 의해 인물에 대한 최종적인 평가를 지연시키고 있다. 이 소설에서 명렬의 이야기를 전하는 화자 '나'는 명렬의 짝사랑을 지켜보고 연애편지를 전달하는 역할을 맡기도 한 연애 사건의 직접적인 증인이다. 그런 그이기에 친구 명렬의 연애에 대해 때로는 온정적으로 때로는 비판적인 시선으로 이런 저런 해석을 할 수 있는 자격이 주어진다.[20]

① 그럼 어째서 명렬군이 하필 그런 여자에게 맘이 끌렸겠는가. 여기에 대하여는 나는 설명을 삼가리라. 우선 명렬군의 말을 들어보자. (…중략…)

이제 생각하야 보건대 사람은 아마 극히 슬펐을 때 가장 참된 사랑을 느끼는 것 같다. 요즘에와서 명렬군은 생의 절망, 따라 우울의 절정을 걷고 있었다. 그의 환경을 뒤집어본다면 심상치 않은 그 행동을 이해 못할 것도 아니다. 마는 거기 관하얀 추후로 밀리라.[21]

---

20 피츠제럴드의 『소설작법』의 화자 유형에 따르면 '나'는 1인칭 조역 화자에 해당한다. 이 경우 화자는 보통 프로타고니스트와 친구이거나 적대관계인데, 내레이터는 프로타고니스트를 관찰하고 서술, 설명하면서 믿기 어려운 이야기를 현실적이고 신뢰가 가는 것으로 바꾸어줄 수 있는 능력이 있다(조남현, 『소설신론』, 서울대 출판부, 2007, 128~130쪽).

② 그는 자기의 머릿속에 따로히 저의 여성을 갖고있는 것이다. 말하자면 그와 가치 생의 절망을 느끼고, 죽자하니 움직이기가 군찮고 살자하니 흥미 없는 그런 비참한 그리고 그가 지극히 존경하는 한 여성이 있는 것이다. 그는 그 여성을 저면에 끌어내놓고 연모하기 시작하였다. 그리고 명주는 우연히 그 여성의 모형이 되고 말았을 그뿐이겠다.[22]

③ 그의 우울증을 타진한다면 병의 원인은 여러갈래가 있으리라. 마는 그 근번이 되어있는 원병은, 그는 애정에 주리었다. 다시 말하면 그는 사람에 주리었다.

그는 잇다금식 나에게

"어머니가 난 보고 싶다!"

이렇게 밑도끝도없이 부르짖었다.

나희 찬 기생을 그가 생각하게 된 것도 무리는 아닐 것 같다. 그는 그 속에서 여러 가지를 보았으리라. 즉 어머니로써 동무로서 그리고 연인으로써 명주가 그에게 필요하였다.

그러나 그때 나로는 그것까지 이해할 만한 능력이 없었다.[23]

그런데 '나'는 이성적인 판단 능력을 가지고 서사를 장악할 수 있는 위치의 화자임에도 불구하고 스스로 진술의 권위를 내려놓는 모습을 보이고 있다. 이를테면 ①에서처럼 나의 입장에서 "도저히 매력이 느껴지지 않"는 늙은 화류계 기생을 왜 사랑하게 되었는지 함부로 추측하기

21 김유정, 『생의 반려』, 『전집』, 252~253쪽.
22 위의 글, 256쪽.
23 위의 글, 263~264쪽.

보다 당사자인 명렬이 스스로 설명하게 함으로써 해석의 실마리를 제공하는 식이다. 그리고 명렬 스스로가 염인증과 우울증의 근원을 찾아 설명하게 함으로써 기생 명주에 대한 유아적이고 폭력적인 사랑에 대해 변명할 기회를 준다. 나는 명렬의 비정상적인 사랑을 '병'적 상태로 진단하고 명주를 실체 없는 우상에 불과하다고 비판하지만(②), 곧이어 명렬의 사랑이 "살아 나아갈 길을 찾고 잇든 한 노력"이라는 점에서 '참된 사랑'일 수도 있겠다며 스스로 자신의 판단을 교정하는 모습을 보이기도 한다.(③)

이처럼 나는 판단을 유보하거나 뒤로 물러나 진술의 무게를 스스로 덜어냄으로써 해석과 판단의 한계를 자인하는 태도를 취한다. '나'가 명렬을 대변하는 또 다른 자아이자 작가의 분신일 수 있다는 점을 상기할 때[24] '나'가 화자의 권능을 포기하고 있는 이런 상황은 무척 흥미롭게 읽힌다.

「두꺼비」는 1인칭 '나'의 시점에서 이야기 되고 있는데도 불구하고 '나'가 서사를 완벽하게 장악하고 있지 못한 경우에 해당한다.

옥화가 당신을 좋아할 줄 아우 발새에 긴 때만도 못하게 여겨요, 하고 나의 비위를 긁어놓고나서 편지나 잘 받아봣으면 좋지만 그것두 체부가 가저오는 대로 무슨 편지구간 두꺼비가 먼저 받아보고는 치고치고 하는것인데 왜 정신을 못채리고 이리 병신짓이냐고 입을 내대고 분명히 빈정거린다. 그렇다 치면 내가 입때 옥화에게 한 것이 아니라 결국은 두꺼비한테 사랑편지를 썻구나, 하고 비로소 깨다르니[25]

---

24 사실상 이 소설에서 '나'는 3인칭 화자지만 1인칭의 기능을 하고 있다. 대다수의 연구가 '나'를 김유정의 친구 안회남이라고 설명하고 있지만 전체적인 서술상황으로 보아 말하고 있는 '나'는 김유정의 분신, 또 다른 자아(ego)로 해석될 수 있을 것 같다.
25 김유정, 「두꺼비」, 『전집』, 210쪽

『생의 반려』와 달리 여기서 나는 기생 옥화를 사모하는 연애 당사자인데도 옥화의 오라비 두꺼비의 속임수를 스스로 판단할 능력이 없는 화자이다. 그래서 두꺼비의 농락으로 번번이 연애편지가 전달되지 못하는 상황을 인지하지 못하다가 뒤늦게 깨닫게 되는 것이다. 나는 "이만하면 일은 잘 얼렸구나, 안심하"다가도 "내 자신 너머 우습게 대접을 받는 것도 같고 아니꼬와서 망할 자식 인전 느구 안놀겟다 결심하고", 그러다가 상대에게 속은 걸 알고 "내 분에 못이기어" 속으론 욕을 하면서도 그저 "손등으로 눈물을 지우"는 것밖에는 할 수 없는 무력한 모습을 보여준다. 나는 진행되는 상황을 인지하지 못하는 어리석고 무지한 인물의 위치에 시선을 고정한 채 사건을 추수하기만 하는 자의식 없는 화자인 것이다.[26]

특히 이 소설은 대화와 지문이 구별되지 않은 채 "작품 전체가 한 개의 형식 단락으로 되어 있고 문장의 호흡이 길며 끊이지 않고 이어지"는 작품으로 "대화 부분과 지문에서 서술자의 의식이 상반되게 나타"나는 소설이다.[27] 그러다 보니 심지어 '나'가 자기 이야기를 하는 상황에서도 서술의 일관성이 유지되지 않은 채 사건에 대한 해석이 이중적이고 혼종적인 형태를 띤다.

이와 관련해 김유정 소설에서 반복적으로 등장하는 연애편지 모티프를 살펴볼 필요가 있다. 『생의 반려』와 「두꺼비」는 주인공의 연애가 실패하는 이야기인데, 이들 소설에서 연애 실패는 연애편지 배달사고

---

26 웨인 부스에 따르면 자신들을 작가로 의식하고 있는 자의식적 화자(self-conscious narrator)가 있는 반면 작품을 쓴다는 일에 대해 전혀 말이 없거나 의식하지 않고 있는 듯한 화자가 존재한다(Wayne C. Booth, 앞의 책, 213쪽).

27 전신재 편, 앞의 책, 201쪽. 전신재는 「두꺼비」를 소개하면서 대화와 지문의 구분이 없으면서 행동과 대화에서는 인간관계의 질서를 수용하고 의식에서는 그것을 거부하는 이중성이 나타난다고 설명했다.

와 밀접한 관련이 있다. 『생의 반려』에서는 편지의 수신자인 명주에게 편지가 전달되는 과정이 지연되고 연기되다 결국 명렬의 연애편지가 편지 전달자인 '나'에 의해 '거짓 답장'으로 되돌아온다. 「두꺼비」에서 오라비가 가로챈 연애편지는 수신자인 옥화에게 전달되지 못한다. 「따라지」에서도 여급 아끼꼬가 톨스토이에게 보낸 연애편지는 보내지도 못한 채 도둑맞고 만다. 경위야 어찌되었든 중요한 것은 모든 연애편지가 '전달되지 않았다'는 사실이다. 경로를 이탈해 전달되지 못한 편지는 수신자와 송신자의 대면을 방해하고 지연시킴으로써 '나'를 고백하고 설명하려는 시도를 무위로 만든다. 이럴 때 편지는 고백의 도구가 아니라 관계들 사이를 공회전하는 기표일 뿐이다. 편지가 "수신자를 향한 시선을 담고 있는 동시에 자기 자신에 대해 말하는 것을 통해 수신자의 응시에 자신을 맡기는 행위"[28]라 할 때 수신자가 읽지 않은 채 되돌아오거나 유실된 편지는 고백의 실패, 즉 스스로 구축한 자기가 허상임을 확인하게 한다.[29]

『생의 반려』나 「따라지」처럼 사건을 바라보는 초점화자가 자신이 아닌 경우, 또 「두꺼비」처럼 초점화자의 무지로 서술상황 자체를 신뢰할 수 없는 경우 등에서 볼 수 있듯 김유정의 자기서사는 자기를 타자화해 오히려 진짜 나의 모습을 불투명하게 만들고 있다. 이것은 자신의 이야기를 일방적으로 종료시키지 않고 독자로 하여금 끊임없이 해석과 평가가 가능한 현재 진행형의 담론으로 만드는 효과가 있다. 즉 김유정의

---

28 김윤하, 「편지의 정신분석학적, 서사적 고찰—와튼과 도스또옙스끼의 '편지 소설'을 중심으로」, 연세대 석사논문, 2007, 9쪽.
29 이와 관련해 주목해볼 것은 『생의 반려』와 「두꺼비」에서 막상 연애 대상이 되는 명주와 옥화의 모습은 그 실체가 뚜렷하지 않다는 점이다. 『생의 반려』에서는 명렬의 입을 통해 명주에게 첫 눈에 반하던 상황만 묘사되어 있고, '나'와 옥화의 만남이 간접적으로나마 성사되는 「두꺼비」에서도 기대했던 모습과는 매우 다른 옥화의 모습이 살짝 비춰질 뿐이다.

복화술은 자기 동일성을 확정짓지 않고 미결정적이고 불확실한 상태로 놓아둠으로써 타자성의 공존을 가능하게 하는 화법인 것이다.[30]

3. 상호 의존성의 원리, 슬픔의 윤리성

김유정의 자기서사는 자기에 대해 자명하게 설명한다는 것의 한계를 인정하는 데서 출발한다. 이 말은 김유정의 소설이 적어도 자신을 정당화하기 위해 타자를 악으로 규정하는 윤리적 폭력의 패러다임에서 벗어나 있다는 의미로 해석될 수 있다. 이때 '슬픔'이라는 정서는 타자와의 상호 의존성에 정초한 김유정 소설의 윤리적 성격을 설명할 수 있는 단서가 된다.

앞 장에서 살펴보았듯이 김유정의 자기서사에서 자기(self)의 모습은 하나의 고정된 텍스트로 산출되지 않고 타자와의 관계의 맥락에서 출현한다. 『생의 반려』와 「두꺼비」에서는 연모하는 기생을 통해 자기를 대상화하고, 「형」과 「연기」에서는 누나와 형, 아버지 같은 가족을 경유해 자기 상처를 응시하고, 생의 마지막 순간에 쓴 「슬픈 이야기」와 「따라지」에서는 주변인의 시선을 통해 자신의 모습을 성찰하고 있다. 이처럼 '나'라는 주체가 타자와의 관계에 의존해 복원될 수밖에 없다는 사실

---

30 식수에 의하면 복화술은 규범에 맞춘 글쓰기에 침투해 자신을 타인이 소유하도록 함으로써 자신의 목소리를 잃는 것이 아니라 타자성의 공존과 배척하지 않는 침투성을 이루는 것이다 (E. Harvey, 정인숙 외역, 『복화술의 목소리』, 문학동네, 2006, 13~14쪽).

은 나아가 서로의 취약성을 인정하고 상호 의존하는 타자성의 윤리를 가능하게 한다. 그러므로 김유정 소설의 슬픔은 단순히 개인의 절망과 고독, 상실과 결핍을 응시한 결과[31]가 아니라 타자와 공존할 수 있는 조건이자 공동체의 토대를 형성하는 조건으로 작용한다고 할 수 있다.[32]

「슬픈 이야기」는 김유정이 병마와 싸우는 절망과 고독 가운데 창작한 소설로 '슬픔'이라는 정서가 서사의 원리로 기능하고 있다. 도시의 셋방에 살고 있는 '나'는 밤마다 옆방 부부의 부부싸움 소리를 들으면서 '불안' '역정' '울화' '괘씸' 등의 감정을 겪는다. 그러다 아내를 때리는 남편을 '인륜'을 저버린 '나쁜 놈'이라 규정하고 그의 "좀 덜된 생각"에 대해 충고를 건넨다. 그러나 나의 충고는 그와 그 아내의 남동생, 주인집 노파로부터 공히 참견하지 말라는 타박으로 돌아오고 아내를 더 곤경에 빠트리는 결과를 낳는다. 결국 남의 집 사정도 모르고 주제넘게 참견한 꼴이 되자 나는 야속한 생각이 들어 그곳을 떠나고자 결심한다.

그리고 넌즛이 허는 사정의 말이 이러시면 우리 누님의 전정은 아주 망처놓시는 겝니다. 그러니 아무쪼록 생각을 고치라고, 촌띠기의 분수로는 너머 능숙하게 넓직한 손벽을 펴 들고, 안간다고 뻣딛이는 나의 어깨를 웨 이러십니까, 하고 골목 밖으로 슬근슬근 밀어나오는 것이었으나 주춤주춤 밀려나오며 가만이 생각해보니 참 너머도 슬픈 일이었다. (중략) 내가 안해를 갖든지 그렇잖으면 이놈의 신당리를 떠나든지, 이러는 수밖에 별도리 없으리라고 마음

---

[31] 조경덕은 이 슬픔이 자기 자신에 대한 절망 속에서 바라본 자기가 낯설다는 데서 생성되는 정념, 즉 자기 응시를 통한 자의식이 슬픔의 토양이 된다고 했다(조경덕, 앞의 책, 253쪽).

[32] 버틀러는 사적이고 탈정치적인 것으로 간주되어 온 슬픔을 근본적인 의존성과 윤리적 책임감과 관계적인 유대를 강조하는 '슬픔의 정치학'이란 관점에서 고찰한다(Judith Butler, 『불확실한 삶』, 경성대 출판부, 2008, 45~59쪽).

을 먹고는 내방으로 부루루 들어와 이부자리며 옷가지를 거듬거듬 뭉치고 있는 것을 한옆에서 수상히 보고 서 있든 주인 노파가 눈을 찌긋이 그 왜 짐을 묶소, 하고 묻는것까지도 내 맘을 제대로 몰라주는듯하야 오즉 야속한 생각만이 들뿐이므로 난 오늘 떠납니다, 하고 투박한 한마디로 끊어버렸다.[33]

나의 의분심과 동정은 모두 상대가 '옳지 않다'는 도덕적 판단에서 비롯되었다. 그러나 이 소설은 나의 도덕적 우월성이 타인에 대한 폭력으로 변질되고 마는 아이러니한 상황을 부각시키고 있다. 잠 못 이루는 나의 슬픔과 외로움이 "나의 죄가 아니"고 장가도 못 든 사내를 옆에 두고 "즈이끼리만 내외가 투닥닥" 싸우는 그들 부부의 탓이듯, 그 누구도 절대적인 가해자나 피해자가 아닌 것이다. 부부의 일을 제멋대로 판단해 참견하는 나도, 그런 나의 슬픔과 외로움을 이해하지 못하는 주변 사람들도 모두 타인에게 폭력을 행사하는 존재들이다. 이때 내가 느끼는 슬픔은 윤리적 폭력을 경계하면서 과연 누가 더 윤리적인가라는 질문을 유발하는 효과가 있다.

이런 시각은 김유정의 「형」에서도 동일하게 드러난다. 이 소설은 김유정의 트라우마가 연원하고 있는 그의 가족, 특히 폭력적인 형의 존재를 어린 '나'의 시선에서 재해석하고자 한 작품이다. 김유정의 형은 이미 여타의 텍스트에서 천하의 난봉꾼이자 폭군으로 그 모습을 드러낸 바 있지만, 미발표작이자 유고작이 되어버린 이 소설에서 김유정은 비로소 형을 서사의 주체로 내세워 설명을 시도한다. 여기서도 형은 여전히 허랑방탕하고 무자비하게 폭력을 휘두르는 인물로 묘사되고는 있지만, 이

---

[33] 김유정, 「슬픈 이야기」, 『전집』, 300~301쪽.

소설을 감싸고도는 근원적인 정서는 공포가 아니라 슬픔에 가깝다.

① 나는 술이 취하여 비틀거리며 대문을 들어스는 형님을 보고는 이상히 놀랐다. 어른앞에 그런 버릇은 년래에 보지못한 까닭이었다. 환자는 큰사랑에 있는데 그는 안방으로 들어가서 엣가락뎃가락하며 주정을 부린다. 그런 뒤 집안식구들을 자기앞에 모아놓고는 약주술이 카랑카랑한 대접에다가 손에들었든 아편을 타는 것이다. (…중략…) 술에다 약을 말정히 풀어놓드니 그는 요강을 번쩍들어 대청으로 던저서 요란히하며 점잖이 아버지의 함짜를 불렀다. 그리고 나는 너 때문에 아까운 청춘을 죽는다,고 선언을 하고는 홀쩍… 울었다.[34]

② 이러길 반해를 지나니 형님은 자기의 죄를 뉘우쳤는지 하루는 풀이 죽어서 왔다. 그리고 대접하나를 손에 내놓으며 병환에 신효한 보약이니 갖다드리라 한다. 나는 그걸받아 환자앞에 놓으며 그 연유를 전하였다. (…중략…) 환자는 손에 들고 이윽히 보드니만 그놈이 날먹고죽으로 독약을 타왔다, 하며 그대로 요강에 쏟아버렸다. 이 말을 듣고 아들은 울며 돌아갔다. (…중략…) 아버님 이 매로 저를 죽여줍소사, 그리고 저의 죄를 사해주소서, 하며 애걸애걸 빌었다. 답은 없다. 열 번을 하여도 스므번을 하여도 아무 답이 없었다. 똑같은 소리를 외이며 울며 불기를 아마 한시간쯤이나 하였을게다. 방에서 비로소 보기싫다, 물러가거라, 고 환자는 거푸지게 한마디로 끊는다. 그러니 형님은 울음으로 섰다가 울음으로 물러갈밖에 도리가 없었다.[35]

---

34 김유정, 「형」, 『전집』, 380쪽.
35 김유정, 「형」, 『전집』, 382쪽.

③ 세상이 눈만 감으면 어른도 칠 형세라, 나는 눈이 휘둥그렇게 아버지의 곁으로 피신하였다. 환자는 눈물을 흘리며 묵묵히 누웠다. 우는지 웃는지 분간을 못할만치 이를 악물어보이다는 슬며시 비웃어버리며 주먹으로 고래를 칠 때 나는 영문모르고 눈물을 청하였다. 수심도 수심나름이거냐 그의 슬픔은 그나 알리라.[36]

①과 ②에서 볼 수 있는 형의 모습은 자기 설움과 슬픔을 이기지 못해 "효자와 불효자" 사이에서 갈팡질팡하는 나약한 존재이다. 다른 소설에서 형은 인간적인 결함을 지닌 인물로, 나머지 가족들은 그런 형의 존재로 고통받는 피해자인 것처럼 묘사되곤 했지만 여기서 형은 장남으로서 책임감을 강요하는 가부장제의 속박을 못 견뎌하는 자유로운 영혼을 지닌 인물로 해석되고 있다. 이런 측면에서 보면 형의 악행은 엄격했던 아버지로 인해 원치 않는 결혼을 하고 청춘을 낭비한 데 대한 슬픔과 원망의 표출이라고 할 수 있다. ③에서는 유독 맏아들에게만 성마르고 인색한 모습을 보였던 아버지가 아들의 원망을 묵묵히 받아내며 깊은 절망과 시름에 빠져 눈물을 흘리는 약한 존재임이 드러난다. 아버지는 전통적인 가부장으로서 신념과 이념에 따라 맏이에게 그에 따른 역할과 책임을 부여하고자 했을 뿐이다.

그렇다면 과연 슬픔은 어디에서 비롯되는가. 이들 중 누구도 슬픔을 야기한 가해자가 아니라 제도의 희생자일 뿐이다. 자신의 감정과 행동을 통제할 수 없는 상태에 이른 형의 몸부림, 그런 아들을 바라보는 아버지의 안타까움과 배신감, 벌어지는 일의 실체조차 파악하지 못하고 공

---

36 위의 글, 384쪽.

포에 질린 나의 무지함, 이 모든 상황이 어우러져 슬픔이라는 소설적 정서를 형성시키고 있다. 이를 통해 강조되는 것은 아버지와 형, 나 모두가 전근대적 제도의 폭력에 노출된 취약한 존재란 사실이다.

이러한 시선은 「따라지」 속 '따라지' 인생들을 바라보는 시선에도 동일하게 작용하고 있다. 수리도 제대로 못한 낡은 집 한 채 세를 놓고 지내는 주인집 부부, 이혼 후 공장에 다니며 생계를 꾸리느라 히스테릭해진 누나와 누나의 구박과 폭력을 말없이 받아들이는 동생 톨스토이, 그런 톨스토이를 짝사랑하며 속끓이는 카페 여급 아끼꼬와 외모 콤플렉스가 있는 친구 영애, 송장처럼 누워 내내 앓기만 하는 병쟁이 '김마까' 영감과 '뼈쓰껄' 딸, 이처럼 「따라지」의 등장인물들은 저마다 상실과 결핍을 지닌 존재들이다. 그럼에도 불구하고 이들은 서로가 서로를 못마땅해 하고 얕잡아본다. 이 소설의 압권은 각자의 시선에서 상대를 폄훼하던 이들이 서로 폭력으로 뒤엉켜 한바탕 '난장'을 벌이는 장면이다. 아끼꼬는 주인의 방세 독촉에 쫓겨날 위기에 처한 톨스토이를 변호하려다 주인집 내외와 몸싸움을 벌이고 여기에 아끼꼬를 도와주려 나선 영애와 김마까, 주인집 조카까지 합세하면서 싸움판이 점점 커지다 급기야 순사까지 등장하는 데 이르는 것이다.

이 소설에서도 마찬가지로 누군가가 폭력의 유일한 근원으로 지목되지 않는다. 인물들 간의 갈등은 어떤 사건이나 특정 인물의 행위 때문이 아니라 오히려 '셋집'이라는 주거 환경 자체가 만들어낸 것이라고 볼 수 있다.[37] 도시 빈민으로 살아가는 인물들의 적층된 상실과 결핍이

---

[37] 이 소설의 인물들은 하나같이 도시 빈민이라 할 수 있는 이들로서, 셋방은 도시의 이농민과 도시 빈민이 공동의 부엌과 화장실을 공유하는 형태의 '최소한의 주거' 공간이다(전남일, 「'최소한의 주택'의 사회적 변천과 공간 특성 – 일제강점기 이후 현재까지 서울 지역의 사례를 중심으로」, 『대한건축학회논문집』 27-3, 대한건축학회, 2011.3, 193~194쪽).

우연한 계기로 폭발하면서 연쇄적인 폭력에 가담하게 만든 것이다. 순사에게 연행되어 가다 말고 빠져나와 셋집 주인에게 복수를 다짐하는 아끼꼬의 모습을 보여주는 마지막 장면은 이 같은 사건이 언제고 또다시 발생할 것이라는 사실을 예고한다. 이처럼 「따라지」의 인물들은 모두 서로가 서로에 대한 가해자이자 피해자라는 복잡한 관계망 가운데 놓여 있다. 이들이 벌인 치열한 육탄전은 보호받을 수 없는 폭력적 현실에 노출되어 있는 '따라지'들의 비극적 현실을 환기하고자 하는 작가의 의도가 집약된 사건이다.[38]

김유정의 연애 사건을 모티프로 한 「두꺼비」의 마지막 장면 역시 작가가 개별적인 인물을 비난의 대상으로 여기지 않는다는 증거가 될 수 있다. 이 소설에서 옥화를 짝사랑하는 경호는 서사의 말미에 이르러서야 비로소 옥화와의 대면이 실현된다. 그런데 마침 이 순간은 어린 기생 채선의 자살시도로 한바탕 소동이 벌어지고 있던 때였다. 채선에 대해 마구잡이 폭력을 행사하는 옥화의 모습은 경호가 사모하고 기대했던 모습과는 사뭇 다르다. 그 순간 경호는 옥화가 "나의 편지도 제법 똑바루 읽어줄 사람이 아"니란 사실을 알게 되지만, 곧이어 화자는 독자에게 옥화를 이해할 수 있는 단서를 제공한다. 미래의 옥화 역시 실연으로 자살시도를 한다는 정보를 흘림으로써 옥화의 폭행이 채선의 슬픔에 대한 공감에서 비롯됨을 강조한 것이다.

---

38 이런 시선은 농촌소설이라 불리는 일련의 소설들에서 가난 때문에 도덕이나 윤리마저 내팽개치는 농민들의 모습을 그릴 때도 동일하게 작용한다. 돈 몇 푼을 위해 아내를 파는 남편(「소낙비」), 도둑질(「만무방」), 파렴치한 지주와 어리석은 마름(「봄·봄」) 등이 그러한데, 이런 접근법은 인물의 행위가 아니라 그런 행위를 낳은 폭력적이고 기만적인 현실로 시선을 돌리게 하는 효과가 있다.

대뜸 당신은 누구요, 하고 눈을 똑바로 뜬다. 뭐라 대답해야 좋을지 잠시 어리둥절하다가 이내 제가 리경홉니다, 하고 나의 정체를 밝히니까 그는 단마디로 저리 비키우 당신은 참석할 자리가 아니유, 하고 내 손을 털고 눈을 흘기는 그 모양이 반지를 받고 실레롭다 생각한 사람커녕 정성스리 띠인 나의 편지도 제법 똑바루 읽어줄 사람이 아니다. 나는 고만 가슴이 섬찍하야 뒤로 물러서서는 넋없이 바라만보며 따는 돈이 중하고나, 깨닷고 금덩어리같은 몸둥이를 망처논 채선이가 저렇게까지 미울 것도 같으나 그러나 그 큰 이유는 그담 일년이 썩 지난 뒤에서야 알은거지만 어느날 신문에 옥화의 자살미수의 보도가 낫고 그 까닭은 실연이라해서 보기 슝굴슝굴한 기사엿다. 마는 그 속살을 가만히 디려다보면 그렇게 간단한 실연이 아니엇고 (…중략…) 그렇게 최후의 비상수단으로 써먹는 그 신승한 비결을 이런 루추한 행낭방에서 함부로 내굴리는 채선이의 소위를 생각하면 콧방아는 말고 빨고 잇든 권연불로 그 등어리를 짖은 그것도 무리는 아닐 것이다.[39]

이 순간 독자는 텍스트 밖의 사실(fact)을 허구적 사건에 대한 해석의 근거로 소환해[40] 폭력의 가해자이자 피해자인 옥화의 슬픔에 정서적으로 접근하게 된다. 무엇보다 화자의 마지막 독백은 슬픔이 두 가지 의미에서 타자와의 연대를 가능하게 하는 힘이란 점을 시사한다.

나는 얼 빠진 등신처럼 정신없이 나려오다가 그러자 선뜻 잡히는 생각이 기생이 늙으면 갈데가 없을 것이다. 지금은 본체도 안하나 옥화도 늙는다면

---

39 김유정, 「두꺼비」, 『전집』, 208~209쪽.
40 실제로 옥화의 모델이 된 기생 박녹주는 김유정이 이 소설을 쓰던 1936년경에 실연으로 인해 자살을 시도한 적이 있다.

내게 밖에는 갈데가 없을 것이다, 지금은 본체도 안하나 옥화도 늙는다면 내게 밖에는 갈데가 없으려니, 하고 조곰 안심하고 늙어라, 늙어라, 하다가 뒤를 이어 영어, 영어, 영어, 하고 나오나 그러나 내일 볼 영어시험도 곧 나의 연애의 연장일것만 같애서 예라 될대로 되겟지, 하고 집어치고는 퀭한 광화문통 큰 거리를 한복판을 나려오며 늙어라, 늙어라,고 만물이 늙기만 마음껏 기다린다.[41]

옥화를 짝사랑하던 경호는 결국 그녀의 오라비에게 농락당한 채 실연을 하고 말았지만, 경호는 그 상황을 그 누구의 탓으로도 돌리지 않는다. 화자는 그저 "늙어라, 늙어라"는 주문을 통해 세월이 흘러 모두가 가난하고 슬픈 상태가 되기를 기다릴 뿐이다. 이것은 슬픔을 매개로 모두가 상호 의존하게 된다는 점에서 슬픔의 보편적 가능성을 보여준다. 또한 "내일 볼 영어시험도 곧 나의 연애의 연장"이라는 진술 안에서 슬픔은 지속이라는 속성을 부여받는다. 슬픔의 지속성은 슬픔을 극복의 대상으로 삼아 손쉽게 해소하기보다 슬픔의 상태에 머물러 있음으로써 슬픔을 일상적 조건으로 수용하려는 태도이다. 슬픔 이전의 질서를 복원하기 위해 슬픔을 극복하거나 슬픔을 통해 해결책을 찾으려는 판타지가 오히려 부당한 폭력을 야기할 수 있다는 점에서[42] 슬픔의 보편성과 지속성은 윤리적 삶의 방식이 될 수 있다. 그런 의미에서 이 소설의 슬픔은 "실연의 비애를 순정의 극대화로 전환"시킴으로써 '가치의 전가치화'를 가능[43]하게 하는 정치적 자원이 된다.

---

41 김유정, 「두꺼비」, 『전집』, 211쪽.
42 Judith Butler, 앞의 책, 2008, 59쪽.
43 김원희, 「김유정 단편에 투영된 탈식민주의」, 『현대문학이론연구』 29, 현대문학이론학회, 2006, 122쪽. 김원희는 이 대목에서 월터 카이저의 용어를 빌어 비애가 순정으로 전환되는

이처럼 김유정의 소설쓰기는 타자의 고통과 슬픔에 내가 연루되어 있다는 윤리적 책임감을 동력으로 삼고 있다. 김유정 소설에서는 그 누구도 경멸이나 비난, 연민의 대상이 되지 않는다. 김유정의 인물들은 윤리적 우월성을 담보하는 우월한 인물이 아니라 폭력적 상황에 노출된 '우리'의 존재를 환기시키는 열등한 인물들이다. 이 무기력하고 취약한 인간들이 저마다의 슬픔으로 타자와 공존하고 타자와 관계를 맺는다. 이것이 슬픔의 해학을 탄생시킨 김유정 소설의 윤리적 역설인 것이다.

4. 나오며

이제까지 김유정의 소설에 접근하는 가장 유효한 코드는 유머와 해학이라고 말해져왔다. 그러나 김유정 소설의 웃음은 능청스러운 화법에서 비롯되는 것일 뿐 김유정 소설의 인물들이 처해있는 상황은 사실상 희극적이지 않을 뿐더러 오히려 비극에 가깝다. 그러니 김유정 소설의 아이러니 효과는 상황을 읽지 못하거나 모르는 척하는 인물들의 발화방식과 이런 상황을 바라보는 작가의 정서가 불일치함으로써 발생하는 것이라 할 수 있다. 이런 이중 화법과 불일치가 김유정 소설에서 '슬픔의 해학'을 가능하게 하는 장치인 것이다.

따라서 김유정 소설에서는 해학과 슬픔이 특정한 결속력을 가지고

'가치의 전가치화'가 이루어졌다고 해석하고 있다.

서사의 원리로 작용하고 있다고 볼 수 있다. 이 글은 김유정 소설이 파생시키는 슬픔의 정서, 그 정체와 연원을 거슬러 추적하고 싶은 욕망에서 출발하였다. 그리고 슬픔이 자기와 타자를 설명하는 김유정의 화법과 모종의 관련이 있다는 가설에 근거해 화자의 존재와 자기 말하기 방식을 그 징후로 삼는 독법을 취했다.

김유정의 자기서사는 투명하고 일방적인 말하기 대신 불확실하고 비일관적인 화법을 택하고 있다. 이런 화법에 의해 인물은 견고하고 불변하는 정체성으로 재현되지 못하고 '불투명한 주체'로 재구성된다. 김유정으로 짐작되는 인물들은 병적 상태에 있는 무기력한 이들로서, 스스로 말하지 않고 '믿을 수 없는 화자'를 통해 자신을 드러낸다. 이 화자들은 온전한 정보를 제공하지 못하는 무지한 인물이거나 서사를 완전히 장악하지 못하는 불완전한 관찰자이다. 이렇게 믿을 수 없는 화자들의 진술이 뒤섞이는 '복화술(複話術)'의 구조를 지향함으로써 김유정은 자신에 대한 무지를 인정하고 자기 동일성을 주장하지 않는 자기서사의 윤리를 실천한다.

이 같은 윤리적 지향성은 자기의 모습이 하나의 고정된 텍스트로 산출되지 않고 타자와의 관계를 통해 복원되고 있다는 사실에서도 확인할 수 있다. 이때 '슬픔'의 정서는 자신의 불완전성과 타자에 대한 상호 의존성을 인정하는 태도와 관련이 있다. 그의 소설에서 슬픔은 타인에 대한 도덕적 우월성을 주장하는 윤리적 폭력에서 벗어나 타자와 공존할 수 있게 하는 원리로 기능한다. 뿐만 아니라 슬픔이 소설의 정서이자 작가의 태도가 될 때 그것은 취약한 인간들이 폭력적 현실에 노출될 수밖에 없는 상황을 환기하는 효과가 있다. 무엇보다 인간 모두가 슬픔을 매개로 상호 의존할 수밖에 없는 존재라는 자각과, 슬픔을 극복 대상이 아니라 일상적 조건으로 수용하려는 태도는 슬픔의 보편성과 편재성, 지속성의 문제를 제기한다. 이 같은 슬픔의 보편성과 지속성이야말로 김유정 소설의 윤리적 태도를 형성하는 정서적 기원이라 할 수 있을 것이다.

그리하여 김유정 소설에서는 그 누구도 경멸이나 비난, 연민의 대상이 되지 않는다. 김유정의 인물들은 윤리적 우월성을 담보하는 우월한 인물이 아니라 폭력적 상황에 노출된 '우리'의 존재를 환기시키는 열등한 인물들이다. 이 무기력하고 취약한 인간들이 저마다의 슬픔으로 타자와 공존하고 타자와 관계를 맺는다. 이런 의미에서 김유정의 자기서사는 슬픔이 단지 사적으로 소비되고 마는 감정이 아니라 타자에 대한 윤리가 될 수 있는 가능성을 보여주고 있다. 김유정의 자기 이야기가 나르시시즘으로 환원되지 않는, 영원히 완결될 수 없는 기획이라 한다면 이런 이유에서일 것이다.

참고문헌

1. 논문

김근호, 「김유정 농촌 소설에서 화자의 역능」, 『현대소설연구』 50, 한국현대소설학회, 2012.8.

김승종, 「김유정 소설의 '열린 결말' 연구」, 『현대문학이론연구』 53, 현대문학이론학회, 2013.

김윤하, 「편지의 정신분석학적, 서사적 고찰 — 와튼과 도스또옙스끼의 '편지 소설'을 중심으로」, 연세대 석사논문, 2007.

김원희, 「김유정 단편에 투영된 탈식민주의」, 『현대문학이론연구』 29, 현대문학이론학회, 2006.

김원희, 「다성적 경향과 서정성의 조율 — 김유정 소설 문체의 역동성」, 『현대소설연구』 34, 한국현대소설학회, 2007.

김종호, 「김유정의 고백소설 연구」, 『인문학연구』 18, 경희대 인문학연구소, 2010.

노지승, 「맹목과 위장, 김유정 소설에 나타난 자기(self)의 텍스트화 양상」, 『현대소설연구』 54, 한국현대소설학회, 2013.

박현선, 「김유정의 인식지평과 존재의 언어」, 『아시아문화연구』 27, 가천대 아시아문화연구소, 2012.

유인순, 「김유정의 우울증」, 『현대소설연구』 35, 한국현대소설학회, 2007.

이인숙, 「김유정의 자전소설과 실명소설 연구」, 강원대 석사논문, 2005.

전남일, 「'최소한의 주택'의 사회사적 변천과 공간 특성 — 일제강점기 이후 현재까지 서울 지역의 사례를 중심으로」, 『대한건축학회지』 27-3, 대한건축학회, 2011.3.

전신재, 「김유정 소설과 언어의 기능」, 『한말연구』 6, 한말연구학회, 2000.

조경덕, 「김유정의 소설 쓰기와 자기 인식」, 『한국문학이론과비평』 55, 한국문학이론과 비평학회, 2012.

최병우, 「김유정 소설의 다중적 시점에 관한 연구」, 『현대소설연구』 23, 한국현대소설학회, 2004.

2. 단행본

김유정학회 편, 『김유정과의 만남』, 소명출판, 2013.

전신재 편, 『원본 김유정 전집』, 강, 2012.

조남현, 『소설신론』, 서울대 출판부, 2007.

한국문학평론가협회, 『문학비평용어사전』 上, 국학자료원, 2006.

스즈키 토미, 한일문학연구회 역, 『이야기된 자기』, 생각의나무, 2004.

Badiou, Alain, 이종영 역, 『윤리학』, 동문선, 2001.

Bal, Mieke, 한용환 · 강덕화 역, 『서사란 무엇인가』, 문예출판사, 1999.

Booth, Wayne C., 최상규 역, 『소설의 수사학』, 예림기획, 1999.

Butler, Judith, 양효실 역, 『불확실한 삶』, 경성대 출판부, 2008.

_____, 양효실 역, 『윤리적 폭력비판―자기자신을 설명하기』, 인간사랑, 2013.

Lejeune, Philppe, 윤진 역, 『자서전의 규약』, 문학과지성사, 1998.

Harvey, E., 정인숙 외역, 『복화술의 목소리』, 문학동네, 2006.

제5부 / 김유정과 문학비평

김유정 문학의 비평적 수용 양상 연구

박근예

1. 들어가며

문학사적인 의의와 가치를 인정받는 작가의 탄생은 작가와 작품에 대한 비평의 역사적 축적과 문학사적 기술 사이에서 이루어진다고 할 수 있다. 문학사에서 한 명의 작가가 자기 시대의 대표작가로 등장하게 되는 것은 그 작가에 대한 다양한 비평 담론들의 대화적 생산과 논의의 확대가 전제되어야 가능하기 때문이다. 따라서 1930년대를 대표하는 작가 김유정의 탄생은 그가 등단한 1935년이 아니라 그에 대한 비평이 시작되는 1935년부터 준비된다고 할 수 있을 것이다.

김유정 문학에 대한 초기 비평은 김유정이 「소낙비」로 등단한 1935년부터 김동인, 암함광, 엄흥섭, 김문집 등의 '창작평'을 중심으로 시작되었다. 1937년 유정 사망 이후에는 유정의 죽음을 애도하는 추도문과 회고문들이 쏟아졌고, 가난과 실연과 질병이라는 삼중고 속에서 괴로 위한 인간 유정의 '비참함'과 그럼에도 불구하고 창작 활동을 계속했던 작가 유정의 '찬란함'을 논의하는 초보적 형태의 작가론도 등장한다.[1] 1950년대에는 모더니즘론, 전통론, 실존주의 등의 영향 속에서 정창범 과 정태용, 윤병로의 김유정론이 등장하였다. 순수참여논쟁이 이루어 졌던 1960년대에는 임중빈, 김영기 신동욱 등이 김유정 문학에 대한 비 평적 논의를 확대하였고, 1968년 『김유정 전집』이 출간되었다. 리얼리 즘과 민족문학 논의가 심화되었던 1970년대에는 김용직, 구인환, 이재 선, 김병익 등이 당대의 비평적 인식 지평 내에서 김유정 문학의 가치 를 확대 재생산하였다. 특히 『문학사상』 1974년 4월호에 마련된 「한국 현대문학의 재정리─김유정 편」은 이러한 분위기를 잘 반영하고 있다. 1970년대까지의 이러한 비평적 축적에 의해 김유정은 한국문학사에서 1930년대의 대표작가로서 그 확고한 지위를 획득할 수 있었다. 따라서 1970년대까지의 김유정 문학의 비평사적 수용 양상을 고찰함으로써 김 유정 문학이 각 시대의 문학담론의 장에서 어떻게 배치되었는지를 파 악할 수 있을 것이다.[2]

이를 위해 비평사적 맥락에서 '신진작가' 김유정의 등장과 죽음 속에

---

1 정인택, 「희(嘻) 유정 김군」, 『매일신보』, 1937.4.3,6; 이석훈, 「유정의 영전에 바치는 최후의
   고백」, 『백광』, 1937.5; 채만식, 「밥이 사람을 먹다(유정의 굳김을 놓고)」, 『백광』, 1937.5; 안
   회남, 「작가유정론─그 1주기를 당하야」, 『조선일보』, 1938.3.29 · 31.
2 김유정 문학의 연구사를 다룬 유인순의 「김유정문학연구사」(전신재 편, 『김유정 문학의 전
   통성과 근대성』, 한림대 출판부, 1997)는 연구의 개론적 서술에 초점을 맞추었고, 김세령의
   「1950년대 김유정론 연구」(『김유정과의 만남』, 소명출판, 2013)는 전문비평가의 탄생에 초
   점을 맞추어 1950년대 비평만을 다루고 있다. 필자는 김유정이 한국문학사에서 1930년대의
   대표작가로서 확고한 지위를 획득하게 되는 1970년대까지의 김유정 문학에 대한 비평을 중
   심으로 김유정 문학이 비평사적으로 어떻게 수용되고 논의되는지를 검토하고자 한다.

서 근대적 단편 소설 형식과 문체, 리얼리즘적 창작 방법 등을 다룬 인상비평 수준의 1930년대 비평, 전후의 폐허에서 등장한 모더니즘과 실존주의 담론 속에서 이루어진 1950년대의 비평, 순수참여의 논쟁이 지배하던 1960년대의 비평, 소설의 형식미학적 분석과 민족문학 논의가 확대되는 1970년대의 비평 담론 속에서 김유정 문학을 다룬 비평들이 어떻게 전개되었는지를 살펴보고자 한다. 이러한 연구는 '신진작가' 김유정이 1930년대 한국문학의 대표작가로 자리잡아가는 과정을 보여줄 것이다.

2. 인상비평 수준의 초기 비평

1930년대의 김유정에 대한 비평은 신춘문예로 등단한 1935년부터 소설 「금 따는 콩밭」에 대한 김동인의 창작평을 시작으로 안함광, 엄홍섭, 김문집 등의 인상비평 수준의 창작평들이 이어졌고, 김유정 사망 후에는 회고문 형태의 초보적 작가론이 나타나기도 했다. 비록 짧은 인상비평 수준의 소박한 비평이 주류를 이루었지만 이후 김유정 문학에 대한 논의에서 주목할 만한 내용들, 즉 근대적 단편소설의 형식과 문체와는 구별되는 김유정 소설의 독특함, 리얼리즘 창작방법의 차원에서 바라본 현실인식의 문제, 웃음과 눈물이 공존하는 희비극적 소설, 작가 김유정의 생애와 문학 등이 언급되었다는 점은 중요하다고 할 수 있다.

'신진작가' 김유정의 문학적 가능성과 한계를 지적하는 기본 범주는 인물의 성격과 심리 묘사와 플롯, 문장 등에 대한 평가와 리얼리즘적 현실 인식의 문제 등으로 나타났다. 김유정 소설에 대한 첫 번째 비평가였던 김동인은 근대 단편소설의 창작자이자 이론가답게 근대단편소설의 요소들 중에서 성격과 심리 묘사, 플롯의 전개, 문장, 결말처리 방식 등에 대해 상세하게 지적한다.

> 등장한 세 사람의 인물의 성격도 무던히 정확히 나타났으며 사건의 전개며 심리의 추이도 자연스럽게 진행되었는데 그 문장이 너무 거칠어서 읽기에 거북한 점과 결말이 너무도 경박한 낙어(落語)식으로 되어서 독자에게 도리어 불쾌감을 주는 것이 이 작자의 몇 개 작품의 공통적 치명상이다.[3]

인용문은 촉망한 신작 작가 김유정의 「금 따는 콩밭」을 대상으로 한 창작평의 일부인데, 근대단편소설 형식에 완벽하게 일치하지 않는 김유정 소설의 독특함을 신진작가의 치명적 결함으로 파악하고 있다. 특히 미국의 대표적인 단편소설가인 오 헨리와 김유정을 동일화하면서 김유정 소설은 엄격한 근대단편소설이 아닌 기담이라고 한 것은 그 평가의 타당성 여부는 차치하더라도, 김유정 소설의 형식적 독특함에 대한 논의들이 생산되는 지점을 언급했다고 볼 수 있다.

리얼리즘적 현실인식의 차원에서 김유정 문학을 비평한 안함광과 엄흥섭의 경우, 김유정 소설이 진정한 의미의 '리얼리즘'인가를 기준으로 소설 작품에 따라 다른 평가를 하고 있다. 안함광은 「금따는 콩밭」은 "한 개의 유행성을 띤 금광사업의 여파가 자아내는 인생비극의 일절"을 포착하여 "현대 농민대중의 불안정된 생활과 그에서 연유되는 가

---

3 김동인, 「촉망할 신진 김유정 씨 『금따는콩밭』」, 『매일신보』, 1935.3.26.

지가지의 비극적 표징이 가장 뚜렷한 현실성을" 갖도록 부조된 우수한 작품[4]인 반면, 「산골」은 "예술적 향기[가] 부족한 각설이패식의 비속한 문장", "어휘의 풍족을 도모하려는 의도가 오히려 '뒤범범'식의 문장"을 만들었고, 내용도 "도련님의 일시적 연애유희에 희생된 이뿐이라는 순진한 촌처녀의 면면한 애정을 그린 통속적인 작품"[5]이라고 평가한다. 전자는 문장도 내용도 현실성을 갖춘 진정한 리얼리즘 작품인데 반해 후자는 현실의 본질적 파악이 이루어지지 않은 피상적 연애를 다룬다는 점에서 진정한 리얼리즘 작품이 아니라는 것이다. 엄흥섭의 경우도 「동백꽃」을 "농촌에서 태어난 총각처녀의 연정을 다만 흥미 있게 가볍게 스케치해본 데 지나지 않는" "자연주의적 소품"일 뿐이며, "조선농촌의 일면상을 그리고 있는 현실을 파악"한 작품은 아니라고 평가한다. 왜냐하면 용어사용에 기교를 부리려 했으나 성격묘사의 부조화로 인해 문장과 내용이 모두 현실성을 확보하지 못했기 때문이다.

이상의 김동인, 안함광, 엄흥섭의 비평에서 공통적으로 지적한 한계점은 '읽기 거북한 거친 문장', '예술적 향기가 부족한 각설이패의 문장', '뒤범범식 문장' 등의 표현에서 알 수 있듯이 김유정의 독특한 문장이다. 이러한 문장에 대한 부정적 평가를 뒤집은 비평가가 김문집이다. 그는 당대의 비평에서 한계로 지적했던 김유정 특유의 문장을 조선 문학에서 가장 부족했던 '조선 언어의 전통미'를 살렸다[6]고 극찬한다.

『안해』의 작자는 소위 문호를 꿈꿀 작가는 못된다. 그러나 농후한 독자성

---

4 안함광, 「최근창작평」, 『조선문단』, 1935.5, 122~123쪽.
5 안함광, 「작금 문예진 총검」, 『비판』, 1935.12, 80쪽.
6 김문집, 「김유정의 예술과 그의 인간비밀」, 『김유정 문학전집』, 현대문학사, 1968, 437쪽.

을 향유한 희귀한 존재로서의 그의 앞길을 축복할 수는 있다. 이 작품 하나로서 추측컨대 군은 깊은 문학적 교양이라거나 장구한 작가수업을 축적한 친구는 아니다. 그에게는 스케-ㄹ의 큼도 없고 근대적 지성의 풍족을 들 수도 없고 제작상의 골(骨, コツ)도 아직 체득치 못한 작가로 관찰되며 따라서 명공의 계획을 세워서 그를 조종하는 기능을 발견하기도 아직은 어려운 작가다. 그러나 일반 조선 문학에 있어서 가장 내가 부족을 느끼는 모찌미(지미(持美), 체취 또는 개체향)를 고맙게도 이 작가는 넘칠 만큼 가지고 있다. 그의 전통적 조선어휘의 풍부와 언어구사의 개인적 묘미와는 소위 조선의 중견, 대가들이라도 따를 수 없는 성질의 그것이니 이러한 사상들을 아울러 고찰할 때 우리는 그의 예술을 조선 문학에서 없지 못할 일개 요소로서 이를 상당히 높이 평가할 의무를 가지는 동시에 앞으로 군의 성장을 조호하는 권리를 가지지 않으면 안 될 것이다.[7]

이처럼 김문집은 김유정의 작가적 미성숙을 지적하면서도 '전통적 조선 어휘의 풍부와 언어구사의 개인적 묘미'는 조선 문학사에서 중요한 가치가 있음을 고평한다. 이러한 김문집의 평가는 김유정을 "현하 조선문단의 가장 아름다운 신진작가"라고 규정함으로써 김유정의 문장이 갖는 독특함을 문학사적으로 자리매김하고 있다는 점에서 주목된다. 근대소설의 형식적 측면에서건, 리얼리즘적 현실인식의 측면에서건 김유정의 문장은 부정적으로 평가된 반면, '조선적인 것'이라는 전통의 맥락에서는 긍정적으로 평가되었다는 사실은 김유정의 문장이 당대의 소설 문체와는 구별되는 특별함이 있음을 증명한다. 이후 김유

---

7   김문집, 「병고작가원조운동의 변」, 『조선문학』, 1937. 1, 55~56쪽.

정의 문장을 토속성이나 향토성으로 파악하거나 리얼리즘적 현실 인식 여부를 가늠하는 기준으로 제시하는 등 김유정 소설 문체의 독특성은 김유정 문학을 규정하는 중요한 요소로 자리잡는다.

김유정 사후에 회고의 형식으로 나왔던 글 중에서 김유정의 생애와 문학의 관계를 연결하여 해명한 안회남의 「작가유정론―그 1주기를 당하야」는 이후의 김유정 문학에 대한 비평에서 작가를 이해하는 토대로 작용했다고 볼 수 있다. 안회남은 김유정의 인간적 면모를 "인류의 역사는 애(愛)의 투쟁"이라고 한 김유정의 말과 김유정의 병상에 붙은 '겸허'라는 두 글자를 통해 서술하고 있다. 조실부모한 김유정이 생활고에 시달리면서도 애의 투쟁을 벌였던 불행한 연애사와 그것의 문학적 흡수, 병마와의 투쟁 속에서 작품 창작에 열중한 예술가적 정열, 춘천으로 귀향한 후 들병이들과 어울렸던 생활과 그것의 문학화 등을 통해 작가 김유정의 삶과 문학을 조명하였다. 여기에서 안회남은 김유정 문학의 특징으로 첫째, 주관적 삶을 잘 객관화하여 신변소설이 없다는 점, 둘째, 크고 당당하고 야생적인 것, 조선의 향토색과 민속을 잘 표현한 점, 셋째, 이 땅의 언어와 문필이 가진 고유한 전통을 잘 살린 점을 들고 있다.[8]

김유정 문학의 중요한 특징 중 하나로 언급되는 유머와 해학은 1930년대 비평에서는 용어 자체가 직접적으로 언급되지는 않았다. 다만 안함광의 「금 따는 콩밭」에 대한 창작평에서 "절대의 희극은 절대의 비극이 아닐 수 없"[9]다고 한 부분과 석산인이 "웃음이 있는 반면에 반드시 애끓는 애수와 눈물이 따라온다"[10]고 한 부분에서 드러나듯이, 희극과 비

---

8 안회남, 「작가유정론―그 1주기를 당하야」, 『조선일보』, 1938.3.29 · 31.
9 안함광, 「최근창작평」, 『조선문단』, 1935.5, 123쪽.
10 석산인, 「김유정 저 『동백꽃』을 읽고」, 『비판』, 1939.3, 89쪽.

극, 웃음과 눈물의 공존이 김유정 문학의 중요한 특징임을 보여준다. 이러한 김유정 문학의 특징은 유머 뒤에 애수를 숨겨놓았다거나,[11] "극한에 다달은 궁핍현실, 비열하고 폭력적인 인간성 유린의 현실 등을 특유의 해학으로 감싸안"[12]고 있다거나, 유머가 전통과 결부된다거나[13] 하는 방식으로 문학사적 의미를 획득하였다. 이후의 비평에서 이러한 김유정 문학의 웃음이 갖는 의미와 기능에 대한 탐색이 좀 더 구체화된다.

3. 근대성의 전통과 낙관적 니힐리즘

해방 이후 1950년대의 김유정 문학에 대한 비평은 백철의 두 번의 문학사 서술과 1950년대 중반 등장한 정창범, 정태용, 윤병로의 세 편의 「김유정론」으로 나타났다. 1950년대 비평은 해방과 한국전쟁으로 인해 폐허 위에서 모더니즘론, 전통론, 실존주의와 니힐리즘 등을 토대로 새로운 문학 전통을 수립하려는 노력 속에서 전개되었고, 김유정 문학에 대한 비평도 이러한 맥락 속에 놓이게 된다. 이렇게 새로운 문학을 모색하는 과정에서 김유정의 문학은 1950년대에도 익숙한 시골뜨기의 어리석음을 담은 한국문학의 전통으로, 비극적 현실과 인간의 무지와 욕망이 초래한 절망적 상황을 웃음으로 감싸 안는 낙관적 니힐리즘으

---

11 백철·이병기, 『국문학전사』, 신구문화사, 1957, 422~423쪽.
12 김윤식·정호웅, 『현대소설사』, 문학동네, 2000, 235쪽.
13 김윤식·김현, 『한국문학사』, 민음사, 1973, 320쪽.

로 그 의미를 새롭게 획득하게 된다.

백철은 두 문학사에서 김유정 문학의 현실과의 관계를 파악하는 방법으로 '풍자문학'과 '인생파 문학'을 제시함으로써 김유정 문학이 갖는 식민지의 농촌 현실에 대한 리얼리즘적 파악을 배제하는 경향을 보이게 된다. 다시 말해 풍자와 인생파라는 두 개념은 궁극적으로 김유정 문학의 현실인식의 소극성과 예술적 기교성을 강화하는 논리로 작동하게 된다. 먼저 백철은 풍자문학을 "적극적으로 현실을 비판하고 항의할 수 없을 때에 소극적으로나마 그 시대에 대한 부정한 면을 폭로하는 수법"으로 김유정 문학과 맥이 통한다고 주장한다. 김유정은 인위적인 과장 없이 주로 서민 생활에서 소재를 택하였고, "있는 그대로, 보는 그대로의 소재를 가져다가 선용"하였으며, "보잘것없는 아무것도 아닌 트리비얼한 일들에서 유머를 느끼는 데 성공"했을 뿐만 아니라 주인공을 "더 범속하고 모자라는 못난 사람으로 설정"하여 의외의 "현실 비판이나 풍자의 뜻"을 보여주는 한편 "바보 주인공인 서민 인간에게 현세적인 물질 만능의 타산도 반영"시킨다는 것이다. 이렇게 김유정의 작품은 "세속성에 대한 풍자, 인생의 비극에 대한 초탈, 서민의 언어를 다룬 재능, 즐거움을 독자에게 주는 문학관"을 드러내며, 김유정은 "35년대의 유익한 유머의 작자"[14]가 된다는 것이다. 풍자에는 지적인 냉소와 조롱의 의미가 있다는 일반적 정의에서 볼 때, 백철의 '풍자' 개념은 유머와의 개념적 혼동을 야기하는 문제가 있다.

현실에 대한 있는 그대로의 묘사와 소극적 현실비판의 풍자문학이었던 김유정의 문학은 백철의 두 번째 문학사 서술에서 '인생파의 문학'

---

14 백철, 『신문학사조사』, 신구문화사, 1980(2003판), 492~494쪽.

으로 전환된다. 이러한 인생파 문학은 생활을 "현실적으로 개척하고 추구하는 적극적인 것이 아니고 그 인생을 옆에서 방관하고 섰는 관조적 태도"를 가졌다는 점과 현실적 생에 대해서는 적극성을 결한 대신 그 "생을 예술화하려는 노력은 상당히 강했다"는 점이 특징이다. 따라서 인생파의 작품은 "예술적인 것, 공장(工匠)적인 것, 또는 조사(措辭)적인 것으로 나타"나게 된다.

김유정은 (…중략…) 제재로는 상당히 다방면이어서 청년시대의 생활에서 온 금광에 취재한 「노다지」(「금따는콩밭」) 외에 농촌에 취재한 「산골」·「동백꽃」과 도시적 소시민의 생활, 여급의 생활에까지 작품세계를 확장해 갔으나 그 광범한 취재는 어떤 현실적인 「모티브」에 의하여 통일된 것도 아니요, 작품의 「모랄」이 일관된 것도 없어서 말하자면 그 모든 제재를 재료로 삼고 조사와 문장을 수련하는 습작기의 시작(試作)으로 생각하고 이 작품들을 썼는지 모른다. 따라서 이 시기를 지나면 자기의 문장을 수정하고 새로 본격적 문학을 시작해서 일기를 이루었을지 모른다. 그러나 유정의 문학이 조사법 하나에 멎은 것은 아니다. 그 문학 속에서 소극적이나마 역시 하나의 인생파적 태도를 찾아볼 수 있다. 조실부모한 그의 청년시대가 불행했고 작가로서 등장한 시대도 그 생활고는 심한데다 「상당한 폐결핵」이던 이 작가는 자기고백과 같이 우울이 성격화되었고 그 우울성은 일견 「유우머」해보이는 그 작품 뒤에 애수를 숨겨놓았던 것이다. 그의 작중인물이란 대개 어리석고 무지한 인물들인데 작자는 그 인물들을 작품 무대 위에 올려놓고 어리석은 희비극을 시키되, 그 인생의 비극에 대해서 연출자로서 주도적인 결정을 하지 않고 방관하는 태도를 취했다.[15]

'인생파'는 본래 '예술을 위한 예술'을 주창하는 예술지상주의와 대비되어 '인생을 위한 예술'을 주창하는 경향에서 비롯되었다. 그런데 백철은 현실에 대한 소극적 태도를 강조하는 맥락에서 방관적이고 기교주의적인 예술관을 '인생파적 태도'로 정의함으로써 개념적 혼란을 야기한다. 해방 이후 좌우 대립과 남북분단 상황을 거치면서 현실에 대한 소극적 태도를 강하게 부각시키려는 의도에서일 가능성이 커 보인다. 어쨌든 김유정의 문학은 소극적 현실비판과 폭로의 풍자문학에서 현실 방관의 관조적 태도를 가진 인생파의 문학으로 전환되었고, 이 과정에서 비극적 현실 인식보다는 예술적 기교성을 강조하게 된다. 따라서 김유정의 문학은 "조사와 문장을 수련하는 습작기의 시작(試作)"이며, 작가 개인의 우울의 성격화가 작품의 애수를 낳고 작중인물의 희비극에 대한 방관적 태도를 보이는 것으로 규정된다.

　이러한 문학사적 서술은 모더니즘과 전통론, 실존주의와 니힐리즘 등이 지배하던 1950년대의 비평담론들 속에서 생산된 비평들이 김유정에 대한 백철의 견해를 비판하거나 수용하는 맥락에서 전개되도록 하는 토대를 이루게 된다. 정창범은 백철의 견해를 비판하며 김유정의 소설은 '풍자문학'이 될 수 없고, 한국문학의 전통적 주류로서 파악할 수 있다고 주장한다. 정태용은 김유정 문학 특유의 비극과 희극을 '풍자 아닌 풍자' '유머 아닌 유머'로 규정하면서 실존주의적 허무주의를 극복할 수 있는 '낙관적 니힐리즘의 문학'으로 규정하였고, 김유정의 문장도 단순한 예술적 기교를 넘어서는 현실성의 언어로 인식하려는 노력을 보인다. 윤병로는 선행 비평들의 논리를 종합적으로 수용하는데, 특히

15　백철 · 이병기, 「인생파의 문학」, 『국문학전사』, 신구문화사, 1957, 421~422쪽.

"조사와 문장을 수련하는 습작기"의 작가 김유정이라는 백철의 견해를 그대로 따르게 된다.

앞에서 언급했듯이, 정창범은 김유정 문학은 자기희화에 기반한 웃음을 주기 때문에 풍자정신을 발휘할 수 없으며, 새로운 문학을 모색하는 1950년대에도 익숙한 한국문학의 전통적 주류의 하나라고 주장한다.[16] 이를 좀 더 구체적으로 살펴보면 첫째 계열은 자기를 객관화하려는 몸부림으로 나타나며, 인간 김유정을 파악할 수 있다는 작품들을 말한다.[17] 사소설적인 자기고백과 참회록이 될 수 없는 '캐리캐처'를 그림으로써 자기를 희화화하는 이러한 경향은 "형의 주먹과 누님의 구박, 그리고 실연 파산"이라는 너무나 치명적인 체험이며 슬픈 숙명에서 나온 것이므로 풍자정신을 발휘할 수 없다. 둘째 계열은 한국 문학의 과거와 현재에 일관하여 흐르는 주류인 '전통적인 생리'로 이러한 경향이 1950년대에도 확대되는 현상을 문제로 파악한다. 이러한 '전통적인 생리'의 내용과 본질을 구성하는 '시골뜨기의 어리석음'은 자연환경과 "역사적 지리적 숙명의 중량에 은연중 억눌려 빚어진 피압박감 그리고 열등의식이 한데 뭉쳐 잠재적으로 이루어놓은 것"이며, "근대 내지 현대적 조건이 갖추어진 도시보다도 지방에 더욱 뿌리박고 있"는 것이다.[18] 이렇게 김유정의 문학은 1950년대의 새로운 문학을 형성하기 위한 근대성보다는 전통성에 근거하면서도 1950년대 한국문학의 한 주류로 작

---

16 정창범은 「현대시의 두 경향」(『현대문학』, 1955.7)에서 시를 정통시와 모더니즘 시로 구분하였고, 이 둘의 변증법적 통일이 현대시의 발전을 이룬다고 보았다. 시와 달리 소설에서는 모더니즘 경향보다는 전통적 경향이 주류를 이루고 있으며 김유정은 이러한 경향을 대표하는 작가로 파악하고 있다.

17 정창범의 첫째 계열은 안회남이 지적한 김유정 문학의 특징 중 주관적 삶을 잘 객관화하여 신변소설이 없다는 점을 수용하여 발전시킨 것이다.

18 정창범, 「김유정론」, 『사상계』, 1955.11, 254~261쪽.

동하고 있다고 할 수 있다. 그러나 정창범이 이러한 김유정의 문학을 1950년대 문학의 본질로 보지 않은 것은 김유정이 보여주는 근대성 속의 전통을 넘어서는 새로운 현대문학의 출현을 바라고 있기 때문이다.

김유정의 문학은 풍자가 될 수 없다는 정창범과 달리, 정태용[19]은 김유정의 작품을 '풍자 아닌 풍자, 유머 아닌 유머'를 드러내는 '낙관적인 니힐리즘'의 문학이라고 주장함으로써 백철의 견해를 부분적으로 수용한다. 정태용은 1950년대를 풍미한 실존주의를 니힐리즘으로 비판했는데, 김유정의 문학에서 이러한 니힐리즘을 극복할 수 있는 '낙관성'을 발견했던 것이다. 이러한 의미에서 김유정의 문학은 '낙관적 니힐리즘'으로 규정된다. 구체적으로 살펴보면 김유정의 인물은 "무식하고 원시적이고 순수하고 단순한 육체노동자"이며, 이러한 인간의 "무식과 무능이 주관적으로 절대적인 의미와 욕구로서 행사되는 곳에 인간생활의 피치 못한 비극이 있음"을 우습고 익살스럽게 보여주는 데에 '낙관주의'가 존재한다. 또한 김유정은 전지적 태도를 취하지 않으며, 애정을 갖고 등장인물의 위치까지 내려가서 그들의 무지와 욕망이 그려내는 캐리캐처에 동기를 제공함으로써 "주관적으로는 비극적 사태를 그려내는데 객관적으로는 희극이요 동정을 자아내는 시추에이션을 전개"하는 데서 김유정 특유의 풍자와 유머가 드러난다. 이러한 김유정의 유머와 풍자는 인간을 바보 취급하는 것이 아니라 인간생활의 여러 모순과 갈등을 묘출하여 무식하고 어리석은 "평범한 시민들의 선량한 본능과 인정으로 사는 일상생활의 생리를" 보여주는 "일종의 시민철학"이라고 할 수 있다. 김유정은 소설의 모티브를 사회질서나 가족제도가 아니라

---

19 정태용, 「김유정론—니힐리즘과 문학」, 『현대문학』, 1958.8, 170~177쪽.

물질적(감각적)인 것과 무지에서 찾았고, 대부분 그 무지와 욕망이 발산하는 본능적이고 푸리미티브한 극히 순간적인 의욕으로 제시하는데, 이렇게 체관과 끈기로서 순간순간을 엮어나가는 인간들의 심리적 저변에는 무의식적인 생리적인 '니힐리즘'이 존재한다. 이러한 니힐리즘은 모든 것을 부정하는 것이 아니라 낙천적이고 유쾌한 생활을 마련할 수 있는 능동성이요 달관이다. 인간의 비극적 갈등은 우월감과 경멸, 증오심과 이기욕 등의 제가끔의 무지와 물욕을 현명과 시혜로 과장하고 내세우는 데서 비롯되며, 이러한 인간의 맹점을 심리적으로 추구한 것이 김유정의 문학이라는 것이다. 마지막으로 김유정의 문장은 "문학사상 가장 구어체로 풀어 쓴 문장으로서, 문장이기보다는 이 사회 시궁창의 생활, 호흡, 어투 그대로의 대사인 속어들이다."이라고 보아 무지한 인간의 욕망이 그대로 드러나고 있음을 지적한다.

윤병로의 김유정론은 선행 비평들의 종합하면서 "조사와 문장을 수련하는 습작기의 시작(試作)"이라는 백철의 견해를 김유정 문학의 특징으로 재배치한다. 1930년대 신진작가로서의 김유정의 미성숙함을 지적하고 '전통적 조선어휘의 풍부와 어휘구사의 개인적 묘미'를 고평했던 김문집의 견해, 안회남의 「겸허」(김유정전)의 내용, 백철의 두 번째 문학사에서 언급한 인생파적 태도와 정창범의 자기를 객관화하려는 몸부림 계열과 전통적인 생리 계열의 구분 등의 선행 비평들을 통합하여 김유정 문학을 사소설 형식과 전통적인 한국어휘의 풍부한 구사와 소극적인 인생파적 태도로 구분한다. 먼저 사소설 형식[20]은 1인칭 서술의 약점이 존재하는데 김유정은 이러한 면을 지양하고 독자의 동정심

---

20 정창범은 자기회화의 문학인 첫째 계열을 사소설이 될 수 없다고 본 것과 대비되는데, 오독에 의한 것인지, 윤병로 개인의 견해인지 명확히는 알 수 없다.

을 주인공에게 집중시켜 친근성과 진실성을 갖추었다. 둘째 외국어를 번역한 듯한 서투른 문장들과 달리 김유정은 전통적인 한국어휘를 잘 구사하였다. 셋째 김유정은 일정한 관념과 사상을 문학 속에 구현시킨 것이 아니라 강력한 생활의식으로서의 문학을 생활의 한 방편으로 간주하고 있는데 역점을 둔 인생파적 태도를 취한다. 결론적으로 김유정은 자기 세계를 완성하지 못한 작가이며, 인생에 대한 달관이 너무 소극적이고 도피적이었으며, 짧은 창작기간에도 불구하고 1950년대의 작품들이 유정의 수준에서 벗어나지 못한 것은 반성이 필요하다.[21] 이러한 윤병로의 평가는 백철의 견해에서 더 나아가지 못했다는 점에서 정창범과 정태용의 비평과는 구별된다.

4. 참여의 리얼리즘과 토속적 예술성

1950년대의 비평에서 김유정 문학은 시골뜨기의 어리석음을 주조로 하는 한국문학의 전통을 드러내고, 실존적 허무주의를 극복하는 평범한 시민철학으로서의 낙관적 니힐리즘을 담지하는 것으로 파악되었다. 1960년대는 순수예술과 현실참여의 문학에 대한 논쟁이 강했던 만큼 김유정의 문학도 현실참여와 예술성의 문제와 결부되어 논의된다. 전근대적 농촌사회를 있는 그대로 보여주는 증언자로서의 김유정을 참여

---

21 윤병로, 「김유정론」, 『현대문학』, 1960. 3, 256~262쪽.

의 논리 속에서 파악하거나 전통과 토속성의 예술적 성격을 강조하는 경향을 보이게 된다. 이러한 경향들은 1970년대까지 확대 재생산된다.

1950년대 풍자문학과 인생파의 문학이라는 한계 내에서 점차 배제되었던 김유정 문학의 현실성을 참여의 논리로 재의미화한 비평가는 임중빈이다. 그는 김유정은 철두철미 대지 위의 생활인의 삶을 추구하면서 "사회 현실의 밑바닥을 있는 그대로 보여주면서 비교적 지루하지 않게 전근대를 증언"하며, 사회현실의 단면에 골고루 메스를 대고 생활 속에서 모순을 우스꽝스럽기 짝이 없는 현상으로 끊임없이 폭로하는 사회소설가라고 주장한다. 1950년대비평에서 김유정을 개인사적 차원에서만 언급했던 것과 대비하여 1960년대 비평에서 김유정은 사회성과 역사성의 문제를 다루는 참여 작가로 분류된다. 김유정의 작품 세계는 "역사를 창조할 역량이 거세된 '얼빠진 등신'들의 소굴"인 한국의 전근대사회, 다시 말해 한국적 전근대의 본질인 '원시적인 빈곤'이라는 암흑면을 있는 그대로 증언한 데서 드러난다. 그렇지만 빈곤의 악순환으로 인한 농노적 사고방식을 제거하지 못한 채 자탄과 실소로 자위하는 소박한 농민들의 단편을 보여줄 뿐 사회개혁의지를 보여주지는 않았다는 의미에서 김유정의 웃음은 "현실을 묵인하지 않는 태도며 소극적인 참여의 유일한 무기"가 된다.

그러면 그의 웃음은 어디에서 오는가. 전근대적 과도기 사회의 틈바구니에서 엿보는 심각한 모순의 대립관계에서, 그리고 '가진 자'와 '못 가진 자'와의 위화감, 그러므로 해서 빈곤과 기아의 극치에서 인간 주체성이 말살되는 그 엄청난 드라마의 효과로써 터지는 주체 못할 실소임이 분명하다. (…중략…) 우리 작가의 유머는 사회현실의 부조리와 비정상, 그리고 암흑사회의 부조리

를 투시하면서 거기에 소극적으로나마 반항하려는 그 성격의 소산이다.[22]

이처럼 임중빈은 김유정의 문학의 특징인 웃음을 전근대적 사회 구조와 거기에서 벗어나지 못한 비참한 열등인물들의 삶이 주는 페이소스와 연결함으로써 웃음이 갖는 정치성을 포착하였다. 전근대적 사회 현실의 부조리와 비정상을 풍자하고 폭로하는 김유정의 웃음의 본질은 "페이소스의 성격화"에 있다. 그것은 작가 개인의 콤플렉스가 빚어낸 결과이기보다는 감당 못한 사회 현상의 콤플렉스에서 형성된 성격이다. 이러한 성격을 표현한 김유정의 인물은 "열등인간의 화신"인 "착한 미개인이며 피해자이며 얼빠진 등신이며 어릿광대이자 「따라지」와 「만무방」과 같은 인간쓰레기"로 나타난다. 유정의 소설은 이런 "열등인간들의 집단수용소"이며, 이런 인간들의 "저마다 살아보겠다는 갈망 속에서 어처구니없는 실소가 터지는 것이며, 이러한 웃음이 부조리하고 비정상적인 현실에 대한 반항의 의미를 갖게 된다고 할 수 있다. 이러한 맥락에서 김유정은 "상황 내의 현실을 비교적 성실하게 반영시켜 준 '거울'로서 헐벗은 인간상의 목소리를 증언해준 작가"이며, 김유정이 보여준 세계는 "몸부림치는 근대사회의 눈물겨운 자서전"이라고 할 수 있다. 이렇게 해서 1960년대에 김유정은 사회현실에 소극적으로 참여한 작가로 자리매김되고 전근대적 농촌 사회의 현실을 있는 그대로 재현하고 증언했다는 평가를 받게 된다.[23]

백철[24]은 이러한 임중빈의 견해를 수용하면서 개인사적 체험, 고전

---

22 임중빈, 「닫힌 사회의 회화―김유정론」, 『동아일보』, 1965.1(『부정의 문학』, 한얼문고, 1972, 158쪽에서 재인용).

23 위의 책, 146~161쪽.

24 백철, 「고난 속에 빚은 웃음의 상」, 『문학춘추』, 1965.5, 179~182쪽.

문학의 전통, 휴머니즘 등으로 김유정 문학을 새롭게 규정한다. 먼저 그는 시대고, 생활고, 병고의 삼중고에 시달린 '수난자'로서의 김유정의 개인적 체험을 작품으로 만드는 연금법으로서 유머가 작동한다고 본다. 임중빈이 언급하지 않은 작가의 개인적 체험의 소설화라는 관점을 되살리고, 1920∼30년대의 전근대적 농촌 현실의 재현이라는 맥락은 못난이형 인물의 해학적 전통성으로 대체된다. 못난이형 인물은 모순된 인간세계를 반영하고 그러한 현실에 대한 분노도 느끼게 할 뿐 아니라 그런 인물들의 어리석고 익살스런 언어와 행동은 고난의 참혹상을 완화한다는 것이다. 「흥부전」에서 흥부가 형수에게 밥주걱으로 얻어맞는 장면이나, 「봄·봄」에서 나와 장인의 싸움장면은 전통적인 언어의 테크닉과 농촌의 일상적 언어의 미학을 드러냄으로써 웃음과 함께 분노를 체험하게 할 뿐 아니라 어리석고 선량한 인간에 대한 연민과 동정을 표현하게 된다. 백철은 이러한 측면을 '인생파적 태도'가 아닌 '휴머니즘'으로 파악한다. 김유정 문학의 웃음을 고전문학의 해학적 전통과 관련해서 해석한 비평은 이후에도 지속적으로 생산된다.[25]

김영기[26]는 동시대 임중빈의 현실참여론은 배제하고, 1930년대 안회남의 김유정론, 1950년대의 정태용의 '낙관적 니힐리즘', 백철의 전통론적 해석 등을 재구성하여 예술성을 구현한 김유정 문학의 본질을 밝히려고 하였다. 문맥상으로 볼 때 참여론적 현실인식보다는 순수예술론적 입장에 동조하고 있음을 알 수 있다. 그가 파악한 김유정 문학의 본

---

25 서정록, 「한국적 전통에서 본 김유정의 문학」, 『동대논총』 1, 동덕여대, 1969; 정한숙, 「해학의 변이」, 『현대한국작가론』, 고려대 출판부, 1976; 이선영, 「따라지의 비애와 해학─김유정의 작품세계」, 『상황의 문학』, 민음사, 1976 외 다수.

26 김영기의 김유정에 대한 두 편의 글은 60년대는 순수예술적 관점에서, 70년대는 민족문학으로서의 농민문학의 관점에서 제시되었다는 점이 특징적이다.

질은 우둔한 인물 설정의 소설미학, 토속적 해학, 원시적 충동의 신화로 나타난다. 첫째 '우둔한 인물'의 설정은 슬로건적 비평이나 주제의식의 논리성을 극복하고 예술성을 구현할 목적으로 인간의 어리석음에 대한 풍자정신을 유니크한 예술성으로 교묘히 숨기려는 의도에서 비롯되었다. 둘째 토속적 해학은 한국의 전통적인 해학미에 대한 유정의 감수성이 전통적 해학을 토속적으로 확장했다는 것이다. 셋째 원시적 충동의 신화는 원시적 생명감과 충동성을 부각시키는데, 안회남이 김유정 문학의 특징으로 지적한 "당당하고 야생적인 것, 조선의 향토색과 민속을 잘 표현"했다는 점과 연관된 해석으로 보이며, 특히 김유정 소설 특유의 남녀관계를 파악한 것으로 읽힌다.[27] 이렇게 기존의 논의를 계승하면서 토속적 예술성의 규명에 힘을 쏟은 것은 김유정 문학이 순수문학의 예술성과의 관련성 속에서 파악한 것이라 할 수 있다.

앞에서 임중빈이 언급했던 소극적 현실참여의 작가 김유정을 농촌의 현실적 사회구조를 잘 파악하고 농민의 현실을 잘 그려낸 리얼리즘 작가로 재의미화한 것은 신동욱의 「김유정론고」이다. 이는 1930년대 안함광과 엄흥섭이 제기했던 리얼리즘적 창작방법론과 1960년대의 현실참여론과 전통론을 계승한 반면, 백철의 김유정에 대한 기본 전제 중 하나였던 '인생파적 태도'의 부적절함을 리얼리즘론에 근거하여 비판한다. 신동욱은 김유정 문학이 리얼리즘적인 현실인식에 기반하고 있으며, 이러한 현실인식의 특징을 이효석의 문학과 김유정의 문학의 비교, 식민지 농촌 현실의 반영의 양상을 내용과 형식의 측면에서 규명하려고 하였다. 먼저 목가와 현실의 차이를 이효석 문학과 김유정 문학의

---

27 김영기, 「김유정 문학의 본질」, 『김유정 전집』, 현대문학사, 1968, 423~433쪽.

차이로 설명한다. 목가적 전원문학은 풍경화로서의 농촌과 가난하고 무지한 농민에 대한 감상미학적 차원의 현실도피와 자기기만의 세계를 그리는데 반해 현실적 농촌문학은 실제로 생활하는 농민들이 겪는 사회적 모순과 갈등을 그리는 것이다. 따라서 목가적인 이효석 문학과 달리 김유정의 문학은 1920~30년대 식민지 농촌의 현실, 특히 지주와 농민의 관계, 마름과 소작농의 관계, 영세소작농과 유랑농민 등의 실태를 잘 보여준다. 구체적으로 보면 「아내」는 "토지 없는 농민들의 생활 모습 그대로를 대변"하며, 「소낙비」와 「땡볕」은 고향을 버린 유랑농민의 비윤리적이고 어리석은 행동들을 통해 일제가 얼마나 "인간주의적 문맥과는 동떨어진 사회를 만들었는가를 고발"하고, 「금따는 콩밭」과 「만무방」은 영세소작농민과 유랑농민의 현실적 궁핍과 도덕적 갈등이 사회제도의 모순에 있음을 주제로 하고 있다. 정리하면 김유정의 인물들은 스스로가 "사회적인 의식을 가지고 있지 않"지만, "독자에게 박진하게 사회의식을 깨닫도록 작가의 의도는 완숙"되어 있다고 할 수 있다. 특히 「만무방」을 상당히 고평한다.

또한 사실주의의 맥락에서 주목한 것은 "강원도 농민의 속어와 방언의 신선한 구어체의 세계"로 표현한 김유정 소설의 형식적인 부분이다.

김유정의 작품에 등장하는 인물들이 정상이하의 열등인물들이기 때문에, 그들의 감정의 색채에 따라 비속어체로 써야 했다는 이유로 긍정할 수 있고, 그보다 더 중요한 것은 그 인물들이 가지고 있는 사회적 태도와 도덕의식 때문이다. 즉 김유정은 비속어체 속에서 교양이 없는 인간들의 저속한 미적 효과 자체의 특이한 감각만을 목적한 것이 아니고, 그러한 효과 속에서 농민들의 태도가 왜 이렇게 뒤틀릴 수밖에 없었는가를 발굴하여 주려는 것이다.[28]

이러한 비속어체의 문장은 작가 김유정이 "작품의 인물을 정확하게 묘사"하고, 또 "작품의 주제와 문체가 조화를 이루도록 의도"했기 때문에 비속미라는 미적 효과뿐만 아니라 언어사용자, 즉 주인공들의 뒤틀린 사회적 태도와 도덕의식을 잘 보여준다. 이와 동일한 맥락에서 '해학'의 의미도 전통과 관련해서 재규정된다. 해학의 표면상의 의미는 웃음에 있지만 내용은 비극적 엄숙성에 있다. 왜냐하면 웃음은 일시적인 숨돌리기일 뿐 하층민들은 자신들의 비극적 현실에서 벗어날 수 없기 때문이다. 하층농민들의 실지생활의 숨 막히는 고통을 해학화한 표현은 하나의 전통이며, 하류층의 미학이고 때로는 공격적인 미학이라고 할 수 있다. 신동욱은 이러한 김유정 문학의 해학성을 조선의 평민소설의 위치에서 창의성을 발휘한 작품이라고 주장한다. 이처럼 김유정의 독특한 문장을 사실주의적 현실인식을 잘 드러낸다고 평가한 것은 김유정 문체의 독특함을 '조선어의 전통미'를 살렸다는 평가 이후의 고평이라고 할 수 있다. 하층민의 언어로서의 비속어는 정태용이나 임중빈도 언급한 바 있지만, 신동욱은 리얼리즘의 맥락에서 지적했다는 점이 특징적이다. 임중빈의 '소극적 참여'작가라는 평가를 넘어서서 신동욱이 김유정을 사실주의 작가로 규정한 것은 1970년대 이후 '궁핍한 식민지 현실'을 드러낸 리얼리즘 작가로서 문학사에서 자리매감하게 하였다고 할 수 있다.

---

28 신동욱, 『한국현대문학론』, 박영사, 1972, 164~165쪽.

5. 소설미학적 분석과 민족문학적 접근

앞에서 살펴보았듯이, 1960년대의 김유정은 참여의 리얼리즘과 토속적 예술성을 통해 논의되었지만 1970년대로 들어서면서 리얼리즘은 민족문학적 논의로, 토속적 예술성은 소설미학적 논의로 발전한다. 예술성에 주목한 소설 미학적 분석은 김유정 소설의 형식미학을 다루게 된다. 참여의 리얼리즘은 민족문학 논의로 발전하면서 김유정 문학의 사실주의에 대한 인식과 한국문학의 전통에 대한 인식을 강화할 뿐만 아니라 농민문학론으로 확대된다. 이러한 전개의 계기는 김우종의 소설사와 김윤식·김현의 문학사에서 찾아볼 수 있다. 김우종은 김유정 문학을 "향토를 오랜 역사적인 지점에서 조감적으로 관찰할 줄을"모르는 토속의 리리시즘을 보여주는 향토문학이며 해학적 기교는 뛰어나지만 역사의식이 결여되었다고 본다.[29] 김윤식·김현은 "노름, 수탈, 매춘, 일확천금의 꿈 등을 통해" "식민지 치하 농촌의 궁핍상을 여실하게 묘파"했다는 평가와 함께 유머와 전통과의 연관성도 함께 언급하였다. 이러한 두 종류의 문학사적 위치 매김은 김유정 문학에 대한 비평 담론의 생산과 확대에서도 그대로 나타난다.

예술성을 주목한 소설 미학적 분석은 뛰어난 기교와 역사의식의 결여를 지적한 김우종의 견해를 따라 진행되는 특징이 있다. 구인환은 소설형식의 원리에 따라 김유정의 문학을 분석한 후 구성의 평면성과 역사의식의 결여를 지적하면서 황순원과 김동리와 비교해서 김유정의

---

29 김우종, 『한국현대소설사』, 선명문화사, 1968, 266쪽.

문학은 내용 없는 기법을 추구한 '피에로의 곡예'라고 평가한다.[30] 작가는 휴머니즘에 입각해서 "인간 현실개념의 제안자로서의 역할"을 의식하고, "그 시대를 위한 인간상을 창조"해야 하는데, 김유정은 근대적 인간상을 창조하지 못했다는 점에서 문제되었다. 다시 말해 "리얼리즘의 평면적 구성" 때문에 농촌이나 소시민의 생활을 관조하고 농촌에 밀착된 토착어를 사용하여 농촌 말을 미학적인 용어로 끌어올렸으나, "역사의식이 결여된 허전한 패배자의 자소(自笑)겨운 인간상"을 창조했다는 것이다. 김유정의 주인공들은 패배자, 즉 "자기의 환경을 탓할 줄도 모르고 상황을 벗어나기 위한 결단성도 없는 머저리 같은 인간들"이며, 식물적인 전근대적인 인간상으로 시대의 인물이 될 수 없는 '근대의식의 허수아비'[31]라는 것이다. 이렇게 김유정의 인물들이 동정과 연민의 대상이거나 궁핍한 농촌 현실을 폭로하고 증언자로서 갖는 의의를 인정하지 않았다. 구인환이 지적한 역사의식은 휴머니즘 사상에 입각한 근대적 인간상의 창조라고 할 수 있으며, 이는 리얼리즘적 역사인식과는 다소 거리가 멀다고 할 수 있다.

또한 '토속의 리리시즘'을 보여주는 향토문학이라는 김우종의 주장을 토대로 한 김용직의 「반산문적 경향과 토속성」은 김유정 소설의 반산문적 경향을 토속적 문체와 관련해서 해명한 비평이다. 여기에서 김유정은 우리 민족의 전통의 한 가닥을 잡은 작가이며, 그의 토속성은 어휘의 선택, 화법의 구사, 문장 구성 형태 등의 문장의 특색과 관계하는 것으로 논의된다. "문체는 그 사람 자신이다"라는 입장에서 볼 때 김

---

30 구인환, 「김유정 소설의 미학」, 김열규 외편, 『국문학논문선』 10, 민중서관, 1977.
31 앞에서 임중빈은 김유정의 소설에는 '전근대성'이 드러나고 그러한 농촌의 전근대성의 현실을 반영하여 증언하며, 대지에 발붙이고 살아가는 생활인으로서의 작가로 평한 것과 대조적이다.

유정은 파격적인 성격의 소유자이고, 감정을 앞세우는 비타산적 일면이 있으며, 천성적으로 토속적인 생리의 소유자이기 때문에, 김유정의 문학은 근대소설의 정석에서 벗어난 시적이고 토속적인 말솜씨를 구사하는 시적 산문의 특성을 보여주게 된다.[32] 이와 같이 산문적 문체와 구별되는 김유정 특유의 토속적인 시적인 문체는 근대소설 형식과는 구별되는 김유정 문학의 독특한 형식을 발견하는 논의로 확대된다.

김유정의 소설미학적 구조분석 방법을 통해 전통이 아닌 김유정 소설 자체의 내적 원리로서 웃음의 미학을 체계화하려는 움직임도 나타난다. 김유정을 민족의 전통에 대한 감수성을 가진 작가로 본 김영기나, 우리민족의 전통의 한 가닥을 잡은 작가라고 한 김용직과 달리, 이재선은 전통이 아니라 김유정 소설 자체의 내적 원리로서 웃음의 의미를 파악한다. 이재선의 「김유정 작품세계의 이면성─희극적 감각과 바보열전」의 첫 문장은 "김유정의 작품 세계는 근원적으로 희화적 또는 골계적 감각으로 이루어진 선한 '바보열전'의 세계다."로 시작하면서 김유정 문학의 해학성의 요소를 다음과 같이 제시한다.

따라서 그의 작품에서 외형적으로 노출되어지는 것은 비교적 어느 시대에 있어서도 항구성을 지닐 수 있는 인간성의 우직한 한 고유성이나 우행이 해학적으로 파악되어질 점이며, 보다 은성적인 것이 작가의 의식의 전면에 있는 것은 1930년대의 농촌사회현실에의 관찰과 인식이다. 이와 같이 김유정의 작품 세계에 있어 보다 중요한 것은 객관적인 인식의 진지성보다는 우스꽝스럽고 익살스러운 인물, 골계적인 토운(tone), 반어와 동정이 혼효하고

---

32 김용직, 「반산문적 경향과 토속성」, 『문학사상』, 1974.7, 287~293쪽.

있는 세계요, 희화적 감각으로 왜곡되어진 골계의 세계다.[33]

이처럼 이재선은 김유정 작품의 웃음의 미학적 요소들을 "우스꽝스럽고 익살스러운 인물, 골계적인 토운(tone), 반어와 동정이 혼효하고 있는 세계", "희화적 감각으로 왜곡되어진 골계의 세계"로 제시하고, 이를 '바보들의 생활사', '개성적 서술자와 아이러니', '해학적인 토운과 비미적 현장의 속어'라는 항목들로 나누어 구체화한다. '바보들의 생활사'에서는 김유정 문학의 등장인물들을 "해학미를 유발시키는 단순하고 무식하고 우직한 바보들"이며, "불합리한 인간의 약점을 지니고 있"으며, "어리석고 무지하면서도 원초적 순박성을 잃지 않은 '촌놈'"이며 "행동의 희극성을 연출하는 어릿광대와 같은 못난 아이러닉 모드의 인간들"로 규정하고, 이들이 유발하는 웃음은 모멸과 혐오감이 아니라 관용의 감정과 고뇌의 깊이를 드러내는 특징이 있다고 말한다. '개성적 서술자와 아이러니'에서는 웃음이 등장인물의 행동만이 아닌 전지적인 3인칭 서술자의 1인칭 형태로 나오는 짓궂은 서술자의 "서술태도와 아이러니컬한 결말의 반전"에서도 비롯됨을 보여준다. '해학적인 톤과 비미적 현장의 속어'에서는 희극적 효과를 위한 과도한 과장의 태도와 거침없는 육담이나 속어 및 사투리로 이루어진 하층계급들의 생활현장의 구어적 언어 속에서 골계적 부정과 서민적인 쾌감이 유래한다고 설명한다. 이처럼 이재선이 발견한 김유정 문학의 웃음의 미학은 고전문학의 전통에 대한 자각보다는 작가 김유정의, '촌놈의 체질적인 어법'에서 기원하는 김유정 문학 자체의 희극적 원리로 표현된다.

---

[33]　이재선, 「김유정 작품세계의 이면성 - 희극적 감각과 바보열전」, 『문학사상』, 1974.7, 303쪽.

소설미학적 분석이 김유정 문학 비평의 한 축을 이루면서 개별 작품에 대한 비평도 이루어지기 시작하는데, 정현기의 「인간이라는 욕망의 늪 ―김유정의 「노다지」론」과 임종국의 「잘못 인식된 비극성―김유정 「솥」」이 대표적이다. 전자는 김유정 문학의 특징으로 논의되는 해학성이 표면에 드러나지 않는 작품이라는 점에서, 후자는 김유정 문학은 해학성보다는 '비극성'에 주목해서 살펴야 한다는 점에서 개별 작품론을 전개하고 있다. 정현기는 「노다지」를 인간이란 욕망의 악귀이며, 애정이나 우정은 이 욕망의 늪에 투영된 얼굴임을 드러냄으로써 당대의 비참한 현실에 고착되지 않는 보편성을 확보한 작품이라고 고평하였다. 또한 임종국은 「솥」을 "굶어죽지 않고 먹어야겠다는" 마지막 남은 단 하나의 식물인간적인 욕망 때문에 "제 가족의 최후의 생존까지 침해할 만큼 인간성과 윤리성이 마비"된 "생활의 파산 끝에 인격까지 파산당한 사람들"의 비참한 현실이 김유정 문학이 보여주는 비극성의 핵심이라고 주장한다.[34] 이러한 비평들은 해학성으로 고정된 김유정 문학에 대한 자리매김을 비판함으로써 김유정 문학에 대한 해석의 폭을 넓히게 된다.

이렇게 소설 자체에 대한 분석이 강화되는 가운데 김윤식 · 김현이 정리한 "식민지 치하 농촌의 궁핍상을 여실하게 묘파"한 작가[35]라는 리얼리즘적 해석을 통합하려는 비평도 출현하게 된다. 김병익은 김유정이 "궁핍화하는 현실을 지극히 냉혹하고 사실적으로 인식하면서 그 관찰의 성과를 토속성 · 풍자성 그리고 여성주의로 용해시켜 그의 특이한 문학적 공간을 취득"하였으며, 이러한 사실주의적 현실인식을 비사실주의적 언어로 표현함으로써 "전통적 정서와 현대적 상황인식간의

---

34 임종국, 「잘못 인식된 비극성―김유정 「솥」」, 『한국문학』, 1976.9, 276쪽.
35 김윤식 · 김현, 앞의 책, 321~323쪽.

교묘한 조화"를 성취했다고 주장한다.[36] 김병익이 사실주의를 인식적 측면과 언어 표현의 측면으로 구분한 것은 김유정 소설 형식이 근대 소설 형식에 완전히 합치되지 않는 부분이 있음을 말해준다.

60년대부터 구체화된 한국고전문학의 전통 안에서 김유정 문학을 파악하려는 경향은 70년대에도 연속되며, 특히 조선 후기 평민문학에 주목하는 민족문학적 해석도 이루어지게 된다. 신동욱은 고전소설인 「구운몽」과 「흥부전」을 귀족적 도락성과 평민들의 현실을 그대로 담은 골계미로 대조하면서 김유정의 소설을 조선의 평민문학의 전통과 연결한다. 즉 근대소설인 김동인의 「배따라기」는 예술지상주의적 입장에서 귀족적인 감상미학을 드러내는 「구운몽」 계열인 반면, 유정의 「동백꽃」은 「흥부전」과 통하는 것으로 농촌의 구체적이고 현실적인 생활을 객관적으로 묘사했기 때문에, 그리고 그들 세계를 손상 없이 발굴한 작가적 정직성 때문에 "골계미의 창조적 계승"이 이루어진 작품으로 파악한다.[37] 이선영도 김유정 소설의 비극과 해학의 조화로운 표현구조를 보여주는 따라지의 언어내용은 1930년대 일제 식민지하에서 고통받는 한국민족을 내포할 뿐만 아니라 "한국문학의 전통-고대소설, 판소리 사설과는 연맥이 닿는 것"이라고 보았다.[38] 이렇게 김유정 문학의 전통문학과의 연관성을 고찰하는 것은 한국문학의 연속성에 인식에서 중요한 요소로 작동된다는 점에서 정창범의 근대성의 전통과는 맥락이 다르다고 할 수 있다.

김유정 문학이 리얼리즘론의 확대와 민족문학론의 심화로 나타난

---

36 김병익, 「땅을 잃어버린 시대의 언어」, 『문학사상』, 1974.7.
37 신동욱, 『한국현대문학론』, 박영사, 1972, 32~52쪽.
38 이선영, 「따라지의 비애와 해학-김유정의 작품세계」, 『상황의 문학』, 민음사, 1976, 99쪽.

것은 농민문학론이다. 1960년대 후반부터 70년대의 비평에서 김유정 문학은 '농촌'과 '농민'의 맥락에서 재조명되었고, 농촌의 현실을 생생하게 보여준 농민문학으로 파악되었다. 유종호는 김유정이 "식민지 조국의 압도적 대다수가 그 삶을 의탁하고 있는 농촌 및 농촌 인물과 제휴"하여 고향을 지키려 했기 때문에, 김유정의 소설은 "유형으로 굳어진 도식적 모형이 아닌 농촌인물이 숨 쉬고 살고 있는 한 시대의 우리 농촌의 생생한 모습을"보여주며, 특히 대표작 「봄·봄」은 소작제도 하의 소작인과 마름과의 관계를 통해 영세소작농의 생활이 얼마나 의지할 길 없는 자의의 횡포에 맡겨져 있었는지를 정확히 포착했다고 평했다. 이렇게 고향사람들의 생활감정과 감수성을 잘 포착하고 숨은 토착어를 발견하여 문학화한 점에서 김유정의 문학은 현대문학의 '자기발견'의 하나라고 규정한다.[39]

이러한 논의를 민족문학론의 맥락에서 심화시킨 비평가가 김영기이다.[40] 그는 농민문학의 전반적 특징과 김유정 문학에 수용된 농민문학적 인식을 검토하고 유정의 현실인식이 "소작농의 문제를 제시"하는 등 "역사의식의 철저한 참여"를 보여준다고 강조한다. 앞에서 언급했던 김유정의 역사의식 결여를 비판한 김우종, 구인환의 견해들과 구별되는 점에서 주목된다. 또한 그는 이광수의 『흙』과 심훈의 『상록수』는 문맹퇴치운동과 브나로드 운동의 측면에서 농민문학의 태동을 시사하는 '농촌문학'일 뿐 농민문학은 아니라고 하는데, 왜냐하면 농촌의 현실보다는 농민을 계몽하려는 문학이기 때문이다.

---

39 유종호, 「현대문학 속의 자기발견 ─ 김유정론」, 『현대단편문학대계』, 삼성출판사, 1969, 431~434쪽.
40 김영기, 「농민문학론 ─ 김유정의 경우」, 『현대문학』, 1973.10(신경림 편, 『농민문학론』, 온누리, 1983에서 재인용).

소작농의 형태는 농민을 소외시키고 농촌에 위기의식을 풍미시켰다. 「동백꽃」에서 애정을 타락시키고, 「봄·봄」에서 생명을 위축시키며, 「산골」에서 주종관계의 디테일을 억압하고 「총각과 맹꽁이」에서 착취의 행태로, 「만무방」에서 수탈의 상징으로, 소나기에서 인신매매의 멍에를, 「금따는콩밭」은 일확천금의 꿈으로 뿌리 없는 농민을 소외시킨다. 이와 같이 땅을 지키려는, 땅에 생명을 연관시키려는 본능적 의지의 현장을 목격하게 된다. 이러한 상황의 천착이 김유정의 문학의 전면을 흐르는 전면적 민중(농민)과의 밀착이다.[41]

이렇게 김유정은 농민의 생생한 삶의 현장을 기반으로 리얼리즘적인 농민문학을 완성한 작가이다. 이광수와 심훈의 문학에서 드러난 이념성과 계몽성을 극복하고 농민의 현실을 기반으로 하는 리얼리즘적 농민문학을 심화, 확대하였다는 것이다. 이러한 리얼리즘적 농민 문학은 농민의 실제적인 현실을 통해 민족적인 문제로서 농촌의 현실을 부각시키게 된다. 소외된 농민의 현실을 다룬 「만무방」, 「총각과 맹꽁이」 등의 작품이 적빈, 억울함, 좌절 등 도시소시민의 생활심층을 다룬 「따라지」, 「땡볕」, 「두꺼비」와 연관성을 갖는다. 김유정의 작품은 소작농민, 유랑농민 등의 현실을 다룸으로써 농촌 문제뿐만 아니라 민족의 문제를 인식하게 한다는 것이다. 농촌과 도시를 하나의 연관된 구조로 볼 때 김유정의 농민문학은 도시소시민을 제재로 한 작품과 연속적인 문학적 성과로 드러나고 그의 농민의식, 농민문학이 한국적 삶의 전체를 파악하고 있기 때문이다. 이처럼 김영기는 김유정 문학이 농촌현실을 통해 도시소시민의 문제까지 파악할 수 있는 민족문학의 특징을 보여

---

41 위의 글, 207~208쪽.

주며, 이것이 바로 '리얼리즘의 승리'이며, 농민문학은 민족문학의 중요한 부분이라고 강조한다.

6. 나오며

지금까지 1930년대에서 1970년대까지 생산된 김유정에 대한 비평을 대상으로 김유정 문학이 어떻게 비평적으로 해석되고 수용되는지를 살펴보았다.

김유정 문학에 대한 초기 비평은 인상비평 수준의 창작평이 주를 이루었다. 내용적으로 소설기법이나 묘사와 같은 근대소설 형식의 문제, 리얼리즘적 창작 방법의 문제와 김유정의 생애와 문학의 관계를 다루었다. 김유정의 독특한 문체에 대한 관심은 초기비평에서부터 눈에 띤다는 점은 주목할 만하다. 1950년대 김유정에 대한 비평은 리얼리즘적 현실인식과 관련된 논의는 배제되고, 풍자문학과 인생과 문학의 측면에서 유정의 개인적 특성을 작품 해석과 모더니즘, 니힐리즘, 전통론 등과 연관된 문제들이 제기된 본격적인 작가론이 출현하였다. 정창범은 근대성 속의 전통으로 기능하는 김유정의 자기회화적, 전통적 소설에 주목하였고, 정태용은 니힐리즘으로 흐르는 실존주의의 문제를 극복할 수 있는 낙관적 니힐리즘을 김유정 문학에서 발견하였다. 1960년대 김유정에 대한 비평은 현실참여론과 리얼리즘논의가 이루어지면서 50년대 배제되었던 현실인식이 부각되고, 김유정의 풍자기법과 토속적 해학미를 해명하여 토속적 예술성을 규명하려는 경향도 보이게 된다. 1970년대의 김유정 문학에 대한 비평은 60년대 비평이 확대되고 심화되는 양상을 보여준다. 기법적 차원의 예술주의에서 벗어나서 소설의 구조와 문체와 관련된 형식미학적 분석이 강화되고, 리얼리즘 논의도 민족문학적 차원에서 조선 후기 평민문학의 전통의 계승으로, 민족문제의 하나로서 농민문제를 다룬 농민문학론으로 확대되어 나타났다.

이와 같이 김유정은 1935년부터 시작된 김유정 비평들의 축적과 문학사적 해석 사이에서 수용과 배제, 통합과 계승의 과정을 거치면서 1930년대 한국문학의 대표하는 작가 김유정으로 탄생되었다고 볼 수 있다. 1930년대의 김유정은 '신진작가'로서 평단의 주목을 받았고, 1950년대에는 한국문학의 주류적 전통과 낙관적 니힐리즘의 작가로, 60년대에는 참여의 리얼리즘과 토속적 예술성의 작가로, 70년대에는 민족문학과 소설형식 미학의 차원에서 주목받았으며 김유정 특유의 독특한 문체와 식민지 현실의 인식 측면에서 1930년대의 대표작가로 자리매김하였다. 이러한 김유정 문학에 대한 비평적 축적은 최근까지의 연구에서 수용과 배제의 과정을 거쳐 확장되어 왔을 것이다. 이러한 과정의 연구는 이후의 과제로 남겨둔다.

참고문헌

1. 기본 자료

김동인, 「촉망할 신진 김유정 씨『금따는콩밭』」, 『매일신보』, 1935.3.26.

김문집, 「병고작가원조운동의 변 ― 김유정군의 관한」, 『조선문학』, 1937.1.

석산인, 「김유정 저『동백꽃』을 읽고」, 『비판』, 비판사, 1939.3.

안함광, 「최근창작평」, 『조선문단』, 1935.5.

＿＿＿, 「작금 문예진 총검」, 『비판』, 비판사, 1935.12.

안회남, 「작가유정론 ― 그 1주기를 당하야」, 『조선일보』, 1938.3.29 · 31.

엄흥섭, 「성격묘사의 부조화」, 『조선일보』, 1936.5.6.

2. 논문

김병익, 「땅을 잃어버린 시대의 언어」, 『문학사상』, 1974.7.

김영기, 「김유정 문학의 본질」, 『김유정 전집』, 현대문학사, 1968.

＿＿＿, 「농민문학론 ― 김유정의 경우」, 신경림 편, 『농민문학론』, 온누리, 1983.

김용직, 「반산문적 경향과 토속성」, 『문학사상』, 1974.7.

박근예, 「임중빈 비평의 정치성 연구」, 『서강인문논총』, 2010.12

백 철, 「고난 속에 빚은 웃음의 상」, 『문학춘추』, 1965.5

유종호, 「현대문학 속의 자기발견 ― 김유정론」, 『현대단편문학대계』, 삼성출판사, 1969.

윤병로, 「김유정론」, 『현대문학』, 1960.3.

이선영, 「김유정34주기 ― 그의 문학세계」, 『조선일보』, 1972.3.28.

＿＿＿, 「따라지의 비애와 해학 ― 김유정의 작품세계」, 『상황의 문학』, 민음사, 1976.

이재선, 「김유정 작품세계의 이면성 ― 회극적 감각과 바보열전」, 『문학사상』, 1974.7.

이주형, 「소낙비와 감자의 거리 ― 식민지 시대 작가의 현실인식의 두 유형」, 『국어교육연구』
　　　　제8집, 1976.

임종국, 「잘못 인식된 비극성 ― 김유정 「솥」」, 『한국문학』, 1976.9.

임중빈, 「닫힌 사회의 회화 ― 김유정론」, 『부정의 문학』, 한일문고, 1972.

정창범, 「김유정론」, 『사상계』, 1955.11.

정태용, 「김유정론─니힐리즘과 문학」, 『현대문학』, 1958.8.

조운제, 「암시와 상징의 유우머─김유정 문학과 한국인의 웃음」, 『문학사상』, 1974.7.

3. 단행본

김열규 외편, 『국문학논문선』 10, 민중서관 1977.

김윤식·김 현, 『한국문학사』, 민음사, 1973.

_____·정호웅, 『현대소설사』, 문학동네, 2000.

백 철, 『신문학사조사』, 신구문화사, 1980(2003판).

_____·이병기, 『국문학전사』, 신구문화사, 1957.

신동욱, 『한국현대문학론』, 박영사, 1972.

전신재 편, 『김유정 문학의 전통성과 근대성』, 한림대 아시아문화연구소, 1997.

제6부 /

김유정 문학의 스토리텔링

나리도꽃

'동백꽃'에 부쳐

우한용

재수를 두 번이나 하는 동안, 전성대는 어머니의 지청구를 하도 많이 들어 귀에 못이 박힐 지경이었다. 그러나 지청구의 골자는 늘 일관성이 있었다. 물려받을 유산도 없는 자식이, 공부라도 잘해야 처자식 벌어먹여 살릴 수 있는 거 아니냐는, 왈 가족 부양 의무론이었다.

그런 이야기 이면에는 남편에 대한 불만이 한 자락 깔려 있었다. 민대녕 사장의 자가용 운전으로 입에 풀칠을 하는 남편 전인권의 체면을 구겨박지르는 어투였다. 그런 잔소리가 시작될라치면 그의 부친 전인권이 나서서 아들을 옹호했다.

"세상에 불알 차고 나온 놈이 그거 못하겠수?"

아버지의 불알 타령이 나오면, 아들 전성대는 부친 말씀의 키워드를 서양말로 번역해 보곤 했다. 왈, 볼즈, 스톤즈 그런 단어가 입안에서 군침과 함께 살살 돌아가는 것이었다.

"지겹지도 않우? 또, 그녀느 소리."

"쟤는 늦되는 애니까 두고 봐요."

전성대는 속으로 옳거니를 외쳤다. 왈, 대기만성이렸다. 담임도 영어로 '레이트 블루머'라는 말이 있다면서, 지금 꼴통들이 세상살이 지혜를 터득하는 날에는 범생이 머리 위로 올라앉는다는 것이었다. 그런 말들은 듣는 대로 사진 박듯이 머리에 선명한 무늬로 찍히는데, 무슨 얼어 죽을 귀신이 씐 것인지 시험만 보면 죽을 쑤는 까닭은 스스로 생각해도 알 수 없는 노릇이었다. 거기다가, 민대감댁 딸 민순진을 들고나와 성적이니 뭐니 대비 대조를 하는 데는 키야, 죽을 맛이었다.

아무리 늦되는 자식이라도 재수까지 하고, 삼수를 해서라도 대학 가겠다는 데는 부친의 인내에 한계를 드러내었다. 그래서 첫해 떨어지고 다시 두 해를 더했는데, 오롯이 학교 밖에서 대학보다 투자를 더 해야 하는 사업은 두 번 이상은 허용 절대 불가라는 데서는 부친과 모친이 의견이 일치했다.

"이번에는 여하한 일이 있어도 불알값을 해야 헌다."

불알값이라, 남자구실 근력 써서 일하는 것, 왈 맨 파워? 그런 생각을 하고 있는데 어머니가 그 얘기 그만 하자면서 장미가 잔뜩 그려진 포장지에 싼 것을 들고 나왔다.

"고 가시내 그럴 때는 소견머리가 멀쩡하더라구."

민대감 딸 민순진이, 오빠 면접고사 잘 치르라고 가져왔더라고, 받아서 내놓는 것은 굵직한 가래엿이었다. 갱엿처럼 쩔꺼덕 붙으라는 뜻을 누가 모르랴만, 민성대에게는 오빠야 엿이나 먹어! 하며 깔깔 웃고 돌아가는 민순진의 얼굴이 영사기 돌아가듯 했다.

"네가 순진이 가시내보다 먼저 나가야 쓴다."

남정내가 행차하는 데 여자가 대문을 먼저 나선다든지, 길을 가로질러가게 한다든지 해서는 절대 행차에 성공하지 못한다는 게 모친이 마음에 지니고 사는 부적과 같은 신앙이었다.

모친의 말씀이라는 게, 그런 사태가 벌어지면 재수 옴 붙는다는 말이렀다. 그래서 민대감댁 순진이보다 앞서서 대문을 열고 나가 시험장에 선등으로 떠억 도착해야 한다는 것이었고, 그래서 모친의 부지런은 열이 달았다. 그 때 부친이 초를 치고 나섰다.

"운전 면허증 땄지, 지난번에?"

"지금이 어니 때라고 면허증을 들썩거린대요?"

"어니 때라니, 이십일 세기지."

"이 현대에 면허 타령 하게 생겼냐구요."

"이십삼 세기가 아니라 삼십 세기가 돼도 자동차는 굴러다녀요."

담임은 그랬다. '바퀴를 보면 굴리고 싶어진다'고 한 시인이 있는데, 그 바퀴가 어디로 굴러갈 것인가 생각해 본 적이 있는가 물었다. 와글대던 학생들이 잠잠해지자, 미래로 굴러간다, 포 더 퓨처! 그런 썰렁한 농담을 했다. 사랑하는 제자들아 너희들은 모두가 미래로 굴러가는 바퀴들이다. 게을렀던 과거를 한탄 및 후회하지 말고 미래를 향해 부지런히 굴러가라, 그렇게 격려를 하곤 했다. 바퀴, 타이어, 피곤함 그게 그거 아니던가.

"그래서, 불알 차고 나온 아들자식 달랑 하나 있는 걸, 운전수 못 시켜 안달이요?"

모전여전은 가커니와, 직업과 관련되는 한, 부전자전은 절대 불가야라는 것이 모친의 줏대있는 방침이었다. 운전수의 아들 운전수 되더라는 천직의 악순환은 용납할 수 없다는 다짐이었다. 하다못해 목수질을 해서라도 선생 소리를 들어야 한다는 것이었다. 그래서 법대 떨어지니까 사대 가라 했다가, 사대 떨어지니까 공대 건축과를 가라 우겨댔던 것이다. 대들보는 고사하고 기둥도 못 세워보고 물러나고 말았다.

어머니 아버지의 개같 안 나는 말싸움을 잠재우는 최선의 방법은 면접을 핑계삼아 일찍 집을 나서는 것이었다. 이번에 안 되면, 화물차 하나 사 줄 테니까, 그거 끌고 다니며 채소장사를 하던지 생선장사를 하던지 그걸로 먹고 살라던 부친의 잔소리를 되새기다가 공연히 오줌이 마려웠다. 배추장사, 생선장사 그런 직업을 단물 빠진 껍처럼 질겅거리고 있는데, 민순진이 빨간 바바리 자락을 날리면서 향수 냄새를 훅 풍기며 앞을 번개처럼 스치고 지나갔다. 잠깐 스톱의 기회를 포착은커녕 망연자실하고 말았다. 거기다가 이쪽을 향해 손을 할랑할랑 흔들어 아는 체까지 하면서, 자기도 면접 보러 간다고, 잘 해! 하면서 윙크로 응원까지 했다. 그러다가는 돌아서서 한다는 소리가, 엿 보내준 자기 공을 확인하는 거였다.

"당분을 섭취해야 뇌세포가 활성화되어 머리가 팽팽 잘 돌아간대."

엿의 과학을 설파하는 민순진의 선 고운 등판을 바라보며 전성대는 민대감의 딸이라는 생각을 되뇌었다. 전성대의 아버지가 그 집 자가용 운전사로 일하는 민대녕 사장을 민대감으로 불렀고, 민순진은 민대감의 고귀한 따님이었다.

"오빠야 면접 잘 봐!"

"남이야, 잘 못 보면?"

"마음 불어가는 대로 해."

축수를 거꾸로 한다더냐? 네가 앞길을 가로질러 자르고 가는 통에 면접 잘 보기는 싹수가 노랗다. 저게 뭘 보고 꼬리를 살살 내저으며 앞길을 가로막고 훼사를 짓기로 작정을 한 것인가. 망할녀느 계집애! 그러다가 전성대는 자기도 모르게 입을 주먹으로 가로막았다. 망하다니, 아니지 아버지는 민사장, 민대감 덕분에 생애를 경영해 나가는 터에 당치 않은 말이었다. 그러나 어머니는 내색은 안 하지만, 하는 일마다 가닥이 꼬이는 것은 민사장인가 민대감인가 때문이라는 게 분명했다.

"거시기, 내가 그 집 종그락이여 뭐여. 노상 불러대고는 안 시키는 게 없어."

"오늘은 또 뭘 했는데 그러우, 참는 자에게 복이 온대잖우."

"당신 또 그 소리 하려구 그러지? 참을 인자 세 개면 살인도 면한다구."

"나무는 큰 나무 덕 못 보아도 사람은 큰사람 덕 보고 살게 마련이요."

"말 잘 했수. 당신 주라면서, 그 큰사람이 이거 내놓습디다."

"그게 뭐여?"

"아 눈 뒀다가 뭣에 쓰려고, 빤히 보면서 그걸 물어?"

"어구야, 불란서 산 브랜디구먼."

"그 독한 거 먹구 누구 속 버리는 꼴 볼라구 그러나?"

"그런 소리 말어, 이게 이래 뵈두 한 병에 삼십만 원 넘는 술이여."

전성대의 아버지는 사람 좋게 껄껄 웃었다. 안주하게 치즈나 좀 사다 놓았으면 쓰겠다는 이야기와 함께였다. 아내는 치즈 좋아하시네 하는 식으로 피식 웃어 넘겼다.

"어느 새 입맛이 그렇게 다락으로 올라붙었디야?"

"내 입이 어디 노상 주둥아리간디?"

"아이구 저 화상, 내가 가슴에 불이 나서 못살아."

이어서 민사장 댁에 대한 불만을 토로하기도 했다. 하는 말투로 보아서는 내키지 않는 일들을 시도 때도 없이 해대는 모양이었다. 그런데 일을 시키고는 그냥 돌려보내지 않고, 부아를 돋게 하는 술이라도 한 병씩 들려서 보내는 눈치였다.

하기사 부모들이 태어난 게 60년대 아니던가. 사람 정은 오고가는 게 있어야 한다는 철학이 그렇게 변조를 거듭한 게 틀림없었다. 그 시대 사람들 살아가는 방식이 그렇거니 하면서, 우리 시대 삶의 방식은 뭔가 하는, 제법 어른스러운 사유의 맥아가 풀싹처럼 속에서 고개를 들기도 하는 것이었다.

아무튼 면접은 잘 보아야 했다. 운명, 그런 게 있다면, 운명이 갈리는 십자로에 서 있는 셈이었다. 운명? 운명의 여신은 용감한 자의 편이다, 담임은 늘 그렇게 사내의 용감성을 귀 아프게 틀어넣었다. 피아노가 아니라 포르테라야 한다는 것이었다. 강력한 엔진의 파워를 자랑하는 자동차 이름도 그렇지 않더냐면서 하는 말이었다. 담임은 아직도 프라이드 끌고 다니는 주제라서 포르테라는 차가 얼마나 후진지를 알지 못하는 모양이었다.

민순진의 꼬부장한 눈꼬리에 쥐가 기는 눈웃음이 자꾸 떠올라 전성대의 속을 긁어댔다. 그래 네가 내 앞을 가로질러 대문을 나선 것은 일이 잘 되라고 빌어주는 것이 아니겠느냐, 그렇게 생각하기로 했다. 아버지의 말 불알값, 그것은 왈 포춘이었다. 행운과 악운이 어디서 갈리는가는 그리 큰 문제가 아니었다. 사람팔자 새옹지마, 왈 디 아이러니 오브 페이트라는 게 담임의 고상 떠는 금언이었다. 용기가 있어야 한다, 용기가. 진정한 용기는 자신을 향한 용기라고 했것다, 그런 생각을 굴리고 있는데, 조교가 이름을 부르고 면접실 문을 열어 주었다.

면접실로 들어갈 때 점잖게 노크를 하라던 과외선생의 조언을 실천 궁행할 기회를 잃어버린 꼴이 되었다.

"어서 오세요!"

교수라는 양반이 눈에 웃음을 흘리면서 하는 인사치고는 낯간지러웠다. 민대감네 딸내미 민순진의 생일이라고, 초대라는 걸 받아 갔던 일식집 '오야붕'의 주방장은 꼬봉(子分)의 어투로, 어서 오웁쇼!를 외치지 않던가? 하기는 대통령이 국민을 섬긴다는 판이니 교수라고 수험생을 섬기지 말라는 법이 어디 있다던가. 섬겨야 밥이 나오는 게 준엄한 현실이 아니던가.

면접카드를 들여다보던 면접관은 웃기부터 했다. 면접을 위한 눈치학 과외를 받으면서, 면접관 앞에서는 무조건 진지하라고 했는데, 이건 면접관이 먼저 킬킬대다니, 돌아가는 모양새가 강아지 비단방석 깔아주는 꼴이 되기 십상이라는 느낌을 받았다.

"자네 이름이 전성대라?"

"그런데요."

예, 그렇습니다 하고 딱부러지게 대답을 했어야 하는데, 맥이 빠져 그렇게 뒤로 물러서듯 응대를 하고 말았던 것이다. 듣기 따라선 대드는 느낌을 줄 수도 있겠다는 생각도 들었다.

"마그나 팔루스……?"

이양반이 뒷감당을 어쩌자고 이렇게 나오는 것인가, 전성대는 자리를 차고 일어설까 하다가 불끈하는 성미를 가까스로 누르고 의자를 당겨 앉았다. 부친의 말씀은 명언 가운데도 윗길에 속하는 것이었다. 참을 인자 세 개면…… 대신 아스무레하게 떴던 실눈을 크게 치뜨고 면접관을 꼿꼿이 쳐다보았다. 성에 대한 상식백과를 낱낱이 쫀쫀히 읽은 덕에 남근이니 음경이니 하는 단어들은 영, 독, 불은 물론 라틴어 희랍어까지 좌악하니 훑어본 터라 귀에 들어오는 게 있었다. 장대한 거시기라고 자기 이름을 해석하는 꼴은 아무래도 조로증에 걸린 책상물림의 자기기만이 배어 나오는 것이었다. 전성대의 그런 웅숭깊은 속을 백면서생 면접관이 알 턱이 없었다. 골때리는 작자들의 깊은 속을, 언감생심 누가 헤아리랴, 담임선생은 그렇게 야유하곤 했다.

면접관은 아차 싶은 눈치를 챘는지 전성대를 꼬부장하니 쳐다보다가는 문제지를 들썩였다. 그리고 물었다.

"전통문화의 개념은 아무래도 인문학에 바탕을 두고 있어요. 그래서 펜이 칼보다 강하다는 신념으로 나가야 하는데, 펜이 칼보다 강한 사례를 주변의 문화현상 가운데 절절히 예를 들어 보시오."

이 질문 또한 전성대의 성감대를 건드렸다. 펜이 칼보다 어쩌구 하는 대목을 영어로 주절거렸기 때문이다. 영어 속담이라는 게 가관이었다, "더 펜 이스 마이티어 댄 더 쑤어드!"란다. 명사 펜과 비동사를 붙여서 발음할 때, 이게 또 전성대의 머릿속에 밤꽃향기를 풍기는 바람을 불러일으키는 것이었다.

"정말 대답할까요?"

"사람이이, 자네는 면접에 온 거네."

"말씀드리기는 뜻이 좀 뭐해서요."

"아무 얘기도 괜찮아요. 이야기해보세요."

전성대는 까짓거 밑져야 본전이다 하면서 자기 생각을 털어놓았다. 우선 펜과 칼을 영어로 말하고 펜에다가 비동사를 붙이면 이게 거시기로 둔갑을 하는 것이었다. 왈 남근이렸다. 남근은 여자의 자궁에 아이를 만들어 놓을 수 있는 반면, 칼은 제왕절개수술을 해서, 뱃속의 아이를 꺼내기는 하지만 아이를 만들지는 못하는 것 아니냐, 그러니 거시기가 칼보다 본질적으로다가 강한 것이 아니냐고 들이대듯 이야기했다.

면접관은 어이가 없다는 듯이 전성대를 삐딱한 시선으로 쳐다보다가는 손으로 입을 가리고 크크크 웃었다.

"자네 우리학교 오면 사고칠 것 같아."

"제가 여기까지 면접보러 온 것 자체가, 그게 이미 사고친 겁니다."

면접관은 달갑지 않지만 웃어서 보내야 한다는 듯이, 전성대를 향해, 좋은 결과를 기대한다 어쩌구 맘에도 없는 너스레를 흘렸다. 그렇게 사고친 것이 주효했던지, 민순진이 대문을 앞서서 나가면서 악운을 쫓아주었던 덕인지, 늦되는 자식이 불알 값을 하느라고 그런 것인지, 아무튼 이유가 무엇인지는 그리 중요하지 않은 것이라서, 드디어 합격 통지서를 받았다.

학과에서 주관하는 신입생 개강모임이 있던 날이었다. 학과 이름이 전통문화예술학과였다. 문화는 뭐고 예술이 뭔지 모르지만 앞으로 전망이 있다고 대대적인 선전을 해댔다. 한옥 보존, 한복 개선과 세계화, 한국음식 세계화, 김치의 세계적 브랜드 만들기 그런 것들이 실제로 일자리를 만들어 주고 밥 먹고 사는 데 도움이 될 만했다. 그런데 전통기록문화 연구니 전통종교사상의 이해 그런 것들은 먹고사는 일과는 아무 관련이 닿아 보이지 않았다. 부친이 또 트럭과 채소장사, 생선장사를 읊어대지 않도록 하려면 본전을 찾을 수 있도록 정신을 바짝 차려야 할 판이었다.

개강모임을 하는 장소가 희한했다. 숭악산(崇岳山) 골짜기에 자리잡은 숭악리조트라는 데였다. 숭악이라? 숭악한? 전성대의 아버지가 민대감이라고 하는, 민대녕 사장이 늘 입에 달고 사는 말이었다. 어떤 미혼모가 아이를 낳아 기르다가 힘에 부친 나머지, 아이를 매질해서 죽게 했다는 뉴스를 보고는 "이런 숭악한!", 혀를 찼다. 그의 눈에는 숭악한 일로 세상이 가득했다. 백억대가 넘는 페라리 스포츠카를 버려둔 채 방치했다는 이야기를 듣고도, 이런 숭악한 놈들, 마치 자기 아들이 그따위 짓을 하고 다니기라도 한 듯 화를 돋구었다.

그런데 놀라운 것은 숭악한, 왈 부루털이라는 형용사가 슬금슬금 전성대 집안에도 퍼지게 되었다는 사실이다. 운전사를 숭악하게 부려먹었고, 운전사의 아내까지 숭악한 일을 하게 만들었으며, 대학 등록금도 숭악하게 비쌌다. 집안이 온통, 세상은 숭악하고 숭악하니 숭악하고 숭악하도다, 그런 수사법에 빠져 허우적대는 중이었다.

뭘 잘못 먹었는지 뱃살이 꼿꼿하고 속이 미식거리며 골치가 빠개지는 것처럼 아팠다. 전성대는 오후 수업을 못 듣고 집으로 돌아왔다. 집이래야 민사장네 안마당 구석에 창고를 개조해서 방을 두 칸 들인 어설픈 거처였다. 전성대의 아버지가 친구 보증을 서 주었다가 집을 날리고, 민대녕 사장네 자가용 운전수로 취직을 하면서 그 집 창고를 수선해서 쓰게 은덕을 베풀어 준 것이었다.

집을 마련해 준 건 기실 고맙지 않은 바 아니나, 도무지 기를 펴고 살 수 없었다. 오 년이나 후배였던 민대감의 따님이 고삼이 되면서는 그야말로 살얼음판이었다. 전성대가 그렇게 좋아하는 음악을 크게 틀어 놓고 들을 수가 있나, 식구들이 마음이 각각이라 큰소리를 질러 볼래도 어머니가 손사래를 치는 바람에 숨을 죽여야 했다. 불편한 게 한 둘이 아니었다. 더욱 사람 속을 뒤집어 놓는 것은 민사장이 전성대의 아버지에게 이런저런 잡스런 일을 부탁하는 것은, 직업상 전면고용이니 그렇다고 눈감고 넘어간다고 해도, 어머니가 이따금 민대감 마나님한테 불려가 생각지도 못한 숭악한 일을 하는 것이었다.

전성대가 뱃살을 움켜쥐고 민대녕(閔待寧)이라는 대리석 문패가 달린 철문 옆에 난 쪽문을 열고 안에 들어섰을 때였다.

"무슨 일이 있는 거냐?"

"아무 일도 없어요."

"얼굴이 아주 노랑 나리꽃이네!"

전성대의 어머니는 수돗가에서 빨고 있던 운동화를 고무다라로 덮어놓고 일어서면서, 주름이 자글거리는 눈살을 찌푸리며 놀라서 물었다. 전성대는 어머니가 치워 놓는 운동화에 신경이 칼끝처럼 날카로워졌다.

"분홍색 운동화? 뭐어요?"

머리를 손질도 못해서 허연 머리칼이 드러난 전성대의 어머니가 웬 여학생 운동화를 빨고 있었다. 도무지 맥락이 안 서는 해괴한 일이었다. 어머니가 그런 고운 운동화 신을 나이는 다 흘러갔고, 그렇다고 부친의 것은 더욱 아니었다. 그렇다면? 집히는 구석이 없었다.

"뭐냐니까요, 그거?"

"너는 신경을 헤드라이트 끄듯이 탁 꺼라."

한참을 충그리고 있던 전성대의 모친은 서방질하다가 애들한테 들킨 여자처럼, 앞치마에 손을 질러 넣고 겨우 입을 열었다.

민대감댁 딸 민순진의 운동화라는 것이었다. 명품 운동화는 손으로 빨아야 된다고 한다. 그러면 그렇지, 고 기집애가 한다는 짓이, 즈이 엄마 졸라 손빨래할 데를 물색하다가 운전수 마누라한테 일이 떨어진 게 틀림없었다.

프라다 상표 제품이었다. 인하우스쇼핑이던가 하는 데서 야살 떨며 광고하는 것을 본 적이 있는데 50만 원은 웃도는 가격이었다. 50만 원 아니라 500만 원이라도 그렇지 남의 집 하나밖에 없는 어머니한테 그런 숭악한 일을 시키다니. 재수 옴 붙을 기집애 같으니라구. 전성대는 입에 고이는 침을 수돗가에다가 퉤하고 뱉어냈다.

"그런 숭악한 일은 제발 그만두세요."

"이게 다 네 입으로 들어갈 거여."

"운동화가 누구 입으로 들어가요?"

전성대는 자기도 모르게 하늘을 향해 목을 쳐들고 킬킬킬 웃었다. 그 통에 꼿꼿했던 뱃살이 저절로 알아서 스르르 풀렸다. 담임의 말씀마다 나 웃음이 백약 가운데 으뜸이었다.

"너한테 호프 값이라도 줄라면 하는 수 없어서 하는 거여."

"호프가 아니라 광장을 사준대도 싫으니, 집어치우세요."

전성대는 어머니가 고무다라로 가려 놓은 운동화를 집어서 담너머로 던져버렸다. 담너머에서 강아지가 깨갱거리며 치대는 소리가 들렸다. 이어서 악담이 담을 넘어왔다.

"재수없게 별게 다 넘어오네. 너네나 실컨 신어, 숭악한 것들!"

이태리 밀라노의 명품 분홍색 운동화가 숭악한 물건으로 둔갑하는 순간이었다. 이어서 빨간 가죽가방이 담을 넘어서 날아왔다. 루이비통 제품이었다. 또 샤넬 구두가 날아왔다. 이러다가는 벤츠나, 링컨 컨티넨탈이 담을 들이받고 이쪽으로 밀려오지 말라는 법도 없었다. 슬그머니 겁이 났다.

"세상에, 이런 숭악한 것들."

민대감 마나님이 오후 외출을 하려고 얼굴을 다듬다가 나와 보고는 혀를 찼다. 전성대의 어머니도 따라서 혀를 찼다. 숭악한, 숭악한 투덜거리면서였다. 뭐가 숭악하다는 것인지는 금방 간파되는 것이 아니었다. 아무튼 프라다 운동화가 다시 담을 넘어온 것은 다행이었다. 안 그러면 50만 원을 꼼짝없이 물어내야 할 판이었다.

"저 짝퉁이들 쓰레기통에 던져버려요."

전성대의 어머니는, 저 아까운 것들을 어이하노 하는 눈치로 머주하니 서 있었다. 그리고는 짝퉁? 짝퉁? 하면서 고개를 갸웃거렸다.

"아, 뭐해요, 얼른 쓰레기통에 처넣지 않구서."

그렇게 호통을 치고는 민대감 마나님은 빙그려 놓은 현관문 뒤로 등을 감추었다. 그리고 곧바로 되돌아나오면서 등기우편을 받아 놓았다고 건네주었다. 전성대의 징집영장이었다. 여덟 살에 학교 들어가서 재수하느라고 두 해를 까먹는 바람에 신검을 받아야 했고, 연기 신청을 하지 못한 채 멈칫거리는 사이에 징집영장이 날아온 것이다.

"우리 순진이가 알고 얼마나 속을 썩이던지, 제 오빠라도 되는 모양으로"

전성대의 어머니는 말 같잖은 소리 하지도 말라고 들이대려다 입을 다물었다. 민대감의 딸 민순진은 이름을 거꾸로 뒤집어 엎은 것처럼 알로까지고 되바라진 애였다. 오년 전 전성대의 아버지가 민사장네 자가용 운전수가 되어 취직을 했다고 들어왔을 때, 중학교 일학년짜리 게집애가 빠르르 달려나와 전성대를 올려다보면서 한다는 소리가 이랬다.

"짱으로 잘 생겼네. 오빠 내 남편 할래?"

"조년이 미쳤나!"

민대감 마나님이 나서서 그렇게 입막음을 하기는 했지만 과히 싫어하는 눈치는 아니었다. 이래, 주욱, 민순진은 손톱을 세워 일방적으로 할키고 전성대는 혼자서 가슴의 상처를 쓸어내리며 시간이 흘렀다.

면접날 같은 학교에서 스치고 지나가기는 했지만, 공교롭게도 전성대와 같은 대학 같은 학과에 다니게 될 줄은 꿈에도 생각하지 못했다. 어머니가 대타항으로 삼곤 하던 민대감의 딸도 겨우 서울에서 상당히 떨어진 서울상대를 갈 재목밖에 안 되는 모양이었다. 부모들 들인 공에 비하면 애석하고 안타까운 일이었다. 그러면 그렇지, 얼굴 해반득하긴 하지만 까불어대는 꼴이 어디 공부할 감이 아니었다.

강의 시간표가 선택하고 자시고 할 게 별로 없었다. 학교에서 부과하는 대로 들어두는 게 속편했다. 그러다 보니 전성대와 민순진은 강의실을 드나들며 시도 때도 없이 스치기도 하고 부딪치기도 했다.

친구들과 농구를 한판 하고 세면장에 들렀다. 푸득대면서 세수를 하고 있는데 민순진이 들어왔다.

"오빠 세수하는 게, 꼭 푸들 목욕시키는 것 같네."

푸푸 소리를 너무 낸 모양이었다. 전성대는 자기 세수하는 폼이 잘못된 것은 아닌가 싶어 세면대 앞의 거울을 쳐다보았다. 거울 저쪽에서 비누를 잔뜩 묻힌 얼굴 하나가 벌건 눈으로 이쪽을 바라보았다. 그 뒤로 민순진이 맨실맨실한 얼굴로 원숭이 구경하듯 이쪽을 쳐다보았다.

"오빠 얼굴 비누 세수한다고 광택 나는 줄 알아?"

또 재수 옴 붙을 조짐이 번지기 시작하는 것이다. 뭐라고 들이받고 싶은데 적절한 말이 떠오르지를 않았다. 그저 머리만 띵하니 눈앞이 아물거렸다. 종이수건으로 얼굴을 대강 문지르고 세면장을 빠져나왔다. 뒤에서 민순진이 깔깔대는 소리가 들렸다.

민순진이 헤살을 놓는 바람에 세면장에 시계를 두고 나왔다. 스와치에서 수능공화국에 판매망을 깔고 영업을 해보겠다고 개발한 수능시계였다. 전성대의 부친 전인권이, 민대감께서 수능 잘 보라고 선물한 것이라면서 들고 들어와 아들 앞에 내밀었던 바로 그 시계였다. 대개 5만 원정도면 살 수 있는 가벼운 선물이었다. 싸구려라고 했다가 어머니한테 혼쭐이 났다. 5만 원이면 500원짜리 '입맛이라면' 100봉지를 살 수 있고, 하루 세 개씩 먹으면 한 달을 산다는 승악한 자린고비 소리를 했던 터였다. 저저히 옳은 말씀이었다.

전성대는 손목이 허전해서 소매를 걸어 올리고 손목을 확인했다. 시계가 없었다. 세면장으로 달려갔다. 민순진이 아직 손을 씻고 있었다. 뽀얀 목 위로 솜털이 보슬보슬 돋아 보였다.

"여기서 시계 못 봤어?"

"봤지."

"어쨌어?"

"쓰리기통에 던져 버렸지."

"시계를 버리다니?"

"수능시계는 수능 끝나면 버리는 거야."

"아직 잘 가, 시간도 잘 맞고."

"썼던 콘돔 뒤집어서 또 쓰겠네."

"너 어디서 그딴 소리를 하니?"

"오빠가 아빠 되고 그러는 거잖아, 뭐."

수능 시대는 갔으니 수능시계는 버리라는 것일 터였다. 담임 왈, 득어망전(得魚忘筌)이랬다. 물고기를 잡았으면 통발은 잊어버리라는 위대한 담임의 말씀이었다. 아니 담임의 말로는 위대한 상상력의 대가 장자의 말씀이라고 했다. 전성대는 그게 아니라고 고개를 저었다. 고기를 잡았다고 해도 통발을 잊어서는 안 된다는 뜻으로 새겼다. 고기를 잡은 것은 그 통발을 이용했기 때문이고, 다시 쓰거나 개선해서 쓰려면 통발을 잊지 말고 가지고 가야 한다는 주장을 했다.

"전군, 아직 중학교 교과서도 그대로 가지고 있지?"

"예, 그럼요."

"중학교 졸업했으면 중학교 교과서는 버리거나 후배한테 물려줘. 새술은 새 부대에 담으라고 서양 경전에도 나와 있어, 녀석아."

민순진이 손을 다 씻고 주머니에서 꺼내 손목에 차는 시계는 크리스찬 디올 제품이었다. 모르면 몰라도 500만 원은 호가하는 제품이었다. 라면으로 바꾸면 자그마치 일만 개. 민대감이나 마님의 대학 입학선물일 터였다. 재수하면서 쎙으로 몇 천만 원 날리는 것보다는 얼마나 절약되며 얼마나 효도를 한 것인가. 까짓거, 그런 씀씀이었을 게 틀림없었다.

"내가 대학시계 하나 사줄게."

"아직 성한 걸 왜 버려?"

"쓰레기통 뒤지러 가는 오빠 보기 싫단 말야."

"언제는 좋아했고?"

전성대를 쳐다보는 민순진의 눈에 물기와 열기가 가득 차서 일렁였다. 전성대는 어쩔 줄을 몰라 어정쩡히 서서 창밖을 내다보았다. 캠퍼스가 교외에 있어서 새소리가 유난히 맑았다. 창밖으로 산꿩이 푸두득 날아올랐다.

"특강 들으러 가야지. 같이 갈래?"

전성대는 민순진이 이끄는 대로 따라나섰다. 시계에 대한 기억은 잊어버리기로 했다. 위대한 담임이라면, 왈 출호이자반호이자라 했을 터다. 나온 데로 돌아가는 게 순리라고 했다.

특강제목이 이런 것이었다. "너희들은 세상의 빛이다!" 그 아래에는 알파벳으로 이렇게 씌어 있었다. Vos estis lux mundi! 무슨 문딩이 같은 소린지 몰라도 룩스 어쩌구 하는 걸로 봐서는 한글로 쓴 내용을 서양말로 번역한 것 같았다.

강사로 초청되어 온 이는 광염교회 목사님으로 이사장과는 호형호

제하는 사이라고 했다. 신학을 공부한 분이라 라틴어 교양이 넘친다고 소개를 했다. 그래서 제목에도 라틴어가 등장한다는 것이었다. 전성대는 미제렐레 노비스를 속으로 꿍덜거렸다.

대학에 입학하고 나서 한 달 만에 듣는 특강이었다. 그 사이 한 달이 정신없이 지나갔다. 학교 이름을 익히느라고도 시간이 달아났다. 대학 이름이 SLU였다. 한국어로 하자면 염광대학교(鹽光大學校)였다. 졸업생이 모두 세상의 빛과 소금이 되라는 이사장의 염원이 담긴 학교 이름이었다. 학교 이름이야 어떠했던지, 교수진은 쟁쟁한 편이었다. 후진 대학에 교수진이 쟁쟁하다는 것은 산업예비군이 많다는 증좌일 터였다.

특강 요지는 남이 발하는 빛을 반사하는 거울이 되기보다는 스스로 빛을 내는 등촉이 되라는 것이었다. 부정보다는 긍정적으로, 소극적보다는 적극적으로, 타율적보다는 자율적으로 그렇게 살라는 절절한 당부였다. 그렇게 하자면 주관이 뚜렷한 사람, 소신이 분명한 사람, 용기를 가지고 실천하는 사람이 되어야 한다는 타이름이었다. 그래서 남에게 의존하기보다 스스로 자신의 운명을 개척하는 사람이 되어, 대의를 위해서 소아를 희생할 줄 알아야 한다는 것, 그리하여 자신의 몸을 태워 세상의 빛이 되라는 것이었다.

"보세요 여러분, 양초는 자신의 몸을 불살라 어둠을 몰아내고 우리 영혼에 밝을 빛을 선사하지 않습니까? 여러분도 세상을 비추는 촛불이 되세요."

강사는 주머니에서 손수건을 꺼내 시원하게 벗겨진 이마를 훔쳤다. 그리고는, 혹시 질문 있는 사람? 하고 청중을 둘러보았다. 전성대 옆에서 머리를 만지작거리고 있던 민순진이 손을 번쩍 들었다.

"어 거기 예쁜 여학생, 질문하세요."

"함부로 칭찬하지 마세요, 저는 예쁘지 않걸랑요."

"충분히 예뻐요. 내가 보기로 학생은 천사 같이 예뻐요."

"고맙습니다, 건 그렇구, 우린 양초인간이 아닙니다. 파라핀 인간이 아닌데, 인간을 양초로 치환해 놓고 양초를 닮으라는 건 인간을 포기하라는 논리가 되는 거 아닌가요? 우리한테 희생을 강요하는 것처럼 들려서, 그렇게 희생을 강요하려면 어른들이 먼저 희생을 실천해야 하는 거 아닌가요? 어떻게 생각하세요?"

학생들이 입을 헤벌리고 민순진을 쳐다봤다. 그저 알로 까지기만 한 것이 아니라는 것을 알았다는 듯이.

"모든 비유는 동일률을 벗어나서 모순율을 수용하는 데서 비롯됩니다. 일상의 논리를 벗어나는 진리를 이야기하기 위해서는 비유를 동원해야 합니다. 성경에 얼마나 많은 비유가 나옵니까? 직설법으로는 표현하기 어려운 진리를 비유를 통해 드러내는 데서 신의 말씀을 어리석은 인간에게 전달할 수가 있게 되는 겁니다. 그래서 비유를 써 본 것인데, 이해가 갈라나 모르겠네."

"당근, 이해가 안 가지요."

민순진이 어디서 가져온 것인지, 인형 모양의 향초를 들고 연단으로 올라갔다. 학생들이 벙벙하니 사태의 추이를 지켜보고 있었다. 탁자 위에다가 인형 모양의 양초를 놓고는 주머니에서 지포 라이터를 꺼내 초에 불을 당겼다. 말간 불꽃이 남실거리기 시작했다.

"한번 해보실래요?"

민순진은 양초를 반짝 들고 라이터를 강사의 코밑에 들이대면서 금방 턱이라도 치켜올릴 것처럼 강사를 올려다보았다.

"어른을 시험하면 죄 받습니다."

강사는 난처한 얼굴을 해가지고 손을 내저었다. 라이터를 받으면 정말로 옷자락에 불을 붙여야 할 것처럼 몸이 뻣뻣하게 굳어 있었다.

"나도 학생 같은 딸이 있어요."

"저도 박사님 같은 아버지 있어요."

강사는 잠시 난처한 표정을 짓다가는 민순진의 양팔을 붙들고 끌어당기면서 말했다.

"그럼 잘 되었군. 쉘 위 댄스?"

민순진은 강사와 손을 맞잡고 연단에서 스텝을 밟아나갔다. 학생들이 박수를 치기 시작해서 끓어올랐다. 학생들의 박수가 잦아들 무렵해서 민순진은 강사의 볼에 입을 맞추고는, 바이 바이, 손을 흔들었다.

"민순진, 너 미쳤니?"

강연이 끝나고 강당을 나오다가였다. 전성대는 민순진의 팔을 그러잡으면서 눈을 부릅떴다. 어른을 그렇게 곤혹스럽게 하는 법이 어디 있느냐는 책망이었다.

"미치긴, 아니야, 나 쌩쌩해, 생선처럼 퍼들거려."

"그런 줄 몰랐는데, 너 까져도 이만저만 까진 게 아니로구나."

"순진해서 그래."

"순진한 애들 다 얼어 죽어야 네가 순진하겠다."

"순진하다는 건 내 몸의 요구를 따라 준다는 거야. 몸을 속이지 말자는 거지."

"너어, 어느 사이에 철들었구나."

"세상의 모든 책을 다 읽고 나면, 그 때 비로소 육체는 슬퍼지는 거야."

슈테판 말라르메의 「바다의 미풍」 첫 구절을 순서를 바꾸어 우겨대는 말이었다. 고등학교 불어 시간에 유식하기 짝이없는 불어선생이 일

러준 대목이었다. 그런데 민순진이 그런 시구절을 알고 있는 게 신통했다. 그리고 모든 책을 다 읽었다는 게, 희망도 야무지지 도무지 말이 되질 않는 소리였다.

그런 일이 있고 나서 두 주일이 지났다. 그 숭악한 숭악산리조트에서 단과대학에서 개최하는 신입생 환영회가 때늦게 열렸다. 산벚꽃이 연록색 녹음으로 어우러지는 잡목 사이에 환하게 피어나 산자락을 물들이고 있었다. 전성대는 민순진의 볼이 산벚꽃을 닮았다는 생각을 했다. 벚꽃처럼 청순하고 새로 피어나는 잎새처럼 청초했다. 그때 민순진이 다가와 전성대의 팔에 자기 팔을 걸었다. 그리고는 뜬금없이 물었다.

"오빠야 군대 간다면서?"

"오월 오일 어린이날 논산훈련소로 입영해."

"군대 가기 전에 할 일은 다 했냐?"

내리깔고 나가는 반말이었다. 객지벗 어쩌구 하는 이야기를 둘러대기는 열쩍었다. 한참 멍하니 섰다가, 되물었다.

"그게 뭔데?"

"오빠, 오빠, 고자 아냐?"

"얘가, 하다하다 정말 못하는 소리가 없네."

"공연히 군대 가서 쫄병 월급 받아 가지고 엉뚱한 구멍에 받치지 말고."

"그 말고, 뭐가 어떻다는 소린지 원, 통모르겠다."

남자들이 군대 가면 몸 파는 여자들한테 딱지 떼이기 십상이라는 이야기를 어디선가 주워들은 모양이었다.

"오빠, 그거, 나, 주면 안 돼?"

얼굴이 발갛게 달아올라 멈칫거리면서 이야기하는 모양이 볼을 이빨로 물어주고 싶을 지경으로 구염성이 잘잘 흘렀다. 그러나 대답은 그렇게 나긋나긋 나와주질 않았다.

"주긴 뭘 줘?"

"그러니까, 임포 아니냐고 묻지, 내가."

전성대는 아무 대답할 말을 찾지 못하고 어벙벙하니 서서 민순진의 눈웃음을 바라보고 있을 뿐이었다. 그래 네가 발랑까졌다고 하자, 아무리 해도 전쟁이 터져 한번 나가면 못 돌아올 길을 가는 것도 아니고, 그리고 언제 저랑 바퀴를 같이 굴리자는 약속을 한 것도 아닌데, 다가드는 꼴이 골로 빠진 애가 아니라면 도저히 상상이 안 되는 것이었다. 산벚나무 아래서 산꿩이 푸드득 날아올라 산자락을 가르며 힘찬 날개짓을 하다가 골짜기로 처박혔다. 위대한 담임선생 왈, 춘치자명(春雉自鳴)이라고 했다. 봄이 되면 꿩이란 놈들이 춘정을 못 이기고 짝을 부르느라고 울어댄다는 것, 그게 자연의 이치라는 말씀이었다. 그러니 남자들은 모름지기 봄을 조심해야 한다는 격언이었다.

"우아, 이 산에 꿩 많은가봐."

"글세, 숭악하게 많은 거 같다."

"오빠야 우리 꽁알 주우러 가자!"

꿩알이라고 하지 않고 꽁알로 발음하는 데는 내심 작정한 바가 있는 듯싶기도 했다. 정지용의 시에도 '산꽁이 알을 품고' 하는 구절이 나오지 않던가. 위대한 담임 왈, 꽁을 꿩으로 고쳐야 직성이 풀리는 무식쟁이들은 교육계의 좀벌레라고 했다. 꽁은 꽁이다, 전성대가 확인한 바로는 꽁은 거시기를 뜻하는 속어였다.

팔짱을 끼는 민순진의 손에 땀기운이 느껴졌다. 어려운 이야기를 하느라고 내심 맘을 졸이고 있었던 모양이었다. 갸륵하기도 하지.

작은 구릉을 넘어서자 평지가 나타났다. 그 평지에 산벚꽃나무가 무리지어 서 있었다. 산벚꽃 나무가 하늘을 덮어 꽃의 궁성을 만들어 놓았다. 민순진이 이끄는 대로 산벚나무 아래로 다가갈 무렵이었다. 둘이 다가오는 낌새를 알아챘는지 꿩 두 쌍이 푸드득 날아올랐다. 그 바람에 산벚꽃 이파리가 하르르 하르르 꽃비처럼 쏟아져내렸다. 민순진의 머리 위로 꽃잎이 홈빡 내려앉았다. 전성대는 민순진의 머리 위에 앉은 꽃잎을 입술로 더듬어 물었다. 민순진이 달려들어 전성대의 입술을 세차게 더듬었다. 둘이 부둥켜 안고 꽃방석 위로 굴러 떨어지는 서슬에 놀란 꿩이 푸드득 깃을 치며 날아올랐다. 그 바람에 또 꽃잎이 와르르 쏟아져내렸다.

서대석(徐大錫, Seo, Dae-Seok) 서울대학교 문리과 대학 국어국문학과를 졸업하고 동 대학원에서 석사학위와 박사학위를 취득하였다. 계명대, 이화여대, 서울대 교수를 역임하고 현재는 서울대 명예교수이다. 저서로는 『한국무가의 연구』, 『군담소설의 구조와 배경』, 『한국신화의 연구』, 『한국구비문학에 수용된 재담연구』, 『한중소화의 비교』, 『무가문학의 세계』, 『이야기의 의미와 해석』 등이 있다.

전신재(全信宰 Jeon, Shin-Jae) 서울대학교 국어교육과를 졸업하고 성균관대학교 대학원 국어국문학과에서 석사학위와 박사학위를 받았다. 한국역사민속학회 회장, 한국공연문화학회 회장, 한림대 대학원장 등을 역임했다. 현재는 한림대 명예교수이다. 『강원의 전설』, 『죽음 속의 삶-재중 강원인 구술생애사』, 『원본 김유정전집』(편저), 『한국의 웃음문화』(기획, 책임편집), 『한국의 이야기판 문화』(기획, 책임편집) 등의 책을 내었다.

조동길(趙東吉, Cho, Dong-Keel) 공주대학교 국어교육과를 졸업하고, 고려대 대학원에서 석사학위와 박사학위를 받았다. 현재 공주대 교수로 재직 중이다. 소설집으로 『쥐뿔』, 『달걀로 바위깨기』, 『어둠을 깨다』 등이 있고, 산문집으로 『낯선 길에 부는 바람』이 있다. 전공 연구서적으로 『한국현대장편소설연구』, 『우리 소설 속의 여성들』, 『현대문학의 이해』, 『公山日記 연구』, 『한국 근대문학의 지실』, 『소설교수의 소설 읽기』 등이 있다.

유인순(柳仁順, Yoo, In-Soon) 강원대학교 국어교육과를 졸업하고 이화여대 국어국문학과에서 문학석사 및 문학박사 학위를 받았다. 현재 강원대 명예교수이다. 저서로 『김유정문학연구』, 『김유정을 찾아가는 길』, 『김유정과의 동행』, 여행일기 『세상의 문을 열다』1·2가 있고 편저로 김유정 단편선 『동백꽃』, 이태준 단편선 『석양』, 『춘천에서 만나다』 등이 있다. 공저로는 『현대소설론』, 『한국현대작가연구』, 『김유정 문학의 재조명』, 『김유정과 동시대 문학연구』, 『한국의 웃음문화』, 『한국의 이야기판 문화』, 『궁예의 나라 태봉』 등이 있다.

김미영(金美英, Kim, Mee-Young) 서울대학교 국어국문학과 및 동 대학원 졸업하고 현재 홍익대 조교수, 문학평론가로 활동 중이다. 1998년 중앙일보 신춘문예 「양철북의 후예들—배수아론」으로 등단하였다. 저서로 『혼성적 사회와 소설의 미래』, 『한국현대문학의 표상과 인식』, 『근대 한국 문학과 미술의 상호작용』 등이 있고, 논문으로는 「〈디지털 구보, 2001〉을 통해 본 하이퍼텍스트 소설의 가능성」, 「이제하 소설을 통해 본 한국문학의 환상성과 미래」, 「이상의 문학과 꼴라쥬」 등이 있다.

박상준(朴商準 Park, Sang-Joon) 서울대학교 국어국문학과를 졸업하고, 동대학원에서 석사 및 박사학위를 받았다. 현재 포스텍 인문사회학부 교수로 재직 중이다. 전공 연구서적으로 『한국 근대문학의 형성과 신경향파』, 『1920년대 문학과 염상섭』, 『한국 소설 텍스트의 시학』, 『남북한 역사소설 비교 연구』(공저) 등을 썼고, 문학평론집으로 『소설의 숲에서 문학을 생각하다』, 『문학의 숲, 그 경계의 바리에떼』를 출간했다. 그외 인문학 교양서 『꿈꾸는 리더의 인문학』, 『호모 메모리스』(공저), 『복제』(공저) 등을 쓰고, 한국 창작 SF 앤솔로지 『연애소설 읽는 로봇』, 『목격담, UFO는 어디서 오는가』 등을 펴냈다.

윤홍로(尹弘老, Yun, Hong-No) 서울대학교 국어국문학과를 졸업하고 동 대학원에서 문학박사 학위를 받았다. 현재 단국대 명예교수와 춘원연구학 회장, 육당 연구학회 이사, (社)韓國語文會 이사를 맡고 있다. 주요 저서로는 『한국문학의 해석학적 연구』, 『한국근대소설연구』, 『이광수문학과 삶』, 『나도향』, 『한국소설의 해석』 등이 있다.

최성윤(崔城崙, Choi, Sung-Yun) 고려대학교 국어국문학과 및 동대학원 국문과 졸업하여 문학박사를 취득하였다. 현재 상지대 교수로 재직 중이다. 저서로 『계몽과 통속의 소설사』가 있고, 주요논문으로 「한국 근대초기 소설 작법의 형성과정 연구」, 「이해조의 『자유종』에 나타난 교육구국론의 의미와 한계」, 「이해조의 『화의 혈』과 채만식의 『탁류』에 나타나는 자매 모티프의 세대론적 의미」, 「김동인의 창작방법론과 '소설작법'의 의의」, 「김유정 소설의 여성인물과 정조」, 「해방전후의 안회남과 두 개의 풍속」 등이 있다.

최명숙(崔明淑, Choe, Myeong-Suk) 가천대학교 대학원 국어국문학과에서 석사학위와 박사학위를 받았다. 현재 가천대에서 강의하고 있다. 저서로 『문학과 글』, 『21세기에 만난 한국노년소설 연구』가 있으며, 연구 논문으로 「강신재 전후 단편 연구」, 「한국 현대 노년소설 연구」, 「박완서 소설에 나타난 노년의식연구」, 「양원식 소설에 나타난 노년의식연구」, 「박완서 노년소설 연구」, 「최일남 노년소설에 나타난 죽음의식 연구」, 「김유정 소설의 명명법과 인물성격에 관한 연구」 등이 있다. 공저로 『다매체 문화와 사이버 소설』, 『문화사회와 언어의 욕망』, 『시적 감동의 자기 체험화』, 『경원의 미소』, 『대중매체와 글쓰기』 외 다수가 있다. 작품으로는 동화 「아버지의 하모니카」, 「꽃길」, 「꾀병」, 「배드민턴 공」, 「반쪽이」 등과 소설 「열쇠」, 「달빛」이 있다.

송선령(宋善玲, Song, Sun-Ryoung) 이화여자대학교 국어국문학과 및 동대학원 국문과를 졸업하고 박사학위를 받았다. 현재 수원대 강사로 재직 중이다. 주요논문으로 「한국 현대소설의 환상성 연구─이상, 장용학, 조세희를 중심으로」, 「개화기에 나타난 서사적 산문 연구」, 「창의적 글쓰기 수업 연구─이화여자대학교 우리말과 글쓰기 수업 사례를 중심으로」 등 다수가 있다.

임정연(林廷姸, Lim, Jung Youn) 이화여자대학교 국어국문학과를 졸업하고 동대학원 국어국문학과에서 석사학위와 박사학위를 받았다. 현재 이화여대에서 강의 중이다. 주요 논문으로 「임노월 문학의 악마성과 탈근대성」, 「근대소설의 낭만적 감수성 ― 나도향과 노자영의 소설을 중심으로」, 「청춘의 표상과 감성의 정치 ― 해방기 이봉구 소설을 중심으로」, 「1950~80년대 여성 여행서사에 나타난 이국 체험과 장소 감수성」, 「1930년대 초 소설에 나타난 연애의 모럴과 감수성」, 편저로 『임노월 작품집』, 『방인근 작품집』, 『지하련 작품집』, 『노자영 시선』, 공저로 『한국어문학여성주제어사전』 1~5 등이 있다.

박근예(朴勤禮 Park, Geun-Ye) 이화여자대학교 국어국문학과 및 동대학원 국문과를 졸업하고 박사학위를 받았다. 주요 논문으로 「1920년대 초기 비평 연구」, 「1920년대 문학담론 연구」, 「반성 없는 근대적 주체의 초상」, 「임중빈 비평의 정치성 연구」, 「계몽과 전쟁 사이」, 「피난민의 시학」, 「자기시대의 문학형식에 대한 탐구와 모색」 등이 있고, 저서로는 『1960년대 문학지평 탐구』(공저)가 있다.

우한용(禹漢鎔, Woo, Han-Yong) 서울대학교 국어교육과를 졸업하고 동대학 대학원에서 석사 및 박사학위를 받았다. 현재 서울대 명예교수이다. 소설집으로 『생명의 노래』 1・2, 『시칠리아의 도마뱀』, 『불바람』, 『귀무덤』, 『양들은 걸어서 하늘로 간다』, 『멜랑꼬리아』 등이 있고, 시집으로 『청명시집』, 『낙타의 길』 등이 있다. 전공연구서적으로 『한국 근대장편소설 구조 연구』, 『채만식 소설의 담론연구』, 『문학교육과 문화론』, 『한국 근대문학교육사연구』, 『소설장르의 역동학』이, 그리고 공저로는 『소설교육론』, 『문학교육론』 등이 있다.